三國演義

(8)

# 三國演義 (8)

초판 1쇄 발행 ▪ 2014년 11월 26일
초판 2쇄 발행 ▪ 2016년  8월 16일

저  자 ▪ 나관중 원저, 모종강 평론 개정
역  자 ▪ 박기봉
펴낸곳 ▪ 비봉출판사
주  소 ▪ 서울 금천구 가산디지털2로 98. 2동 808호(롯데IT캐슬)
전  화 ▪ (02)2082-7444
팩  스 ▪ (02)2082-7449
E-mail ▪ bbongbooks@hanmail.net
등록번호 ▪ 2007-43 (1980년 5월 23일)
ISBN ▪ 978-89-376-0416-4  04820
         978-89-376-0408-9  04820 (전12권)

값 13,500원

모종강본 원문대역

三國演義

三分歸統一 / 삼분귀통일

(8)

나관중 원저
모종강 평론·개정
박기봉 역주

비봉출판사

차 례

三國演義

## 등애 · 종회의 멸촉진군도

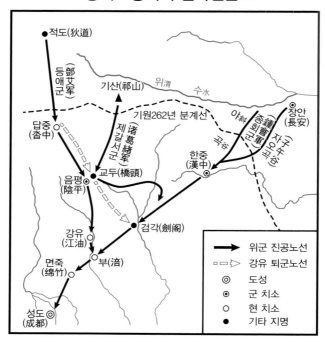

## 진晉의 동오정벌도

# 제 106 회

## 공손연, 싸움에 패하여 양평에서 죽고
## 사마의, 짐짓 병든 체하여 조상曹爽을 속이다

〖 1 〗 한편 공손연公孫淵은 요동 사람 공손도公孫度의 손자이고 공손
강公孫康의 아들이다. (*앞서 제33회(12)에서 소개되었다.)

건안(建安: 196~220년) 12년(서기 207년)에 조조가 원상袁尙을 추격하여
아직 요동에 이르기 전에 공손강이 원상의 수급을 베어 조조에게 바쳤
으므로 조조는 그를 양평후襄平侯에 봉했다. (*제33회의 일.)

후에 공손강이 죽을 때 두 아들이 있었는데 장남은 황晃, 차남은 연
淵으로 둘 다 어려서 공손강의 아우 공손공公孫恭이 그 지위를 계승했
다. 조비曹丕 때 공손공을 거기장군車騎將軍·양평후로 봉했다. (*조비 때
의 일을 보충 설명하고 있다. 이는 앞에서 언급하지 않았던 것이다.)

태화太和 2년(서기 228년), 공손연이 장성하여, 문무를 겸비하고 천성

이 굳세고 남과 싸우기를 좋아했다. 그는 자기 숙부 공손공의 지위를 빼앗았는데, 조예는 공손연을 양렬장군揚烈將軍·요동遼東태수로 봉했다. (*조예 때의 일을 보충 설명하고 있다. 역시 앞에서 언급하지 않았던 것이다.)

후에 동오의 손권이 장미張彌와 허안許晏을 요동으로 보내면서, 금옥金玉과 진기한 보물들을 가지고 가서 공손연을 연왕燕王으로 봉하도록 했다. 그러나 공손연은 중원의 위魏를 두려워하여 장미와 허안의 목을 베어 그 수급을 조예에게 보냈다. 이에 조예는 그를 대사마大司馬·낙랑공樂浪公으로 봉했다. (*또 동오의 일을 보충 설명한다. 이상은 공손연의 내력을 설명한 것으로 모두 앞에서 언급되지 않았던 것을 보충하고 있다.)

공손연은 그것에 만족하지 않고 여러 사람들과 상의한 후 스스로 연왕燕王이라 칭하고, 연호를 소한紹漢 원년으로 고쳤다.

부장副將 가범賈範이 간했다: "중원에서 주공을 상공上公의 벼슬로 대우해 주는바 이는 결코 비천卑賤한 벼슬이 아닙니다. 지금 만약 중원을 배반한다면 이는 실로 불순不順한 일입니다. 게다가 사마의는 용병술이 뛰어나서 서촉西蜀의 제갈무후諸葛武侯조차 그를 이기지 못했는데 하물며 주공께서 어찌 그를 이길 수 있겠습니까?"

공손연은 크게 화를 내며 좌우 사람들에게 가범을 결박하라고 호령하여 그의 목을 베려고 했다.

그때 참군參軍 윤직倫直이 간했다: "가범의 말이 맞습니다. 성인(즉, 자사子思)께서도 말씀하시기를: '나라가 망하려고 할 때에는 반드시 괴이하고 불길한 일들이 일어난다(國家將亡, 必有妖孼)'고 하였습니다. (《중용·제24장》. 이 말 앞의 문장은 "國家將興, 必有禎祥"이다.)

지금 나라 안에서는 괴이한 일들이 여러 차례 나타났습니다. 근자에는 개가 머리에 두건(巾幘)을 쓰고, 몸에는 붉은 옷을 입고, 지붕 위로 올라가서 사람처럼 두 발로 서서 걸었으며, (*이는 짐승의 요얼妖孼이다.) 또 성 남쪽에 사는 시골사람이 밥을 짓는데 밥솥 속에 난데없이 삶겨 죽은 어린애 하나가 있었다고 했습니다. (*이는 인간의 요얼이다.)

또 양평襄平의 북쪽 저잣거리 가운데 땅이 갑자기 푹 꺼지면서 구덩이가 생기더니 그 속에서 고깃덩이 하나가 솟아나왔다고 합니다. 그 고깃덩이는 둘레가 몇 자나 되고 머리와 얼굴, 눈과 귀와 입과 코가 다 갖춰져 있었으나 다만 팔과 다리가 없었는데, 칼로 베거나 화살을 쏘아도 상하지 않았는데, 그것이 무엇인지는 모른다고 하였습니다. (*이는 인간도 아니고 짐승도 아닌 요얼이다.)

그런데 점쟁이가 점을 쳐보고 말하기를: '형체는 있으나 형상을 이루지 못하고(有形不成), 입이 있으나 소리를 내지 못하니(有口無聲), 나라가 망하려고 이런 모양이 나타난 것이다(國家亡滅, 故現其形)'고 했다고 합니다. 이 세 가지는 모두 상서롭지 못한 조짐들입니다. 주공께서는 마땅히 흉한 일은 피하고 길한 일을 하셔야지 경거망동해서는 안 됩니다."

공손연은 발끈 화를 내면서 무사에게 윤직을 꽁꽁 묶어 가범과 함께 저자거리로 끌고 가서 같이 목을 베라고 했다. 그리고는 대장군 비연卑衍을 원수元帥로 삼고, 양조楊祚를 선봉으로 삼아 요동 군사 15만 명을 일으켜서 중원으로 쳐들어가도록 했다. (*왜 무후가 죽기 전에 이렇게 하지 않았는가?)


〖 2 〗 변방을 지키는 관원이 이 일을 위주 조예에게 보고했다. 조예는 크게 놀라서 사마의를 조정으로 불러와서 상의했다.

사마의가 아뢰었다: "신의 부하 보병과 기병 4만 명이면 역적을 깨뜨릴 수 있습니다."(*4만 명으로 15만 명을 당해내겠다는 것이다.)

조예曰: "군사 수도 적고 출정 길도 멀어서 경卿이 수복收復하기 어려울까 염려되오."

사마의曰: "싸움은 군사가 많다고 이기는 것이 아니옵고(兵不在多),

기병奇兵을 두고 지모를 쓰는 데 달려 있나이다(設奇用智). 신은 폐하의 홍복洪福에 의지하여 반드시 공손연을 사로잡아 폐하께 바치겠나이다."(*무후가 죽고 나자 사마의는 곧바로 큰소리친다.)

조예曰: "경은 공손연이 어떻게 나올 것으로 예상하는가?"

사마의曰: "공손연이 만약 성을 버리고 일찌감치 달아난다면 이것이 그로서는 상책이고, 요동을 지키면서 대군을 막는다면 이것이 그로서는 중책이며, 앉아서 양평襄平을 지킨다면 이것은 하책입니다. 어쨌든 그는 반드시 신에게 사로잡히게 될 것이옵니다."(*한漢의 등공滕公이 영포英布의 행동을 예상할 때의 말과 같다.)

조예曰: "이번에 가면 왕복하는 데 얼마나 걸리겠소?"

사마의曰: "4천 리 떨어진 곳이므로 가는 데 백일, 공격하는 데 백일, 돌아오는데 백일, 쉬는 데 60일 소요되므로 대략 1년이면 충분합니다."(*사마의는 전에 맹달孟達을 사로잡을 때는 한 달이 안 걸렸는데, 지금 공손연을 평정하는 데 1년을 예정하고 있다. 하나는 빠르고 하나는 느려서 전후로 서로 대對가 되고 있다.)

조예曰: "만약 동오와 서촉에서 쳐들어오면 어쩌지요?"

사마의曰: "신이 이미 막아낼 계책을 정해 놓았사오니, 폐하께서는 걱정하지 마옵소서."

조예는 크게 기뻐하며 즉시 사마의에게 공손연을 칠 군사를 일으키도록 했다.

사마의는 조정에 하직을 고하고 성을 나가서 호준胡遵을 선봉으로 삼아 선두부대 병력을 이끌고 먼저 요동으로 가서 영채를 세우도록 했다.

정탐꾼이 이 소식을 공손연에게 급히 보고했다. 공손연은 비연卑衍과 양조楊祚로 하여금 군사를 나누어 각기 8만 명씩 이끌고 요수(遼隧: 요령성 해성현海城縣 서북)로 가서 주둔해 있으면서 (*이는 사마중달이 중책

中策이라고 예상했던 것이다.) 주위 20여 리에 참호를 파고, 녹각鹿角을 빙 둘러쳐서 방비를 아주 단단히 하도록 했다.

호준이 사람을 시켜서 이 일을 사마의에게 보고했다.

사마의가 웃으면서 말했다: "역적 놈이 우리와 싸우려고 하지 않고 우리 군사들을 지치게 만들려고 하는구나. 내 생각에 역적의 무리들은 태반이 이곳에 있기 때문에 저들의 소굴은 텅 비어 있을 것이다. 차라리 이곳은 내버려두고 곧장 양평으로 달려가는 것이 낫겠다. 그렇게 하면 역적들은 반드시 구하러 갈 것이다. 그때 중도에서 저들을 친다면 반드시 완벽하게 이길 수 있을 것이다."(*저들이 양평으로 달려가도록 하려는 것은 곧 저들이 하책下策을 쓰도록 하려는 것이다.)

이리하여 군사 대오를 정돈하여 작은 길로 해서 양평으로 출발했다.


〖 3 〗 한편 비연은 양조와 상의했다: "만약 위병들이 치러 오더라도 맞붙어 싸우지는 말자. 저들은 천리 먼 길을 와서 군량과 마초도 이어대지 못할 것이므로 오래 버티기 어려울 것이다. 저들은 양식이 떨어지면 틀림없이 물러갈 것이다. 저들이 물러갈 때를 기다렸다가 기습병을 보내서 공격한다면 사마의를 사로잡을 수 있을 것이다.

이전에 사마의가 촉병과 서로 대치하고 있을 때 위수 남쪽(渭南)을 굳게 지키고만 있자 공명은 마침내 군중에서 죽고 말았는데, 지금 우리의 대처방식은 바로 그때와 똑같은 이치이다."(*이는 사마의가 옛날에 썼던 문자를 그대로 베끼려는 것인데, 이곳에서는 그 문자를 쓸 수 없다는 것을 생각하지 못한다.)

두 사람이 한창 상의하고 있을 때 갑자기 보고해 왔다: "위병들은 남쪽으로 가버렸습니다."

비연은 크게 놀라서 말했다: "저들은 우리 양평의 군사가 적은 것을 알고 본영本營을 습격하러 간 것이다. 만약 양평을 잃는다면 우리가 이곳을 지키고 있어 봤자 이로울 게 없다.”

그리고는 영채를 거두어 사마의의 뒤를 따라갔다. (*사마의가 가정街
亭을 취하고 진창陳倉을 지키려고 한 의도를 무후는 미리 헤아릴 수 있었지만,
비연과 양조는 이를 헤아릴 수 없었다. 이것이 본래 사마의의 문자를 베껴 쓸
수 없다는 것이다.)

일찌감치 정탐꾼이 이 소식을 알아내서 사마의에게 급히 보고했다.

사마의가 웃으며 말했다: “내 계책에 걸려들었군!”

이에 하후패와 하후위로 하여금 각기 일군을 이끌고 요수(遼水: 요령성
중부를 흐르는 요하遼河) 가로 가서 매복해 있도록 하라고 지시했다: “만약
요동의 군사들이 이르거든 양쪽에서 일제히 뛰쳐나가도록 하라.”

두 사람이 계책을 받아 가지고 떠나가다가 멀리 바라보니 그때 이미
비연과 양조가 군사를 이끌고 오고 있었다.

그래서 포를 쏘아 올린 다음, 하후패의 군사들은 왼편에서, 하후위
의 군사들은 오른편에서 북을 치고 고함을 지르고 깃발을 흔들면서 일
제히 쳐들어갔다. 비연과 양조는 싸울 마음이 없어서 길을 열어 달아
났는데, 수산(首山: 요령성 요양시遼陽市 서남에 있는 산)에 이르렀을 때 마
침 오고 있던 공손연의 군사들과 만나서 군사들을 하나로 합쳐서 말머
리를 돌려 다시 위병들을 맞이해 싸웠다.

비연이 말을 달려 나가서 꾸짖었다: “역적의 장수는 간사한 속임수
를 쓰지 말라! 네 감히 나와서 싸워보지 않겠느냐?”

하후패가 칼을 휘두르며 말을 달려 나가서 맞이해 싸웠다. 몇 합 싸
우지도 않아 하후패가 휘두르는 칼에 비연의 몸이 베어 말 아래로 떨
어졌다. 요동의 군사들은 큰 혼란에 빠졌다. 하후패는 군사들을 휘몰
아 쳐들어갔다.

공손연은 패한 병사들을 이끌고 달아나 양평성 안으로 들어가서 성
문을 닫고 굳게 지키고만 있고 싸우러 나가지 않았다. (*결국은 사마의

가 말한 하책을 쓴 셈이다.) 위병들은 성을 사면으로 에워쌌다.

〖 4 〗 이때 마침 가을비가 한 달 동안이나 그치지 않고 연일 계속 내렸다. 평지에 물이 3자나 고여 군량을 운반하는 배가 요하遼河 어귀로부터 곧장 양평성 아래까지 당도할 수 있었다. 위병들은 모두 수중水中에 있어서 걸어 다니기도 앉기도 편하지 않았다. (*진창도陳倉道에 비가 왔을 때와 흡사했다.)

좌도독左都督 배경裴景이 막사 안으로 들어가서 아뢰었다: "비가 그치지 않아 영채 안이 진흙탕이 되어버려 군사들이 머물러 있을 수가 없습니다. 저 앞에 있는 산 위로 영채를 옮기도록 해주십시오."

사마의가 화를 내며 말했다: "이제 곧 공손연을 잡으려고 하는데 어찌 영채를 옮긴단 말이냐. 만약 또다시 영채를 옮기자고 말하는 자가 있으면 그 목을 벨 것이다!"(*진창도에서 군사를 물린 것과는 상황이 다르다.)

배경은 그저 "예, 예" 하고 물러갔다.

잠시 후 우도독右都督 구련仇連이 또 와서 아뢰었다: "군사들이 물 때문에 고생이 많사오니, 태위께 영채를 높은 곳으로 옮기기를 청합니다."

사마의는 크게 화를 내며 말했다: "내 이미 명을 내렸거늘, 네가 어찌 감히 일부러 어긴단 말이냐!"

즉시 그를 밖으로 끌어내서 목을 베어 그 수급을 원문轅門 밖에 매달라고 명했다. (*무후는 용병을 함에 있어 느슨해지는 것을 막기 위해 엄하게 했으나(嚴以濟寬), 사마의는 용병을 함에 있어 한결같이 엄하게만(一於嚴耳) 했다.) 이리하여 군사들은 마음속으로 두려워 떨었다.

〖 5 〗 사마의는 남쪽 영채의 군사들에게 잠시 20리 물러나 있도록

하여 성 안의 군사와 백성들이 성 밖으로 나가서 땔나무를 하고 소와 말들을 방목放牧하도록 놔두었다.

사마司馬 진군陳群이 물었다: "전에 태위께서 상용上庸을 치실 때엔 군사들을 여덟 방면으로 나누어 8일 동안 추격해 가서 성 아래에 이르러 마침내 맹달孟達을 사로잡아 큰 공을 세우셨습니다. (*제94회의 일.) 그런데 지금은 군사 4만 명을 데리고 수천 리 먼 길을 와서 성을 치라는 명령은 내리시지 않고 오히려 군사들을 오랫동안 진흙탕 속에서 지내도록 하시고, 또 역적의 무리들로 하여금 땔나무를 하고 소와 말들을 방목하도록 놔두시는데, 저는 사실 태위님의 의도를 알지 못하겠습니다."

사마의가 웃으며 말했다: "공은 병법을 모르오? 전에 맹달은 군량은 많고 군사들은 적었는데 우리는 군량은 적고 군사들은 많았으므로 속히 싸우지 않을 수가 없었소. 그래서 적들이 생각지도 못한 때에 갑자기 공격해서야 비로소 이길 수 있었던 것이오.

그러나 지금은 요동의 군사들은 많고 우리 군사들은 적으며, 역적은 군량이 적어서 굶주리고 있으나 우리는 군량이 넉넉하여 배가 부른데 구태여 힘껏 칠 필요가 어디 있소? 마땅히 저들로 하여금 스스로 달아나도록 놔두었다가 기회를 봐서 쳐야 할 것이오.

내가 지금 길을 하나 터주어 저들이 땔나무를 하고 소와 말들을 방목하는 것을 막지 않는 것은 저들로 하여금 스스로 달아나도록 하려는 것이오."(*군량은 많은 것이 적은 것보다 낫고, 군사는 적은 수로 많은 수를 이기는 것이 낫다. 이것이 군사 운용의 핵심 전략이다.)

진군은 감복했다.

이에 사마의는 사람을 낙양으로 보내서 군량 공급을 재촉했다.

위주 조예曹叡가 조회를 열자 많은 신하들이 다들 아뢰었다: "근래 가을비가 한 달 동안 그치지 않고 계속 내려서 군사들이 모두 지쳐있

으니 사마의를 불러올리시고 당분간 군사를 파하도록 하소서."(*전에
왕숙王肅 등이 간했던 것과 흡사하다.)

조예曰: "사마태위(司馬太尉: 사마의)는 용병을 잘하므로 위험한 상황
을 만나면 임시변통할 줄 알고 또 좋은 계책도 많으므로 그는 공손연
을 붙잡을 날을 헤아려가며 기다리고 있을 것이오. 경들이 걱정할 필
요가 어디 있소?"

그는 끝내 여러 신하들의 간하는 말을 듣지 않고 사람들을 시켜서
군량을 사마의의 군영으로 운송해 가도록 했다.

사마의는 영채 안에서 또 수일을 보냈다. 그러자 비가 그치고 날이
개었다. 그날 밤 사마의가 막사 밖으로 나가서 우러러 천문을 살펴보
는데 갑자기 크기가 북두성(斗)만한 별 하나가 여러 길(丈)이나 길게 빛
을 뿌리며 수산首山 동북으로부터 양평 동남쪽으로 떨어졌다. 이를 본
각 영채의 장병들 가운데 놀라고 의아해하지 않는 자가 없었다. (*혹자
는 그것을 사마의가 죽을 징조로 의심했을 것이다.)

사마의는 그것을 보고 크게 기뻐하면서 여러 장수들에게 말했다:
"닷새 후에 별이 떨어진 곳에서 반드시 공손연을 죽이게 될 것이다.
내일부터 힘을 합쳐서 성을 공격하도록 하라."

장수들은 명령을 받고 다음날 새벽 군사들을 이끌고 가서 성을 사면
으로 에워싸고, 토산土山을 쌓고, 땅굴을 파고, 포가(砲架: 포를 올려놓고
목표를 향하여 포구砲口를 돌릴 수 있도록 한 받침틀)를 세우고, 공성용攻城用
높은 사다리를 설치해 놓고 밤낮으로 쉬지 않고 공격했다. 화살을 소
낙비처럼 성 안으로 쏘아 보냈다.

〖 6 〗 공손연의 군사들은 성 안에서 양식이 떨어지자 모두들 소와
말들을 잡아먹었다. (*이런 상황에 이르러 비로소 공격하는 것이 바로 적의
양식이 떨어지기를 기다린다는 것이다.) 상황이 이렇게 되자 모든 사람들

은 원한을 품고 각자 지킬 마음이 없어지면서 공손연의 머리를 베고 성을 바치며 항복하려고 했다.

공손연은 그런 소문을 듣고는 심히 놀라고 근심이 되어 황급히 상국 相國 왕건王建과 어사대부御史大夫 유보柳甫로 하여금 위군 영채로 가서 항복을 청하도록 했다. (*맹획은 여러 번 싸우고도 항복하지 않았는데, 공손연은 싸우지도 않고 곧바로 항복한다. 맹획과 공손연의 다른 점이다.)

두 사람은 성 위에서 줄을 타고 내려가 사마의한테 가서 아뢰었다: "청컨대 태위께서는 20리 쯤 물러나 주십시오. 저희 군신君臣들이 직접 찾아와서 항복하겠습니다."

사마의가 크게 화를 내며 말했다: "공손연이 왜 직접 오지 않았는가? 이런 법은 없다!"

무사에게 그를 끌어내서 목을 베도록 하여 그 수급을 따라온 사람들에게 주었다. (*맹획이 항복하지 않자 무후는 그를 풀어주었다. 그러나 공손연이 항복하겠다고 했는데도 사마의는 그것을 허락하지 않았다. 무후와 사마의는 본래 달랐다.)

따라왔던 자들이 돌아가서 보고하자 공손연은 크게 놀라서 다시 시중侍中 위연衛演을 위군의 영채로 보냈다. 사마의는 막사 안 높은 자리로 올라가 여러 장수들을 불러 모아 양편으로 죽 늘어서 있도록 했다.

위연은 무릎으로 기어서 앞으로 나아가 막사 안에서 꿇어앉아 아뢰었다: "부디 태위께서는 격노激怒를 가라앉혀 주십시오. 날짜를 정해서 먼저 세자世子 공손수公孫修를 보내서 인질로 삼은 다음, 군신들이 스스로 몸을 묶고 와서 항복하겠습니다."

사마의가 말했다: "군사軍事에는 다섯 가지 대요(大要: 큰 줄거리. 대략. 중요 사항)가 있다: 싸울 수 있으면 마땅히 싸워야 하고, 싸울 수 없으면 마땅히 지켜야 하고, 지킬 수 없으면 마땅히 달아나야 하고,(*중점은 이 한 구에 있다.) 달아날 수 없으면 마땅히 항복해야 하고, 항복할

수 없으면 마땅히 죽어야 한다! 자식을 보내서 인질로 삼을 필요가 어디 있단 말이냐!"

그리고는 위연에게 돌아가서 공손연에게 그대로 보고하라고 호통을 쳤다. 위연은 머리를 감싸 쥐고 도망치듯 달아나서 돌아가 공손연에게 보고했다.

〖 7 〗 공손연은 크게 놀라서 아들 공손수公孫修와 비밀히 상의한 다음 수하 군사 1천 명을 뽑아서 그날 밤 이경(二更: 밤 9시~11시) 무렵에 남문을 열고 동남쪽을 향해 달아났다. (*지킬 수 없으면 마땅히 달아나야 한다는 사마의의 가르침을 성실히 따랐다.) 공손연은 사람이 없는 것을 보고 속으로 몰래 기뻐했다.

그러나 10리를 미처 못 가서 갑자기 산 위에서 포 소리가 한번 울리더니 북소리, 나팔소리가 일제히 울리며 한 갈래의 군사들이 앞길을 막아섰는데, 가운데 있는 자가 바로 사마의였고, 그 왼편에는 사마사司馬師, 오른편에는 사마소司馬昭가 있었다.

두 사람은 큰소리로 외쳤다: "반적反賊은 달아나지 말라!"

공손연은 크게 놀라서 급히 말머리를 돌려 달아날 길을 찾아 도망쳤다. 그러나 그 전에 이미 호준胡遵의 군사들이 당도했는데, 왼편에는 하후패와 하후위가 있었고, 오른편에는 장호張虎와 악침樂綝이 있어서 사면으로 철통같이 에워쌌다. 공손연 부자는 하는 수 없이 말에서 내려 항복했다. (*달아날 수 없으면 마땅히 항복해야 한다. 이 역시 사마의의 가르침을 성실히 따른 것이다.)

사마의가 말 위에서 여러 장수들을 돌아보며 말했다: "내가 전번 병인일丙寅日 밤에 큰 별이 이곳에 떨어지는 것을 보았는데, 오늘 임신일壬申日 밤에 그대로 되었다."(*닷새 후가 아니라 엿새 후이다.)

여러 장수들이 치하(稱賀)하여 말했다: "태위의 기략機略은 참으로 신묘神妙하십니다."

사마의는 그들의 목을 베라고 명을 내렸다. 공손연 부자는 서로 얼굴을 마주 보고 앉아서 처형을 받았다. (*맹획은 일곱 번 사로잡혔으나 공손연은 단 한 번 사로잡혔다. 무후는 일곱 번 놓아주었으나 사마의는 단 한 번도 놓아주지 않았다. 이것이 피차간에 크게 다른 점이다.)

사마의는 곧바로 군사들을 정돈하여 양평을 취하러 갔다. 그가 성 아래 당도하기도 전에 호준이 벌써 군사들을 이끌고 성 안으로 들어갔다. 성 안의 백성들은 향을 피우고 절을 하며 맞이했다. 위병들은 전부 성 안으로 들어갔다.

사마의는 관아의 대청 위에 앉아서 공손연의 종족들과 공모한 관료들을 모두 다 죽였는데, 죽은 자들의 수급이 전부 70여 개나 되었다. (*사마의는 사람 죽이기를 좋아했다. 그는 단지 성을 공격할 줄만 알았지 사람들의 마음을 공략할 줄은 몰랐고, 단지 군사로써 싸울 줄만 알았지 마음으로써 싸울 줄은 몰랐다.)

그리고 방문榜文을 내다붙여 백성들을 안심시키고 나자 사람들이 사마의에게 아뢰었다: "가범賈範과 윤직倫直은 공손연에게 모반을 일으켜서는 안 된다고 극력 간했습니다. 그 때문에 모두 공손연에게 죽임을 당하고 말았습니다."

사마의는 곧 그들의 무덤에 봉분을 쌓아주도록 하여 그 자손들의 영예를 높여 주었다. 그리고는 창고 안의 재물을 가지고 전군에게 상을 주고 위로한 다음 군사들을 데리고 낙양으로 돌아갔다.


〖 8 〗 한편 위주魏主가 궁중에 있는데, 밤에 삼경三更이 되자 갑자기 음산한 바람이 한바탕 불어와서 등불이 꺼지더니 모毛 황후가 수십 명의 궁인들을 이끌고 오는 것이 보였다. 그들은 울면서 자리 앞으로 와서 목숨을 내놓으라고 했다. (*변경의 반란군 병사들이 사라지자 또 한 무

리의 귀신 병사들이 찾아왔다.)

위주 조예는 이 일로 인해 병이 생겼다.

병이 점점 깊어지자 그는 시중광록대부侍中光祿大夫 유방劉放과 손자孫資에게 추밀원樞密院의 일체 사무를 관장하도록 하고, 또 문제(文帝: 조비)의 아들 연왕燕王 조우曹宇를 불러와서 대장군으로 삼아 태자 조방曹芳을 보좌하여 섭정攝政을 하도록 했다. 조우는 사람됨이 공손하고 검소하며 온화했는데, 이 대임大任을 맡으려 하지 않고 끝까지 사양하며 받지 않았다.

조예는 유방과 손자를 불러서 물었다: "종족宗族들 중에 누가 이 임무를 맡을 만한가?"

두 사람은 오랫동안 조진曹眞의 은혜를 입어 왔으므로 이에 천거하여 아뢰었다: "조자단(曹子丹: 조진)의 아들 조상曹爽이 맡을 만하옵니다."(*조우가 조상보다 더 현명한데, 현명한 사람을 놔두고 현명하지 못한 자를 쓴다. 이것이 조씨가 쇠퇴할 수밖에 없었던 이유이다.)

조예는 그를 따랐다.

두 사람은 또 아뢰었다: "조상을 쓰시려면 마땅히 연왕(燕王: 조우)은 자기 나라(즉, 제후국 연燕)로 돌려보내야 하옵니다."

조예는 그 말을 옳게 여겼다. 두 사람은 이어서 조예에게 칙서를 내려달라고 청하여, 그것을 가지고 가서 연왕에게 알렸다: "천자께서 손수 칙서를 쓰시어 연왕에게 귀국하라고 하시면서, 오늘 중으로 길을 떠나되 들어오라는 칙서가 없이는 조정에 들어오는 것을 허락하지 않는다고 하셨습니다."

연왕은 흐느껴 울면서 떠나갔다. (*한 조씨를 쓰면서 한 조씨는 반드시 떠나가도록 한다. 이로써 조씨 무리(黨)들이 적어져서 그 후 사마씨 무리(黨)들이 성하게 된다.) 마침내 조상曹爽을 대장군으로 봉하여 조정의 모든 정사를 대신 다스리도록 했다.

〖 9 〗조예는 병이 점점 위중해지자 급히 사자로 하여금 부절符節을 가지고 가서 사마의를 조정으로 돌아오도록 했다. 사마의는 칙명을 받고 곧장 허창許昌으로 와서 궁에 들어가 위주를 보았다.

조예가 말했다: "짐은 경을 보지 못할까봐 두려웠는데, 오늘 이렇게 볼 수 있게 되었으니 이젠 죽어도 한이 없다."

사마의는 머리를 조아리고 아뢰었다: "신은 도중에 폐하의 성체聖體 편便치 못하시다는 말씀을 듣고 양쪽 겨드랑이에 날개가 생겨서 궁궐까지 날아가지 못하는 것을 한탄하였사옵니다. (*양 날개는 이미 생겼다. 장차 궁 안으로 날아 들어가서 조씨의 자손들을 다 잡아먹을 것이다.) 그런데 오늘 이처럼 용안龍顏을 뵙게 되었으니, 이는 실로 신의 천행天幸이옵니다."

조예는 태자 조방曹芳·대장군 조상·시중 유방劉放·손자孫資 등을 불러서 모두 침상(御榻) 앞으로 오라고 했다.

조예는 사마의의 손을 잡고 말했다: "예전에 유현덕劉玄德은 백제성白帝城에서 병이 위독할 때 어린 아들 유선劉禪의 훗일을 제갈공명에게 부탁했는데,(*제85회의 일.) 공명은 그 때문에 죽을 때까지 충성을 다 바쳤다고 하오. 한쪽에 치우쳐 있는 작은 나라(偏邦)에서도 이러하였는데 하물며 대국에서야 어떻게 해야겠소? (*천자를 참칭한 나라가 반대로 정통正統을 가리켜 편방偏邦이라고 한다. 조예가 하는 말로서는 이럴 수 있다고 치더라도 후세의 사가史家들 역시 이를 답습한다는 것은 얼마나 큰 잘못인가!)

짐의 어린 자식 방芳은 이제 겨우 여덟 살이어서 사직을 맡아 다스릴 수가 없소. 다행히 태위와 종형宗兄, 원훈元勳들과 구신舊臣들이 있으니 서로 힘을 다해 보필해줌으로써 짐의 기대를 저버리지 말아주시오!"

또 조방을 불러서 말했다: "중달仲達은 짐과는 한 몸과 같으니, 너는 그를 예禮를 다해 공경해야 하느니라."

그리고는 사마의에게 조방을 데리고 가까이 오라고 했다. 그러자 조방이 사마의의 목을 얼싸안으면서 놓으려고 하지 않았다.

조예曰: "태위는 어린아이가 오늘 이렇듯 서로를 좋아하는 정情을 잊지 마시오."

말을 마치자 눈물을 줄줄 흘렸다. 사마의도 머리를 조아리며 눈물을 흘렸다. 위주는 정신이 혼몽해져서 입으로 말을 하지 못하고 다만 손으로 태자를 가리키다가 잠시 후에 죽었다. (*조예는 신선술을 좋아했는데 어찌하여 승로반承露盤 안의 이슬(天漿)로 그를 살려내려고 하지 않았을까?) 천자의 자리에 있기를 13년, 이때 그의 나이(壽)는 36세였다. 때는 위魏 경초景初 3년(서기 239년) 봄 정월 하순이었다.

〖 10 〗 곧바로 사마의와 조상은 태자 조방曹芳을 부축하여 황제의 자리에 오르도록 했다.

조방의 자는 난경蘭卿으로 조예가 양자 들여 기른 자식이지만 비밀히 궁중에서 키웠으므로 아무도 그 내력을 알지 못했다. (*조조는 교활하고 간사했고, 조비曹丕는 찬역簒逆했는데, 그 누가 두 세대 이후에는 마침내 천자가 누구의 아들인지조차 모르게 될 줄 알았겠는가. 대개 사마씨가 황제의 자리를 찬탈하기를 기다릴 것도 없이 조씨의 혈통은 이미 그 전에 끊어졌던 것이다.)

이에 조방은 조예에게 명제明帝라는 시호諡號를 올리고, 고평릉(高平陵: 하남성 낙양시 동남에 있는 대석산大石山)에 장사지내고, 곽郭 황후를 높여서 황태후皇太后로 삼고, 연호를 정시正始 원년으로 고쳤다.

사마의는 조상과 함께 조정의 정사를 보살폈다. 조상은 사마의 섬기기를 몹시 정중히 하여 큰일들은 모두 반드시 그에게 먼저 알렸다.

조상曹爽은 자字를 소백昭伯이라 했는데, 어렸을 때부터 궁중에 출입했다. 명제(明帝: 조예)는 조상의 품행이 신중한 것을 보고 그를 매우 좋아하고 존경했다.

조상의 문하에는 문객이 5백 명이나 있었는데, 그 중 다섯 사람은
실속은 없이 겉만 번지르르한(浮華) 말로써 서로를 칭찬하며 높여주었
다. 그 한 사람은 하안何晏으로, 그는 자를 평숙平叔이라고 했고, 한 사
람은 등양鄧颺으로 자를 현무玄茂라고 했는데 곧 등우鄧禹의 후예이다.
한 사람은 이승李勝으로 자를 공소公昭라고 했고, 한 사람은 정밀丁謐인
데 자를 언정彦靜이라고 했고, 한 사람은 필궤畢軌로서 자를 소선昭先이
라고 했다. (*이들 다섯 사람은 먼저 그 인품부터 설명한 후에 그 성씨를 말하
고 있다.)

그의 문하에는 또 대사농大司農 환범桓範이 있었는데, 그의 자字는 원
칙元則으로 자못 지모智謀가 있어서 많은 사람들은 그를 "꾀주머니(智
囊)"라고 불렀다. (*이 한 사람만은 먼저 그 성씨를 말하고 난 후에 그 인품을
자세히 말하고 있다.)

이 몇 사람들은 모두 조상의 신임을 받고 있었다.

하안이 조상에게 아뢰었다: "주공께서는 대권을 남에게 위탁해서는
안 됩니다. 후환이 생길까봐 두렵습니다."

조상曰: "사마공은 나와 함께 선제로부터 어리신 천자를 잘 보필해
달라는 명(托孤之命)을 받은 사람인데, 어찌 차마 그를 배반할 수 있겠
는가?"

하안曰: "지난날 선친께서 중달과 같이 촉병蜀兵을 깨뜨리실 때 여
러 차례 이 사람으로부터 핍박을 받아 그 때문에 돌아가셨습니다. 주
공께서는 어찌하여 그 일을 살펴보시지 않으십니까?"(*내기를 하여 져
서 창피당한 일을 말한다. 제100회 중의 일.)

조상은 정신이 번쩍 들어서 곧바로 여러 관원들과 의논을 한 다음
궐내로 들어가서 위주 조방에게 아뢰었다: "사마의는 공이 많고 덕이
높으므로 관작을 높여서 태부太傅로 삼으시도록 하시옵소서."(*태위太

尉는 병권을 장악하지만 태부太傅는 병권이 없다. 이 의논은 그로부터 병권을 빼앗으려는 것이다.)

조방은 그의 말을 따랐다. 이로부터 병권은 모두 조상에게로 돌아갔다.

〖 11 〗 조상은 자기 아우 조희曹羲를 중령군中領軍으로 삼고, 조훈曹訓을 무위장군武衛將軍으로 삼고, 조언曹彦을 산기상시散騎常侍로 삼아, (*조씨가 셋이더라도 어떻게 사마씨 하나를 대적할 수 있겠는가?) 각각 3천 명의 어림군御林軍을 거느리고 마음대로 궁중(禁宮) 출입을 할 수 있도록 했다. 또 하안, 등양, 정밀을 상서尚書로 삼고, 필궤를 사예교위司隸校尉로 삼고, 이승을 하남윤河南尹으로 삼았다.

이 다섯 사람은 밤낮으로 조상과 더불어 일을 의논했다. 이리하여 조상의 문하에는 빈객賓客들이 나날이 더 많아졌다.

한편 사마의는 병을 핑계대고 바깥출입을 하지 않았고 두 아들 역시 모두 관직에서 물러나 한가하게 지냈다. (*이때 만약 무후가 살아 있었더라면 위魏를 칠 좋은 기회였는데, 아깝다.)

조상은 매일 하안 등과 같이 술을 마시며 즐겼는데, 모든 입는 옷이나 쓰는 그릇들은 궁중의 그것과 다름이 없었으며, 각처에서 조정에 공물로 바치는 애완물愛玩物과 진기한 물품들 가운데 제일 좋은 것은 먼저 자기 집에 들여보내고 그 후에 궁중으로 들여보냈으며, 가인佳人과 미녀들이 상부相府의 뜰에 가득 했다.

내시(黃門) 장당張當은 조상에게 아첨하고 섬기느라 제멋대로 선제(先帝: 조예)의 시첩 7,8명을 가려서 조상의 부중으로 들여보냈다. 조상은 또 가무에 뛰어난 양갓집 자녀 3,40명을 뽑아서 집안 악단(家樂)을 만들고, 또 여러 층의 화려한 누각(畵閣)을 세웠으며, 금은으로 그릇들을 만드는데 솜씨가 뛰어난 장인들을 수백 명 써서 밤낮으로 물건을 만들게 했다. (*이러한 짓으로는 어떤 일도 이룰 수 없는데 어떻게 사마의를 제압할 수 있겠는가?)


〖 12 〗 한편 하안은 평원平原 사람 관로管輅가 음양오행설(術數)에 밝다는 말을 듣고 그를 청해 와서 그와 더불어 〈역易〉을 논했다. 그때 등양鄧颺이 자리에 같이 있다가 관로에게 물었다: "그대는 스스로 〈역〉을 잘 안다고 하면서도 〈역〉에 나오는 어의(詞義)는 언급하지 않는데, 그 이유가 무엇인가?"

관로曰: "본래 〈역〉을 잘 아는 사람은 〈역〉을 말하지 않습니다." (*공자는 〈易〉을 배웠으나 평소 〈易〉에 대해 말하지 않았다. 이로써 〈易〉은 말로써 전할 수 없는 것임을 알 수 있다.)

하안이 웃으면서 그를 칭찬했다: "가히 요언불번(要言不煩:장황하지 않게 요점만 말하다)이라 할 수 있겠군." (*바로 〈역〉을 말하지 않는 것이 〈역〉을 말하는 것보다 더 깊이가 있다. 그러므로 그를 "요언要言"이라고 칭찬한 것이다.)

그리고는 관로에게 말했다: "시험 삼아 나를 위해 점을 한 번 쳐봐주게. 내가 삼공三公의 벼슬까지 올라갈 수 있겠는가?"

그리고 또 물었다: "내가 연달아 꿈을 꿨는데, 파리 수십 마리가 내 코 위로 모여드는 게 아닌가. 이것은 도대체 무슨 징조인가?"

관로曰: "고대에 고신씨高辛氏의 여덟 아들(*이들을 팔원八元이라고 불렀음)과 고양씨高陽氏의 여덟 아들(*이들을 팔개八愷라고 불렀음)이 함께 순舜 임금을 보좌하고, 주공周公이 주周 무왕武王을 보좌했는데, 모두 남들과 잘 조화를 이루고(和), 은혜를 베풀며(惠), 겸양하고(謙), 공경함(恭)으로 보좌함으로써 많은 복을 누리게 되었다고 하였습니다.

지금 군후君侯께서는 지위가 높고 권세가 무겁지만 따르는 자들로서 마음속에 덕德을 품은 자는 적고 위세威勢를 두려워하는 자가 많습니다. 이는 결코 조심하면서 복을 구하는 방도가 아닙니다. (*요언要言이 라 할 수 있다.)

또 코(鼻)라는 것은 곧 산과 같습니다. 산은 높되 위태롭지 않아야 귀함을 오래 지킬 수 있습니다. (*갑자기 관상을 얘기한다.) 그런데 지금 파리 떼가 고약한 냄새를 맡고 거기에 모여드니, 이는 벼슬이 높은 자 가 장차 넘어지게 된다는 것이니 어찌 두려운 일이 아니겠습니까?

바라건대 군후께서는, 많은 것은 덜어내고 적은 것은 보태시고(哀多 益寡),(*이는 익괘益卦의 뜻이다.) 예禮가 아닌 것은 행하지 마십시오(非 禮勿履). (*이는 이괘履卦의 뜻으로, 〈易〉을 말하고 있지 않지만 이것은 도리 어 〈易〉을 말하고 있는 것이다.) 그렇게 한 후에야 삼공의 벼슬에 오를 수 있고 파리 떼도 쫓아버릴 수 있습니다."

등양이 화를 내며 말했다: "이는 늙은이들이 입버릇처럼 하는 상투 어(老生常談)에 지나지 않아!"

관로曰: "늙은이들은 살아있지 않음을 보고(老生者見不生), 상투어 를 말하는 사람은 말하지 않는 것을 보지요(常談者見不談)."(*이는 심오 한 말(玄語)이자 은어隱語로서 역시 묘한 말이다.)

그는 곧바로 소매를 털고 일어나 가버렸다.

두 사람은 큰 소리로 웃으면서 말했다: "참으로 미친 자로군!"

관로가 집으로 돌아가서 외숙에게 그 일을 말해주자, 외숙이 크게 놀라면서 말했다: "하안과 등양 두 사람은 위엄과 권세가 막중한 사람 들인데 너는 어찌하여 그들의 비위를 거슬렀느냐?"

관로曰: "나는 죽은 사람과 말했는데, 겁낼 게 뭐 있습니까!"(*이것 이 소위 늙은이는 살아있지 않음, 즉 죽음을 본다는 뜻이다.)

외숙이 그 까닭을 물었다.

관로曰: "등양은 걸음을 걸을 때 힘줄이 뼈를 묶어 조이지 못하고 (筋不束骨), 맥이 살을 제어하지 못하여(脈不制肉), 일어서면 몸이 삐딱

하게 기울어져(起立傾倚) 마치 손발이 없는 것과 같았는데, 이는 '귀신이 어른거리는 상(鬼躁之相)'입니다.

그리고 하안을 살펴보았는데, 혼이 그 집(신체)을 떠나 있었고(魂不守宅), 피가 붉은 색을 띠지 않았고(血不華色), 정신이 몸에서 떠나 연기처럼 떠다녔고(精爽烟浮), 얼굴은 마른 나무와 같았는데(容若枯木), 이는 '귀신이 그 속에 들어 있는 상(鬼幽之相)'입니다. 두 사람은 조만간 반드시 살신殺身의 화禍를 당할 텐데 무엇을 겁내겠습니까?"(*점을 쳐서 길흉을 판단하는 것이 아니라 관상으로 길흉을 판단한다.)

그 외숙은 큰 소리로 관로를 미친 자식이라고 욕을 하고 가버렸다.


〖 13 〗한편 조상은 일찍이 하안, 등양 등과 함께 사냥을 간 적이 있었다. 동생 조희曹羲가 간했다: "형님의 위세와 권력은 너무도 크십니다. 그런데도 밖으로 나가서 사냥하시는 걸 좋아하시는데, 만약 누군가가 그 틈을 노려서 계략을 꾸민다면 그때는 후회해도 늦습니다."(*후문後文의 복선伏線이다.)

조상은 그를 꾸짖었다: "병권이 내 손 안에 있는데 겁낼 게 뭐 있단 말이냐!"

사농司農 환범桓範 역시 간했으나 듣지 않았다. (*무슨 말로 간했는지는 서술하지 않았는데, 이는 생필법省筆法이다.)

이때 위주魏主 조방曹芳은 연호를 고쳐서 정시正始 10년을 가평嘉平 원년으로 했다.

조상은 마음대로 권력을 휘두르게 된 후로 중달이 무슨 생각을 하고 있는지 그 허실虛實을 몰랐다. 그때 위주魏主가 이승李勝을 청주青州 자사에 제수하면서 즉시 그에게 중달에게 가서 하직인사를 하고 차제에 그의 소식도 알아보라고 했다.

이승은 곧장 태부太傅의 부중府中으로 갔더니, 문을 지키고 있던 관리가 재빨리 안에다 보고했다.

사마의는 두 아들에게 말했다: "이는 조상이 내 병의 실상을 알아보라고 보낸 것이다."

그리고는 관을 벗고 머리를 풀어헤치고 침상 위에 올라가서 이불로 온몸을 둘둘 말고 앉았다. 그리고 시비 둘에게 좌우에서 부축하도록 하고 나서야 비로소 이승을 청하여 부중 안으로 들어오게 했다. (*조조는 거짓으로 병을 앓으면서 길평吉平을 시험했는데, 사마의는 거짓 병으로 이승李勝을 속여 넘긴다. 간웅들의 수법은 전후가 똑같다.)

이승이 침상 앞으로 와서 절을 하고 말했다: "근간에 태부를 뵙지 못했는데 이처럼 병환이 위중하실 줄 누가 생각이나 했겠습니까? 이번에 천자께서 저를 청주자사로 임명하셔서 특별히 하직인사를 하러 왔습니다."

사마의는 거짓으로 대답했다: "병주并州는 북방에서 가까우니 방비를 잘 하시게."(*거짓으로 귀먹은 체하는데, 매우 교묘하다.)

이승曰: "청주자사를 제수받았습니다. '병주'가 아닙니다."

사마의가 웃으면서 말했다: "자네는 방금 병주에서 오는 길인가?"(*절묘하다. 꼭 귀머거리 같다.)

이승曰: "산동山東의 청주입니다."

사마의가 큰 소리로 웃으면서 말했다: "자네는 청주에서 오는 길이군!"

이승曰: "태부께서는 어쩌다가 이런 병에 걸리셨는가?"

좌우 사람들이 말했다: "태부께서는 귀가 먹어 잘 듣지 못하십니다."

이승曰: "지필묵紙筆墨을 좀 갖다 주게."

좌우 사람들이 종이와 붓을 가져와서 이승에게 주었다. 이승이 써서 바치자 사마의가 그것을 보고는 웃으며 말했다: "내가 병이 들어 귀가 먹어 버렸다네. 이번에 가거든 몸조심하게나."

말을 마치자 손으로 입을 가리켰다. 시비가 더운물을 가져와서 드리자 사마의는 입을 그릇에다 갖다 댔는데, 물을 흘려서 옷깃이 다 젖었다.

그러자 사마의가 목이 멘 소리로 말했다: "내 이제 노쇠한데다 병이 위중해서 멀지 않아 죽을 것이네. 불초한 내 두 자식들을 그대가 잘 가르쳐주기 바라네. 만약 대장군을 보게 되거든 아무쪼록 내 자식들을 잘 돌봐달라고 부탁 좀 해주게!"

말을 마치자 그대로 침상 위에 쓰러지더니 목 쉰 소리를 내면서 숨을 헐떡거렸다. 이승은 중달에게 하직인사를 하고 돌아가서 조상을 보고 그 일을 자세히 이야기해 주었다.

조상은 크게 기뻐하며 말했다: "이 늙은이가 죽으면 나에겐 더 이상 근심할 게 없어!"


〖 14 〗 사마의는 이승이 돌아간 것을 보고 곧바로 자리에서 일어나 두 아들에게 말했다: "이승이 이제 돌아가서 소식을 전할 것이고, 그러면 조상은 틀림없이 더 이상 나를 거리껴하지 않을 것이다. 다만 그가 사냥을 하러 성에서 나갈 때를 기다려서 일을 도모하면 된다."(*하문下文을 위한 복필伏筆이다.)

하루도 지나지 않아 조상은 위주 조방에게 선제先帝에게 제사지내러 고평릉高平陵으로 가자고 청했다. 대소 관료들은 모두 천자의 어가를 따라 성을 나갔다.

조상이 세 아우와 자기의 심복인 하안 등과 어림군을 이끌고 천자의 수레를 호위하여 가려고 하는데, 사농 환범桓範이 말을 못 가도록 막고 서서 간했다: "주공께서는 궁궐 호위병(禁兵)들을 총 관장하고 계시므로 형제분들이 다 나가서는 안 됩니다. 만약 성 안에 무슨 변고라도 생긴다면 어떻게 하려고 그러십니까?"(\*이 사람을 '꾀주머니(智囊)'라고 한다면, 조상과 같은 자는 '술주머니(酒囊)', '밥주머니(飯囊)'일 따름이다.)

조상은 채찍을 들어 그를 가리키면서 꾸짖었다: "누가 감히 변고를 일으킨단 말이냐! 두 번 다시 함부로 그런 말 하지 마라!"

이날 사마의는 조상이 성에서 나가는 것을 보고 속으로 크게 기뻐하면서 즉시 옛날 자기 수하에서 적과 싸웠던 사람들과 자기 집안 장수 수십 명을 일으켜서 두 아들을 이끌고 말에 올라 곧장 조상을 모살謀殺하러 갔다. 이야말로:

문을 닫자 갑자기 활기 띠고 　　　　　　　　閉戶忽然有起色
이때부터 군사 휘몰아 위풍 날린다. 　　　　驅兵自此逞雄風

조상의 목숨이 어찌될지 모르겠거든 다음 회를 읽어보기 바란다.

## 제 106 회 모종강 서시평序始評

(1). 손권이 공손연公孫淵과 손을 잡고 위魏에 대항하려고 한 것은 조비曹丕가 맹획의 힘을 빌려 촉을 치려고 한 것과 같다. 공손연이 동오의 사자를 죽여 그 수급을 조예曹叡에게 바친 것은 공손강公孫康이 원상과 원담을 죽여 그 수급을 조조에게 바친 것과 같다.

맹획이 촉한(蜀漢)을 배반한 것은 한 번뿐이 아니지만, 공손연이 위魏를 섬긴 것은 두 번이나 된다. 그러므로 위魏는 공손씨들을 용서해 주어도 되었다. 그런데도 무후는 맹획을 죽이지 않았으나 사마의는 공손씨를 반드시 죽이려고 했으니, 인仁한 사람과 불인不仁한 사람의 같지 않음이 어찌 이와 같은가?

(2). 무후武侯가 남만을 평정하기는 어려웠지만 중달이 요동遼東을 평정하기는 쉬웠다. 그 이유는 무엇인가?

마음을 공략하기는 어렵지만 성을 공략하기는 쉽기 때문이다. 그리고 기산祁山으로 나가기 전, 무후는 북쪽을 돌아봐야 하는 근심이 있었음에도 불구하고 마음껏 남정南征을 할 수 있었는데, 이 일은 남들이 미칠 수 있는 것이 아니었다.

무후가 죽고 난 후에 중달에게는 서쪽을 돌아봐야 할 염려가 없었다. 그래서 동쪽 정벌에만 전념할 수 있었는데, 이 일은 남들도 할 수 있는 것이었다. 그러므로 중달이 비록 유능하다고 하더라도 결국 무후보다는 못하다.

(3). 조조의 부친 조숭曹嵩은 조등曹騰의 양자로 들어갔고, 조비曹丕의 손자 조방曹芳 역시 양자로 들어갔다. 자기 부친이 양자로 들어갔다면 그 전의 세계世系는 이때 문란해지고, 손자가 양자로 들어왔다면 그 후의 조상 제사는 이때 끊어진다. 조씨의 대가 끊어진 것은 진晉에게 선위禪位할 때까지 기다릴 것도 없이, 조방이 천자의 자리를 이을 때 이미 여진呂秦과 황초黃楚처럼 이어진 것이다.*

혹자는 조방이 임성왕任城王 조해曹楷의 소생所生이라고 하는데, 그렇다면 종실宗室에서 양자를 들여 대를 잇는 것인데 왜 대신들에게 말하지도 않고 비밀로 하여 감추고 남들로 하여금 그가 누구 소생인지도 모르게 한단 말인가?

아! 조비가 천자의 자리를 차지하기가 그처럼 어려웠는데도 명령(螟蛉: 양자)을 후사後嗣로 삼았다면 그 얼마나 경솔한 짓인가. 후세의 황제의 자리를 찬탈한 신하들 역시 이를 거울삼아서 막을 수 있었을까?

(*呂秦: 진시황 영정嬴政은, 그의 모친이 여불위呂不韋와 야합하여 임신한 상태에서 진秦 왕자 자초子楚의 첩이 되어 낳은 사생아私生兒이다. 후에 자초가 즉위하여 진 장양왕莊襄王이 되고 영정은 태자가 되었는

데, 장양왕이 죽은 후 영정이 즉위하여 진시황이 되었다. 진시황은 여불위의 자식이라는 뜻에서 그 후의 진 나라를 여진(呂秦: 여씨呂氏의 진秦나라란 뜻)이라고도 부른다. 진秦은 후에 유방에게 멸망하게 되지만, 사실상 이전에 벌써 여씨呂氏에게 망했다는 뜻이 있다. (〈史記·呂不韋列傳〉 참조).──역자

* 黃楚: 초楚의 춘신군春申君 황헐黃歇. 초 고열왕考烈王에게 자식이 없자 황헐이 이원李園의 여동생과 관계하여 임신을 시킨 후 초왕에게 바쳐서 낳은 아이가 웅한熊悍인데, 고열왕 사후 그가 초 왕위를 계승했으니 그가 바로 초 유왕幽王이다. (〈史記·春申君列傳〉 참조.) ──역자

# 제 107 회

## 위주魏主, 사마씨에게 정권 빼앗기고
## 강유, 우두산牛頭山 싸움에서 패하다

〖 1 〗 한편 사마의는 조상曹爽이 어림군과 더불어 자기 아우 조희曹義, 조훈曹訓, 조언曹彦과 심복 하안, 등양, 정밀, 필궤, 이승 등과 같이 위주 조방曹芳을 따라 성을 나가서 명제(明帝: 조예)의 묘소에 참배한 다음 곧바로 사냥을 하러 갔다는 말을 들었다.

사마의는 크게 기뻐하며 즉시 궁궐 안으로 들어가서 사도司徒 고유高柔로 하여금 (*이 사람은 사마의의 심복이다.) 절월節鉞을 빌려 대장군의 일을 맡아보면서 먼저 조상의 군영(營)을 점거하도록 했다. 그리고 또 태복太僕 왕관王觀으로 하여금 중령군中領軍의 일을 맡아보면서 (*이 사람 또한 사마의의 심복이다.) 조희의 군영을 점거하도록 했다.

사마의는 옛 관원들을 이끌고 후궁으로 들어가서 곽 태후郭太后에게 조상이 선제로부터 어린 황제의 보필을 부탁받은 탁고托孤의 은혜를 저버리고 간사한 짓을 하여 나라를 어지럽히고 있으니 그 죄를 물어 마땅히 현직에서 쫓아내야 한다고 아뢰었다.

곽 태후는 크게 놀라서 말했다: "천자께서 궁 밖에 계시는데 이를 어찌하면 좋단 말이오?"

사마의曰: "신에게 천자께 올릴 표문과 간신을 죽일 계책이 있으니, 태후께서는 걱정하지 마십시오."

태후는 겁이 나서 그대로 따를 수밖에 없었다. 사마의는 급히 태위太尉 장제蔣濟와 상서령 사마부司馬孚로 하여금 같이 표문을 쓰도록 하여 (*이 두 사람 역시 사마의의 심복들이다.) 내시를 시켜 그것을 가지고 성 밖으로 나가서 곧장 천자께 가서 아뢰도록 했다. 그리고 사마의는 직접 대군을 이끌고 무기고를 점거했다.

일찌감치 어떤 사람이 이 소식을 조상의 집에 알려주었다.

조상의 처 유씨劉氏가 급히 대청 앞으로 나와서 부중府中을 지키는 관리를 불러서 물었다: "지금 주공께서는 밖에 나가 계시는데 중달은 무슨 의도로 군사를 일으켰는가?"(*곽 태후까지 이미 사마의가 시키는 대로 하는데 유씨가 무엇을 할 수 있겠는가.)

수문장守門將 반거潘擧가 말했다: "부인께서는 놀라지 마십시오. 제가 가서 물어보고 오겠습니다."

그리고는 궁노수 수십 명을 이끌고 문루 위로 올라가서 바라보니 마침 사마의가 군사들을 이끌고 부중 앞을 지나가고 있었다. 반거는 사람들에게 화살을 아래로 마구 쏘도록 해서 사마의가 지나갈 수 없게 했다.

편장偏將 손겸孫謙이 반거 뒤에 있다가 그들에게 멈추라고 소리치면서 말했다: "태부께서는 국가 대사를 수행하시는 중이니 활을 쏘지 말라!"(*이 사람 또한 사마의의 심복이다.)

연달아 세 번 멈추라고 소리치자 반거는 비로소 활을 쏘지 않았다.

사마소司馬昭가 부친 사마의를 보호하여 그 앞을 지나가 군사를 이끌고 성을 나가서 낙하(洛河: 낙수洛水. 황하의 지류로 하남성 서부에 있음)에 주둔시켜 놓고 부교浮橋를 지켰다.

〖 2 〗 한편 조상 수하의 사마司馬 노지魯芝는 성 안에 변고가 생긴 것을 보고 참군參軍 신창辛敞에게 가서 같이 상의했다: "지금 중달이 이렇게 변란을 일으켰으니, 이를 어찌해야 하겠는가?"

신창曰: "휘하의 군사들을 이끌고 성을 나가서 천자를 찾아뵈어야 될 것 같소."

노지는 그의 말을 옳게 여겼다. 신창은 그 길로 급히 후당으로 들어갔다. 그의 누이 신헌영辛憲英이 그를 보고 물었다: "너는 무슨 일이 있기에 이처럼 허둥대고 있느냐?"

신창이 고했다: "천자께서 성 밖에 계시는데 태부가 성문을 닫아버렸으니, 틀림없이 반역을 꾀하려는 것입니다."

신헌영曰: "사마공은 틀림없이 반역을 꾀하려는 게 아니라 단지 조장군을 죽이려고 하는 것뿐이다."(*사태를 잘 헤아린다. 조상의 부인 유씨도 만약 그를 배울 수 있었다면 조상으로 하여금 성을 나가지 않도록 했을 것이다.)

신창이 놀라며 말했다: "이 일을 어떻게 해야 할지 모르겠습니다."

신헌영曰: "조 장군은 사마공의 적수가 못 되므로 틀림없이 패할 것이다."(*일을 헤아림이 밝다. 유씨가 만약 그를 배울 수 있었다면 틀림없이 조상으로 하여금 중달을 폐하게 하지 않았을 것이다.)

신창曰: "지금 노魯 사마는 나에게 같이 가자고 하는데, 가도 될지 모르겠어요."

신헌영曰: "자기 직분을 충실히 수행하는 것이 사람의 큰 도리이다

(職守, 人之大義也). 보통 사람들(凡人)이 어려움에 처해 있는 것을 보고도 오히려 구해 주기도 하는데, 하물며 남을 모시고 있는 자가 자기 직분을 내팽개친다면(執鞭而棄其事) 그보다 더 불상不祥스러운 일은 없을 것이다."(*사람의 도리(義)를 권하는 데 충성스럽다. 만약 유씨가 그를 배울 수 있었다면 틀림없이 조상으로 하여금 참람하고 망령된 짓을 하지 않도록 했을 것이다.)

신창은 그 말을 좇아서 노지와 더불어 기병 수십 기騎를 이끌고 관문을 돌파하여 성을 나갔다. 누군가가 사마의에게 이 사실을 알려주었다. 사마의는 환범桓範 역시 달아날까봐 두려워서 급히 사람을 보내서 그를 불러오도록 했다. 환범은 자기 아들과 상의했다.

그 아들이 말했다: "천자께서 성 밖에 계시니 차라리 남쪽으로 나가시는 게 좋겠습니다."(*신창에게는 상의할 누이가 있고, 환범에게는 아들이 있다.)

환범은 아들의 말을 좇아서 곧바로 말에 올라 평창문平昌門으로 갔는데, 성문은 이미 닫혀 있었다. 문을 지키는 장수는 이전에 환범의 수하에서 하급관리로 있던 사번司蕃이었다. 환범은 소매 속에서 죽간竹簡을 하나 꺼내들고 말했다: "태후께서 내리신 칙서가 여기 있네. 즉시 문을 열게나."

사번曰: "그 칙서를 보여 주십시오."

환범이 호령했다: "너는 나의 옛 부하이다. 어찌 감히 이럴 수가 있느냐!"

사번은 어쩔 수 없이 성문을 열어주어 나가도록 했다.

환범은 성 밖으로 나가서는 사번을 부르면서 말했다: "태부가 모반을 했다. 너도 속히 나를 따라 가는 것이 좋을 게다."(*후에 중달이 환범을 죽이게 되는 것은 단지 이 말 때문이다.)

사번은 크게 놀라서 그의 뒤를 추격해 갔으나 미치지 못했다. 어떤 사람이 사마의에게 이 사실을 알려주었다.

사마의가 크게 놀라면서 말했다: "꾀주머니(智囊)가 빠져 나갔다. 이일을 어찌해야 하나?"

장제曰: "노마(駑馬: 둔한 말)는 마구간의 콩에 미련이 남아 있을 것입니다(駑馬戀棧豆). 틀림없이 조상은 그가 올리는 계책을 쓸 수 없을 것입니다."(*꾀주머니인들 어떻게 둔한 인간(鈍物)을 당해낼 수 있겠는가?)

사마의는 곧 허윤許允과 진태陳泰를 불러서 말했다: "너희는 가서 조상을 보고 이렇게 말하거라: 태부는 별다른 뜻은 없고, 다만 당신네 형제들이 병권兵權을 내놓도록 하려는 것뿐이라고."(*그들이 밖에서 변란을 일으킬까봐 두려워서 그들을 돌아오도록 유인하여 죽이려는 것이다.)

허윤과 진태 두 사람이 떠나갔다.

또 전중교위殿中校尉 윤대목尹大目을 불러오고, 장제로 하여금 글을 쓰도록 해서, 그것을 대목에게 주면서 가지고 가서 조상을 만나 전하라고 했다.

그리고 사마의가 분부했다: "너는 조상과 교분이 두터우니 이 소임을 맡을 수 있을 것이다. (*조상과 교분이 두터운 자가 또한 사마의의 심복이다.) 너는 조상을 보고, '나와 장제가 낙수洛水를 두고 맹세하기를, 이번 일은 단지 병권 문제일 뿐 다른 뜻은 전혀 없다'고 말하거라." (*그야말로 어린애를 속이는 것과 같다.)

윤대목은 시키는 대로 하겠다면서 떠나갔다.


〚 3 〛 한편 조상이 사냥을 나가서 한창 매를 날리고 개를 달리게 하고 있을 때 갑자기 보고해 오기를, 성내에서 변고가 생겨서 태부가 표문을 올려왔다고 했다. 조상은 크게 놀라서 하마터면 말에서 떨어질 뻔했다. (*태부가 홀연히 침상에서 일어나자, 조상은 스스로 말에서 떨어질 뻔하는 것으로 대응한다.)

내시(黃門官)가 천자 앞에 무릎을 꿇고 표문을 바쳤다. 조상이 그것을 대신 받아서 봉한 것을 뜯더니 근신近臣에게 읽으라고 했다. 표문의 내용은 대략 이러했다:

"정서征西 대도독 태부 신臣 사마의는 참으로 황공하옵게도 머리를 조아리며 삼가 표문을 올리나이다:

신이 전날 요동으로부터 돌아오자 선제께서는 폐하와 진왕秦王과 신 등에게 어상御牀에 올라오라고 명하시어 신의 팔을 잡으시고 뒷일을 깊이 염려하셨나이다.

지금 대장군 조상은 고명顧命을 저버리고 국가의 전례典例와 제도를 파괴하고 어지럽혔으며, 안으로는 참람한 행동을 하고, 밖으로는 위세와 권력을 독점하였고, 내시 장당張當을 도감都監으로 삼아 마음대로 함께 작당하였으며, 지존至尊을 감시하고, 폐하의 자리(神器)마저 엿보고 있나이다. 그리고 이궁(二宮: 천자와 곽 태후)을 이간시켜 골육간의 정의情誼까지 해쳤나이다.

이리하여 천하 인심은 흉흉해지고 사람들은 속으로 위험을 느끼고 두려워하는 마음을 품게 되었는바, 이는 선제께서 칙지를 내리시며 폐하와 신에게 당부하신 본래의 뜻이 아니었나이다.

신은 비록 늙었사오나 어찌 감히 전에 하신 말씀을 잊을 수 있겠나이까? 태위太尉 신臣 제(濟: 장제)와 상서尙書 신 부(孚: 사마부) 등은 모두 조상이 폐하를 안중에 두지 않고 있으므로 그 형제들이 군사들을 관장하여 황궁을 숙위宿衛하도록 해서는 안 된다고 생각하여 영녕궁永寧宮의 황태후께 상주하였던바, 황태후께서는 신에게 아뢴 대로 시행하라고 칙지를 내리셨나이다.

신은 즉시 주관하는 관원과 황문령黃門令에게 칙지를 전하여 조상曹爽과 조희曹羲와 조훈曹訓의 휘하 관리와 군사들을 파면시켜 각자 집으로 돌아가서 기다리도록 하고, 머물러 있으면서 폐하의 어가를 지체시켜서는 안 된다고 하였나이다.

감히 폐하의 어가를 지체시키는 자가 있으면 곧바로 군법으로 다스리려고 하옵니다. (*이 몇 마디 말은 마치 고시문告示文 같고 표문表文 같지가 않다. 사마의가 전권을 휘두르는 것이 여기에서 나타난다.)

신은 즉시 병든 몸을 무릅쓰고 군사들을 낙수洛水의 부교浮橋에 주둔시켜 놓고 비상사태를 살펴보려고 하옵니다. 이에 삼가 아뢰고 엎드려 성청聖聽을 바라나이다."

〖 4 〗 위주 조방은 다 듣고 나서 조상을 불러서 말했다: "태부의 말이 이러한데, 경은 어떻게 처리하려고 하오?"

조상은 당황하여 어찌할 바를 모르고 두 아우들을 돌아보고 말했다: "어떻게 해야 되겠나?"

조희曰: "저 역시 일찍이 형님께 간했으나 형님께서 고집을 부리시고 듣지 않아 그만 오늘 이 같은 일이 벌어지고 말았습니다. (*전회에 나온 말이다.) 사마의는 속임수를 잘 쓰기로 비길 자가 없어서 공명조차도 그를 이기지 못했는데, 하물며 우리 형제가 어떻게 이기겠습니까? 아무래도 스스로 결박하고 가서 그를 봄으로써 죽음이나 면하도록 하는 것이 낫겠습니다."(*조상의 형제 셋은 모두 노마駑馬들이고 사마의 부자 셋은 모두 준마駿馬들이다. 노마 셋은 마굿간의 여물통에 미련이 남아 있고, 준마 셋이 한 마구간에 모였다.)

말이 미처 끝나기도 전에 참군參軍 신창辛敞과 사마 노지魯芝가 당도했다. 조상이 그들에게 상황을 묻자 두 사람이 아뢰었다: "성 안의 수비는 철통같고, 태부는 군사들을 이끌고 낙수의 부교에 주둔하고 있어서 형세상 다시 돌아갈 수 없게 되었습니다. 빨리 어떻게 하실지 계책을 정하셔야 합니다."

한창 말하고 있을 때 사농司農 환범桓範이 말을 달려와서 조상에게

말했다: "태부가 이미 모반을 했는데 장군께선 어찌하여 천자께 청하시어 일단 허도로 가서 외부 군사들을 동원하여 사마의를 치도록 하지 않으십니까?"(*만약 이 계책을 쓴다면 나라 안은 틀림없이 크게 어지러워질 것이다. 강유姜維가 이 난리를 틈타 위魏를 친다면 반드시 이길 것이다.)

조상曰: "우리들의 온 집안 식구들이 다 성 안에 있는데, 어찌 다른 곳으로 가서 구원을 청한단 말인가?"(*과연 장제蔣濟가 예상한 대로다.)

환범曰: "필부匹夫도 난리를 만나면 오히려 살기를 바랍니다! 지금 주공께서 천자를 모시고 천하를 호령하신다면 누가 감히 응하지 않겠습니까? 그런데 어찌 스스로 사지死地에 들어가려고 하십니까?"

조상은 그 말을 듣고도 결단을 내리지 못하고 눈물만 줄줄 흘렸다. (*삶에 연연해서 우는 것으로, 이는 다만 마굿간의 콩을 포기하지 못해서이다.)

환범이 또 말했다: "여기에서 허도까지는 불과 한나절 길입니다. 허도 성 안에 있는 군량과 마초로 몇 년은 너끈히 버틸 수 있습니다. 지금 주공의 별영別營 군사들이 궁궐 남쪽 가까이 있으니 부르면 곧장 당도할 것입니다. 또 대사농大司農의 직인職印을 제가 여기에 가지고 있습니다. (*전시에 군량이나 군사물자 조달 업무는 대사농 소관이다.—역자) 주공께서는 급히 그렇게 하십시오. 지체하시면 만사 끝입니다."(*이래서 그를 꾀주머니(智囊)라고 말하는 것이다.)

조상曰: "여러분은 너무 재촉하지 마시오. 내 곰곰이 생각해 볼 테니 기다리시오."(*쓸모없는 인간을 생생하게 그려내고 있다.)

잠시 후 시중侍中 허윤許允과 상서령尙書令 진태陳泰가 이르렀다.

두 사람이 아뢰었다: "태부께서는 다만 장군의 권세가 너무 크다고 생각하여 병권을 깎으려는 것에 불과하지, 다른 뜻은 별로 없습니다. 장군께서는 빨리 성안으로 돌아가도록 하십시오."

조상은 입을 꾹 다물고 말이 없었다. (*그 이름을 "밝을 상爽"이라고 했으면서 그 사람은 어찌 이리도 밝지 못한가?)

바로 그때 전중교위 윤대목尹大目이 당도했다. 윤대목이 말했다:
"태부께서는 낙수를 가리키며 맹세하시기를, 다른 뜻은 전혀 없노라
고 하셨습니다. 장태위(蔣太尉: 장제)의 서신이 여기 있습니다. 장군께서
는 병권을 포기하시고 빨리 상부相府로 돌아가시도록 하십시오."

조상은 그것을 옳은 말이라 믿었다. 환범이 또 아뢰었다: "사태가
급합니다! 다른 사람의 말을 듣고 사지死地로 가지 마십시오!"


〖 5 〗 이날 밤 조상은 뜻을 정하지 못하고 검을 빼서 손에 들고 한숨
을 쉬면서 깊은 생각에 잠겼다. 그러나 황혼녘부터 새벽에 이르도록
그저 눈물만 흘리면서 이런저런 의심을 하느라 결국 결정을 내리지 못
했다.

환범이 막사 안으로 들어가서 그를 재촉하며 말했다: "주공께서는
하루 종일 생각하셨으면서도 어찌하여 아직도 결단을 못 내리십니
까?"

조상은 들고 있던 검을 내던지고 탄식하며 말했다: "나는 군사를 일
으키지 않을 것이다. 내가 진심으로 바라는 것은 벼슬을 버리고 다만
부자로서 살아가는 것으로 족하다(情願棄官, 但爲富家翁足矣)."(*조상
의 부친 조자단은 공명에게 수치를 당해 화가 나서 죽었으나 그래도 부끄러워
할 줄도 알았고 화를 낼 줄도 알았으나, 지금 조상은 부끄러워하지도 않고 화
를 내지도 않는다.)

환범은 대성통곡하면서 막사 밖으로 나와 말했다: "조자단(曹子丹:
曹眞. 조상의 부친)은 스스로 지모가 있다고 자부했었다! 그런데 지금 그
의 자식 삼형제는 참으로 돼지나 송아지 같은 자들에 불과하구나!"

그러면서 통곡하기를 마지않았다.

허윤과 진태는 조상에게 먼저 대장군의 인수를 사마의에게 바치라

고 했다. 조상이 직인을 보내주라고 하자, 주부 양종楊綜이 인수를 꽉 붙잡고 통곡하면서 말했다: "주공께서 오늘 병권을 버리시고 스스로 몸을 묶고 가서 항복을 하신다면, 동쪽 저잣거리에서 참수 당하심을 면하지 못하실 것입니다."

조상曰: "태부는 반드시 나에게 신의를 지키실 것이다."(*조씨의 자손들은 이처럼 쓸모없는 자들이어서 간웅들로 하여금 기가 막히도록 할 것이다.)

이리하여 조상은 대장군의 인수를 허윤, 진태 두 사람에게 주어 먼저 사마의에게로 가져가서 바치도록 했다.

많은 군사들은 그에게 더 이상 대장군의 관인이 없는 것을 보고 다들 사방으로 흩어졌다. 조상의 수하에는 단지 관료들 몇 명만 남아 있었다.

조상 일행이 부교에 이르렀을 때, 사마의는 명을 내려 조상 형제 셋을 일단 자택으로 돌아가도록 하고 (*간웅의 수법은 이처럼 서서히 그 모습을 드러낸다는 데 그 교묘함이 있다.) 나머지는 모두 감옥으로 보내서 칙명을 기다리도록 했다.

조상 등이 성으로 들어갈 때 모시고 따르는 자가 단 한 명도 없었다. 환범이 부교 가에 이르자 사마의가 말 위에서 채찍으로 그를 가리키며 말했다: "환桓 대부는 무슨 이유로 이리 하는가?"

환범은 머리를 숙인 채 말없이 성으로 들어가 버렸다. 이리하여 사마의는 천자에게 영채를 거두어 낙양으로 들어가도록 청했다.

〖 6 〗 조상의 형제 셋이 집으로 돌아간 후 사마의는 큰 자물쇠로 집 대문을 잠가놓고 동네 사람들 8백 명으로 하여금 그 집을 에워싸고 지키도록 했다. 조상은 근심걱정으로 마음이 우울했다.

조희曹羲가 조상에게 말했다: "지금 집안에 양식이 떨어졌으니 형님께서 태부에게 글을 써 보내서 양식을 꾸어달라고 해보십시오. (*칼이 목 위에 와 있는데 오히려 양식을 빌리려 하다니, 참으로 가소롭다.) 만약 그가 양식을 우리한테 꾸어준다면 그것은 우리를 해칠 마음이 없는 것이 틀림없습니다."

조상은 이에 글을 써서 사람을 시켜 가지고 가게 했다. 사마의는 글을 보고 곧바로 양곡 1백 석(斛)을 조상의 집으로 보내주었다. (*간웅의 수법의 교묘함은 그것을 천천히 실행한다는 데 있다.)

조상은 크게 기뻐하며 말했다: "사마공은 본래 나를 해칠 마음이 없었구나."

그리고는 다시는 근심하지 않았다. (*어리석은 자는 끝까지 어리석다.)

알고 보니, 사마의는 먼저 내시 장당張當을 붙잡아서 옥에 가둬놓고 문초를 했다.

장당이 말했다: "저 한 사람뿐만 아니라 하안, 등양, 이승, 필궤, 정밀 등 다섯 명이 다 같이 찬역(簒逆: 제위를 빼앗으려는 반역)을 모의했습니다."

사마의는 장당의 자백(供招)을 받아놓은 다음 하안 등을 붙잡아다 솔직히 밝히라고 문초를 하자 모두들 3월에 반란을 일으키려 했다고 진술했다. (*이런 식의 자백문서는 모두 죄상을 꾸며서 만드는 것으로, 반드시 그런 일이 실제로 있었던 것은 아니다.)

사마의는 그들에게 긴 칼을 씌워서 가둬놓았다.

성문을 지키는 장수 사번司蕃이 고하였다: "환범이 거짓 칙서를 만들어 성을 나갔는데, 그때 태부께서 모반을 했다고 말했습니다."

사마의曰: "모반했다고 남을 무고했으니, 그 죄는 반좌(反坐: 무고 내용에 해당하는 벌을 무고한 자에게 가하도록 되어 있는 죄)에 해당한다."

그리고는 환범 등도 모두 옥에 가두었다.

그런 다음 조상 및 그 형제 세 사람과 관련된 범인들을 모두 형장刑

場으로 끌어내서 참수하고 그 삼족을 멸했다. (*검을 빼들고 밤새도록 깊이 생각하고서도 결국 이렇게 될 줄은 생각지 못했다.) 그리고 그들의 가산家産과 재물들은 전부 몰수하여 나라 창고에 넣어버렸다.

〖 7 〗 이때 조상의 사촌 아우 문숙文叔의 아내는 하후령夏侯令의 딸이었는데, 그녀는 일찍이 과부가 되어 자식이 없었다. 그녀의 부친이 재가再嫁시키려고 하자, 그녀는 자기 귀를 자르고 스스로 수절守節할 것을 맹세했다.

조상이 참수를 당하게 되자 그녀의 부친은 다시 자기 딸을 개가시키려고 했는데, 그녀는 다시 자기 코까지 베어버렸다.

그녀의 집안사람들은 놀라고 당황해서 그녀에게 말했다: "사람이 세상을 살아가는 것은 마치 연약한 풀잎 위에 가벼운 티끌이 앉아 있는 것과 같은데(人生世間, 如輕塵栖弱草), 어찌 이처럼 자신을 괴롭힌단 말이냐? 그리고 네 시집은 사마씨에게 도륙을 당해서 이미 아무도 없는데 도대체 누구를 위해 수절을 하겠다는 것이냐?"

그녀는 울면서 말했다: "제가 듣기로는 '어진 사람은 성쇠盛衰로 인해 절개를 바꾸지 않고, 의로운 사람은 살고 죽는 것(存亡)으로 인해 마음을 바꾸지 않는다(仁者不以盛衰改節, 義者不以存亡易心)'고 했습니다. 조씨가 성할 때에도 오히려 절개를 끝까지 지키려고 했었는데, 하물며 지금은 멸망했는데 어찌 차마 절개를 버리겠습니까? 이는 금수禽獸의 행실인데 제가 어찌 그리 할 수 있습니까!"(*신창의 누이 신헌영辛憲英은 아우를 의義로써 가르치고, 하후씨의 딸은 절개節介로써 부친의 권유를 사양하는바, 같은 시기에 기특한 여자 두 사람이 있었다.)

사마의가 그 소식을 듣고 그녀를 훌륭하게 생각하여 양자를 들여 조씨의 뒤를 잇도록 해주자는 청을 들어주었다. 후세 사람이 이에 대해 지은 시가 있으니:

풀잎 위의 작은 티끌, 그 이치 훤히 깨달았던          弱草微塵盡達觀
하후씨 딸의 산과 같은 의리여!                        夏侯有女義如山
장부들도 이 여인의 절개에는 미치지 못하니          丈夫不及裙釵節
스스로의 수염보고 얼굴에 식은땀 흘린다.            自顧鬚眉亦汗顔

〚 8 〛 한편 사마의가 조상을 죽이고 나자 태위 장제蔣濟가 말했다:
"아직 관문을 깨뜨리고 나갔던 노지魯芝와 신창辛敞, 그리고 대장군의
인수를 꽉 붙잡고 내놓으려 하지 않았던 양종楊綜이 남아 있는데, 다
그냥 내버려 두어서는 안 됩니다."

사마의曰: "그들은 각자 자기 주인을 위해 그렇게 한 것이니 바로
의로운 사람(義人)들이다."

그리고는 각자의 이전 관직을 회복시켜 주었다. (*환범만 죽인 것은
특히 그가 꾀주머니라는 사실 때문에 기피했기 때문이다.)

신창이 감탄하여 말했다: "내가 만약 누님께 여쭤보지 않았더라면
대의大義를 잃을 뻔했다."(*훌륭한 누이이다. 이런 누이라면 나 역시 그 아
우가 되고 싶다.)

후세 사람이 신헌영을 칭찬해서 지은 시가 있으니:
남의 신하로 녹 먹었으면 갚을 일 생각하고          爲臣食祿當思報
주인이 위험에 처하면 충성을 다해야 한다.          事主臨危合盡忠
신헌영이 동생에게 이렇게 권했기에                  辛氏憲英曾勸弟
천년 후에도 여전히 그 높은 품격 칭송받네.          故令千載頌高風

사마의는 신창 등을 용서해 주고 방을 내걸어, 조상의 문하에 있던
모든 사람들은 다 죽음을 면해 주고, 관직에 있던 자들은 이전의 관직
을 복직시켜 주겠다고 알렸다. 이리하여 군사들이나 백성들이나 모두
가업家業을 지키면서 안팎으로 모두들 안도했다.

하안과 등양 두 사람은 비명非命에 죽고 말았는데, 과연 관로管輅가 말한 대로 되었다. (*앞 회에서의 말.) 후세 사람이 관로를 칭찬해서 지은 시가 있으니:

성현의 신묘한 비결 전수받은 　　　　　　傳得聖賢眞妙訣
평원 사람 관로의 관상법은 귀신과도 통했다.　平原管輅相通神
하안과 등양을 귀유鬼幽와 귀조鬼躁로 나누고　鬼幽鬼躁分何鄧
그들이 죽기 전에 먼저 죽은 사람인 줄 알았다.　未喪先知是死人

〖 9 〗 한편 위주魏主 조방曹芳은 사마의를 봉하여 승상으로 삼고 그에게 아홉 가지 특전, 즉 구석九錫을 내려주었다. (*사람들로 하여금 옛날 위공魏公 조조曹操가 구석을 받던 때(*제61회 참고)를 회상하게 만든다.) 사마의는 굳이 사양하면서 받으려 하지 않았다. (*이 사람이 조조보다 현명한 점이다.) 그러나 조방은 윤허하지 않고 그들 부자 세 사람이 함께 나라 일을 맡아 처리하도록 했다.

사마의는 문득 생각했다: "조상曹爽의 온 집안이 비록 주륙을 당했으나 아직도 하후패夏侯霸가 옹주雍州 등지를 지키고 있다. 그는 조상曹爽의 친척인데 만약 그가 갑자기 난을 일으키면 어떻게 방비하지? 반드시 처치해 버려야겠다."

그는 즉시 칙명을 내려 사자를 옹주로 보내어 정서征西장군 하후현夏侯玄에게 의논할 일이 있어서 그런다고 말하고 낙양으로 데려오도록 했다. (*황실 종친들을 전부 잘라버리려는 의도를 알 만하다.)

하후패는 이 소식을 듣고 크게 놀라서 곧바로 휘하 군사 3천 명을 이끌고 반란을 일으켰다. 이때 곽회가 옹주자사로 있었는데, 그는 하후패가 반란을 일으켰다는 소식을 듣고 즉시 휘하 군사들을 거느리고 하후패와 싸우러 갔다.

곽회가 말을 타고 나가서 큰 소리로 꾸짖었다: "너는 대위大魏의 황족이며, 또 천자께서도 네게 서운하게 하신 일이 없는데, 어찌하여 배반한단 말이냐?"

하후패 역시 꾸짖었다: "우리 조부께서는 국가에 많은 공로를 세우셨다. 그런데도 지금 사마의 같은 필부 놈이 우리 조씨 종족을 멸문시켜놓고 또 나를 잡으러 온 것은 조만간 반드시 천자의 자리를 빼앗으려는 생각에서다. 나는 의義를 지키기 위해 역적을 토벌하려는 것인데 어찌 배반한다고 말하느냐?"(*하후패는 위魏의 역적을 치려고 하고, 강유는 그의 힘을 빌려서 함께 한漢의 역적을 치려고 한다.)

곽회는 크게 화를 내며 창을 꼬나들고 말을 달려 곧바로 하후패에게 달려들었다. 하후패도 칼을 휘두르며 말을 달려 나가 그를 맞이해 싸웠다. 미처 10합도 못 싸우고 곽회가 패하여 달아나자 하후패가 그 뒤를 쫓아갔는데, 갑자기 후군後軍에서 함성이 들려서 하후패가 급히 말머리를 돌려 보았더니 진태가 군사들을 이끌고 쳐들어왔다. 곽회도 다시 군사들을 돌려서 양쪽에서 협공해 왔다.

하후패는 크게 패하여 달아났는데 군사들을 태반이나 잃어버렸다. 그는 아무리 생각해도 달리 계책이 없어서, 마침내 촉의 후주後主에게 투항하기 위해 한중漢中으로 찾아갔다. (*공명은 강유를 얻어서 그를 조수로 삼았는데, 강유도 또 하후패를 얻어서 그를 조수로 삼게 된다.)


〖 10 〗 어떤 사람이 강유에게 이 사실을 알렸으나 강유는 속으로 믿지 못하고 사람을 시켜 직접 찾아가서 실정을 알아보도록 한 후에야 비로소 성 안으로 들어오도록 했다. 하후패가 절을 하며 뵙고 나서 지난 일을 울면서 아뢰었다.

강유曰: "옛날 은殷의 공자인 미자微子는 주周로 떠나감으로써 만고萬古에 그 이름을 전하게 되었소. 공이 한漢 황실을 붙들어 일으킬 수 있다면 옛사람에게 부끄러울 게 없을 것이오."

곧이어 술자리를 마련하여 그를 대접했다.

강유는 술자리에서 그에게 물었다: "지금 사마의 부자가 나라의 권력을 독차지하고 있는데, 혹시 그에게 우리나라를 엿보려는 뜻은 없을까요?"

하후패曰: "늙은 역적놈이 이제 막 역모逆謀를 도모하느라 나라 밖의 일은 생각할 겨를이 없을 것입니다. 그러나 다만 위국魏國에 새로운 인물 둘이 있는데, 지금은 한창 묘령妙齡의 나이지만, 만약 이들에게 군사를 거느리도록 한다면 실로 동오와 촉에게는 큰 우환이 될 것입니다."(*몇 회 뒤의 이야기에 대한 복필이다.)

강유가 물었다: "두 사람이란 누구를 말하는가요?"

하후패曰: "한 사람은 현재 비서랑秘書郎으로 있는 영천潁川 장사長社 사람으로 성은 종鍾, 이름은 회會, 자字를 사계士季라고 합니다. 태부太傅 종요鍾繇의 아들로서, 어려서부터 담력과 지모가 있었습니다.

종요가 일찍이 아들 형제를 데리고 문제(文帝: 조비)를 뵌 적이 있는데, — 종회는 그때 일곱 살이었고 그의 형 종육鍾毓은 여덟 살이었다. — 종육은 황제를 뵙고 너무 황공해서 땀이 온 얼굴에 가득히 흘렀습니다. 황제께서 종육에게 '너는 왜 땀을 흘리는가?' 하고 묻자, 종육은 '무섭고 불안하여(戰戰惶惶) 땀이 마치 국물처럼 흐르나이다.' 라고 대답했답니다. 황제께서 이번에는 종회에게 '너는 어찌하여 땀을 흘리지 않느냐?' 하고 묻자, 종회가 대답하기를, '무서워서 벌벌 떠느라(戰戰慄慄) 땀도 감히 나오지 못하고 있습니다.' 라고 했답니다. (*어떤 사람이 농담으로 물었다: "사람의 몸에서 어떤 것이 무서워하거나 놀라지 않는가?" 혹자가 대답했다: "땀만이 무서워하거나 놀라지 않는다. 사람이 놀랄수록 땀은 더 나오려고 한다." 라고. 지금 종회가 말하기를 "땀도 감히 나오지 못하고 있다." 라고 한 것은 곧 땀조차도 무서워하고 놀란다는 것이니, 참으로 우스운 대답이다.) 그래서 황제께서는 그를 특별히 기특하게 여기셨습니다.

그가 어느 정도 자라서는 병서兵書 읽기를 좋아하여 도략韜略에 매우 밝았는데, 사마의와 장제가 모두 그 재주를 칭찬하였습니다.

또 한 사람은 현재 서리(掾吏)로 있는 의양義陽 사람으로서 성은 등鄧, 이름은 애艾, 자字를 사재士載라고 합니다.

그는 어려서 부친을 여의었으나, 일찍부터 큰 뜻을 품고 높은 산이나 큰 못을 보기만 하면 즉시 그곳의 지형을 몰래 살펴보고 손가락으로 가리키며 어디에는 군사를 주둔시켜 놓을 만하고, 어디에는 군량을 쌓아놓을 만하고, 어디에는 군사를 매복시킬 만하다고 했답니다. (*이 사람이 바로 음평령陰平嶺을 넘게 되는 그 사람이다.)

사람들은 모두 그를 비웃었지만 사마의만은 그의 재주를 기이하게 여겨서 마침내 군사 작전 회의에 참여하도록 했습니다.

등애는 본래 말더듬이(口吃)인데, 그는 매번 일을 아뢸 때면 반드시 '애艾……애艾……' 했다고 합니다. (*옛 유명 인사로서 말을 더듬었던 사람으로는 한비자韓非子, 주창周昌, 양웅揚雄, 등애鄧艾 등이 있다. 지금 말더듬이를 조롱하여 하는 말이 있다: "가수歌手인가 했더니 그런 것 같지 않고, 전혀 위풍威風이 없는가 했더니 등애 같은 사람도 있다.")

사마의가 농담으로 그에게: '자네는 말할 때마다 애艾, 애艾, 하는데, 도대체 애艾가 몇이나 있나?' 하고 물었습니다. 등애가 말이 떨어지자마자 즉각, '봉이여, 봉이여(鳳兮鳳兮) 하지만 본래 봉鳳은 한 마리뿐입니다' 하고 대답했다고 합니다. 그의 자질과 성품의 민첩하기가 대체로 이와 같습니다. 이 두 사람은 심히 두려워할 만한 사람들입니다." (*두 사람의 내력이 뜻밖에 하후패의 입으로 얘기되고 있는데, 이는 생필법이다.)

강유가 웃으면서 말했다: "그런 어린애 따위야 말할 게 뭐 있소!"

〖 11 〗 이리하여 강유는 하후패를 이끌고 성도로 가서 궁으로 들어가 후주를 뵈었다.

강유가 아뢰었다: "사마의가 조상曹爽을 모살하고 또 하후패를 속여서 붙잡으려고 했으므로 하후패가 투항해 왔습니다. 현재 사마의 부자가 권력을 독차지하고 있고 조방은 나약하므로 위魏는 장차 위태로워질 것입니다. 신이 한중에 있은 지 여러 해가 되어 군사들은 정예롭고 군량은 넉넉하옵니다. 신은 군사들을 거느리고 하후패를 향도관으로 삼아, 나아가서 중원을 취하고 한 황실을 다시 일으켜 세움으로써 폐하의 은혜에 보답하고 승상의 뜻을 이루고자 하옵니다."(*이 일단의 말은 곧 강유의 전前 출사표出師表 한 편에 해당한다고 할 수 있다.)

상서령 비의費褘가 간했다: "근자에 장완蔣琬과 동윤董允이 잇달아 세상을 떠나서 (*두 사람의 죽음이 비의의 입을 통해 보충 설명되고 있다. 생필법이다.) 안으로 나라를 다스릴 사람이 없습니다. 백약(伯約: 강유)은 다만 때를 기다리고 있어야지 경솔히 움직여서는 아니 되옵니다."

강유曰: "그렇지 않습니다. 인생이란 마치 작은 틈새로 비치던 햇살(白駒: 태양)이 금방 사라지는 것처럼 빨리 지나가는데(人生如白駒過隙), 이처럼 세월을 끌다가 언제 중원을 회복하겠나이까?"(* "풀잎 위에 있는 작은 먼지(微塵棲草)"는 인생의 가벼움을 말한 것이고, "인생은 작은 틈새로 비치던 햇살(白駒: 태양)이 금방 사라지는 것과 같다(人生如白駒過隙)"는 것은 시간이 빨리 지나감을 말한 것이다. 하나는 순절殉節을 지킬 필요가 없다는 것이고, 하나는 순절을 지키되 때를 놓쳐서는 안 된다는 것이다.(출처: 〈莊子·知北游〉.)

비의가 또 말했다: "손자는 말하기를: '상대를 알고 자신을 알면 백 번 싸워서 백 번 다 이긴다(知彼知己, 百戰百勝)'고 하였소. (출처: 〈손자병법·모공謀攻〉편.) 우리는 모두 승상보다 한참이나 못한데, 그런 승상조차도 중원을 회복하지 못했거늘, 하물며 우리가 어찌 회복할 수

있단 말이오?"(*여섯 번 기산祁山을 나갔던 일을 여기서 다시 한 번 상기시키고 있다.)

강유曰: "나는 오랫동안 농상隴上에 있었기에 강인羌人들의 마음을 잘 알고 있소이다. 지금 만약 강인들과 손을 잡고 그들을 우리의 후원 세력으로 삼는다면, 비록 중원을 회복하지는 못하더라도, 농隴 서편의 땅은 잘라서 차지할 수 있을 것이오."(*이미 하후패를 지원세력으로 얻어 놓고 또 강인羌人들을 지원세력으로 얻으려고 한다.)

후주曰: "경이 기왕에 위魏를 치고자 한다면, 충성과 힘을 다해야 할 것이오. 행여 군사들의 사기를 떨어뜨려서 짐의 명을 저버리는 일이 없도록 하시오."

이리하여 강유는 칙지를 받고 조정에 하직인사를 하고 하후패와 같이 곧장 한중으로 가서 기병起兵할 일을 의논했다.

강유曰: "먼저 사자를 강인들에게 보내서 동맹을 맺고, 그런 다음에 서평西平을 나가서 옹주雍州로 접근해 가기로 하되, 먼저 국산(麴山: 감숙성 민현岷縣 동남) 아래에다 성을 두 개 쌓아놓고 군사들로 하여금 지키도록 해서 의각지세犄角之勢를 이루도록 하면 될 것이다. 우리는 군량과 마초를 모조리 서천 어귀(川口)로 보내놓고 옛날 승상께서 하시던 방식대로 차례차례 군사들을 진군시키도록 합시다."(*이것이 중원을 첫 번째로 치러 간 것이다.)

이해 가을 8월에 먼저 촉의 장수 구안句安과 이흠李歆으로 하여금 같이 군사 1만5천 명을 이끌고 국산 앞으로 가서 연달아 성을 두 개 쌓아 구안은 동쪽 성을 지키고, |이흠은 서쪽 성을 지키도록 했다.

〖 12 〗 일찌감치 첩자가 이 소식을 옹주자사 곽회郭淮에게 알렸다. 곽회는 한편으로는 이를 낙양에 보고하고, 한편으로는 부장副將 진태陳泰를 시켜서 군사 5만 명을 이끌고 가서 촉병과 싸우도록 했다.

촉의 장수 구안과 이흠은 각각 일군을 이끌고 나가서 맞이해 싸웠으나 군사가 적어서 막아내지 못하고 물러나 성 안으로 들어갔다.

진태는 군사들로 하여금 사면으로 성을 에워싸서 공격하도록 하고, 또 한중으로부터 오는 양도糧道를 끊도록 했다. 이 때문에 구안과 이흠의 성 안에는 양식이 모자라게 되었다.

곽회가 직접 군사를 이끌고 와서 지세를 살펴보더니 크게 기뻐하면서 영채로 돌아가 진태와 상의했다: "이 성은 산세가 높은 언덕에 있어서 틀림없이 물이 모자랄 것이다. 그러므로 물을 긷기 위해서는 반드시 성 밖으로 나와야 할 것이다. 만약에 그 상류를 끊어버리면 촉병들은 모두 목이 타서 죽게 될 것이다."(*마속은 산 위에 군사를 주둔시켰다가 물 때문에 곤란을 당했는데, 지금 두 장수들은 성 안에 주둔했는데도 역시 물 때문에 곤란을 당하고 있다. 이는 대개 촉 땅에는 산은 많고 물은 적었기 때문이다.)

그리고는 군사들로 하여금 흙을 파서 둑을 쌓아 상류를 막아버리도록 했더니 성 안에는 과연 마실 물이 없어졌다.

이흠이 물을 긷기 위해 군사들을 이끌고 성을 나오자 옹주의 군사들이 바짝 에워쌌다. 이흠은 죽을힘을 다해 싸웠으나 뚫고 나가지 못하고 물러나 도로 성 안으로 들어갈 수밖에 없었다.

구안의 성 안에도 역시 물이 없었으므로 이에 이흠과 만나 군사를 이끌고 성을 나와서 한 곳에서 합쳐서 위병들과 한참동안 크게 싸웠으나 또 패해서 성 안으로 들어갔다. (*이때 촉병들은 몹시 목이 말랐다. 그들은 강유의 구원 역시 몹시 갈망하고 있었다.) 군사들은 모두 목이 타서 죽을 지경이었다.

구안이 이흠에게 말했다: "강姜 도독의 군사들이 지금까지 오지 않는데, 무슨 까닭인지 모르겠소."(*가정街亭에서의 위험은 그 허물이 마속에게 있었으나, 이 두 사람의 위험은 그 허물이 강유에게 있다.)

이흠曰: "내가 죽을 각오를 하고 치고나가서 구원을 청해 보겠소."

그리고는 기병 수십 기를 이끌고 성문을 열고 쳐나갔다. 그러자 옹주의 군사들이 사면으로 에워쌌다. 이흠은 죽음을 무릅쓰고 좌충우돌하며 싸워서 겨우 포위를 벗어났으나 완전히 외톨이가 되었고 몸에는 큰 상처를 입었으며, 나머지 군사들은 모두 혼전 중에 죽고 말았다.

이날 밤 북풍이 크게 불고 먹구름이 온 하늘을 덮더니 하늘에서 큰 눈이 내렸다. 그래서 성 안의 촉병들은 양식을 나누어 눈을 녹여 밥을 지어 먹었다. (*이날 내린 눈은 승로반承露盤의 이슬보다도 나았다.)


〖 13 〗한편 이흠이 겹겹의 포위를 온몸으로 부딪쳐 뚫고 나가 서산西山의 작은 길로 해서 이틀을 갔을 때 마침 강유의 군사들과 만났다.

이흠은 말에서 내려 땅에 엎드려 아뢰었다: "국산麴山의 두 성은 다 위병들에게 포위되어 물길(水道)이 끊어졌습니다. 다행히 하늘이 큰 눈을 내려주어 눈 녹인 물로 겨우 지내고 있는데, 형세가 매우 위급합니다."

강유曰: "내가 늦게 구원하러 온 것이 아니라 강병羌兵들이 모여오지 않아서 그만 일을 그르치고 만 것이다." (*강인들이 강유를 그르치게 했고, 강유가 두 장수를 그르치게 했다.)

그리고는 사람을 시켜 이흠을 서천 땅으로 보내서 상처를 치료하도록 했다.

강유가 하후패에게 물었다: "강병은 아직도 오지 않고 위병은 국산麴山을 단단히 포위해서 형세가 매우 위급한데, 장군에게 어떤 고견이 있는가?"

하후패曰: "만약 강병들이 오기를 기다리다가는 국산의 두 성이 다 함락될 것입니다. 내 생각에는, 옹주의 군사들이 틀림없이 모조리 다

와서 국산을 공격하고 있을 것이므로 옹주성은 틀림없이 텅 비어 있을 것입니다. 장군은 군사들을 이끌고 곧장 우두산(牛頭山: 감숙성 민현岷縣 동남)으로 질러가서 옹주성의 뒤를 치십시오. 그러면 곽회와 진태는 틀림없이 옹주를 구하러 돌아갈 것이고, 그러면 국산의 포위는 저절로 풀어질 것입니다."(*이것이 소위 위魏를 포위함으로써 조趙를 구하려고 한 손무의 "위위구조(圍魏救趙)" 계책이다.)

강유는 크게 기뻐하며 말했다: "그 계책, 아주 좋군!"

이리하여 강유는 군사들을 이끌고 우두산으로 떠나갔다.

한편, 진태는 이흠이 성에서 쳐나가 버린 것을 알고 곽회에게 말했다: "이흠이 만약 강유에게 위급함을 알린다면 강유는 우리의 군사들 대부분이 국산에 와 있다고 생각하고 반드시 우두산으로 질러가서 우리의 뒤를 습격할 것입니다. 장군은 일군을 이끌고 가서 조수(洮水: 조하洮河. 감숙성 서남부를 흐르는 황하의 지류)를 취하여 촉병의 양도糧道를 끊으십시오. 저는 군사들을 절반으로 나누어 곧장 우두산으로 가서 저들을 치겠습니다. 저들이 만약 양도가 이미 끊어진 것을 알게 되면 틀림없이 스스로 달아나고 말 것입니다."(*하후패의 계책을 일찌감치 진태는 간파하고 있었다.)

곽회는 그 말을 좇아서 곧바로 일군을 이끌고 몰래 조수를 취하러 갔다. 진태는 일군을 이끌고 곧장 우두산으로 갔다.

〖 14 〗 한편 강유의 군사들이 우두산에 이르렀을 때 갑자기 선두 부대에서 함성이 일어나더니, 위병들이 앞길을 가로막고 있다고 보고해 왔다. 강유가 황급히 직접 군사들 앞으로 가서 보니, 진태가 큰소리로 호통치며 말했다: "네가 우리 옹주를 습격하려고 하지만, 나는 이미 너를 기다리고 있은 지 오래다!"

강유는 크게 화가 나서 창을 꼬나들고 말을 달려 곧바로 진태에게 달려들었다. 진태도 칼을 휘두르며 맞이해 싸웠다. 그러나 미처 3합도 싸우지 않아 진태는 패하여 달아났다. 강유는 군사들을 휘몰아 쳐들어 갔다. 옹주의 군사들은 물러가서 산 정상을 차지했다. 강유는 군사들을 거두어 우두산 아래에 영채를 세우고 매일 군사들을 시켜서 싸움을 걸도록 했으나 승부를 가리지 못했다.

하후패가 강유에게 말했다: "이곳은 오래 머물러 있을 곳이 못 됩니다. 연일 싸우지만 승부를 가리지 못하는 것은 곧 저들이 우리를 유인하려는 계책으로 틀림없이 다른 계책이 있을 것입니다. 차라리 잠시 물러가서 다시 좋은 방도를 찾아보는 것이 좋겠습니다."

한창 이야기를 하고 있을 때 갑자기 보고해 오기를, 곽회가 일군을 이끌고 가서 조수洮水를 취하고 양도를 끊어버렸다고 했다.

강유는 크게 놀라서 급히 하후패에게 먼저 물러가도록 하고 자신은 직접 뒤에서 적의 추격을 차단했다. 진태가 군사들을 다섯 방면으로 나누어 뒤를 쫓아왔다. 강유는 혼자서 다섯 방면에서 한곳으로 모여드는 요충지, 즉 오로총구(五路總口)를 막고 위병과 싸웠다.

진태는 군사들을 인솔하여 산으로 올라가서 돌과 화살들을 비 오듯이 퍼부었다. 강유가 급히 군사를 물려서 조수洮水에 당도하자 곽회가 군사들을 이끌고 쳐들어왔다. 강유는 군사들을 이끌고 왔다 갔다 하면서 좌충우돌했다. 그러나 위병들이 그가 가는 길을 철통같이 단단히 막았다. 강유는 죽기로 싸워 빠져나갔으나 군사들을 태반이나 잃어버렸다. (*첫 번째 출병에서 문득 견제를 당하고 말았는데, 그는 무후에 한참이나 못 미쳤다.)

강유가 간신히 빠져나와 나는 듯이 말을 달려 양평관陽平關으로 올라갔더니 전면에서 또 일군이 쳐들어왔다. 그 우두머리 대장은 칼을 비껴들고 말을 달려 나왔다. ── 그의 생김새를 보니 둥근 얼굴에 귀가 컸고, 네모난 입에 입술이 두터웠으며, 왼편 눈 밑에 검은 혹이 나 있는데 혹 위에는 검은 털이 수십 개나 있었다. (*관로管輅가 이 사람의 관상을 보았다면 또 뭐라고 말할까?) 그는 곧 사마의의 장자 표기장군 사마사司馬師였다.

강유는 크게 화를 내며 말했다: "어린놈이 어디 감히 나의 돌아갈 길을 막느냐!"

강유는 창을 꼬나들고 말에 박차를 가하여 곧바로 그를 찌르러 갔다. 사마사도 칼을 휘두르며 맞이해 싸우러 나왔다. 싸우기를 단 3합에 강유는 사마사를 쳐서 패퇴시키고 몸을 빼내서 곧장 양평관으로 달려갔다. 성 위에 있던 사람이 문을 열어 강유를 들어오게 했다. 사마사 역시 양평관을 빼앗으러 달려왔다.

바로 그때 양편에 숨겨놓았던 쇠뇌가 일제히 화살을 발사했는데, 한 발에 화살 10개가 한꺼번에 발사되었다. 이는 바로 무후가 임종시에 강유에게 말해준 "연노법連弩法", 곧 연달아 화살 10개가 날아가는 쇠뇌 전법이다. 이야말로:

이날 버티기 어려워서 전군이 패했는데　　難支此日三軍敗
다만 그때에 전수받은 연노법 덕 보았네.　　獨賴當年十矢傳

사마사의 목숨이 어찌될지 모르겠거든 다음 회를 읽어보기 바란다.

### 제107회 모종강 서시평序始評

　(1). 심하도다, 하늘이 위魏를 미워함이여! 황제의 자리를 그 근본도 알 수 없는 조방曹芳에게 물려주고, 또 취생몽사醉生夢死하는 조상曹爽이 그를 돕도록 하였으니, 설령 사마의가 정말로 병이 들어 죽었다고 하더라도 그 나라는 반드시 촉이나 동오에 의해 병합되었을 것이다.

　설령 조상이 환범의 말을 들어 어가御駕를 허도許都로 옮기고 격문을 띄워 외병外兵을 불러 모았더라도 그 형세로는 틀림없이 이길 수 없었을 것이므로, 결국에는 사마씨에게 잡아먹히게 되었을 것이다. 하물며 같은 구유의 세 사마(司馬: 三馬)씨가 갑자기 성문을 닫아버렸는데도 마구간에 먹다 남은 콩에 미련을 가진 노마駑馬가 겸연쩍어하면서 스스로 나아가 결박을 당하는데 더 말할 게 있겠는가! 맹덕孟德은 간웅이었지만 그의 손자 대 이후에는 그 후손들이 이처럼 부진하였으니, 아, 슬픈 일이로다!

(2). 본 회에서는 조씨曹氏의 실정失政이 사마씨가 황위를 찬탈하게 되는 계기가 되고, 하후패夏侯覇가 촉에 들어가는 것이 강유가 위魏를 치게 되는 시작이 됨을 이야기하고 있다.

그러나 하후패의 마음은 강유의 마음이 아니었다. 하후패가 치고자 한 것은 사마씨였고, 촉한의 힘을 빌려서 조씨의 위魏를 보존하려는 것이었다. 이에 반해 강유가 치고자 한 것은 조씨였고, 하후패의 힘을 빌려 위魏를 멸망시키려는 것이었다.

강유의 마음은 무후武侯의 마음이었다. 무후는 선제先帝의 마음을 자기 마음으로 삼고, 선제의 사업을 완수하려고 했다. 강유 또한 무후의 마음을 자기 마음으로 삼고, 무후의 사업을 완수하려고 했다. 하후패와 강유는 그 하려는 일은 같았으나 그 마음은 달랐으며, 강유와 무후는 그 마음은 같았으나 그 재주가 달랐다. 재주가 달랐기에 강유는 첫 번째 출전에서 곧바로 패하고 말았던 것이다. 그러나 군자들은 그의 마음만을 취할 따름이다.

(3). 글에서 후의 일을 위해 먼저 복필伏筆을 숨겨두는 방법에는 실필實筆도 있고 허필虛筆도 있다. 강유가 위魏를 치게 되는 것은 무후가 기산祁山으로 여섯 번 나간 후의 일이지만, 첫 번째 기산으로

나가기 전에 먼저 강유를 묘사하고 있는데, 이것은 실필實筆로써 복필을 숨겨둔 것이다. 종회鍾會와 등애鄧艾가 촉 땅으로 쳐들어가는 것은 강유가 아홉 번 중원을 치러 나간 후의 일이지만, 첫 번째 중원을 치러 나가기 전에 먼저 하후패의 입으로 종회와 등애를 묘사하고 있는데, 이것은 허필虛筆로써 복필을 숨겨둔 것이다.

그리고 그 전에 이미 무후가 죽으면서 음평陰平을 부탁하고 정군산定軍山에 자기를 장사지내 달라고 부탁했는데, 이는 허필 중의 허필虛筆이다. 이곳에의 하후패의 말은 또 허필 중의 실필實筆이다. 일을 이야기하고 글을 지음에 있어서 이와 같은 구도를 짜는 것이야말로 장인匠人의 마음이라 할 수 있다.

제 **108** 회

정봉, 눈 속에서 단도 잡고 분투하고
손준, 술자리에서 비밀계책 시행하다

〖 1 〗 한편 강유가 한창 말을 달려가고 있을 때 군사들을 이끌고 와
서 앞길을 막고 있는 사마사司馬師와 만났다.

이 어찌된 일인고 하니, 강유가 옹주를 취했을 때 곽회가 그 소식을
조정에 급보하자, 위주가 사마의와 상의를 했고, 사마의는 자기 큰아
들 사마사로 하여금 군사 5만 명을 이끌고 옹주로 가서 싸움을 돕도록
했던 것이다.

사마사는 곽회가 촉병을 대적하여 물리쳤다는 소식을 듣고는 촉병
들의 세력이 약할 것으로 생각하고 곧바로 중도에서 치려고 갔다. 그
래서 곧장 양평관까지 쫓아갔던 것인데, 도리어 강유가 공명에게서 전
수받은 '연노법連弩法'을 써서 살촉에 약을 바른 화살 열 개를 한꺼번
에 쏘아대는 쇠뇌 1백여 개를 양편에다 몰래 설치해 놓고 양편에서 일

제히 쏘아대는 바람에 사마사의 선두부대 군사들은 말을 탄 채 화살에 맞아 죽는 자가 부지기수였다. 사마사는 혼전을 벌이는 중에 간신히 도망쳐서 돌아갔다. (*사마의와 함께 상방곡上方谷에서 곤경에 처했을 때와 거의 같은 상황이었다.)

한편, 국산麴山 성 안의 촉장 구안句安은 구원병이 오는 것이 보이지 않자 성문을 열고 위魏에 항복했다. 강유는 이 싸움에서 군사를 수만 명이나 잃고는 패한 병사들을 거느리고 한중으로 돌아가서 주둔해 있었다. 사마사는 스스로 낙양으로 돌아갔다.

가평嘉平 3년(서기 251년) 가을 8월에 이르러 사마의는 병이 들었는데, 점점 위중해지자 (*전번에는 거짓으로 병든 체했으나 이번에는 정말로 병이 들었다.) 두 아들을 침상 앞으로 불러서 당부했다: "나는 오랫동안 위魏를 섬겨서 벼슬이 태부太傅에 이르렀으니 사람의 신하로는 최고의 지위에 이른 것이다. 사람들은 모두 내가 딴 마음을 품고 있을 것으로 의심하므로 나는 일찍부터 두려운 마음을 가졌었다. 내가 죽은 후 너희 두 사람은 나라 정사를 잘 처리하되 항상 삼가고 또 삼가야 한다!"(*조조가 동작대에서 조비에게 한 당부와 흡사하다.)

말을 마치자 세상을 떠났다.

큰아들 사마사와 작은아들 사마소는 위주 조방에게 보고했다. 조방은 후한 예로써 그를 장사지내 주도록 하면서 장례 물품을 충분히 하사하고 시호諡號를 내려주었다. 그리고는 사마사를 대장군으로 봉하여 상서성尚書省의 국가기밀에 속하는 큰일 전체를 관장하도록 하고, 사마소司馬昭를 표기상장군驃騎上將軍으로 삼았다.

〔 2 〕 한편 오주吳主 손권의 첫 번째 태자는 손등孫登이었는데, 그는 서부인徐夫人의 소생이었다. 그러나 적오(赤烏: 동오의 연호) 4년(서기 241년)에 죽었으므로 이어서 둘째아들 손화孫和를 태자로 삼았다. 그는 낭

야琊 왕부인王夫人의 소생이었다. 그러나 손화는 전공주(全公主: 손권의 맏딸 노반魯班. 보부인步夫人의 소생으로 처음에 주유의 아들 주순周循에게 시집갔다가 그가 일찍 죽어 후에 다시 장수 전종全琮의 아내가 되었다.──역자)와 사이가 나빠서 공주가 손화 모자母子를 참소하자 손권은 그를 폐해 버렸다. 손화는 이 일로 한을 품고 우울해 하다가 죽었다.

그래서 손권은 또다시 셋째 아들 손량孫亮을 태자로 삼았는데, 그는 곧 반부인潘夫人의 소생이자 전공주의 동생이다. 이때에는 육손陸遜과 제갈근諸葛瑾이 모두 세상을 떠나서 나라의 크고 작은 모든 일들을 제갈각諸葛恪이 맡아서 처리했다. (*앞의 글에서 언급하지 않았던 것을 보충 설명하고 있다.)

태원太元 원년(서기 251년) 가을 8월 초하룻날, 갑자기 큰 바람이 일더니 강물이 크게 불어나고 바다에는 큰 파도가 치고 평지는 물에 잠겼는데 수심이 8척이나 되었다.

오주吳主의 선릉先陵에 심어놓은 소나무와 잣나무들이 모조리 뽑혀서 그대로 바람에 날려가서 건업성(建業城: 강소성 남경시南京市)의 남문 밖 길 위에 거꾸로 내리꽂혔다. (*손권이 죽기 전에 먼저 여러 가지 재이災異에 대해 쓰고 있는데, 뒤에서 제갈각이 죽기 전에 역시 먼저 재이에 대해 쓰고 있는 것과 서로 대對가 되고 있다.) 손권은 이 일로 크게 놀라서 병이 들고 말았다.

그 이듬해 4월에 들어 손권은 병세가 위중해지자 태부太傅 제갈각과 대사마大司馬 여대呂岱를 침상 앞으로 불러서 뒷일을 당부했는데, 당부를 마치자 세상을 떠났다. 그는 24년간 제위에 있었고, 71세까지 살았다. 이때는 촉한의 연희延熙 15년(서기 252년)에 해당한다. 후세 사람이 지은 시가 있으니:

　　붉은 수염 푸른 눈의 영웅이라 불리었고　　　　紫髥碧眼號英雄
　　신하들로 하여금 기꺼이 충성 다하도록 했다.　　能使臣僚肯盡忠

24년 동안 대업을 일으켜서　　　　　　　二十四年興大業
강동에 용처럼 똬리 틀고 범같이 도사렸다.　龍盤虎踞在江東

　손권이 세상을 떠나고 나자 제갈각은 손량을 황제로 세우고, 천하의
죄수들을 대대적으로 사면하고, 연호를 건흥建興 원년(서기 252년)으로
고쳤다. 손권에게 대황제大皇帝라는 시호를 바치고 장릉(蔣陵: 강소성 남
경시 종산鐘山 남록)에 장사지냈다.


〖 3 〗 일찌감치 첩자가 이 일을 알아내서 낙양에 보고했다. 사마사
는 손권이 이미 죽었다는 말을 듣고 곧바로 군사를 일으켜 동오를 칠
일을 의논했다.
　상서尚書 부하傅嘏가 말했다: "동오에는 장강의 험함이 있어서 선제
께서도 여러 차례 정벌하려 하셨으나 다 뜻을 이루지 못하셨으니, 각
자 변방 땅을 지키고 있는 것이 상책입니다."
　사마사曰: "천도天道는 30년에 한 번씩 변하는데,(*동오를 멸하려고
할 뿐만 아니라 위魏를 삼키려는 뜻도 있다. 동오가 변한다면 위魏 역시 변할
것이다.) 어찌 황제가 되어서 솥의 세 발처럼 대치하고만 있겠소? 나는
동오를 치려고 하오."
　사마소曰: "지금 손권이 갓 죽은데다가 손량은 나이도 어리고 나약
하니 그 틈새를 노려볼 만합니다."
　사마사는 드디어 정남征南대장군 왕창王昶으로 하여금 군사 10만 명
을 이끌고 가서 남군(南郡: 호북성 강릉현)을 치도록 하고, 정동征東장군
호준胡遵으로 하여금 군사 10만 명을 이끌고 가서 동흥(東興: 안휘성 함산
현含山縣 서남)을 치도록 하고, 진남鎭南도독 관구검毌丘儉으로 하여금 군
사 10만 명을 이끌고 가서 무창武昌을 치도록 하면서 세 방면으로 진격
하도록 했다. (*전에 조비曹조도 동오를 치기 위해 군사들을 세 방면으로 내

보냈는데, 이제 사마사 역시 군사들을 세 방면으로 보내서 동오를 치도록 한다. 마치 정본과 복사본처럼 똑같다.) 또 아우 사마소를 대도독으로 삼아 보내서 세 방면으로 진격하는 군사들 전체를 통솔하도록 했다.

이해 겨울 12월, (*눈이 내리는 날씨의 복선이다.) 사마소는 동오와의 경계 지점에 이르러 군사들을 주둔시켜 놓고 왕창·호준·관구검을 막사 안으로 불러와서 계책을 의논했다: "동오의 가장 중요한 곳은 동흥군東興郡이다. 지금 저들은 큰 제방을 쌓아놓고 또 그 좌우에다 성을 두 개 쌓아서 소호(巢湖: 호수 이름. 안휘성 중부 소현巢縣) 뒤쪽으로부터의 공격에 대비하고 있으니, 제공諸公들은 조심해야만 한다."

그리고는 왕창과 관구검으로 하여금 각각 군사 1만 명씩 이끌고 가서 좌우로 벌려 있도록 하고는 지시했다: "당분간 진격하지 말고 동흥을 취할 때까지 기다렸다가 그때 가서 일제히 진군하도록 하라."

왕창과 관구검 두 사람은 명을 받고 떠나갔다.

사마소는 또 호준에게 선봉이 되어 세 방면의 군사들을 전부 거느리고 앞으로 나아가도록 하면서 말했다: "먼저 부교浮橋를 설치하여 동흥의 큰 제방을 취하도록 하라. 만약에 그 좌우의 두 성까지 빼앗는다면 그것은 큰 전공戰功이 될 것이다."

호준은 군사들을 거느리고 부교를 설치하러 갔다.


〖 4 〗 한편 동오의 태부 제갈각은 위魏의 군사들이 세 방면으로 쳐들어오고 있다는 말을 듣고 여러 장수들을 불러 모아 상의했다.

평북平北장군 정봉丁奉이 말했다: "동흥은 동오에게는 가장 긴요한 곳인데, 만약 이곳을 잃게 되면 남군과 무창도 위태로워집니다."(*정봉은 지모가 있음을 묘사한 것으로, 이는 노장老將의 지혜이다.)

제갈각曰: "그 말씀은 내 생각과 같소. 공은 곧바로 수군 3천 명을 이끌고 강을 따라서 나아가도록 하시오. 뒤이어 여거呂據, 당자唐咨,

유찬留贊으로 하여금 각각 마보군(馬步軍: 보병과 기마병) 1만 명씩 이끌고 세 방면으로 나누어 가서 지원하도록 하겠소. 연주포連珠砲 소리를 듣거든 일제히 진격하도록 하시오. 나는 직접 대병을 이끌고 나중에 가겠소."

정봉은 명을 받고는 즉시 수병 3천 명을 30척의 배에 나눠태우고 동흥을 향해 나아갔다.

〖 5 〗 한편 호준은 부교를 설치한 후 강을 건너가서 군사들을 제방 위에 주둔시켜 놓고 환가桓嘉와 한종韓綜을 파견하여 두 성을 치도록 했다.

왼편의 성은 동오의 장수 전역全懌이 지키고 있었고 오른편의 성은 동오 장수 유략劉略이 지키고 있었다. 이 두 성은 높고 험준하고 견고해서 급히 쳐서 함락시키기 어려웠다. 전역과 유략 두 장수는 위병의 세력이 대단한 것을 보고 감히 싸우러 나가지 못하고 성을 사수死守하기만 했다.

호준은 서당(徐塘: 안휘성 함산현含山縣 동흥 부근)에다 영채를 세워놓았다. 때는 마침 엄동설한嚴冬雪寒이어서 하늘에서 큰 눈이 내리자 호준은 여러 장수들과 함께 술판을 크게 벌였다. (*전 회에서 촉병들은 눈이 오자 그것을 물(水)이라 생각했는데, 이번 회에서 위병들은 내리는 눈을 보고 술을 마신다. 다 같은 눈이지만 그것을 바라보는 자들의 걱정과 즐거움은 크게 다르다.)

그때 갑자기 알려오기를, 물 위에서 전선 30척이 오고 있다고 했다. 호준이 영채를 나가서 자세히 살펴보니 배들이 강기슭 옆으로 다가와서 정박하려고 하는데, 배 한 척마다 군사가 약 1백 명씩 타고 있었다.

호준은 막사로 돌아와서 여러 장수들에게 말했다: "군사 수가 3천 명에 불과하니 겁낼 것 없다!"

그리고는 부하 장수에게 계속 잘 감시하라고 명하고는 그대로 술을 마셨다. (*어찌 술을 이리도 탐한단 말인가?)

정봉은 배들을 물 위에 '一(일)' 자로 벌여 세워놓고 부하 장수들에게 말했다: "대장부가 공명功名을 세우겠다면 그 기회는 바로 오늘이다!"

그리고는 모든 군사들로 하여금 옷과 갑옷을 벗어버리고 투구도 벗어던지고 긴 창(長槍)과 대극大戟은 사용하지 말고 오로지 단도短刀만 지니도록 했다. (* "좁은 골목에서 단도로 서로 맞붙어 싸울 때 사람 죽이기를 마치 풀 베듯 하나 소리도 들리지 않는다"고 했다. 이것은 좁은 골목길에서 단도를 사용할 경우를 말한 것인데, 지금은 넓은 평지에서 단도를 사용하겠다고 하니, 기이하다.) 위병들은 그것을 보고 크게 웃기만 하고 아무런 대비도 하지 않았다.

그때 갑자기 연주포가 세 번 울렸다. 정봉이 손에 칼을 잡고 앞장서서 강기슭으로 뛰어올랐다. 모든 군사들은 다 단도를 뽑아들고 정봉을 따라 강기슭으로 올라가서 마구 찍으면서 위군의 영채로 쳐들어갔다. (*수병으로 육지의 영채를 습격하다니, 너무나 기이하다.) 위병들은 미처 손쓸 새도 없었다.

한종이 급히 막사 안에 있는 대극大戟을 뽑아들고 그를 막으려 했으나 일찌감치 정봉이 그것을 빼앗아 겨드랑이에 끼고는 한 손을 들어 단도를 내리찍자 그는 땅에 벌렁 나자빠졌다.

환가가 왼편으로 돌아나가 급히 창을 들어 정봉을 찔렀으나 정봉이 창 자루를 꽉 잡고 놓아주지 않자 환가는 창을 버리고 달아났다. 정봉이 단도를 던지자 그의 왼편 어깨에 정통으로 박혀서 환가는 곧바로 뒤로 나자빠졌다. (*나의 짧은 것(短刀)으로 적의 긴 것(長槍)을 이겼다.) 정봉은 쫓아가서 환가에게서 빼앗은 창으로 그를 찔렀다.

3천 명의 동오 군사들은 위병의 영채 안에서 좌충우돌했다. 호준은 급히 말에 올라 길을 열어 달아났다. 위병들은 일제히 부교 위로 달려 갔으나 부교는 이미 끊어져 있어서 태반이 물에 떨어져 죽었다. 눈 위에 죽어 있는 자들이 부지기수不知其數였다.

수레와 말과 병장기들은 전부 동오 군사들이 거두어 갔다. 사마소와 왕창과 관구검은 동흥에서 위병들이 패했다는 소식을 듣고는 그들 역시 군사들을 물리어서 돌아가 버렸다.

〖 6 〗 한편 제갈각은 군사들을 이끌고 동흥에 이르러 군사들을 거두 어 상을 주며 위로하고 나서 여러 장수들을 모아놓고 말했다: "사마소가 싸움에 패하여 북으로 돌아갔으니 이 기세를 타고 중원을 취하러 가자!"

그리고는 한편으로는 사람을 시켜서 서신을 가지고 서촉으로 들어 가서 강유에게 군사를 진군시켜 북쪽을 치도록 청하고, 위를 멸망시킨 후에는 천하를 똑같이 나누자고 약속하도록 하고, 한편으로는 20만 명의 대군을 일으켜서 중원을 치러 가려고 했다.

대군이 막 출발하려고 할 때, 갑자기 한 줄기의 흰 기운(白氣)이 땅에 서 솟아나더니 모든 군사들 사이로 가득 퍼져서 서로 마주보고 있는 사람의 얼굴조차 보이지 않았다. (*선릉先陵의 나무들이 뽑히고 나서 손권 이 죽었고, 흰 기운이 솟아나 제갈각이 죽게 되는 것은 다 같은 재이災異 현상 이다.)

장연蔣延이 말했다: "이 기운은 흰 무지개(白虹)라는 것으로 군사들 을 잃을 조짐입니다. (*군사들을 잃을 뿐만 아니라 그 자신의 몸까지 잃게 된다.) 태부께서는 조정으로 돌아가셔야만 하고 위魏를 치러 가셔서는 안 됩니다."

제갈각이 크게 화를 내며 말했다: "네 어찌 감히 불리한 말을 해서 우리 군사들의 마음을 해이하게 한단 말이냐!"

그리고는 무사에게 그의 목을 베라고 호령했다. 많은 사람들이 모두 살려주라고 사정하자, 제갈각은 이에 장연의 관직을 박탈하여 서민으로 만들고는 여전히 군사들을 재촉하여 진군하려고 했다.

정봉이 말했다: "신성(新城: 안휘성 합비合肥 서북)이 위魏로서는 가장 중요한 요충지이니, 만약 먼저 이 성을 취한다면 사마사의 간담이 다 찢어질 것입니다."

제갈각은 크게 기뻐하며 즉시 군사들을 재촉해서 신성으로 갔다. 신성을 지키고 있던 아문장군牙門將軍 장특張特은 동오의 대군이 쳐들어오는 것을 보자 성문을 닫고 굳게 지켰다. 제갈각은 군사들에게 성을 사면으로 단단히 에워싸도록 명했다. 일찌감치 통신병이 이 소식을 낙양에 알렸다.

주부主簿 우송虞松이 사마사에게 아뢰었다: "지금 제갈각이 신성新城을 포위하고 있지만 당분간 저들과 싸워서는 안 됩니다. 동오의 군사들은 멀리서 와서 군사들은 많고 군량은 적기 때문에 군량이 떨어지면 스스로 달아날 것입니다. (*사마의가 촉병들을 헤아렸던 것과 흡사하다.) 저들이 달아날 때를 기다렸다가 그때 가서 친다면 틀림없이 완승을 거둘 수 있습니다. ─다만 촉병들이 우리 지경을 침범해올까 염려되니, 이를 방비하지 않아서는 안 될 것입니다."

사마사는 그 말을 옳게 여기고 곧바로 사마소로 하여금 일군을 이끌고 가서 곽회를 도와 강유의 침략을 막도록 하고, 관구검과 호준에게는 동오의 군사들을 막도록 했다.

〖 7 〗 한편 제갈각은 여러 달째 계속해서 신성을 공격했으나 함락시키지 못하자 여러 장수들에게 명했다: "힘을 합쳐서 성을 치되 태만히 하는 자가 있으면 즉시 참할 것이다!"

이리하여 모든 장수들이 있는 힘을 다해 성을 쳐서 마침내 성의 동북쪽 모퉁이가 곧 허물어지려고 했다.

장특은 성 안에서 한 가지 계책을 쓰기로 작정하고 말솜씨 좋은 사람 하나에게 백성들의 호적부와 군사들의 명부(冊籍)를 가지고 동오의 영채로 가서 제갈각을 보고 아뢰도록 했다: "위국에는 적군에게 성이 포위되었을 때 성을 지키는 장수가 1백일 동안 굳게 지켰으나 구원병이 오지 않을 경우, 성을 나가서 적에게 항복하더라도 그 가족들에게는 죄를 묻지 않는다는 법이 있습니다. 지금 장군께서 성을 포위하고 계신 지 이미 90여 일이나 되었습니다. 며칠만 더 참아주신다면 저희 주장主將께서 군사들과 백성들을 전부 거느리고 성에서 나와 투항하겠다고 하셨습니다. 지금은 먼저 백성들의 호적부와 군사들의 명부를 갖추어 바치는 바입니다."(*조홍曹洪이 동관潼關을 지킬 때 조조는 10일간 지키라고 명했고, 동오의 병사들이 환성皖城을 공격할 때 여몽呂蒙은 한나절만 더 지켜내라고 명했다. 100일간 지켜야 한다는 말은 들어보지 못했다.)

제갈각은 그 말을 곧이듣고 군사들을 거두고 더 이상 성을 공격하지 않았다. (*속은 것이다.)

원래 장특은 적의 침공을 늦추는 계책, 즉 완병지계(緩兵之計)를 써서 동오 군사들을 속여서 물러나도록 하고는 곧바로 성 안의 집들을 허물어 그것으로 성벽이 무너진 곳을 보수하여 다시 완전하게 해놓고는 성 위로 올라가서 큰소리로 욕을 했다: "우리 성 안에 아직도 반년은 먹을 군량이 있는데, 어찌 동오의 개(吳狗)한테 항복하겠느냐? 모조리 와서 싸워보자!"(*제갈각은 계략에 걸려든 것이다. 속는 사람들은 이를 경계삼아야 할 것이다.)

제갈각은 크게 화가 나서 군사들을 재촉하여 다시 성을 공격했다. 성 위에서는 화살을 마구 쏘아댔다.

제갈각이 이마에 화살을 정통으로 맞고 뒤로 벌렁 넘어지면서 말에서 떨어졌다. 여러 장수들이 그를 구하여 영채로 돌아갔으나 화살을 맞은 곳이 크게 터졌다. 군사들은 모두 싸우려는 마음이 없어졌다. 게다가 날씨가 너무 더워서 많은 군사들이 병에 걸렸다. (*지난겨울 눈 올 때 영채를 습격했던 것을 회상하면, 그 동안 겨울에서 여름으로 한서寒暑가 바뀐 것을 알 수 있다.)

제갈각은 화살을 맞은 상처가 조금 낫자 다시 군사들을 재촉해서 성을 공격하려고 했다.

영채에 있던 관리가 말했다: "군사들은 전부 병이 들었는데 어떻게 싸울 수 있겠습니까?"

제갈각이 크게 화를 내면서 말했다: "다시 병 이야기를 하는 자는 목을 벨 것이다."

모든 군사들이 이 말을 들었기에 도망가는 자가 무수히 나왔다. 그때 갑자기 보고해 오기를, 도독 채림蔡林이 휘하 군사들을 이끌고 위魏에 투항해 버렸다고 했다. 제갈각은 크게 놀라서 직접 말을 타고 각 영채를 두루 살펴보니 과연 군사들의 얼굴빛이 누렇게 뜨고 부어올라 있는 것이, 모두들 병색이 완연했다. 그는 마침내 군사를 거두어 동오로 돌아갔다.

일찌감치 첩자가 이 소식을 관구검에게 보고했다. 관구검이 대병을 전부 일으켜 그 뒤를 엄습했다. 동오의 군사들은 크게 패하여 돌아갔다. (*한 번 이겼을 때 멈추지 않고 패하고 난 다음에야 그만두니, 이는 바로 뱀을 그리면서 그 발까지 그리려 했기(畵蛇添足) 때문이다.)

제갈각은 심히 창피해서 병을 핑계대고 조회에도 나가지 않았다. 오주 손량孫亮이 직접 그의 집으로 찾아가서 병문안을 하자, 문무관료들도 모두 가서 문안인사를 드렸다.

제갈각은 사람들의 쑥덕공론이 두려워서 자기가 먼저 여러 관원들과 장수들의 잘못을 샅샅이 찾아내서 가벼운 경우 변방으로 보내버리고, 무거운 경우 참수하여 여러 사람들이 보도록 높이 매달았다. (*제갈각이 취한 방법은 죽음의 길이다.)

이리하여 내외 관료들로 두려워하지 않는 자가 없었다. 제갈각은 또 자기 심복 장수 장약張約과 주은朱恩으로 하여금 어림군을 관장하도록 하여 자신의 앞잡이(爪牙) 부하로 삼았다. (*이 방법 역시 죽음의 길이다.)

〖8〗한편 손준孫峻은 자字를 자원子遠이라 했는데, 손견의 아우 손정孫靜의 증손이고 손공孫恭의 아들이다. 손권이 살아있을 때 그를 매우 사랑하여 그로 하여금 어림군을 관장하도록 했었다.

그는 제갈각이 장약과 주은 두 사람으로 하여금 어림군을 관장하도록 하여 자기의 권한을 빼앗았다는 말을 듣고 마음속으로 크게 화가 났다. 태상경太常卿 등윤滕胤은 평소 제갈각과 사이가 나빴는데, 손준과 제갈각의 사이가 벌어진 기회를 틈타서 손준에게 말했다: "제갈각은 나라의 권세를 독차지하고 탐학貪虐을 자행恣行하면서 공경들까지 죽이거나 해치고 있는데, 이는 장차 제위를 찬탈할 마음을 먹고 있기 때문입니다. 공은 종실의 한 사람이면서 어찌하여 일찌감치 그를 제거하려고 하지 않습니까?"

손준曰: "나 역시 그런 생각을 한 지 오래 되었소. 지금 당장 천자께 아뢰어 그를 죽이라는 칙지를 내려 달라고 주청해 봅시다."

이에 손준과 등윤은 궁으로 들어가서 오주 손량을 보고 은밀히 이 일을 아뢰었다.

손량曰: "짐도 그 사람을 보면 두렵고 겁이 나오. (*제갈각이 그간 해온 방식은 죽음의 길이다.) 그래서 늘 그를 제거하고 싶었지만 적당한 기회를 얻지 못했소. 이제 경들에게 과연 충의忠義의 마음이 있다면, 비밀히 시도해 보도록 하시오."

등윤曰: "폐하께서 연석을 마련하시어 그를 부르시되, 은밀히 무사들을 벽의 휘장 뒤에 매복시켜 두고 술잔 던지는 것을 신호 삼아 그 자리에서 그를 죽임으로써 후환을 끊어버리도록 하십시오."

손량은 그렇게 하도록 허락했다.

한편, 제갈각은 싸움에 패하고 돌아온 뒤로 병을 핑계대고 집에 머물러 있었는데, 늘 정신이 흐리멍덩했다. 하루는 우연히 중당中堂으로 나갔는데 문득 웬 사람 하나가 삼베로 된 상복을 입고 들어오는 것이 보였다. (*이 역시 한 줄기의 흰색 기운(白氣)일 뿐이다.)

제갈각이 꾸짖으면서 웬 놈이냐고 물었다. 그 사람은 크게 놀라면서 어찌할 줄 몰라 했다. 제갈각은 그를 붙잡아서 고문을 하도록 했다.

그 사람이 아뢰었다: "저는 최근에 부친상을 당하여 도사道士를 청하여 부친의 명복을 빌기 위해 성 안으로 들어와서 맨 처음에 이 사원을 보고 들어왔던 것인데, 여기가 태부 대감의 집인 줄은 상상도 못했습니다. 도대체 제가 어떻게 해서 이곳에 오게 되었습니까?"

제갈각이 화를 내며 대문을 지키는 군사들을 불러와서 어찌된 일인지 물어보았다.

군사들이 아뢰었다: "저희들 수십 명은 모두 창을 메고 문을 지키면서 잠시도 자리를 뜨지 않았는데, 한 사람도 들어오는 것을 보지 못했습니다."

제갈각은 크게 화가 나서 그들을 모조리 참수해 버렸다.

그날 밤, 제갈각이 자려고 자리에 누웠으나 불안해서 잠을 못 이루고 있는데, 홀연 본채의 대청(正堂) 안에서 벼락을 치는 듯한 소리가 들렸다. 제갈각이 직접 나가서 보니 가운데 대들보가 부러져서 두 동강 나 있었다. (*동량棟梁이 부러지고 서까래가 무너져 내린 것은 더할 수 없이 큰 흉사凶事이다.) 제갈각이 놀라서 침실로 돌아오니 갑자기 한 줄기 음산한 바람(一陣陰風)이 일어나면서 낮에 죽인 상복 입은 사람과 대문을 지키던 군사들 수십 명이 각자 자기 머리를 손에 들고 살려내라고 하는 것이었다.

그는 놀라서 땅바닥에 쓰러졌다가 한참 후에야 깨어났다.

다음날 아침 세수를 하는데 물에서 심한 피비린내가 났다. 제갈각은 시비侍婢에게 호통쳐서 세숫대야의 물을 연달아 열 번이나 바꾸도록 했으나 전부 다 똑같이 피비린내가 났다. (*사람 죽이기를 가볍게 했으므로 세숫물에서 피비린내가 나는 괴이한 일이 발생한 것이다.)

〖 9 〗 제갈각이 놀라서 의아해하고 있을 때 갑자기 천자가 보낸 사자가 와서 알리기를, 천자께서 태부를 연회에 참석하도록 부르신다고 했다. 제갈각은 수레를 준비하도록 명했다. 제갈각이 막 집을 나서려고 할 때 누런 개(黃犬)가 그의 옷자락을 물고는 엉! 엉! 소리를 내며 짖는 것이 마치 사람이 곡哭을 하는 것 같았다.

제갈각이 화를 내며 말했다: "이 개가 나를 놀리는구나!"

그는 좌우 사람들에게 그 개를 쫓아버리라고 지시하고는 마침내 수레를 타고 집을 나섰다. 몇 걸음 못 갔을 때 수레 앞에서 한 줄기 흰 무지개(白虹)가 땅으로부터 솟아올랐는데 마치 한 폭의 흰 비단이 하늘 높이 뻗쳐 올라가는 것 같았다. 제갈각은 몹시 놀라고 괴이하게 생각했다.

그때 심복 장수 장약이 수레 앞으로 나와서 은밀히 아뢰었다: "오늘 궁중에서 연회를 베푼다고 하나 그것이 좋은 일인지 나쁜 일인지 알 수 없으니 주공께서는 가벼이 들어가셔서는 안 됩니다."(*동탁이 조정에 들어갈 때는 이숙李肅이 그를 속였고, 제갈각이 조정에 들어갈 때는 장약이 그를 말렸다. 전후로 서로 비슷한 상황이지만 서로 반대이다.)

제갈각은 그 말을 듣고 나서 곧바로 수레를 돌리라고 명했다. 미처 10여 걸음도 못 갔을 때 손준과 등윤이 말을 타고 수레 앞으로 와서 말했다: "태부께서는 어찌하여 곧바로 돌아가려고 하십니까?"

제갈각曰: "내 갑자기 복통이 나서 천자를 뵙지 못하겠소."

등윤曰: "조정에서는 태부께서 회군해 오신 이후로 아직 서로 얼굴을 보고 회포를 풀어보지 못했으므로 특별히 연회를 베풀어 부르시고 겸하여 나라의 대사를 의논하려는 것입니다. 태부께서는 비록 몸이 편찮으시더라도 억지로라도 한 번 가보셔야만 합니다."

제갈각은 그 말을 좇아 마침내 손준, 등윤과 함께 궁중으로 들어갔다. 장약 역시 그를 따라서 들어갔다.

〖 10 〗 제갈각은 오주吳主 손량을 뵙고 인사를 하고 나서 자리로 가 앉았다.

손량이 술을 올리라고 명했다. 제갈각은 의심이 들어서 사양하며 말했다: "병든 몸이어서 술을 마실 수가 없습니다."

손준曰: "태부께서는 집에서 늘 약주藥酒를 들고 계신다던데, 그 술을 가져와서 드시겠습니까?"

제갈각曰: "그것은 좋소."

곧바로 종자(從人)를 시켜서 집으로 돌아가 집에서 만든 약주를 가져오게 하니, 제갈각은 그제서야 마음 놓고 그것을 마셨다. (*군주의 술은 마시지 않고 스스로 집에서 담근 술은 마시는 것은, 의심을 품은 것으로 생각한다면 곧 의심이 극도에 달한 것이고, 불경不敬하다고 생각한다면 곧 불경함이 매우 심한 것이다.)

술이 몇 순배 돈 후 오주 손량이 일이 있다고 핑계대고 먼저 자리에서 일어났다. 손준은 전각에서 내려와 긴 옷을 벗고 짧은 옷으로 갈아입으면서 속에 갑옷을 입었다. 그리고는 손에 날카로운 칼을 들고 전각 위로 올라가서 큰 소리로 외쳤다: "천자께서 역적을 베라는 칙명을 내리셨다!"

제갈각은 크게 놀라서 술잔을 땅에 내던지며 허리에 찬 검을 빼서 막으려고 했으나, 진즉에 그의 머리가 땅에 떨어지고 말았다. (*이전에 있었던 여러 가지 재이災異는 이로써 결말이 지어졌다.)

장약은 손준이 제갈각을 베어 죽이는 것을 보고 칼을 휘두르며 달려들었다. 손준은 급히 몸을 피했으나 장약의 칼끝에 왼손 손가락을 베었다. 손준은 몸을 돌리며 칼을 내리쳐서 장약의 오른쪽 팔을 베었다. 그때 매복해 있던 무사들이 일제히 몰려나와 장약을 베어 넘어뜨리고 칼로 마구 내리찍어서 뭉그러진 고깃덩이로 만들어버렸다.

손준은 무사들로 하여금 제갈각의 집안 식구들을 잡아오도록 하는 한편, 장약과 제갈각의 시신을 함께 갈대 돗자리로 둘둘 말아서 작은 수레에 싣고 나가 성 남문 밖 석자강(石子崗: 강소성 남경南京) 공동묘지에 내다버리도록 했다. (*총명한 사람이 이러한 결말을 맞이하게 된 것이 참으로 애석하다. 세상에 스스로의 총명함을 믿고 으스대는 자들이 이를 보고도 경계하지 않을 수 있겠는가!)


〖 11 〗 한편 제갈각의 처는 마침 방 안에 있었는데 왠지 정신이 몽롱하고 거동이 편치 않았다. 그때 문득 여종 하나가 방안으로 들어왔다.

제갈각의 처가 물었다: "네 온몸에서 피비린내가 나는데 웬일이냐?"

그 여종은 갑자기 눈을 부릅뜨고, 이를 갈면서 펄쩍펄쩍 뛰고, 머리로 대들보를 들이받으면서 입으로 크게 소리쳤다: "나는 제갈각이다! 간사한 도적 손준에게 모살謀殺 당했다!"(*앞에서 이미 무수히 많은 재이災異들을 묘사했는데, 여기서 또 한 단락의 재이가 있으리라고는 상상도 하지 못했을 것이다.)

제갈각의 온 집안 식구들은 남녀노소 할 것 없이 모두 놀라고 당황해서 울고불고 야단이었다.

얼마 후 군사들이 오더니 집을 에워쌌다. 그리고는 제갈각의 온 집안 식구들을 남녀노소 할 것 없이 모조리 묶어서 저잣거리로 끌고 가 목을 베었다. (*앞의 재이災異는 제갈각이 살해되는 것에 대한 것이고, 후의 재이災異는 전 가족들이 살해되는 것에 대한 것이다.)

이때는 동오 건흥建興 2년(서기 253년) 겨울 10월이었다.

이전에 제갈근이 살아있을 때 아들 제갈각이 자신의 총명함을 모조리 밖으로 드러내 보이는 것을 보고 탄식하며 말했다: "이 아이는 집안을 보전할 주인이 못 되겠구나!"(*자기 자식을 알기로는 그 아비만한 사람이 없다(知子莫若父)고 했다. 이것은 전문前文에서 언급하지 않은 것을 보완한 것이다.)

또 위魏의 광록대부光祿大夫 장집張緝이 일찍이 사마사를 보고 이렇게 말했다: "제갈각은 오래지 않아 죽을 것입니다."

사마사가 그 까닭을 물었다.

장집曰: "위세威勢가 자기 주인을 떨게 하는데 어찌 오래 갈 수 있겠습니까?"(*이 역시 전문에서 언급하지 않은 것을 보완한 것이다.)

이때에 이르러 과연 그 말이 들어맞았다.

한편, 손준이 제갈각을 죽이고 나자 오주 손량은 손준을 승상丞相·대장군大將軍·부춘후富春侯로 봉하여 나라 안팎의 모든 군사 관련 업무를 총독하도록 했다. 이로부터 나라의 권력은 모두 손준에게 돌아갔다.

한편, 강유는 성도에서 제갈각이 죽기 전에 보낸 서신을 받았는데, 서로 도와서 위魏를 치고 싶다는 내용이었다. 그는 곧 궁으로 들어가서 후주에게 보고하고, 비준을 받아, 다시 대병을 일으켜 중원을 치려고 했다. 이야말로:

한 번 기병하여 성공하지 못하자 　　　　　　一度興師未奏績
다시 적을 쳐서 성공하고자 하네. 　　　　　　兩番討賊欲成功

승부가 어찌될지 모르겠거든 다음 회를 읽어보기 바란다.

(1). 지금 사람들은 조조와 사마의를 같다고 말하는데(竝稱), 사마의의 임종 때의 말을 보면, 사마의와 조조는 다른 점이 있다. 조조가 한 일들은 모두 사마의의 아들이 했고, 사마의는 죽을 때까지 조조가 한 일을 감히 하지 않았다. 조조가 선주先主를 미워한 것은 한의 종실宗室에서 현자賢者를 제거하기 위해서였고, 사마의가 조상曹爽을 죽인 것은 다만 종실의 어질지 못한 자(不賢者)를 죽인 것이다.

심지어 임금을 죽인 후에도 황사(皇嗣: 황제의 후사)를 죽이고, 황호皇號를 참칭하고, 구석九錫을 받은 일 등은 조조에게서만 보이고 사마의에게서는 보이지 않는다. 그러므로 군자들 중에는 사마의를 용서하는 말을 하는 사람도 있다.

(2). 눈(雪)을 이용하여 적을 유인한 자가 있었으니, 무후가 철거병鐵車兵을 깨뜨린 것이 그것이다. 그러나 눈을 무릅쓰고 적을 침범한 자는 있은 적이 없다. 칠흑 같은 밤을 이용해서 적의 영채를 기습한 자는 있었으니, 감녕甘寧이 1백 명의 기병으로 적의 영채를 기습한 것이 그것이다. 그러나 백주 대낮에 적의 영채를 기습한 일은 있은 적이 없다.

험준하여 사람이 없는 곳에서 단병短兵과 보졸을 써서 적을 공격한 자는 있었으니, 등애鄧艾가 음평령陰平嶺을 기습한 것이 그것이다. 그러나 평탄한 곳에 세워진 큰 영채를 단병과 보졸을 써서 기습공격한 자는 있은 적이 없었다.

수군으로 수군을 깨뜨린 자는 있었으니 황개黃蓋가 위魏의 배들을 불사른 것이 그것이다. 그러나 수군으로 뭍의 영채로 쳐들어간 자는 있은 적이 없다.

　이처럼 전에도 후에도 있은 적이 없는 일을 홀로 정봉丁奉이 서당徐塘에서 싸울 때 보여주었으니, 그는 참으로 다른 방식으로 사람들을 놀라게 한 것이다.

　(3). 사마의가 조상曹爽을 죽인 것은 이성異姓이 종실宗室을 멸한 것이다. 손준孫峻이 제갈각을 죽인 것은 종실宗室이 이성異姓을 멸한 것이다. 제갈각은 재주가 있고 조상은 재주가 없다는 점에서는 서로 달랐으나 그 성격이 교만하고 계책을 세움에 허점투성이였다는 점에서는 똑같다. 그는 밖에서는 장특張特의 속임수를 헤아리지 못했고, 나라 안에서는 손준의 간교함을 알아채지 못했으며, 또한 강퍅强愎하고 자긍심이 강하여 끝내 살육을 당하고 말았다. 그 총명함은 비록 그 아비보다 더했으나 마침내 자기 재주를 믿다가 화를 당하고 말았으니, 아, 애달프다!

# 제 109 회

## 강유, 기이한 계책으로 사마소 포위하고
## 조방, 폐위된 것은 위魏의 인과응보다

〖 1 〗 촉한 연희延熙 16년(서기 253년) 가을, 장군 강유는 20만 대병을 이끌고 요화와 장익을 좌우 선봉으로 삼고, 하후패를 참모로, 장억張嶷을 군량 운반 책임자(運糧使)로 삼아서 위魏를 치기 위해 양평관陽平關을 나갔다. (*이번이 두 번째로 중원을 치러가는 것이다.)

강유가 하후패와 상의하여 말했다: "전에 옹주를 취하러 갔다가 이기지 못하고 돌아왔는데, 이번에 만약 다시 나간다면 저들은 반드시 또 대비하고 있을 것이다. 공에게 무슨 고견이 있는가?"

하후패曰: "농상隴上의 여러 군郡들 가운데 물자와 군량이 가장 많은 곳은 남안(南安: 감숙성 농서현隴西縣 동남의 원도源道)입니다. 만약 먼저 그곳을 취한다면 충분히 근거지로 삼을 수 있습니다. (*무후가 첫 번째 출병할 때에도 일찍이 남안, 안정, 천수 세 군을 먼저 취했었다. 이 계책은 전번의 그것과 일치한다.)

그리고 전번에 우리가 이기지 못하고 돌아온 것은 오기로 약속한 강병羌兵들이 오지 않았기 때문입니다. 이번에는 먼저 사람을 보내서 강병들과 농우隴右에서 만나도록 한 다음 출병하여 석영(石營: 감숙성 예현禮縣 서북)을 나가서 동정(董亭: 석영의 동북)으로부터 곧장 남안을 취하도록 해야 합니다."

강유가 크게 기뻐하며 말했다: "공의 말이 아주 묘하다!"

그리고는 극정郤正을 사자로 보내면서 황금과 주옥, 촉 땅에서 산출되는 비단(蜀錦)을 가지고 강인羌人의 땅으로 들어가서 강왕羌王과 손을 잡도록 했다.

강왕 미당迷當은 예물을 받고는 곧바로 군사 5만 명을 일으켜서, 강인 장군 아하소과俄何燒戈를 전군의 선봉으로 삼고, 군사들을 이끌고 남안으로 갔다. (*전번에는 스스로 오려고 하지 않았으므로 이번에는 그를 매수하여 오도록 했다. 심하도다, 아도(阿堵: 돈)의 쓸모 있음이여!)


〖 2 〗 위魏의 좌장군 곽회郭淮는 이 소식을 듣고 낙양으로 급보를 띄웠다.

사마사가 여러 장수들에게 물었다: "누가 감히 가서 촉병을 대적하겠는가?"

보국장군輔國將軍 서질徐質이 말했다: "제가 가겠습니다."

사마사는 평소 서질은 영용하기가 남들보다 뛰어남을 알고 있었으므로 속으로 크게 기뻐하면서 즉시 서질을 선봉으로 삼고 사마소를 대도독大都督으로 삼아서 군사들을 거느리고 농서로 출발하도록 했다.

위의 군사들이 동정董亭에 이르렀을 때 바로 강유와 만나서 양군은 전투대형을 이루었다.

서질은 개산대부(開山大斧: 산림을 개척할 때 사용하는 초승달 모양의 큰 도끼)를 들고 말을 타고 나가서 싸움을 걸었다. 촉의 진영에서는 요화가 나가서 그를 맞이했다. 서로 몇 합 싸우지도 않아 요화는 패하여 칼을 끌고 돌아왔다. 이번에는 장익이 창을 꼬나들고 말을 달려 나가서 그를 맞이해 싸웠다. 그 역시 몇 합 싸우지도 않아 패하여 진으로 돌아왔다.

서질이 군사들을 휘몰아 쳐들어 왔다. 촉병은 크게 패하여 (*먼저 서질의 용맹을 묘사함으로써 다음에서 강유의 지모를 보여준다.) 뒤로 30여 리 물러갔다. 사마소 역시 군사를 거두어 돌아갔다. 양군은 각자 영채를 세웠다.

강유가 하후패와 상의했다: "서질은 몹시 용맹한데, 무슨 수를 써서 그를 사로잡을 수 있겠는가?"

하후패曰: "내일 거짓 패한 척하여 달아나면서 매복계埋伏計를 쓰면 이길 수 있습니다"

강유曰: "사마소는 중달의 아들인데 어찌 병법을 모르겠는가? 만약 지세가 수상한 것을 보게 되면 틀림없이 쫓아오려고 하지 않을 것이다. (*사마소가 군사를 거두어 돌아간 이유를 강유의 입을 통해 설명하고 있다.) 내가 볼 때 위병은 여러 차례 우리의 양도糧道를 끊었으니, 이번엔 우리가 반대로 이 계책을 써서 저들을 유인한다면 서질을 죽일 수 있을 것이다."

그리고는 요화를 불러서 여차여차하게 하라고 분부하고, 또 장익을 불러서 여차여차하게 하라고 분부했다. 두 사람은 군사들을 거느리고 떠나갔다. 강유는 또 한편으로는 군사들에게 길에다가 마름쇠를 뿌려놓고, 영채 밖에는 녹각鹿角을 많이 세워놓도록 해서 장기간 주둔할 계획인 것처럼 보여주도록 했다.

〖 3 〗 서질이 연일 군사들을 이끌고 와서 싸움을 걸었으나 촉병들은

싸우러 나가지 않았다.

정탐꾼이 사마소에게 보고했다: "촉병들이 철롱산(鐵籠山: 감숙성 예현禮縣 남쪽) 뒤에서 목우木牛와 유마流馬로 군량과 마초를 운반해 와서 장기전을 준비하고 있습니다. (*제102회의 일과 호응한다.) 강병羌兵들이 오면 합동작전을 펼치려고 기다리고 있는 것입니다."

사마소가 서질을 불러서 말했다: "전에 우리가 촉병을 이긴 것은 그들의 양도糧道를 끊었기 때문이다. 지금 촉병들이 철롱산 뒤에서 군량과 마초를 나르고 있다고 하니, 너는 오늘 밤 군사 5천 명을 이끌고 가서 저들의 양도를 끊도록 하라. 그러면 촉병들은 스스로 물러갈 것이다."(*강유가 예상한 대로이다.)

서질은 명을 받고 초경(初更: 밤 7시~9시) 무렵에 군사들을 이끌고 철롱산으로 갔다. 과연 촉병 2백여 명이 군량과 마초를 1백여 마리의 목우와 유마에 실어 운반하고 있었다. 위병들이 함성을 지르고 서질이 앞장서서 나아가 길을 막았다. 촉병들은 군량과 마초를 모조리 버리고 달아났다.

서질은 군사를 반 나누어 그들로 하여금 군량과 마초를 압송하여 영채로 돌아가도록 하고, 자기는 남은 군사들 반을 이끌고 촉병의 뒤를 추격해 갔다. 10리를 채 못 쫓아갔을 때 전면에 수레들이 가로놓여서 길을 막고 있었다. 서질은 군사들에게 말에서 내려 수레들을 한 옆으로 치우라고 했다.

바로 그때 갑자기 양편에서 불길이 솟았다. 서질은 급히 말머리를 돌려서 달아났다. 뒤쪽의 산골짜기가 좁은 곳에 이르니 거기에도 수레들이 길을 막고 있는데 불길이 치솟고 있었다. (*강유는 승상의 화공법火攻法을 제대로 배웠다. 그는 승상의 훌륭한 제자이다.)

서질 등은 연기를 무릅쓰고 불속을 뚫고 말을 달려 빠져나갔다. 그때 포 소리가 한번 울리더니 두 방면에서 군사들이 쳐들어왔는데, 왼편에는 요화가, 오른편에는 장익이 있어서 크게 한바탕 싸웠다. 위병들은 대패했다. 서질은 죽기를 무릅쓰고 홀로 달아났는데, 사람도 말도 몹시 지쳤다.

한창 달아나고 있을 때 전면에서 한 갈래의 군사들이 쳐들어왔는데 곧 강유였다. 서질이 크게 놀라서 어찌해야 좋을지 몰라 하고 있을 때 강유가 서질의 말을 창으로 찔렀다. 말이 쓰러지자 서질은 말 위에서 굴러 떨어졌다. 많은 군사들이 달려들어 칼로 그를 마구 베어서 죽였다. 서질이 군량을 압송하라고 보낸 절반의 군사들 역시 하후패에게 사로잡혀서 전부 항복했다.


〖 4 〗 하후패는 촉병들에게 위병들의 옷과 갑옷을 입도록 하고 위병들이 타던 말을 타도록 한 후, 위병의 기치를 들게 하여 작은 길로 해서 곧장 위병의 영채로 달려갔다.

영채에 있던 위병들은 본부 군사들이 돌아온 것을 보고 영채 문을 열고 안으로 들어오게 했다. 촉병들은 영채 안으로 들어가서 위병들을 죽이기 시작했다. (*이곳에서의 용병은 마치 무후의 그것과 흡사하다.)

사마소는 크게 놀라서 황급히 말에 올라 달아나는데 전면에서 요화가 쳐들어왔다. 사마소는 앞으로 나아갈 수가 없어서 급히 뒤로 물러났는데, 그때 강유가 군사를 이끌고 작은 길로 쳐들어왔다. 사마소는 사방 어디로도 달아날 길이 없는 것을 보고 어쩔 수 없이 군사들을 이끌고 철롱산으로 올라가서 그곳을 차지하고 지켰다.

원래 이 산에는 길이 하나밖에 없는데다 사면이 모두 험준해서 올라가기가 어렵고, 그 위에는 샘이 단 하나밖에 없는데 겨우 1백여 명이 마실 정도의 물만 나왔다. 이때 사마소의 수하에는 군사들이 6천 명이나 있었는데, 강유가 길목을 막고 있어서 (*저들의 물 긷는 길을 끊음으로써 전번에 두 성을 잃었던 복수를 할 수 있게 되었다.) 산 위에 있는 물만으로는 부족해서 사람도 말도 목이 탔다. 사마소는 하늘을 우러러보며 길게 탄식했다: "나는 이곳에서 죽는구나!"(*상방곡上方谷에서는 불이 있어서 고생을 했고, 철롱산에서는 물이 없어서 고생한다. 전후가 서로 대對가 되고 있다.)

이 일에 대해 후세 사람이 지은 시가 있으니:

| 강유의 묘한 계책 예사롭지 않아서 | 妙算姜維不等閒 |
| 위魏의 군사들 철롱산에 갇히었네. | 魏師受困鐵籠間 |
| 방연이 처음 마릉도에 들어갔을 때도 | 龐涓始入馬陵道 |
| 항우가 구리산에서 포위되었을 때도 이랬으리. | 項羽初圍九里山 |

주부主簿 왕도王韜가 말했다: "옛날에 경공耿恭이 적에게 포위되었을 때 샘에 절을 하여 감천甘泉을 얻었다고 합니다. (*제89회에서 언급되던 일.) 장군께서는 어찌하여 그것을 본받지 않으십니까?"

사마소는 그의 말을 좇아서 곧바로 산 정상에 있는 샘가로 올라가서 두 번 절을 하고 빌었다: "저 소昭는 칙명을 받들어 촉병을 물리치러 왔사온데, 만약 제가 꼭 죽어야만 한다면 감천의 물이 마르도록 하소서. 그러면 저 소昭는 스스로 목을 찌르고 부하 군사들에게는 전부 항복하라고 하겠습니다. 그러나 만약 저 소昭의 수명과 복록이 아직 끝나지 않았다면, 부디 창천蒼天께서는 빨리 감천을 내려주시어서 많은 사람들의 목숨을 살려 주옵소서!"

빌기를 마치자 샘물이 솟아나와 계속 퍼내도 마르지 않아 이로 인하여 사람도 말도 죽지 않았다. (*이는 하늘이 진晉을 도운 것이지 위魏를 도운 것이 아니다. 사마소가 빈 것을 보면, 단지 자기의 수명만을 위해 빌었지 위魏의 일에 대해서는 한 마디도 언급하지 않았다.)

〖 5 〗 한편 강유는 산 아래에서 위병을 포위하고 있으면서 여러 장수

들에게 말했다: "전에 승상께서 상방곡上方谷에서 사마의를 사로잡지 못하신 것을 나는 큰 한恨으로 여겨왔다. (*제103회의 일.) 이제 사마소는 반드시 내 손에 사로잡히고 말 것이다."

한편 곽회는 사마소가 철롱산 위에서 포위되어 있음을 알고 군사를 데리고 가서 구하려고 했다.

진태陳泰가 말했다: "강유는 강병羌兵들과 만나서 먼저 남안南安부터 취하려 하고 있습니다. 지금 강병들이 이미 당도했으므로, (*강병이 온 것을 진태의 입으로 허사虛寫하고 있다. 이는 생필법이다.) 장군께서 만약 군사들을 거두어 사마소를 구하러 가신다면 강병들은 틀림없이 빈틈을 타서 우리의 뒤를 습격할 것입니다. 먼저 사람을 시켜서 강인들에게 거짓 항복하도록 해 놓고 그 사이에 일을 꾸미도록 하십시오. 만약 강병만 물리치고 나면 철롱산의 포위를 풀 수 있을 것입니다."

곽회는 그의 말을 좇아서 진태로 하여금 군사 5천 명을 이끌고 곧장 강왕의 영채로 가서 무장을 해제하고 들어가 (*싸우지도 않고 항복하다니, 이는 가짜이다. 5천 명의 군사를 데리고 와서 한꺼번에 거짓 항복을 하는데, 이로써 강인들은 속일 수 있어도 촉의 장수들을 속일 수는 없다.) 절을 하고 울면서 말하도록 했다: "곽회는 제멋대로 잘난 체하면서 항상 저(陳泰)를 죽일 마음을 품고 있으므로 와서 항복을 하려는 것입니다. 곽회 군중의 허실虛實을 제가 다 알고 있습니다. 오늘 밤에 일군을 이끌고 가서 영채를 습격한다면 곧바로 성공할 수 있습니다. 만약 군사들이 위병의 영채에 도착하면 따로 안에서 호응할 준비가 다 되어 있습니다."

강왕 미당迷當은 크게 기뻐하면서 마침내 강인 장수 아하소과俄何燒戈로 하여금 진태와 같이 가서 위병의 영채를 습격하도록 했다. 아하소과는 진태가 이끌고 온 항복한 군사들은 뒤에 있도록 하고, 진태로 하여금 강병을 이끌고 선두에 서도록 했다.

이날 밤 이경(二更: 밤 9시~11시)에 드디어 위병의 영채에 이르니 영채의 문이 활짝 열려 있었다. 진태가 말을 타고 먼저 들어갔다. 이것을 보고 아하소과도 창을 꼬나들고 말을 달려 영채 안으로 들어갔는데, 바로 그때 아이고! 하고 외마디소리를 지르더니 사람과 말이 다 같이 함정 속으로 떨어졌다. 뒤쪽에서는 진태의 군사들이 쳐들어오고, 왼편에서는 곽회가 쳐들어왔으므로 강병들은 큰 혼란에 빠져 자기들끼리 서로 밟고 짓밟혀서 죽는 자가 수없이 많았다. 산 자들은 모두 항복했다. 아하소과는 스스로 목을 찔러 죽었다.

곽회와 진태는 군사들을 이끌고 곧바로 강인의 영채 안으로 쳐들어 갔다. 대왕 미당迷當이 급히 막사에서 나와 말에 오르는 순간 그만 위병들에게 사로잡혀 곽회 앞으로 끌려갔다. 곽회는 말에서 내려 친히 그 묶은 것을 풀어주고 좋은 말로 위로했다: "조정에서는 본래 공을 충의지사忠義之士로 알고 있는데, 지금은 어찌하여 촉인들을 돕고 계시오?"

미당은 부끄러워하면서 자기 죄를 인정했다.

곽회는 이에 미당을 설득했다: "공이 지금 선두부대가 되어 철롱산으로 가서 그 포위를 풀고 촉병을 물리친다면, 내 반드시 천자께 아뢰어 후한 상을 내리시도록 하겠소."(*곽회의 계책 쓰는 것이 또한 사마의와 흡사하다.)

미당이 그의 말을 좇아서 곧바로 강병들을 이끌고 선두에 서고 위병들은 뒤에 서서 곧장 철롱산으로 달려갔다. (*강유는 강인들을 쓰고자 했으나, 강인들은 반대로 곽회에게 쓰이게 되었다. 애석하다!)

〖 6 〗이때 시간은 삼경(三更: 밤 11시~새벽 1시)이 되었는데, 먼저 사람을 시켜서 강유에게 알리도록 했다. 강유가 크게 기뻐하면서 들어오라고 청하여 만나보려고 했다. 이때 위병들이 반도 넘게 강병들 틈에

섞여서 촉의 영채 앞에 이르자, 강유가 군사들은 전부 영채 밖에 머물러 있으라고 명했다.

미당이 1백여 명만 이끌고 중군中軍 막사 앞으로 갔다. 강유와 하후패 두 사람이 나가서 그를 맞이했다. 이때 위의 장수들은 미당이 입을 열기를 기다리지 않고 뒤쪽에서부터 쳐들어왔다.

강유는 크게 놀라서 급히 말에 올라 달아났다. 강병과 위병들이 일제히 영채 안으로 쳐들어왔다. 촉병들은 사방으로 뿔뿔이 흩어져서 각자 살길을 찾아 도망쳤다.

강유에게는 병장기라고는 하나도 없었고 허리에 활과 화살만 차고 있었는데, 황망히 달아나느라 화살이 다 떨어져서 빈 화살 통만 남았다. 강유가 산속으로 달아나는데, 등 뒤에서 곽회가 군사를 이끌고 좇아오다가 강유의 손에 아무런 무기도 없는 것을 보고는 창을 꼬나들고 말을 몰아 추격해갔다.

아주 가까이까지 따라잡히자 강유가 빈 활을 연달아 10여 차례나 당겨서 시위 소리를 냈다. 곽회는 연방 몸을 비틀어 피하다가 날아오는 화살이 보이지 않자 강유에게 화살이 없음을 알아차리고 창을 안장 위에 걸어놓고 활에 살을 메겨 강유를 겨누어 쏘았다.

강유는 급히 몸을 비틀어 피하면서 손을 뻗어 날아오는 화살을 잡아서는 곧바로 시위에 메겨 가지고 곽회가 좀 더 가까이 추격해 오기를 기다렸다가 그의 얼굴을 향해 힘껏 쏘았는데, 시위 소리가 나는 것과 동시에 곽회가 말에서 떨어졌다. 강유는 말머리를 돌려서 곽회를 죽이러 갔으나, 바로 그때 위병들이 갑자기 몰려왔으므로, 강유는 미처 손을 써서 그를 죽이지 못하고 곽회의 말 위에 있는 창만 빼앗아 가지고 달아났다.

위병들은 감히 그를 좇아가지 못하고 급히 곽회를 구하여 영채로 돌아가서 화살촉을 뽑아냈으나 피가 멈추지 않고 계속 흘러나와 곽회는 결국 죽고 말았다.

사마소는 산에서 내려와 군사들을 이끌고 뒤를 추격해 가다가 중도에서 도로 돌아가 버렸다. 하후패도 뒤따라 도망쳐 와서 강유와 만나 함께 달아났다. 강유는 이번 싸움에서 수많은 군사들을 잃어버리고 한 방면도 지켜내지 못한 채 스스로 한중으로 돌아갔다.

비록 싸움에는 패하였으나 곽회를 쏘아 죽이고 서질을 죽여서 위국의 위세를 한풀 꺾어놓았으므로, 그 공로로 그 죄를 벌충했다.


〖 7 〗 한편 사마소는 강병羌兵들의 수고를 위로해 준 다음 본국으로 돌려보내고, 회군하여 낙양으로 돌아가서는 형 사마사와 함께 조정의 권세를 전횡專橫했는데, 많은 신하들 가운데 감히 그들에게 복종하지 않는 자가 없었다.

위주魏主 조방曹芳은 사마사가 조정에 들어오는 것을 볼 때마다 무서워서 계속 벌벌 떨기를 마치 바늘로 등을 콕콕 찔리는 것 같이 했다. (*독자들로 하여금 한漢의 황제가 조조를 보던 때를 생각나게 한다.)

하루는 조방이 조회를 열고 있는데 사마사가 칼을 차고 어전 위로 올라오는 것을 보고는 황망히 용상에서 내려와 그를 맞이했다.

사마사가 웃으면서 말했다: "임금이 신하를 맞이하는 예법禮法이 어디 있습니까? 폐하께서는 마음을 편안히 가지십시오."

잠시 후 여러 신하들이 정사政事를 보고하자, 사마사가 자기가 다 결단해 버리고 위주魏主에게는 아뢰지도 않았다. 조금 있다가 사마사가 물러가는데, 고개를 번쩍 쳐들고 어전에서 내려가 수레에 올라 부중府中으로 들어갔다. 그때 앞뒤로 옹위하는 자가 적어도 수천 명은 넘었다. (*사마사의 위세를 묘사한 것으로, 여전히 조조의 당년 모습과 같다.)

조방이 물러나 후전後殿으로 들어가면서 좌우를 돌아보니 겨우 세 사람 뿐이었는데, 태상太常 하후현夏侯玄과 중서령中書令 이풍李豊과 (*이풍이란 이름을 가진 사람이 둘 있다. 이엄李嚴의 아들 역시 이름이 이풍인데 그는 촉蜀의 이풍이고, 여기서 말하는 이풍은 위魏의 이풍이다.) 광록대부光祿 大夫 장집張緝이 그들이었다. 장집은 장張 황후皇后의 부친이자 조방의 장인(皇丈)이다. (*사람들로 하여금 복완伏完을 생각나게 한다.)

조방은 근시近侍들에게 큰 소리로 물러가라고 한 다음 세 사람과 같이 밀실로 들어가서 상의했다.

조방이 장집의 손을 잡고 울면서 말했다: "사마사는 짐을 어린애 취급하고, 모든 관원들을 초개草芥처럼 보고 있는데, 종묘사직은 조만간 틀림없이 이 사람에게 돌아가고 말 것이오!"

말을 마치자 대성통곡을 했다. (*독자들로 하여금 헌제가 동승董承에게 한 말을 생각나게 한다.)

이풍이 아뢰었다: "폐하께서는 근심하지 마옵소서. 신이 비록 재주는 없사오나 폐하의 명조明詔를 받들고 사방의 영걸들을 모아 그 역적 놈을 없애버리겠나이다."

하후현도 아뢰었다: "신의 숙부 하후패夏侯覇가 촉에 항복한 것은 사마 형제의 모해謀害가 두려웠기 때문이옵니다. (*제107회 중의 일.) 이제 만약 이 역적을 없애버린다면 신의 숙부는 반드시 돌아올 것입니다. 신은 나라의 구척(舊戚: 예전 왕가의 친인척)인데 어찌 감히 간사한 역적 놈이 나라를 어지럽히는 것을 보고만 있을 수 있겠나이까? 같이 칙명을 받들어 저들을 치고자 하옵니다."

조방曰: "다만 그렇게 할 수 없을까봐 두렵소."

세 사람은 울면서 아뢰었다: "신 등은 마음을 같이 하여 역적을 없애서 폐하께 보답할 것을 맹세하나이다." (*사람들로 하여금 마등馬騰 등의 맹세의 말을 생각나게 한다.)

조방은 황제가 입는 용과 봉황이 수놓아진 내의(龍鳳汗衫)를 벗어 손가락 끝을 깨물어 그 피로 칙서를 써서 장집에게 주면서 (*독자들로 하여금 헌제가 의대조衣帶詔를 내려주던 때를 생각나게 한다.) 당부했다: "짐의 조부 무황제(武皇帝: 조조)께서 동승을 주살하셨던 것은 대개 그들이 기밀을 비밀스레 하지 못했기 때문이오. (*이러한 인과응보因果應報를 그 자손으로 하여금 스스로 말하도록 한 것이 절묘하다.) 경들은 모름지기 삼가고 조심하여 이 말이 밖으로 새어나가지 않도록 하시오."

이풍曰: "폐하께서는 어찌 그런 불길한 말씀을 하시나이까? 신들은 동승과 같은 무리가 아니옵니다. 그리고 사마사를 어찌 무황제께 견주십니까! (*조방은 조조를 사마사에 견주고 있는데, 이는 곧 사마씨가 찬위를 할 조짐이다.) 폐하께서는 의심하지 마옵소서."

〖 8 〗 세 사람이 하직인사를 하고 나와서 동화문東華門 왼편에 이르러 보니 마침 사마사가 칼을 차고 오는데 종자從者들 수백 명도 모두 병장기를 손에 들고 있었다. 세 사람은 길가에 서 있었다. (*독자들로 하여금 동승이 조조를 만나던 때를 생각나게 한다.)

사마사가 물었다: "너희 세 사람은 왜 이리 늦게 퇴청하는가?"

이풍曰: "주상께서 내정內廷에서 책을 보시므로, 우리 세 사람이 글 읽으시는 동안 곁에서 모시고 있느라(侍讀) 늦었습니다."

사마사曰: "보신 것은 무슨 책인가?"

이풍曰: "하夏, 상商, 주周 삼대의 일에 대한 책입니다."

사마사曰: "주상께서 그 책을 보시고 어떤 고사故事를 물으시던가?"

이풍曰: "천자께서 물으신 것은 이윤伊尹이 상商을 돕고 주공周公이 섭정攝政한 일에 대한 것이어서 우리는 모두 아뢰기를, '지금의 사마司馬 대장군이야말로 이윤·주공과 같은 분입니다'라고 했습니다." (*사마사가 배우고자 하는 것은 이윤과 주공이 아니라 순舜이 우禹에게 선위禪位한 일에 대한 것이다.)

사마사가 비웃으면서 말했다: "너희가 어찌 나를 이윤이나 주공에 견주었겠는가! 너희들의 마음은 실제로는 나를 왕망王莽이나 동탁董卓과 같이 여기고 있을 것이다!"(*왜 끝내 조조와 같다고는 말하지 않는가?)

세 사람이 모두 말했다: "우리는 모두 장군 문하의 사람들인데, 어찌 감히 그럴 수 있습니까?"

사마사가 크게 화를 내며 말했다: "너희들은 입으로만 아첨하는 자들이다! 방금 전에 천자와 함께 밀실에서 울었던 것은 무슨 일 때문이냐?"(*조방의 좌우에 있는 자들은 전부 사마씨의 심복들인데, 도리어 사마사의 입으로 그것을 드러내고 있다.)

세 사람이 말했다: "실로 그러한 일은 없었습니다."

사마사가 호통을 치며 말했다: "너희 세 사람은 울어서 눈이 아직도 벌건데 어찌 잡아떼느냐!"

하후현은 일이 이미 새어나갔음을 알고 언성을 높여 크게 꾸짖었다: "우리가 울었던 것은 네가 위세를 부려 주상을 떨게 만들고 천자의 자리를 빼앗으려고 하기 때문이다!"

사마사는 크게 화가 나서 무사들에게 하후현을 붙잡으라고 호령했다. 하후현은 소매를 걷어붙이고 맨주먹을 휘두르며 곧장 사마사를 치려고 했으나 (*이는 치고받고 하면서 싸울 일이 아니다.) 반대로 무사들에게 꽉 붙잡히고 말았다.

사마사가 각자의 몸을 수색하도록 해서 장집의 몸에서 용과 봉황이 수놓인 황제의 내의를 찾아냈는데, 그 위에는 피로 쓴 글자가 있었다. (*동승의 경우에 비해 일이 더 빨리 탄로나 버렸다.)

좌우에서 그것을 사마사에게 갖다 바쳤다. 사마사가 그것을 보니 바로 비밀조서(密詔)였다. 그 조서의 내용은 이러했다:

"사마사 형제는 같이 대권을 잡고 장차 황제의 자리를 찬탈하려고 한다. 현행 칙서와 규정들은 모두 짐의 뜻이 아니다. 각 부部의 관원과 병사와 장사들은 다 같이 충의忠義에 기대어 역적들을 쳐서 멸하고 사직을 붙들어 바로세울지어다. 공을 이루는 날 관작과 상을 크게 내릴 것이다."(*헌제가 손으로 쓴 조서는 동승의 눈으로 서술되고, 조방이 손으로 쓴 조서는 사마사의 눈으로 서술되고 있는바, 이 또한 각기 다르다.)

사마사는 다 보고 나서 크게 화를 내며 말했다: "알고 보니 너희들은 우리 형제를 모해謀害하려 하는구나! 형편상 도저히 용서해줄 수가 없다!"

그리고는 세 사람을 저잣거리로 끌고 가서 허리를 잘라서 죽이고 그 삼족三族을 멸하도록 했다. (*사람들로 하여금 동승 등 일곱 명이 해를 입었던 때를 생각나게 한다.)

세 사람이 욕하는 소리가 입에서 그치지 않았다. 동쪽 저잣거리에 이르렀을 때에는 맞아서 이빨들이 다 빠졌으나, 세 사람은 무슨 소리인지 알아들을 수 없는 말로 계속 그를 욕하면서 죽었다. (*독자들로 하여금 길평吉平의 손가락이 전부 잘리던 때를 생각나게 한다.)

〘 9 〙 사마사는 곧바로 후궁으로 들어갔다. 위주 조방은 그때 마침 장張 황후皇后와 같이 이 일을 상의하고 있었다.

황후가 말했다: "조정 내에는 이목耳目이 매우 많은데, 만약 일이 누설되는 날에는 틀림없이 그 누累가 첩에게도 미칠 것입니다! (*독자들로 하여금 복伏 황후와 동비董妃의 말을 생각나게 한다.)

한창 이야기하고 있을 때 갑자기 사마사가 들어오는 것을 보고 황후는 크게 놀랐다.

사마사는 손에 칼을 잡고 조방에게 말했다: "신의 부친께서 폐하를 임금으로 세웠으니 그 공덕은 주공보다 못하지 않습니다. 그리고 신이 폐하를 섬긴 것 역시 이윤과 무엇이 다릅니까? (*조조는 스스로를 문왕에 견주었는데, 지금 사마사는 스스로를 이윤과 주공에 견주고 있다. 전후가 똑같다.) 그런데 지금 도리어 은혜를 원수로 여기고 공로를 죄로 여기면서 두어 명의 하찮은 신하들과 함께 신의 형제를 모해하려고 하는데, 그 까닭이 무엇입니까?"

조방曰: "짐은 그런 마음이 없소."

사마사는 소매 속에서 황제의 내의(汗衫)를 꺼내서 땅에 던지며 말했다: "이것은 누가 쓴 것입니까!" (*친필로 쓴 것이 있으니 어떻게 아니라고 잡아뗄 수 있겠는가?)

조방은 혼백魂魄이 하늘 높이 멀리 흩어져서 벌벌 떨며 대답했다: "그것은 전부 남들이 억지로 시켜서 어쩔 수 없어서 한 일이오. 짐이 어찌 그런 마음을 먹을 수 있겠소?"

사마사曰: "함부로 대신이 모반을 했다고 무고하는 행위는 무슨 죄를 받게 되는지 아십니까?" (*자연히 반좌(反坐: 무고한 내용에 해당하는 처벌을 받는 것)에 해당하니, 무슨 할 말이 있겠는가?)

조방은 무릎을 꿇고 사실대로 말했다: "짐에게 죄가 있는 것은 맞소. 그러나 대장군께서는 부디 나를 용서해 주시오!"

사마사曰: "폐하, 일어나시오!" (* '폐하' 라는 두 글자 다음에 바로 '일어나시오!' 라는 말이 이어졌는데, 황제가 있은 이래 이처럼 체면을 잃었던 일은 있은 적이 없다.) 국법國法은 폐할 수 없소이다." (*국법國法이라고 말해서는 안 된다. 그것은 사마씨의 가법家法일 따름이다.)

그리고는 손가락으로 장 황후를 가리키며 말했다: "이 여자는 장집張緝의 딸이므로 도리상 마땅히 없애 버려야겠소!"

조방이 통곡을 하면서 용서해 달라고 빌었다. 그러나 사마사는 듣지 않고 좌우 사람들에게 큰 소리로 장 황후를 붙잡아 동화문 안으로 끌고 가서 흰 비단으로 목을 매달아 죽이도록 했다. (*독자들로 하여금 화흠華歆이 벽에 숨어 있는 복伏 황후를 잡아내던 때를 생각나게 한다.)

후세 사람이 이에 대해 지은 시가 있으니:

| | |
|---|---|
| 옛날 복伏 황후 궁문 밖으로 끌려 나갈 때 | 當年伏后出宮門 |
| 맨발로 울부짖으며 천자와 하직했지. | 跣足哀號別至尊 |
| 사마씨는 지금에 와서 그 예를 따랐을 뿐 | 司馬今朝依此例 |
| 하늘은 그 보복을 그 자손에게 하는구나. | 天教還報在兒孫 |

〖 10 〗 다음날, 사마사는 모든 신하들을 다 모아놓고 말했다: "지금의 주상主上은 황음무도荒淫無道하여 노래하고 춤추는 기녀(娼優)들만 가까이 하고, 참소讒訴의 말을 듣고는 그대로 믿으며, 어진이의 등용 길을 막으므로 그 죄는 한漢의 창읍왕(昌邑王: 유하劉賀)보다 더 심하여 천하의 주인이 될 수가 없소. 나는 삼가 이윤伊尹과 곽광霍光이 무도한 임금을 폐했던 것을 본받아 따로 새 임금을 세워 사직을 보존케 하고 천하를 편안케 하려고 하는데, 여러분의 의견은 어떻소?"(*이때 사마사는 조조를 배우지도, 조비를 배우지도 않고 동탁을 배웠다. 제4회 중의 일을 여기에서 또 보게 된다.)

모든 신하들이 다 대답했다: "대장군께서 이윤과 곽광이 했던 일을 하신다면, 이는 이른바 하늘의 뜻을 따르고 백성들의 뜻을 따르시는 (應天順人) 것인데 누가 감히 명을 거역할 수 있겠나이까?"(*이때에는 정원丁原이나 원소 같은 사람이 다시 없구나.)

사마사는 곧바로 여러 신하들과 함께 영녕궁永寧宮으로 들어가서 태후에게 아뢰었다.

태후가 말했다: "대장군께서는 누구를 임금으로 세우려 하시오?"

사마사曰: "신의 생각에는 팽성왕彭城王 조거曹據가 총명하며 어질고 효성이 있으니 천하의 주인이 될 수 있을 것 같습니다."

태후曰: "팽성왕은 이 늙은이의 숙부인지라 이제 그를 임금으로 세운다면 내가 어떻게 그를 감당할 수 있겠소? 현재 고귀향공高貴鄉公 조모曹髦가 살아있는데, 그는 문황제(文皇帝: 조비)의 손자인데다가, 이 사람은 천성이 온순하고 공손하고 겸양하니 그를 임금으로 세울 수 있을 것이오. 경 등 대신들은 서두르지 말고 천천히 잘 상의해서 하시오."

이때 한 사람이 아뢰었다: "태후의 말씀이 지당하십니다. 곧바로 그를 세우도록 하시지요."

여러 사람들이 보니 사마사의 종숙宗叔인 사마부司馬孚였다. 사마사는 마침내 사자를 원성(元城: 하북성 관도현館陶縣 남쪽, 대명현大名縣 동쪽)으로 보내서 고귀향공을 불러오도록 했다. (*조거曹據는 늙고 조모曹髦는 어리므로 사마사에게는 어린 사람을 세우는 것이 유리했다. 그러나 사마부의 말 때문에 어쩔 수 없이 그에 따랐을 뿐이다.)

그리고는 태후에게 태극전太極殿에 올라 조방을 불러와서 책망하도록 했다: "너는 황음무도하여 노래하고 춤추는 기녀들만 가까이 하니 천하를 이어받아 다스릴 수 없다. 그러니 옥새와 인수印綬를 반납하고 다시 제왕齊王으로 되돌아가거라. 지금 당장 떠나가고, 앞으로 천자의 부르심이 없이는 조정에 들어오지 못할 줄 알라!"

조방은 울면서 태후에게 절을 하고 옥새를 반납한 다음 왕이 타는 수레에 올라 대성통곡을 하면서 떠나갔다. 단지 몇 명의 충신들만 눈물을 머금고 그를 배웅했을 뿐이다. 후세 사람이 이에 대해 지은 시가 있으니:

| | |
|---|---|
| 옛날 조조가 한漢의 승상으로 있을 때 | 昔日曹瞞相漢時 |
| 유씨劉氏의 과부와 고아를 능멸했었지. | 欺他寡婦與孤兒 |
| 누가 알았으랴, 40여 년 후에는 | 誰知四十餘年後 |
| 조씨曹氏의 과부와 고아 역시 능멸당할 줄을. | 寡婦孤兒亦被欺 |

〖 11 〗 한편 고귀향공高貴鄕公 조모曹髦는 자字를 언사彦士라고 했는데, 그는 곧 문제(文帝: 조비)의 손자이고 동해정왕東海定王 조림曹霖의

아들이다. (*조방曹芳에 비해 그 내력이 분명함을 알 수 있다.)

이날 사마사는 태후의 명으로 문무관료들을 불러와서 천자가 타는 수레 난가鑾駕를 준비하여 서액문西掖門 밖에서 그를 맞이하여 절을 했다.

조모는 황망히 답례를 했다.

태위 왕숙王肅이 말했다: "주상께서는 답례를 하셔서는 아니 되옵니다."

조모曰: "나 역시 남의 신하인데 어찌 답례를 하지 않을 수 있소?"

문무관료들이 그를 부축해 일으켜서 가마(輦)에 오르도록 하여 궁으로 들어가려고 했다.

조모는 사양하며 말했다: "태후께서 칙명으로 나를 부르셨으나 아직 무슨 까닭인지도 모르는데, 내가 어찌 감히 가마를 타고 들어갈 수 있겠소."

그리고는 걸어서 태극전의 동당東堂에 이르렀다. 사마사가 나와서 맞이하자 조모가 먼저 절을 했다. (*이때 조모는 극도로 겸양했는데, 뒷글에서 그가 칼을 잡고 궁을 나가는 것은 도저히 더 이상 참을 수 없었기 때문이다.) 사마사는 급히 그를 붙들어 일으켰다. 인사가 끝나자 그를 데리고 가서 태후를 뵈었다.

태후가 말했다: "나는 네가 어릴 적에 이미 네게 제왕의 상相이 있음을 보았다. 너는 이제 천하의 주인이 될 수 있으니 반드시 공손하고 검소하며 씀씀이를 절약하고 덕德을 펴고 인仁을 베풀어야 한다. 그리하여 선제를 욕되게 하지 말라."

조모는 재삼 겸양하며 사양했다. 사마사는 문무관료들로 하여금 조모를 청하여 태극전으로 납시도록 했다.

이날 그를 새 임금으로 세우고, 연호를 고쳐서 가평嘉平 6년을 정원正元 원년(서기 254년)으로 했다. 그리고 천하에 대 사면령大赦免令을 내리고, 대장군 사마사에게 대장의 지휘권을 상징하는 황금색 큰 도끼, 즉 황월黃鉞을 내리고, 조회 자리에서 종종걸음 걷지 않아도 되고(入朝不趨), 일을 아뢸 때 자기 이름을 부르지 않아도 되고(奏事不名), 칼을 찬 채 어전 위로 오를 수 있도록(帶劍上殿) 했다. (*조조와 다른 게 없었다.) 그리고 문무백관들에게도 각각 벼슬과 상을 내렸다.

정원 2년(서기 255년) 봄 정월, 첩자가 급보를 올렸는데 진동장군 관구검毌丘儉과 양주자사 문흠文欽이 주상을 폐위시킨 일을 구실로 군사를 일으켜서 쳐들어오고 있다고 했다.

사마사는 크게 놀랐다. 이야말로:

| 한漢에서는 신하들이 왕을 보위하려 했지만 | 漢臣曾有勤王志 |
| 위魏에서는 장수가 역적 칠 군사 일으키네. | 魏將還興討賊師 |

사마사가 어떻게 적을 맞이할지 모르겠거든 다음 회를 읽어보기 바란다.

## 제 109 회 모종강 서시평序始評

(1). 강유가 첫 번째 중원을 치러 나간 것은 하후패가 항복해 왔기 때문에 위魏의 종당宗黨 안의 변고를 이용하려는 것이었다. 두 번째 중원을 치러 나간 것은 제갈각과 약속하고 이웃 변경의 외침外侵을 이용하려는 것이었다. 그러나 전후 두 차례 다 성공하지 못한 것은, 먼저는 강병羌兵을 빌려서 그 지원을 받으려고 했으나 강병들이 오지 않았기 때문이고, 후에는 강병들이 오기는 했으나 그 강병들이 도리어 적에게 이용되었기 때문이다.

무후가 살아있을 때에도 강족의 철거병鐵車兵은 위魏를 도왔는데, 무후 사후에 어찌 강병들이 촉蜀을 도울 수 있겠는가? 만약 강병들을 믿을 수 있다고 여긴다면, 남만南蠻의 맹획孟獲은 강병들보다 더 믿을 수 있지 않겠는가? 그럼에도 무후는 남만에 도움을 요청한 일이 없었는데도 강유는 강족羌族에게 도움을 청하였는바, 이것이 강유의 계책이 실패한 이유이다.

　(2). 강유의 계책이 실패하고 말았지만, 그 계책의 실패를 가지고 강유를 책망해서는 안 된다. 왜 그런가?

　우두산牛頭山에서의 패배는(제107회) 본래 무후가 가정街亭을 잃은 것보다 더욱 심했다. 그리고 철롱산鐵籠山의 포위는 무후의 상방곡上方谷의 계책과 다르지 않았다. 그러나 유감스럽게도 상방곡의 불은 하늘이 내린 물로 꺼져버렸고, 철롱산의 갈증은 땅에서 솟아난 물로 해소되어 버렸다.

　가정에서는 물길이 끊어지자 하늘은 샘물로써 마속馬謖을 도와주지 않았지만, 철롱산에서는 물길이 끊어지자 하늘은 샘물이 솟게 해서 사마소司馬昭를 도와주었다. "실제로 하늘이 하는 일을 두고 뭐라고 말하겠는가(天實爲之, 謂之何哉)!" 그래서 "그 계책의 실패를 가지고 강유를 책망할 수 없다"고 말한 것이다.

　(3). 곽회郭淮도 죽고 서질徐質도 죽었으나 사마소司馬昭는 죽지 않았는데, 이는 하늘이 사마씨를 사랑해서가 아니라 뒤에 나올 절묘한 무대 연출에서 사마씨를 통해 후세의 난신적자亂臣賊子들을 경계하기 위해서다. 한漢 헌제獻帝에게는 의대조衣帶詔가 있었고, 위魏 조방曹芳에게는 혈조血詔가 있다. 한漢에서는 복후伏后가 시해당하는 일이 있었고, 위魏 역시 장후張后가 시해당하는 일이 있다. 한에서는 복완伏完과 동승董承이 추진하던 일이 누설되는 일이 있었는데, 위에서도 역시 장집張緝의 일이 누설되는 일이 있다. 인과응보因果應報의 법칙은 어찌 추호의 어그러짐도 없는가?

그리고 앞의 사람이 한 일은 뒤의 사람이 본받는데, 이때는 반드시 〈더욱 심하게 한다〉. 조조는 의대조衣帶詔를 이유로 헌제獻帝를 폐위시키지 않았으나, 사마사는 혈조血詔를 이유로 조방曹芳을 폐위시켰는데, 이것이 〈더욱 심하게 한다〉는 것이다.

하늘은 뒤의 사람에게 손을 빌려주어 앞의 사람에게 보복하게 하는데, 이때는 또 전에 비해서 〈더욱 빨리 한다〉. 의대조의 일은 매우 천천히 누설되었지만 조방의 혈조의 누설은 매우 속히 이루어졌는데, 이 역시 〈더욱 빨리 한다〉는 것이다.

천도天道는 돌려주기를 좋아하는데, 그것을 돌려줄 때에는 두 배로 갚아준다. 이 책을 읽다가 이에 이르면 사람들은 머리카락이 곤두서고 오싹해진다.


(4). 심하도다, 조물자造物者의 교묘함이여! 역신逆臣에 대한 보복은 후세 사람들이 그것을 말하기를 기다리지 않고 즉시 그 자손으로 하여금 당일 스스로 말하도록 한다.

지금 사람들은 사마사司馬師를 조조에 견주는데, 조방曹芳 역시 스스로 그 태조(太祖: 조조)를 사마사에 견주고 있다. 지금 사람들은 동승董承을 장집張緝에 견주는데, 조방 역시 스스로 자기 장인(장집)을 동승에 견주고 있다. 이는 당장 눈앞의 인과因果로써 명명백백히 세상에 알려주고 있으므로 새삼스레 석씨(釋氏: 석가모니)의 지옥地獄이니 윤회輪回니 하는 설법說法을 들어볼 필요도 없다.

# 제110회

## 문앙, 혼자서 강한 군사들 물리치고
## 강유, 배수진을 쳐서 대적을 깨뜨리다

〖 1 〗 한편 위魏 정원正元 2년(서기 255년) 정월, 양주도독揚州都督·진동장군鎭東將軍·영령 회남군마淮南軍馬 관구검毋丘儉은, ─ 그는 자字를 중공仲恭이라고 했는데, 하동河東 문희聞喜 사람이다.─ 사마사가 천자를 폐하고 다시 세우기를 제멋대로 했다는 소식을 듣고 속으로 크게 화가 났다.

그의 장자 관구전毋丘甸이 말했다: "아버님께서는 한 지역의 군정대권軍政大權을 장악하고 계십니다(官居方面). 사마사가 권력을 독차지하여 주상을 폐함으로써 나라가 누란累卵의 위기에 처해 있는데, 어떻게 편안히 앉아 자신만을 지키고 계십니까?"(*마등馬騰 부자와 같다.)

관구검曰: "내 아들의 말이 옳다."

그리고는 자사刺史 문흠文欽을 청해 와서 상의하기로 했다.

문흠은 원래 조상曹爽 문하門下의 사람이었는데, 이날 관구검이 청한다는 말을 듣고 즉시 가서 뵈었다. 관구검은 그를 맞아 후당으로 들어갔다.

　서로 인사를 마친 다음 이야기를 하는 동안 관구검은 계속 눈물을 흘렸다. 문흠이 그 까닭을 물었다.

　관구검曰: "사마사가 권력을 독단하여 주상을 폐함으로써 천지가 뒤집혀졌는데, 어찌 마음이 아프지 않을 수 있소!"(*전에 동승董承과 마등의 대화는 모두 에둘러 찔러보는 수법(反挑)을 썼는데, 지금 관구검과 문흠의 대화는 직설적直說的이다.)

　문흠曰: "도독께서는 나라의 한 지역을 맡아 다스리고 계신데, 만일 의義를 위해 역적을 치시겠다면 이 흠欽도 목숨을 버려서라도 도와드리겠소이다. 제 둘째 아들 문숙文淑은 아명兒名이 아앙阿鴦인데, 1만 명의 사내들도 그 한 사람을 당해낼 수 없는 용맹함(萬夫不當之勇)이 있소이다. 그는 늘 사마사 형제를 죽여서 조상曹爽의 원수를 갚으려 하고 있었으니, 이제 그 애를 선봉으로 삼으면 될 것입니다."

　관구검은 크게 기뻐하면서 즉시 술을 땅에 부으며(酹酒) 신령에게 맹세했다.

　두 사람은 태후로부터 비밀조서를 받았다고 사칭하면서 회남淮南 지역의 모든 관원들과 장병들을 다 수춘성(壽春城: 안휘성 수현壽縣) 안으로 들어오게 했다. 그리고는 성 서쪽에다 단을 쌓아놓고 백마白馬를 잡아서 그 피를 입술에 바르고 맹세를 하면서, 사마사가 대역무도大逆無道하므로 이제 태후의 비밀조서를 받들고 회남의 군사들을 전부 일으켜 의義를 지키기 위해 역적을 치려고 한다고 선언했다. (*조조가 거짓 조서를 꾸며서 동탁을 치려고 하던 때와 비슷하다.) 모든 사람들은 기꺼이 따랐다.

　관구검은 6만 명의 군사들을 데리고 항성(項城: 하남성 침구현沈丘縣)에 주둔하고 있고, 문흠은 2만 명의 군사들을 거느리고 성 밖에 있으면서 유격부대(游兵)가 되어 서로 오고가면서 합동작전을 벌이기로 했다. 관구검은 여러 군(郡)에 격문을 띄워서 각기 군사를 일으켜 서로 돕도록 했다.

〖 2 〗 한편 사마사는 왼쪽 눈의 혹이 수시로 아프고 가려워서 의관醫官에게 명하여 그것을 째고 속에 약을 넣고 봉하도록 한 후 연일 집에서 몸조리를 하고 있었다. 그때 문득 회남에서 보내온 급보를 듣고는 태위 왕숙王肅을 불러와서 상의했다.

왕숙이 말했다: "옛날 관운장의 위세가 온 나라를 뒤흔들 때, 손권은 여몽呂蒙으로 하여금 형주를 습격하여 취하도록 한 다음, 관공의 휘하에 있는 형주 출신 장병들의 가족들을 위무하고 구휼해 주었기 때문에 관공의 군세軍勢가 그만 와해되고 말았습니다. (*제75회 중의 일이다.)

지금 관구검의 휘하에 있는 회남 장병들의 가족들은 모두 중원中原에 있으니, 급히 그들을 위무하고 구휼해 주고 거기다가 다시 군사들을 보내서 그들의 돌아갈 길을 끊는다면, 저들은 반드시 흙 담이 무너지듯 단번에 와르르 무너지는 형세가 되고 말 것입니다."

사마사曰: "공의 말이 지극히 옳소. 그러나 내가 최근 눈의 혹을 째서 직접 갈 수는 없소. ──그렇다고 만약 다른 사람을 시킨다면 마음을 놓을 수가 없소."

이때 중서시랑中書侍郎 종회鍾會가 곁에 있다가 건의했다: "회초(淮楚: 회수 유역과 강동) 지방의 병사들은 강한데다가 정예병들입니다. 그러므로 만약 사람을 시켜서 군사들을 거느리고 가서 물리치도록 하신다면 이롭지 못할 경우가 많을 것이며, 자칫 실수라도 하게 되면 대사가 잘못되고 말 것입니다."

사마사는 자리를 박차고 벌떡 일어나며 말했다: "내가 직접 가지 않고는 적을 깨뜨릴 수 없을 것 같다."

마침내 아우 사마소를 남겨두어 낙양을 지키면서 조정의 일을 총괄하도록 하고, 사마사 자신은 가마(軟輿)를 타고 병든 몸으로 동쪽으로 나아갔다.

그는 진동鎭東장군 제갈탄諸葛誕에게 예주豫州의 모든 군사들을 총독하여 안풍진安風津으로 나가서 수춘壽春을 취하도록 했다. 또 정동征東장군 호준胡遵에게는 청주의 모든 군사들을 거느리고 초·송(譙·宋) 지방으로 나가서 적의 돌아갈 길을 끊도록 했다. 그리고 또 예주자사·감군監軍 왕기王基를 보내서 선두부대를 거느리고 먼저 가서 진남鎭南의 땅(즉, 관구검이 관할하는 양주揚州. 지금의 안휘성 수현)을 취하도록 했다.

〖 3 〗 사마사는 대군을 거느리고 양양襄陽에 주둔해 있으면서 문무 관료들을 막사에 모아놓고 상의했다.

광록훈光祿勳 정포鄭褒가 말했다: "관구검은 지모 쓰기를 좋아하나 결단력이 없고, 문흠은 용맹하기는 하나 꾀가 없습니다. 그러나 가령 대장군께서 저들이 생각지도 못한 곳을 공격하시더라도, 강회江淮의 군사들(즉, 관구검과 문흠 휘하의 군사들)은 사기가 한창 왕성하므로 가벼이 대적할 수가 없습니다. 그러므로 다만 참호를 깊이 파고 보루를 높이 쌓아 수비를 단단히 함으로써 저들의 예기를 꺾도록 하십시오. —이는 바로 서한西漢의 명장 주아부周亞夫가 썼던 뛰어난 계책이옵니다."

감군監軍 왕기가 말했다: "그래서는 안 됩니다. 회남에서 반란이 일어난 것은 군사들과 백성들이 난을 일으키려고 생각해서가 아니라 모두들 관구검의 세력에 못 이겨 어쩔 수 없이 그를 따른 것입니다. 만약 대군이 일단 가기만 하면 틀림없이 와해瓦解되고 말 것입니다."

사마사曰: "그 말이 매우 절묘하다."

마침내 군사들을 은수濾水로 진군시켜 중군을 은교濾橋에 주둔시켰다.

왕기曰: "남돈(南頓: 하남성 항성현項城縣 서쪽)은 군사들을 주둔시켜 놓기 좋은 곳이니 군사들을 데리고 밤낮없이 달려가서 취하도록 하십시오. 만약 지체했다가는 관구검이 틀림없이 먼저 가서 차지할 것입니다."(*싸우려고 할 뿐만 아니라 속전速戰을 하려고 한다.)

사마사는 마침내 왕기로 하여금 선두부대를 거느리고 남돈으로 가서 영채를 세우도록 했다.


〖 4 〗 한편 관구검은 항성項城에서 사마사가 직접 오고 있다는 말을 듣고 여러 사람들을 모아놓고 상의했다.

선봉 갈옹葛雍이 말했다: "남돈南頓의 땅은 산을 의지하고 물이 옆에 있어서 군사들을 주둔시키기에 극히 좋은 곳입니다. 만약 위병이 먼저 점거한다면 몰아내기가 어려울 것이니, 속히 취하도록 하시지요."(*갈옹이 헤아리는 바를 왕기가 먼저 헤아리고 있었다.)

관구검은 그의 말을 옳게 여기고 군사들을 일으켜 남돈으로 갔다. 한창 가고 있을 때 전면에서 통신병이 달려와 보고하기를, 남돈에는 이미 군사들이 주둔하고 있다고 했다. 관구검은 그 보고를 믿지 않고 직접 군사들의 앞으로 가서 살펴보니, 과연 온 들판이 깃발들로 뒤덮여 있었고, 영채들이 질서정연하게 세워져 있었다.

관구검이 군중으로 되돌아와서 아무리 생각해 봐도 쓸 만한 계책이 생각나지 않았다.

그때 갑자기 정탐꾼이 급보를 전했다: "동오의 손준孫峻이 군사들을 거느리고 수춘을 습격하려고 강을 건넜습니다."

관구검은 크게 놀라서 말했다: "수춘을 잃으면 우리는 어디로 돌아간단 말인가?”

그날 밤 관구검은 항성으로 퇴군했다.

사마사는 관구검의 군사들이 물러간 것을 보고 여러 관원들을 모아 놓고 상의했다.

상서尚書 부하傅嘏가 말했다: “지금 관구검이 퇴군한 것은 동오에서 수춘을 습격할까봐 염려해서입니다. 그는 틀림없이 항성으로 돌아가서 군사들을 나누어 지킬 것입니다. 장군께서는 일군一軍으로 하여금 낙가성(樂嘉城: 하남성 주구周口 동남 영수穎水 남안, 항성현項城縣 서북)을 취하도록 하시고, 일군에게는 항성을 취하도록 하시고, 또 일군에게는 수춘壽春을 취하도록 하십시오. 그러면 회남의 군사들은 반드시 물러갈 것입니다.

연주兗州자사 등애鄧艾는 지모가 출중하니 그에게 군사들을 거느리고 곧장 가서 낙가성을 취하도록 하신 후 다시 대병을 지원해 주신다면 역적을 깨뜨리기 어렵지 않을 것입니다.”

사마사는 그 말을 좇아서 급히 사자를 보내면서 격문을 가지고 등애에게 가서 그로 하여금 연주의 군사들을 일으켜 낙가성을 깨뜨리도록 하라는 명을 전하게 했다. 그리고 사마사는 뒤따라 군사들을 이끌고 낙가성으로 가서 같이 모이기로 했다.


〖 5 〗 한편 관구검은 항성에 있으면서 위병이 올까봐 두려워서 수시로 사람을 낙가성으로 보내서 살펴보도록 했다. 그는 문흠을 영채로 불러와서 같이 상의했다.

문흠이 말했다: “도독께서는 걱정하지 마십시오. 저와 제 아들 문앙文鴦에게 군사 5천 명만 주시면 감히 낙가성을 보전하겠습니다.”

관구검은 그 말을 듣고 크게 기뻐했다.

문흠 부자가 5천 명을 이끌고 낙가성으로 가고 있는데, 선두부대의

군사가 알려왔다: "낙가성 서편에는 전부 위병들만 있는데 대략 1만여 명 되는 것 같습니다. 멀리 중군을 바라보니 백모白旄와 황월黃鉞, 검은 일산日傘과 붉은 기치(朱幡)가 대장의 막사를 빙 둘러싸고 있고 그 안에는 비단으로 '帥수'자를 수놓은 깃발이 하나 서 있는데, 틀림없이 사마사인 것 같습니다. 영채를 아직 완전히 다 세우지는 못한 것 같습니다."

그때 문앙이 채찍을 들고 부친의 곁에 서 있다가 이 말을 듣고 부친에게 고했다: "저들의 영채가 아직 완전히 세워지기 전에 군사들을 두 방면으로 나누어 좌우에서 들이친다면 완승을 거둘 수 있습니다."

문흠曰: "언제 치러가는 것이 좋겠느냐?"

문앙曰: "오늘 밤 황혼녘에 부친께서는 군사 2천5백 명을 이끌고 성 남쪽에서 쳐들어가시고, 저는 2천5백 명을 이끌고 성 북쪽에서 쳐들어가서 삼경三更 무렵에 위병의 영채에서 만나도록 하시지요."(*이를 일컬어 "부자병父子兵"이라고 한다.)

문흠은 아들의 말에 따라 그날 밤 군사들을 두 방면으로 나누었다.

한편 문앙의 나이는 이제 갓 18세였고, 키는 8척이었는데, 온 몸에 갑옷을 입고, 허리에는 강철 채찍(鋼鞭)을 차고, 손에는 창을 들고 말에 올라서 멀리 위병의 영채를 바라보며 나아갔다.

〖 6 〗 이날 밤, 사마사의 군사들은 낙가樂嘉에 당도하여 영채를 세우고 등애鄧艾를 기다렸으나 오지 않았다. 사마사는 눈 아래 혹을 갓 짼 자리가 쑤시고 아파서 막사 안에 드러누워 있으면서 수백 명의 갑사甲士들로 하여금 호위하도록 했다.

삼경三更 무렵, 갑자기 영채 안에서 함성이 크게 일면서 군사들이 크게 소란스러워졌다.

사마사가 급히 무슨 일인지 물어보자, 보고하기를: "한 떼의 군사들이 영채 북쪽 울타리를 깨뜨리고 쳐들어 왔는데, 우두머리 장수 하나는 너무나 용맹해서 당해낼 수가 없습니다!"

사마사가 크게 놀라서 마치 가슴속에서 불이 타는 듯하더니, 혹을 잘라낸 자리로 눈알이 튀어나오며 (*그가 화난 눈으로 조방曹芳을 노려보던 때를 생각하면 이런 응보를 받는 것도 당연하다.) 피가 흘러나와 땅에 흥건히 퍼졌는데, 쑤시고 아파서 견딜 수가 없었다.

그러나 군사들의 마음을 어지럽힐까봐 두려워서 입으로 이불을 깨물면서 참았는데, 이불이 전부 이빨에 짓이겨져 버렸다. (*역적 되기가 어찌 쉽기만 하겠는가?)

이 어찌된 일인고 하니, 문앙의 군사들이 먼저 도착하여 일제히 몰려 들어가서 영채 안에서 좌충우돌한 것인데, 그가 이르는 곳에서는 감히 그를 당할 자가 없었다. 혹시 막는 자가 있으면 창으로 찌르고 강철 채찍으로 후려치니 맞고서도 죽지 않는 자는 없었다.

문앙은 부친이 와서 밖에서 호응해 주기만을 바라고 있었는데, 끝내 오는 것이 보이지 않았다. 그는 몇 번이나 군사들 속으로 쳐들어갔으나, 그때마다 적들이 활과 쇠뇌를 쏘아대서 물러나올 수밖에 없었다.

문앙은 날이 훤히 밝을 때까지 계속 이처럼 싸웠는데, 그때 북쪽에서 북소리, 나팔소리가 요란하게 들려왔다. (*등애가 오는 것이 먼저 문앙의 귀로, 많은 군사들의 눈으로 허사虛寫되고 있다.)

문앙은 따르는 자를 돌아보고 말했다: "아버님께서 남쪽에서 호응하시지 않고 북쪽에서 오시다니, 이 어찌된 일인가?"(*묘한 것은 그가 등애인 줄 모른다는 것이다.)

문앙이 말을 달려가서 자세히 살펴보니 한 떼의 군사들이 맹렬한 바람처럼 오고 있었는데, 우두머리 대장은 바로 등애였다. 등애는 말을 달리며 칼을 비껴들고 큰 소리로 외쳤다: "반적은 달아나지 말라!"

문앙은 크게 화가 나서 창을 꼬나들고 그를 맞이했다. 50합을 싸웠으나 승부가 나지 않았다.

한창 싸우고 있을 때 위병들이 대거 몰려와서 앞뒤로 협공을 했다. 문앙의 부하 군사들은 제각각 도망쳐서 흩어지고 문앙 혼자서 필마단기로 위병들과 부딪쳐 싸우면서 길을 열어 남쪽을 향해 달아났다.

등 뒤에서는 수백 명의 장수들이 힘차게 말을 달려 추격해 왔다. 낙가교樂嘉橋 가까이에 다 왔을 때에는 거의 따라잡힐 지경이었다. 바로 그때 문앙은 갑자기 말머리를 돌려세우고 큰 소리로 호통을 치면서 위장魏將들 속으로 쳐들어갔다. 그가 강철 채찍을 위로 번쩍 한 번 들어 내려치자 위장들이 말에서 분분히 나가떨어지더니 각자 뒤로 도망쳤다. 문앙은 다시 천천히 앞으로 갔다. (*문앙을 마치 살아 움직이는 용이나 호랑이처럼 그리고 있다.)

위장들은 한 곳에 모여서 다들 놀라고 의아해하며 말했다: "이 사람이 이렇게 수가 많은 우리들까지 물리치다니! 우리 힘을 합쳐서 추격하자."

이리하여 위장 백여 명이 다시 그를 추격해 갔다. 문앙이 크게 화를 내면서 말했다: "쥐새끼들이 어찌 목숨을 아까워하지 않는가!"

그는 강철 채찍을 들고 말머리를 돌려 위장들 무리 속으로 쳐들어가서 채찍을 휘둘러 여러 명을 죽이고는 다시 말머리를 돌려 고삐를 느슨히 잡고 천천히 앞으로 나아갔다. (*문앙의 용맹은 바로 상산 조자룡과 흡사했다.)

위장들이 연달아 네댓 차례나 추격해 갔으나 번번이 문앙 한 사람에게 격퇴당하고 말았다. 후세 사람이 그를 칭찬하여 지은 시가 있으니:

| | |
|---|---|
| 당시 장판파에서 혼자 조조의 대군 막아내자 | 長坂當年獨拒曹 |
| 자룡은 그 일로 영웅호걸로 이름났지. | 子龍從此顯英豪 |
| 오늘 낙가성 안의 싸움에서는 | 樂嘉城內爭鋒處 |
| 또 문앙의 담력과 기개 높음을 보여주네. | 又見文鴦膽氣高 |

어찌하여 이렇게 되었는고 하니, 문흠은 산길이 몹시 구불구불하고 험하여 그만 잘못해서 산골짜기 속으로 들어가 버렸는데, 밤중까지 헤매다가 겨우 길을 찾아 나와 보니 날은 이미 훤히 밝아 있었다. 문앙의 군사들은 어디로 갔는지 알 수 없고 다만 위병들이 크게 이겼다는 것만 알았다.

문흠은 한 번 싸워보지도 못하고 물러갔다. 그때 위병들이 기세를 몰아 쳐들어와서 문흠은 군사들을 이끌고 수춘壽春을 향해 달아났다.

〖 7 〗한편 위魏의 전중교위殿中校尉 윤대목尹大目은 본래 조상曹爽의 심복이었는데, 조상이 사마의에게 모살謀殺당한 뒤 일부러 사마사를 섬기면서 (*제107회 중의 일.) 언제나 사마사를 죽여서 조상의 원수를 갚을 생각을 하고 있었으며, 또한 평소 문흠과도 교분이 두터웠다.

그는 지금 사마사가 눈알이 혹을 쨀 자리로 튀어나와 거동조차 하지 못하는 것을 보고 막사 안으로 들어가서 아뢰었다: "문흠은 본래 모반할 마음이 없었는데 지금 관구검의 핍박을 받아서 이렇게 된 것입니다. 제가 가서 설득하면 그는 반드시 와서 항복할 것입니다."(*이는 사마사를 속이는 말이다.)

사마사는 그렇게 하라고 했다.

윤대목은 머리에 투구를 쓰고 갑옷을 입고 말을 타고 문흠의 뒤를 쫓아갔다. 거의 다 쫓아갔을 때 그는 큰 소리로 외쳤다: "문文 자사刺史는 윤대목을 보지 않겠는가?"

문흠이 고개를 돌려서 그를 보자, 대목은 투구를 벗어 말안장 앞에 놓고서는 채찍을 들어 그를 가리키며 말했다: "문 자사는 어찌하여 며칠만 더 참지 않는가?"

이 말은, 윤대목은 사마사가 곧 죽을 것을 알았기 때문에 일부러 찾아와서 문흠을 머물러 있도록 하려는 것이었다. 그러나 문흠은 그 뜻을 이해하지 못하고 언성을 높여 그를 크게 꾸짖으며 곧바로 활을 당겨 그를 쏘려고 했다. (*문흠은 이처럼 거칠기만 하고 세심하지 못하니 무슨 일을 할 수 있겠는가?)

윤대목은 통곡을 하고 돌아갔다.

문흠이 군사들을 수습해 가지고 수춘으로 달려갔을 때에는 이미 제갈탄이 이끌고 온 군사들이 점령해 버린 뒤였다. 그가 다시 항성項城으로 돌아가려고 했을 때에는 호준胡遵, 왕기王基, 등애의 군사들이 전부 당도했다. 문흠은 형세가 위태로운 것을 보고 마침내 동오의 손준孫峻에게 투항하러 갔다. (*문흠이 동오에 투항한 것은 하후패가 촉에 투항한 것과 같다.)

〖 8 〗 한편 관구검은 항성 안에 있다가 수춘성이 이미 함락되었고, 문흠은 군사들을 다 잃어버렸고, 성 밖에는 세 방면의 군사들이 당도했다는 말을 듣고는 성 안에 있는 군사들을 전부 데리고 싸우러 나갔다.

성을 나가자마자 바로 등애와 마주쳤는데, 관구검은 갈옹葛雍에게 말을 타고 나가서 등애와 싸우라고 했다. 미처 한 합도 못 싸워서 등애가 갈옹을 한 칼에 베어죽이고는 군사들을 이끌고 쳐들어왔다.

관구검은 죽기 살기로 싸우면서 대치하고 있었으나 강회江淮의 군사들은 크게 어지러워졌다. 호준과 왕기가 군사들을 이끌고 사면으로 협공해 왔다.

관구검은 결국 버텨내지 못하고 10여 기의 기병들을 이끌고 길을 열어 달아났다. 달아나서 신현성(愼縣城: 안휘성 영상현潁上縣 서북) 아래에 이르니 현령 송백宋白이 성문을 열고 맞아들여 술자리를 베풀어 그를 대접해 주었다.

관구검이 크게 취하자 송백은 사람을 시켜서 그를 죽이고 그 수급을 베어 위병魏兵에게 갖다 바치도록 했다. 이리하여 회남淮南 땅이 평정되었다. (*이때 문흠은 떠나가 버렸고, 관구검은 이미 죽었다. 다만 문앙은 어디로 갔는지 알 수 없다. 묘한 것은 그가 어디로 갔는지 이곳에서는 곧바로 이야기하지 않고 남겨두었다가 후문에 가서 비로소 나타나도록 한 것이다.)

〖 9 〗 사마사는 병으로 일어나지 못하게 되어 제갈탄諸葛誕을 막사 안으로 불러와서 그에게 대장군의 인수印綬를 주고, 벼슬을 높여서 정동대장군으로 삼아 양주揚州에 와 있는 여러 방면의 군사들을 총독하도록 하는 한편, 군사들을 되돌려서 허창으로 돌아갔다.

사마사는 눈의 통증이 멈추지 않고 매일 밤마다 그가 죽인 이풍李豊, 장집張緝, 하후현夏侯玄 세 사람이 침상 앞에 서 있는 것만 보였다. (*조조의 임종 때 복완伏完 등 20여 명의 사람들이 보였던 것과 마치 정본과 복사본처럼 흡사하다.)

그는 정신이 몽롱해서 스스로 더 이상 살 수 없을 줄 알고 마침내 사람을 낙양으로 보내서 사마소를 데려오도록 했다.

사마소는 침상 아래에서 울면서 절을 했다.

사마사는 그에게 유언했다: "나는 지금 권력이 막중하여, 비록 무거운 책임에서 벗어나고자 해도 그리 할 수가 없다. 네가 내 뒤를 이어 권력을 행사하되 대사大事를 절대로 가벼이 남에게 맡김으로써 스스로 멸문지화滅門之禍를 당하는 일이 없도록 해라."

말을 마치고는 인수印綬를 그에게 주면서 눈물을 줄줄 흘려서 온 얼굴이 눈물범벅이 되었다. 사마소가 급히 뭔가를 물으려고 하는데 사마사는 크게 으악! 소리를 지르면서 눈알이 튀어나와서 죽고 말았다. (*두 눈알이 다 튀어나온 것은 그의 안중에 천자가 없었던 것에 대한 응보應報이다.) 때는 정원正元 2년(서기 255년) 2월이었다.

이에 사마소는 발상發喪을 하고 위주 조모曹髦에게 사마사의 죽음을 알렸다. 조모는 사자를 보내면서 칙서를 가지고 허창으로 가서 사마소에게 칙명을 전하도록 했는데, 그에게 군사들을 잠시 그대로 허창에 주둔시켜 놓고 동오의 침공을 막도록 하라고 명했다.

사마소는 칙서를 받고 마음속으로 어떻게 해야 할지 결단을 내리지 못하고 주저하고 있었다.

종회鍾會가 말했다: "대장군께서 갓 돌아가시어 인심이 아직 안정되지 않았는데, 장군께서 만약 이곳에 머물러 지키고 계시다가 조정에 무슨 변고라도 생긴다면, 그때는 후회해도 늦습니다."(*사마소에게 종회가 있음은 조조에게 가후賈詡와 곽가郭嘉가 있음과 같다.)

사마소는 그의 말에 따라서 즉시 군사를 일으켜 낙수 남쪽으로 돌아가서 주둔했다. 조모는 이 소식을 듣고 크게 놀랐다.

태위 왕숙이 아뢰었다: "사마소가 이미 그 형의 대권을 이어받았으니, 폐하께서는 벼슬을 내리시어 그를 안심시키도록 하십시오."

조모는 곧바로 왕숙에게 칙서를 가지고 가서 사마소를 대장군으로 봉하여 상서성尚書省의 일들을 총괄하도록 했다. 사마소는 조정에 들어가서 천자의 은혜에 고맙다고 인사를 했다. 이로부터 조정 안팎의 크고 작은 모든 일들을 사마소가 주관하게 되었다. (*하나의 사마(즉, 司馬師)가 떠나가자 또 다른 하나의 사마(즉, 司馬昭)가 왔다.)


〖 10 〗 한편 서촉의 첩자가 이 일을 탐지하여 성도成都에 알렸다. 강유가 후주에게 아뢰었다: "최근 사마사가 죽고 사마소가 대권을 잡았는데, 그는 틀림없이 감히 함부로 낙양을 떠나지 못할 것이옵니다. 신은 이 틈을 타서 위魏를 치고 중원을 회복하고자 하옵니다."

후주는 그 말을 좇아서 곧바로 강유에게 군사를 일으켜 위를 치도록 명했다. 강유는 한중으로 가서 군사들을 정돈했다.

정서征西대장군 장익張翼이 말했다: "촉은 땅도 좁고 물자와 군량도 넉넉하지 못하므로 원정遠征 나가는 것은 옳지 못합니다. 차라리 험한 요충지를 의거하여 분수를 지키고 군사들과 백성들을 아끼고 사랑하는 것이 바로 나라를 보존하는 계책입니다."(*전에는 문관들이 간했는데, 지금은 무관들까지 간하고 있다.)

강유曰: "그렇지 않소. 옛날 승상께서 초려草廬를 나오시기 전에 이미 천하를 셋으로 나누려는 계책(三分天下之計)을 세워 놓으셨지만 또한 여섯 번이나 기산祁山으로 나가서 중원을 도모하려고 하셨소. 그런데 불행히도 중도에 돌아가시는 바람에 공업功業을 이루지 못하셨던 것이오.

지금 나는 승상의 유명遺命을 받았으므로 마땅히 충성을 다하여 나라에 보답함으로써(盡忠報國) 승상의 뜻을 이어가야 하며, 이 일을 위해서라면 비록 이 몸이 죽는다 하더라도 여한이 없소. (*이 역시 무후의 "죽은 후에야 그만둔다(死而後已)"는 말을 배운 것이다.) 지금 위국에 이용할 만한 틈새가 생겼는데, 이때를 틈타서 치지 않고 다시 어느 때를 기다린단 말이오?"

하후패曰: "장군의 말씀이 옳소이다. (*조방은 이미 죽었고 하후현도 이미 죽었으므로 하후패의 뜻은 이제 복수하는 데 있으므로 반드시 싸워야 한다고 주장하는 것이다.) 경기병輕騎兵을 데리고 먼저 포한(枹罕: 감숙성 화정和政 서북, 하수夏水 북안)으로 나가면 됩니다. 만약 조수洮水 서편의 남안南安을 얻는다면 여러 군郡들을 평정할 수 있습니다."

장익曰: "지난번에 이기지 못하고 돌아온 것은 다 군사들이 너무 늦게 나갔기 때문입니다. 병법에서도 이르기를: '그 대비 없는 곳을 공격하고, 그 생각지 못한 때에(곳으로) 진격한다(攻其無備, 出其不意)'고 했습니다. (*출처: 〈손자 · 계편計篇〉.) 지금 만약 속히 출병하여 위魏 나라 사람들로 하여금 대비할 수 없도록 한다면 반드시 완승을 거둘 수 있습니다."(*장익의 뜻은, 싸우지 않으려면 끝까지 싸우지 말고, 싸우려면 반드시 속전速戰을 해야 한다는 것이다.)

〖 11 〗 이에 강유는 군사 5만 명을 이끌고 포한으로 출발했다. (*이것이 세 번째의 중원 정벌이다.) 촉병들이 조수에 당도하자 변경을 지키는 군사가 옹주자사 왕경王經과 정서征西장군 진태에게 보고했다. 왕경은 먼저 기병과 보병 7만 명을 일으켜서 촉병을 맞이해 싸우러 갔다.

강유는 장익에게 여차여차하게 하라고 분부하고, 또 하후패에게도 여차여차하게 하라고 분부했다. 두 사람은 계책을 받아 떠나갔다. 강유는 이에 직접 대군을 이끌고 나가서 조수를 등지고 진을 쳤다. (*절묘하다. 이것이 소위 "죽을 자리에 둔 후에야 산다(置之死地而後生)"는 것이다.(〈孫子·九地篇〉))

왕경이 몇 명의 아장(牙將: 군중의 중하급 군관)들을 이끌고 나와서 물었다: "위魏와 오·촉은 이미 솥의 세 발과 같은 형세(鼎足之勢)를 이루고 있다. 그런데도 너희가 여러 차례 쳐들어오는 이유는 무엇이냐?"

강유曰: "사마사가 아무런 이유도 없이 주군을 폐했으니, 이는 이웃 나라 사이에서도 마땅히 죄를 물어야 할 일이거늘, (*이는 위魏를 위해 원수를 갚겠다는 것으로, 곧 하후패의 뜻이다.) 하물며 서로 원수진 적국 사이에서야 더 말할 게 뭐 있느냐?"(*이는 한漢을 위해 원수를 갚겠다는 것으로, 곧 강유의 뜻이다.)

왕경은 장명張明·화영花永·유달劉達·주방朱芳 등 네 장수를 돌아보며 말했다: "촉병들이 강물을 등지고 진을 치고 있는데, 저들은 패하면 모조리 물에 빠져 죽을 것이다. 강유는 사납고 용맹하니 너희 네 장수가 같이 가서 그와 싸우도록 하라. 그가 만약 군사를 뒤로 물리거든 곧바로 추격하도록 하라."

네 장수는 좌우로 나뉘어 가서 강유와 싸웠다. 강유는 대충 몇 합 싸워보다가는 곧바로 말머리를 돌려 본진으로 달아났다. 왕경은 군사들을 대거 휘몰아 일제히 쫓아갔다.

강유는 군사들을 이끌고 조수洮水로 달아났다. 물가에 거의 다 이르려 할 때 큰소리로 장사들을 불렀다: "사태가 위급하다! 여러 장수들은 왜 힘껏 싸우지 않는가?"(*이는 한신韓信이 조趙나라를 깨뜨렸던 계책이다.)

장수들은 일제히 힘을 떨쳐 돌아서서 추격해오는 위병들을 쳤다. 위병들은 크게 패했다. 장익과 하후패가 위병의 뒤로 질러가서 두 길로 나누어 쳐들어가 위병들을 가운데 두고 포위했다. (*전에 분부했던 계책이 바로 이 계책이었음을 비로소 알 수 있다.) 강유는 무위를 떨치며 위병들 속으로 쳐들어가서 좌충우돌했다. 위병들은 큰 혼란에 빠져 서로 밟고 밟혀서 죽은 자가 태반이나 되었고, 조수로 내몰려서 빠져죽은 자들도 무수했으며, 이 싸움에서 촉군이 벤 위병의 수급이 1만여 개나 되어 쌓인 시체가 몇 리에 걸쳐 있었다.

왕경은 싸움에 패한 1백 명의 기병들을 이끌고 죽을힘을 다해 빠져나가서 그 길로 곧장 적도성(狄道城: 감숙성 임조현臨洮縣)으로 달아났다. 성 안으로 달려 들어가서는 성문을 닫고 지켰다.

강유는 이번 싸움에서 완승을 거두자 군사들을 배불리 먹인 다음 곧바로 군사들을 진격시켜서 적도성을 치려고 했다.

그때 장익이 말리며 말했다: "장군께서 이미 큰 공을 세워 장군의 위세를 크게 떨쳤으니, 이제 그만 멈추도록 하십시오. 지금 만약 앞으로 더 나아갔다가 일이 뜻대로 되지 않는다면, 이는 바로 '뱀을 다 그린 다음 뱀의 다리까지 그려 넣으려다가 일을 망치는(畵蛇添足: 화사첨족)' 것과 같은 꼴이 되지 않겠습니까?"

강유曰: "그렇지 않소. 전번에는 싸움에 패하고도 오히려 앞으로 나아가서 중원을 종횡으로 누비려고 했었는데, 오늘 조수의 싸움에서는 위인魏人들의 간담이 찢어졌을 것이므로, 내 생각에 적도성은 전혀 힘들이지 않고 쉽게 얻을 수 있을 것이오. ─ 공은 스스로 그 뜻을 꺾으려 하지 마시오."(*강유는 본래는 이기지 못하면 그만두지 않으려 했으나, 이제는 도리어 패하지 않는 한 그만두려고 하지 않는다.)

장익이 재삼 그만두기를 권했으나 강유는 끝내 듣지 않고 마침내 군사들을 거느리고 적도성을 취하러 갔다.


〖 12 〗한편 옹주의 정서장군 진태가 왕경王經이 싸움에서 패한 원수를 갚으려고 한창 군사를 일으키려고 하는데 갑자기 연주자사 등애가 군사들을 이끌고 도착했다. 진태는 그를 맞아들였다.

서로 인사가 끝나자 등애가 말했다: "지금 대장군의 명을 받들어 장군을 도와 적을 깨뜨리려고 일부러 왔소이다."

진태가 등애에게 계책을 물었다.

등애曰: "저들이 조수에서 이기고 나서 만약 강병羌兵들을 불러와서 동으로 관중關中과 농우(隴右: 감숙성 동부 일대 지구)를 다투면서 한편으로 네 개 군(四郡)들에 격문을 띄워 군사들을 모은다면, 이는 우리에게 큰 우환거리가 될 것이오. ─ 지금 저들은 그렇게 할 생각은 하지 않고 도리어 적도성을 도모하려 하고 있소. 그 성은 성벽이 견고하여 공격해서 급히 깨뜨리기 어려울 것이므로, 저들은 공연히 군사들만 고생시키고 힘만 허비하고 말 것이오. 우리는 이제 군사들을 항령項嶺에 진주시켜 놓은 다음 출병해서 공격한다면 촉병들은 반드시 패하고 말 것이오."(*등애의 지모 있음을 묘사한 것이다. 그는 "봉鳳이여!" 하면서 스스로를 봉황에 비유했는데, 역시 그럴 만하다.)

진태曰: "참으로 묘한 계책이오!"

그리하여 매 대대마다 50명으로 이루어진 20대대의 군사들을 먼저 내보냈다. 그러면서 전부 깃발과 북과 나팔 등을 가지고 낮에는 엎드려 숨어 있고 밤에는 행군하여 적도성 동남편의 높은 산 깊은 계곡 속으로 가서 매복해 있도록 했다. 그리고 촉병들이 오기를 기다렸다가 일제히 북을 치고 나팔을 불어 서로 호응하되, 밤이면 횃불을 들고 포를 쏴서 적병들을 놀라게 하도록 했다. (*이는 무후가 한중漢中에서 조조를 놀라게 했던 계책이다.) 군사 배치를 마친 후에는 오로지 촉병들이 오기만을 기다리도록 했다.

이에 진태와 등애는 각기 군사 2만 명씩을 거느리고 차례로 나아갔다.

〖 13 〗한편 강유는 적도성을 포위하고 군사들로 하여금 팔방으로 공격하도록 했는데, 여러 날 연달아 공격했으나 함락시키지 못해서 가슴이 답답하고 괴로웠다. 그러나 쓸 수 있는 계책이 전혀 생각나지 않았다.

이날 황혼 무렵, 갑자기 네댓 차례나 연락병이 들어와서 보고했다: "두 방면의 군사들이 오고 있는데 깃발 위에는 큰 글자로, 한쪽에는 '征西將軍 陳泰(정서장군 진태)', 또 한 쪽은 '兗州刺史 鄧艾(연주자사 등애)'라고 분명하게 씌어 있었습니다."

강유가 크게 놀라서 곧바로 하후패를 불러와서 상의했다.

하후패가 말했다: "제가 전에도 장군께 말씀드린 적이 있지만, 등애는 어렸을 때부터 병법에 매우 밝고 지리地理에 훤했습니다. (*107회 중의 말.) 그가 지금 군사를 거느리고 왔으니 자못 강적이 될 것입니다."

강유曰: "그의 군사들은 멀리서 왔으니, 저들에게 발붙일 틈을 주지 말고 곧바로 공격하는 것이 좋겠다."

이리하여 장익에게는 남아서 계속 성을 공격하도록 하고, 하후패에게는 군사들을 이끌고 가서 진태를 맞이해 싸우도록 하고, 강유 자신은 군사들을 이끌고 등애를 맞이해 싸우러 갔다.

강유가 출발하여 미처 다섯 마장(里)도 못 갔을 때 갑자기 동남쪽에서 포 소리가 울리더니 북소리와 나팔소리가 땅을 뒤흔들고 화광火光이 하늘 높이 뻗쳤다. 강유가 말을 달려가서 살펴보니 주위에는 전부 위병의 기치들만 있었다.

강유가 크게 놀라며 말했다: "등애의 계략에 걸려들었구나!"

그는 곧바로 하후패와 장익에게 각자 적도성狄道城을 버리고 퇴군하라고 명했다. (*북소리 나팔소리가 강유를 놀라게 한 것이 아니라, 그 전에 하후패로부터 들은 말이 있었기 때문에, 등애에 대해 미리 들은 얘기가 강유의 기를 죽였던 것이다.)

이리하여 촉병들은 모두 한중으로 물러가기로 하고, 강유가 직접 추격해 오는 적을 차단하기 위해 퇴군하는 군사들의 뒤에 있었는데, 등 뒤에서는 북소리가 그치지 않았다. ―― 강유가 물러가서 검각劍閣으로 들어간 후에야 비로소 20여 곳의 횃불과 전고戰鼓들은 전부 거짓으로 설치해 놓은 것임을 알았다. ―― 강유는 군사들을 거두어 물러가서 종제(鍾堤: 감숙성 임조현臨洮縣 서쪽)에 주둔했다.

한편 후주後主는 강유가 조수洮水 싸움에서 공을 세웠으므로 칙서를 내려 그를 대장군大將軍으로 삼았다. 강유는 관직을 받고 은혜에 사례하는 표문을 올린 후, 다시 군사를 이끌고 가서 위를 칠 계책을 의논했다. 이야말로:

공 이루었으면 사족蛇足 덧붙일 필요 없는데도　　成功不必添蛇足
역적 치려는 생각에 호위虎威 떨치려 하네.　　討賊猶思奮虎威

다음번의 북벌은 어찌될지 모르겠거든 다음 회를 읽어보기 바란다.

(1). 지금 사람들로 동탁이 한漢 황제를 폐위한 일을 읽고 분노하지 않는 사람이 없고, 사마사가 위주魏主를 폐위한 일을 읽고 기뻐하지 않는 사람이 없다. 지금 사람들로 조조가 복황후伏皇后를 시해한 일을 읽고 분노하지 않는 사람이 없고, 사마사司馬師가 장후張后를 시해한 일을 읽고 기뻐하지 않는 사람이 없다. 그 이유는 무엇인가? 조씨曹氏에 대한 보복은 마땅하기 때문이다.

비록 그렇기는 하나, 황후를 시해하고 황제를 폐위시키는 일은 가르칠 만한 일이 아니다. 조조는 한漢의 역적이고 사마사 역시 위魏의 역적이다. 한漢의 신하된 자가 한을 위해 역적을 치는 것이 당연하다면, 어떻게 위魏의 신하된 자가 위를 위해 역적을 치지 않을 수 있겠는가? 그러므로 사가史家가 관구검毌丘儉이 눈물을 뿌리고, 문흠文欽이 군사를 일으키고, 문앙文鴦이 힘껏 싸운 일을 특서特書해 준 것이다.

(2). 강유가 세 번째 중원을 치러 간 것은 조방曹芳이 이미 폐위되고, 사마사司馬師가 이미 죽고 난 후이다. (강유로서는) 사마사가 이미 죽었기에 이용할 만한 틈새가 생긴 것이고, (하후패로서는) 조방曹芳이 이미 죽었으므로 그 역시 쳐야 할 역적이 생긴 것이다. 그러나 강유의 마음은 스스로 한漢을 위해 그 역적(魏)을 치려는 것이었지 처음부터 위魏를 위해 그 역적(司馬師)을 치려는 것이 아니었다. 그러나 한漢의 역적(魏)을 치려는 생각이 위魏를 위해 그 역적을 치려는 명분을 가진 사람(하후패)의 힘을 빌리는 것을 꺼려하지 않는데, 그 이유는 무엇인가?

대개 남이 바야흐로 사마씨를 치려고 할 때에는, 나는 잠시 그가 사마씨를 치려는 명분을 따라주고, 하늘이 바야흐로 조씨를 크게 치려고 할 때에는, 나 스스로 조씨를 치고자 하는 나의 뜻을 실행하는 것이다.

(3). 배수의 진(背水之陣)은, 서황徐晃은 이로써 한漢을 대적하여 이기지 못했으나, 무후武侯는 이로써 조조를 대적하여 이겼다. 강유가 이를 쓴 것은 이전의 일을 보고서 세 번째로 한 것이다. 의병疑兵을 숨겨두는 일(疑兵之伏)은, 무후는 한 번은 이로써 조조를 한 중漢中에서 물리쳤고, 한 번은 이로써 기산에서 사마의司馬懿를 물리쳤다. 등애가 이를 쓴 것 역시 이전의 일을 보고 세 번째로 한 것이다.

이쪽에서 쓴 계책을 저쪽에서 본받아 하고(此用彼法), 저쪽에서 쓴 계책을 이쪽에서 본받아 하는데(彼用此法), 혹은 다 성공하지 못하기도 하고 혹은 다 성공하기도 하여 각기 서로 같지 않다. 그래서 이를 읽으면서 그 반복됨에 싫증을 느끼지 않게 되는 것이다.

# 제111회

## 등애, 지모로 강유를 깨뜨리고
## 제갈탄, 의리를 내세워 사마소를 치다

〖 1 〗 한편 강유는 군사들을 뒤로 물리어 종제鍾堤에 주둔시켜 놓았고, 위병들은 적도성狄道城 밖에 주둔하고 있었다. 왕경王經은 진태와 등애를 맞아들여 성 안으로 들어가서 적의 포위를 풀어준 일을 사례하고 연석을 베풀어 대접하고 전군에 큰 상을 내렸다.

진태가 등애의 공로를 위주魏主 조모曹髦에게 상신하자, 조모는 등애를 안서장군安西將軍으로 봉하고, 부절符節을 주어 호동강교위護東羌校尉를 겸하도록 하고 진태와 같이 옹주, 양주 등지에 군사를 주둔시켜 놓도록 했다.

등애가 위주에게 표문을 올려 은혜를 사례하고 나자, 진태가 연석을 베풀어 등애를 축하해 주면서 말했다: "강유가 밤에 도망치느라 그 힘이 이미 다 떨어졌을 테니, 다시는 감히 나오지 못할 것이오."(*먼저

진태가 적에 대해 정확히 헤아리지 못하는 것을 묘사함으로써 등애의 지혜로
움을 돋보이게 하고 있다.)

등애가 웃으면서 말했다: "나는 다섯 가지 이유로 촉병은 반드시 나
올 것으로 예상합니다."(*등애는 확실히 대장감이다.)

진태가 그 이유를 묻자, 등애가 말했다: "촉병들이 비록 물러가기는
했으나 결국 승세를 타고 있고, (*적병의 강함을 알고 있다.) 우리 군사는
결국 약해서 패했다는 실질이 있으니, (*자기 군사들의 기가 꺾여 있음을
알고 있다.) 이것이 저들이 반드시 나올 첫째 이유입니다.

촉의 군사들은 모두 공명이 훈련시켜 놓은 정예병들이므로 이동배
치해 가며 쓰기에 용이하나, (*적의 날카로움을 알고 있다.) 우리 장수들
은 수시로 바뀌는데다 군사들도 제대로 훈련이 되어 있지 않으니, (*자
신들의 둔鈍함을 알고 있다.) 이것이 저들이 반드시 나올 둘째 이유입니
다.

촉 사람들은 대부분 배로 이동하지만, (*적敵은 힘을 덜 들이고 있음을
알고 있다.) 우리 군사들은 전부 뭍에서 움직이므로, (*자신들의 수고로움
을 알고 있다.) 수고롭고 편안함이 서로 같지 않으니, 이것이 저들이 반
드시 나올 셋째 이유입니다.

적도, 농서, 남안, 기산 이 네 곳은 모두 수비전守備戰을 치러야 할
땅인데, 촉병들이 혹은 동쪽에서 소리 지르고 서쪽을 치거나(聲東擊
西), 혹은 남쪽을 가리키면서 북쪽으로 공격해오면(指南攻北), 우리는
반드시 군사들을 나눠서 지켜야 하지만, (*자신들은 나뉘어져 작아짐을
알고 있다.) 촉병들은 한 곳에 모여서 쳐들어오므로 온전히 하나가 되어
넷으로 나눠진 우리(즉, 전체 병력의 4분지 1)를 대적하게 되므로,(*적은
합쳐져서 크다는 것을 알고 있다.) 이것이 저들이 반드시 나올 넷째 이유
입니다.

만약 촉병들이 남안과 농서로부터 나온다면 강인羌人들의 곡식을 취

해서 먹을 수 있고, 만약 기산으로 나온다면 밀이 있어서 먹을 수가 있으니, (*적敵은 군량을 용이하게 얻을 수 있음을 알고 있다. 다만 상대를 안다(知彼)는 말 속에는 자신을 안다(知己)는 말이 들어 있다.) 이것이 저들이 반드시 나올 다섯째 이유입니다."

진태가 탄복하면서 말했다: "공이 적敵을 헤아리는 것이 꼭 귀신 같으니, 촉병을 염려할 필요가 어디 있겠소!"

이리하여 진태는 등애와 서로의 나이를 잊어버리고 친구처럼 지내는 이른바 망년지교(忘年之交)를 맺었다. (*마치 동오의 정보程普가 주유에게 탄복했던 것과 같다.) 이리하여 등애는 옹주와 양주 등지의 군사들을 매일 훈련시키고, 각처의 요충지에다 전부 영채를 세워서 적의 불시의 침공에 대비하도록 했다.

〖 2 〗 한편 강유는 종제에서 연석을 크게 벌여 여러 장수들을 모아놓고 위魏를 칠 일을 상의했다.

영사令史 번건樊建이 간했다: "장군께서 여러 차례 출전하셨으나 온전한 성공을 거두지 못했습니다. 이번의 조수洮水 서쪽에서의 싸움에서 위병들은 이미 장군의 위엄과 명성에 탄복하게 되었는데 왜 또 나가려고 하십니까? 만일 나갔다가 불리하게 되면 앞서 세운 공로까지 다 헛것이 되어버리고 맙니다."

강유曰: "자네들은 위魏가 땅이 넓고 사람이 많아서 급히 취할 수 없다는 것만 알 뿐, 위魏를 쳐서 이길 수 있는 다섯 가지 이유가 있다는 것은 모르고 있다."(*등애가 말한 "강유가 반드시 나올 다섯 가지 이유(五必出)"와 강유가 말한 "이길 수 있는 다섯 가지 이유(五可勝)"는 부절처럼 피차 서로 합치된다.)

여러 사람들이 그것이 무엇인지 묻자, 강유가 대답했다: "저들은 조수 서쪽 싸움에서 한 번 패함으로써 예기가 완전히 꺾여버렸지만, 우리 군사들은, 비록 물러나기는 했으나, 병력 손실이 전혀 없다는 것이 지금 만약 출병한다면 우리가 이길 수 있는 첫 번째 이유이다. (*등애가 반드시 나올 이유로 첫 번째로 꼽은 것에 해당한다.)

우리 군사들은 배를 타고 나아가므로 지치지 않지만 저쪽 군사들은 모두 뭍으로 걸어와서 우리를 맞이해 싸워야 하므로 지쳐 있다는 것이 지금 만약 출병한다면 우리가 이길 수 있는 두 번째 이유이다. (*등애가 반드시 나올 이유로 세 번째로 꼽은 것에 해당한다.)

우리 군사들은 오랜 기간 훈련을 받았지만, 저들은 전부 오합지졸烏合之卒들로서 질서나 법도라고는 없다는 것이 우리가 이길 수 있는 세 번째 이유이다. (*등애가 반드시 나올 이유로 두 번째로 꼽은 것에 해당한다.)

우리 군사들은 기산祁山으로 나간 후부터는 저들의 가을 곡식을 빼앗아 먹을 수 있다는 것이 우리가 이길 수 있는 네 번째 이유이다. (*등애가 반드시 나올 이유로 다섯 번째 꼽은 것에 해당한다.)

저들이 비록 각처를 수비하고 있지만, 군사들의 힘이 분산되어 있으므로 우리 군사들이 전부 한 곳으로 나아간다면 저들이 어떻게 서로를 구할 수 있겠는가? 이것이 우리가 이길 수 있는 다섯 번째 이유이다. (*등애가 반드시 나올 이유로 네 번째 꼽은 것에 해당한다.) 이런 때에 위魏를 치지 않고 다시 어느 날을 기다린단 말인가?"

하후패가 말했다: "등애는 나이는 비록 어리지만 기모機謀가 심원深遠하고 근래에는 안서장군安西將軍이란 직위까지 받았으니 틀림없이 각처에 대비해놓고 있을 것이므로 지난날과는 다를 것입니다."

강유가 언성을 높여 말했다: "내 어찌 그를 두려워하겠는가! 공 등은 남의 예기銳氣는 높이 평가하고 자기 스스로의 위풍威風은 깎아내리려 하지 말라! 내 뜻은 이미 결정됐으니 반드시 농서隴西부터 먼저 취할 것이다."

여러 사람들은 감히 더이상 간하지 못했다.

〖 3 〗 강유는 자신이 직접 선두부대를 거느리고 여러 장수들로 하여금 뒤따라오도록 하여 나아갔다. 이리하여 촉병들은 전부 종제鍾堤를 떠나서 기산으로 쳐들어갔다. (*이번이 네 번째 중원정벌이다.)

앞서 가던 정탐꾼이 보고하기를, 위병들이 이미 먼저 기산에다 아홉 개의 영채를 세워놓았다고 했다. 강유는 그 보고를 믿을 수가 없어서 자신이 직접 수 명의 기병들을 이끌고 높은 곳에 올라가서 바라보니, 과연 기산에 아홉 개의 영채가 세워져 있는데 그 형세가 마치 긴 뱀의 머리와 꼬리가 서로 돌아보고 있는 것 같았다.

강유는 좌우를 돌아보며 말했다: "하후패의 말이 거짓말이 아니었구나! 이 영채의 형세는 절묘하다. 이렇게 할 수 있는 사람은 나의 스승이신 제갈 승상밖에 없는데, 이제 등애가 이렇게 해놓은 것을 보니 우리 스승보다 못하지 않구나."(*강유의 눈과 입을 통해 등애의 능력을 묘사하고 있다.)

곧바로 본채로 돌아가서 여러 장수들을 불러서 말했다: "위魏의 군사들이 이미 준비해 놓고 있는데, 이는 틀림없이 우리가 올 줄 알고 있다는 것이다. 내 생각에 등애는 틀림없이 이곳에 있을 것이다. (*옳게 맞추었다.) 너희들은 이곳 산골짜기 어귀에다 내 기치를 일부러 크게 벌여서 영채를 세우도록 하라. 그런 다음 매일 기병 1백여 기로 하여금 나가서 정탐하도록 하되, 매번 정탐 나갈 때마다 한 번씩 입는 갑옷과 기치를 청, 황, 적, 백, 흑 다섯 가지 색깔의 기치로 바꾸도록 하라. (*군사들이 많게 보임으로써 적의 의심을 사도록 하려는 것이다.) 나는 반대로 대병을 이끌고 동정董亭으로 몰래 나가서 곧장 남안을 습격하러 갈 것이다."(*이 역시 좋은 계책이다.)

그리고는 포소鮑素로 하여금 기산의 골짜기 어귀에 군사를 주둔시켜 놓도록 하고, 강유 자신은 대병을 전부 거느리고 남안으로 출발했다.

〖 4 〗 한편 등애는 촉병이 기산으로 나갈 줄 알고 일찌감치 진태와 같이 영채를 세우고 대비하고 있었는데, 촉병들이 연일 싸움을 걸어오지는 않고 하루에 다섯 번 정탐꾼들이 영채를 나와서는 혹은 10리, 혹은 15리까지 왔다가는 되돌아가는 것이 보였다.

등애가 높은 데 올라가서 바라보고 나서 급히 막사 안으로 들어와서 진태에게 말했다: "강유는 이곳에 있지 않고, (*하나는 등애가 이곳에 있다고 말했는데 과연 이곳에 있고, 하나는 강유가 이곳에 없다고 말했는데 과연 이곳에 없었다. 둘 다 옳게 맞췄는데, 이들 둘은 호적수들이다.) 틀림없이 동정董亭을 취하여 남안을 습격하러 갔을 것이오. 영채에서 나오는 정탐꾼은 단지 저 몇 필의 말에 불과한데, 갑옷만 바꿔 입고는 왕래하면서 정탐하고 있으므로 저 말들은 모두 지쳐 있을 것이고 주장主將 또한 틀림없이 무능한 자일 것이오.

진 장군께서 일군을 이끌고 가서 저들을 공격한다면 저들의 영채를 깨뜨릴 수 있을 것이오. 저들의 영채를 깨뜨리고 나서는 곧바로 군사들을 이끌고 동정으로 가는 길을 습격하여 먼저 강유의 뒤를 끊어버리시오.

나는 먼저 일군을 이끌고 남안을 구하러 가되, 곧장 질러가서 무성산(武城山: 감숙성 무산현武山縣 서남에 있는 산)부터 취할 것이오. 만약 이무성산 정상을 먼저 점거하고 있으면 강유는 틀림없이 상규(上邽: 감숙성 천수현天水縣 내)를 취하러 갈 것이오. 상규에는 단곡(段谷: 감숙성 천수시天水市 동남)이라고 하는 골짜기가 하나 있는데 지세가 좁고 산이 험해서 매복하기에 정말 좋소. 그가 와서 무성산을 취하려고 다툴 때 내가먼저 두 부대의 군사들을 단곡에 매복시켜 놓는다면 틀림없이 강유를깨뜨릴 수 있을 것이오." (*먼저 무성산으로 가고, 그 다음에 단곡에 복병을 숨겨둔다. 그리고 자기의 군사들을 두 방면에서 나오도록 한다는 계산이다.)

진태曰: "나는 2~30년이나 농서隴西를 지켜 왔지만 이렇게나 지리를 밝게 살펴본 적이 없었소. 공이 말한 바는 참으로 귀신같은 계책이오! 공은 속히 가시오. 내가 직접 이곳 영채들을 치겠소."

이리하여 등애는 군사들을 이끌고 밤낮없이 행군 속도를 두 배 빨리해서 곧장 무성산으로 갔다.

영채를 다 세워 놓았는데도 촉병들이 오지 않아 즉시 아들 등충鄧忠으로 하여금 장전교위帳前校尉 사찬師纂과 같이 각각 군사 5천 명을 이끌고 먼저 단곡으로 가서 매복해 있으면서 여차여차하게 하라고 했다. 두 사람은 계책을 받고선 떠나갔다. 등애는 깃발들을 눕혀놓고 북소리를 내지 않고 촉병들이 오기를 기다렸다.


〖 5 〗 한편 강유는 동정董亭으로 해서 남안으로 갔는데, 무성산 앞에 이르러 하후패에게 말했다: "남안 근처에 무성산이라고 하는 산 하나가 있다. 만약 이곳을 먼저 차지한다면 남안의 지세를 장악할 수가 있다. 다만 염려되는 것은 등애가 꾀가 많아서 틀림없이 미리 방비하고 있지 않을까 하는 점이다."(*저쪽은 이쪽을 알아맞히고, 이쪽은 저쪽을 알아맞히고 있는데, 참으로 보기에 좋다.)

한창 미심쩍게 생각하고 있을 때 갑자기 산 위에서 포 소리가 한 번 울리더니 함성이 크게 진동하고 북과 나팔소리가 일제히 울리며 기치들이 두루 똑바로 세워졌다. 전부 위병들이었다. 중앙에 황색 깃발 하나가 바람에 나부끼고 있는데 거기에는 '鄧艾등애'라는 글자가 크게 씌어 있었다. 촉병들은 크게 놀랐다.

그때 산 위 여러 곳으로부터 정예병들이 쳐내려왔는데, 그 세勢를 당해낼 수 없어서 선두부대는 크게 패했다. 강유가 급히 중군 군사들을 이끌고 구하러 갔을 때에는 위병들은 이미 물러가고 없었다.

강유는 곧바로 무성산 아래로 가서 등애에게 싸움을 걸었으나 산 위의 위병들은 하나도 내려오지 않았다.

강유는 군사들을 시켜서 욕을 하도록 하다가 날이 저물녘에야 막 군사들을 물리려고 하는데 산 위에서 북소리와 나팔 소리가 일제히 울렸다. 그러나 뜻밖에도 위병들이 내려오는 것은 보이지 않았다.

강유가 산 위로 쳐올라 가려고 했으나 산 위에서 포석砲石을 매우 심하게 퍼부어 대서 앞으로 나아갈 수가 없었다. 삼경(三更: 밤 11시~새벽 1시)까지 그대로 지키고 있다가 돌아가려고 하는데 또 산 위에서 북소리, 나팔 소리가 울렸다.

강유는 군사들을 데리고 산 아래로 내려가서 주둔하고 있으려고 했다. 군사들에게 나무와 돌들을 운반해 오도록 하여 막 영채를 세우려고 할 때 또 산 위에서 북소리, 나팔소리가 울리더니 위병들이 갑자기 쳐내려왔다. 촉병들은 큰 혼란에 빠져 서로를 짓밟으며 먼저 있던 영채로 도로 물러갔다.

다음날, 강유는 군사들에게 군량과 마초를 운반하는 수레들을 무성산으로 옮겨가서 잇대어 놓아 영채를 세우고 군사들을 주둔시킬 계책으로 삼았다.

이날 밤 이경二更에, 등애는 군사 5백 명에게 각기 횃불을 들고 두 길로 나뉘어 산에서 내려가 수레들을 불살라 버리도록 했다. 촉병과 위병魏兵들은 밤새도록 혼전을 벌였는데, 이 때문에 또 영채를 완성하지 못했다.

〖 6 〗 강유는 또 군사들을 이끌고 뒤로 물러가서 다시 하후패와 상의했다: "남안을 얻지 못했으니 차라리 먼저 상규上邽부터 취하는 것이 좋겠다. 상규는 남안의 군량을 쌓아두는 곳이므로, 만약 상규를 얻는다면 남안은 저절로 위험해질 것이다." (*강유 역시 이 점을 생각했지만 다

만 등애가 먼저 생각했다. 결국 등애가 먼저 생각하고 먼저 적중시켰다.)

이리하여 하후패에게는 남아서 무성산에 주둔해 있도록 하고, 강유 자신은 정예병과 맹장들을 전부 이끌고 곧장 상규를 취하러 갔다.

밤새 행군하여 날이 밝아올 때 보니, 산세는 협소하고 험준했으며 도로도 구불구불했다. 강유가 향도관에게 물었다: "이곳 지명이 어떻게 되느냐?"

향도관이 대답했다: "단곡段谷이라고 합니다."

강유가 크게 놀라서 말했다: "그 이름이 좋지 않구나. '단곡段谷'이란 곧 '단곡斷谷'이란 뜻인데, 만약 적들이 이 골짜기의 어귀를 끊어버린다면 어찌 하겠는가?"

한창 주저하며 결단을 내리지 못하고 있을 때 갑자기 선두부대의 군사가 알려왔다: "산 뒤에서 먼지가 많이 일어나고 있는데, 틀림없이 복병이 있는 것 같습니다."

강유는 급히 군사를 물리라고 지시했다. 바로 그때 사찬師纂과 등충鄧忠의 군사들이 뛰쳐나왔다. 강유는 잠깐 싸우다 잠깐 달아나다 하기를 반복했다. 그때 전면에서 함성이 크게 진동하며 등애가 군사들을 이끌고 들이닥쳐서 세 방면에서 협공해 오자 촉병은 크게 패했다. 다행히 하후패가 군사들을 이끌고 쳐들어오자 위병들은 그제야 물러갔다. 위기에서 벗어난 강유는 다시 기산으로 가려고 했다.

하후패가 말했다: "기산의 영채는 이미 진태에게 깨졌고, 포소鮑素는 싸우다가 죽었으며, 영채에 있던 군사들은 모두 한중漢中으로 돌아가 버렸습니다."

강유는 더 이상 감히 동정董亭을 취하러 가지 못하고 급히 산속 작은 길로 해서 돌아가는데, 뒤에서 등애가 급히 쫓아왔다. 강유는 모든 군사들에게 앞으로 계속 가도록 하고 자신은 뒤에서 추격해 오는 적을 막았다.

한창 가고 있을 때 갑자기 산속에서 일군이 뛰쳐나왔는데, 곧 위魏의 장수 진태陳泰였다. 위병들은 함성을 지르면서 강유를 한가운데 두고 포위했다. 강유는 사람도 말도 지칠 대로 지쳐 있었으므로 좌충우돌했으나 빠져나갈 수가 없었다.

이때 탕구蕩寇장군 장억張嶷이 강유가 포위되어 있다는 말을 듣고 수백 기의 기병들을 이끌고 겹겹이 쳐진 포위 속으로 뛰어들어 왔다. 강유는 그 기회에 빠져나왔으나, 장억은 위병들이 마구 쏘아대는 화살에 맞아 죽고 말았다.

강유는 포위를 빠져나와 다시 한중으로 돌아갔다. 그는 장억이 충용忠勇을 다하다가 싸움터에서 목숨을 잃은 것에 감동을 받아 조정에 표문을 올려 그의 자손들에게 벼슬을 내려주도록(表贈) 건의했다. 이때 촉의 장병들 중에 전사자가 많이 나왔는데, 그들은 모두 강유에게 그 죄를 돌렸다. 강유는 공명이 가정街亭에서 패했을 때 취한 전례前例에 따라 표문을 올려 스스로의 벼슬을 대장군大將軍에서 후장군後將軍으로 폄직貶職하고, 대장군의 일은 그대로 수행했다.

〖 7 〗 한편 등애는 촉병들이 완전히 물러가버린 것을 보고는 진태와 함께 연석을 베풀어 서로 축하하고 전군에 상을 크게 내렸다.

진태가 등애의 공훈을 조정에 표문을 올려 상주(表奏)하자, 사마소는 사자에게 부절을 가지고 가서 등애의 관직과 벼슬을 올려주고, 인수印綬를 내려주도록 하고, 아울러 그의 아들 등충을 정후亭侯로 봉해주었다.

이때 위주魏主 조모曹髦는 연호를 고쳐서 정원正元 3년을 감로甘露 원년으로 바꾸었다. 사마소는 스스로 천하 병마 대도독天下兵馬大都督이 되어 출입할 때에는 항상 3천 명의 철갑군과 용맹한 장수들로 하여금 앞뒤로 에워싸서 호위하도록 하고, (*완전히 동탁이 변한 모습이다.) 일체의 사무를 조정에 아뢰지 않고 상부相府에서 결정하여 처리했다. 이때부터 그는 항상 천자의 자리를 빼앗을 마음을 품었다. (*완전히 조조의 후신後身이다.)

그에게 심복 한 사람이 있었는데, 그의 성은 가賈, 이름은 충充, 자字를 공려公閭라고 했다. 그는 고故 건위장군建威將軍 가규賈逵의 아들로서 사마소 부하府下에서 장사長史 벼슬을 하고 있었다.

가충이 사마소에게 말했다: "지금 주공께서 대권을 잡고 계시지만 사방의 인심은 틀림없이 불안하게 생각하고 있을 것입니다. 당분간 몰래 인심을 정탐해 보신 후에 서서히 대사를 도모하셔야 합니다."

사마소曰: "나도 바로 그리 하려고 생각했다. 자네가 나를 위해 동쪽 방면으로 가서 출정한 군사들을 위로하러 왔다는 핑계를 대고 그곳 인심을 탐지해 보도록 하게."

가충은 사마소의 명을 받고 곧장 회남으로 가서 진동대장군鎭東大將軍 제갈탄諸葛誕을 만나보았다.

제갈탄은 자字를 공휴公休라고 했는데, 낭야琅琊 남양南陽 사람으로 공명의 먼 친척 아우(族弟)이다. 일찍이 위魏나라를 섬겼으나 무후가 촉에서 승상으로 있었기 때문에 중용되지 못하였다. 후에 무후가 세상을 떠나자 제갈탄은 위魏에서 중요한 직책을 역임하고 고평후高平侯로 봉해져서 회남淮南과 회북淮北의 군사들을 총괄하게 되었다. (*제갈탄의 이전 일들을 보충 설명하고 있다.)

이날, 가충이 군사를 위로하러 왔다는 구실로 회남에 이르러 제갈탄을 만나보았다. 제갈탄은 연석을 베풀어 그를 대접했다.

술이 거나하게 취하자 가충이 말로 제갈탄의 마음을 떠보았다: "근래 낙양의 제현諸賢들은 모두 주상께서 나약하시어 군왕의 자리를 감당하지 못한다고 생각하고 있습니다. 사마 대장군은 삼대에 걸쳐 나라를 보좌하여 그 공덕이 하늘까지 가득하므로 위魏의 대통을 물려받으실 만하다고 생각하고 있는데, 공의 뜻은 어떠하신지 모르겠습니다."

제갈탄은 크게 화를 내며 말했다: "그대는 가賈 예주(豫州: 즉, 가규賈逵)의 자제로서 대대로 위魏의 녹을 먹어왔으면서 어찌 감히 이런 말을 함부로 하시오?"(*제갈탄의 의로움이 그의 말에서 드러나고 있음을 묘사하고 있다. 무후의 아우 됨에 부끄럽지 않다.)

가충이 사과하면서 말했다: "저는 다른 사람의 말을 공에게 전했을 뿐입니다."

제갈탄曰: "만약 조정에 무슨 변고가 생긴다면 나는 마땅히 죽음으로써 나라에 보답할 것이오!"

가충은 입을 다물고 묵묵히 있었다.

다음날 하직인사를 하고 돌아가서 사마소를 보고 그 일을 자세히 이야기해 주었다.

사마소가 크게 화를 내며 말했다: "쥐새끼 같은 자가 어찌 감히 이럴 수 있단 말인가!"

가충曰: "제갈탄은 회남에서 인심을 크게 얻고 있으므로 (*가충의 입으로 제갈탄의 평소 일을 보충 설명하고 있다.) 오랜 후에는 반드시 장군께 화禍가 될 것이니, 속히 제거해 버리도록 하십시오."

사마소는 마침내 은밀히 양주자사 악침樂綝에게 밀서를 보내놓고, 한편으로 사자를 시켜서 칙서를 가지고 가서 제갈탄을 사공司空에 임용할 것이라면서 불러오도록 했다.

〖 8 〗 제갈탄은 칙서를 받고나서 가충이 벌써 고변告變한 줄을 알고 곧바로 찾아온 사자를 붙잡아 고문했다.

사자가 말했다: "이 일은 악침樂綝도 알고 있습니다."

제갈탄曰: "그가 어떻게 안단 말이냐?"

사자曰: "사마 장군께서 이미 사람을 양주로 보내서 악침에게 밀서

를 전하도록 했습니다."(*사자의 입에서 기밀이 누설된다. 묘한 것은 말이
장황하지 않고 간단명료하다는 점이다.)

제갈탄은 크게 화를 내며 좌우의 무사들에게 호령하여 사자의 목을
베도록 했다. 그리고는 곧바로 수하 군사 1천 명을 일으켜 양주로 급
히 달려갔다. 양주성 남문에 거의 이르렀을 때에는 성문은 이미 닫혀
있었고 조교弔橋는 들어 올려져있었다.

제갈탄은 성 아래에서 문을 열라고 외쳤으나 성 위에서는 대답하는
사람이 하나도 없었다.

제갈탄은 크게 화가 나서 말했다: "악침 네놈이 어찌 감히 이럴 수
있느냐!"

그리고는 장사將士들에게 성을 치라고 했다. 수하의 용맹한 기병들
10여 명이 말에서 내려 해자를 건너 나는 듯이 성 위로 올라가서 성을
지키던 군사들을 쳐서 흩어버리고는 성문을 활짝 열었다. 이리하여 제
갈탄은 군사들을 이끌고 성 안으로 들어가서, 바람결에 불을 질러 놓
고는 악침의 집으로 달려 들어갔다. 악침은 황망히 위층(樓)으로 올라
가 피했다.

제갈탄은 칼을 들고 위층으로 올라가서 크게 꾸짖었다: "너의 부친
이신 악진樂進은 옛날 위국魏國의 큰 은혜를 입었는데, 너는 어찌하여
그 은혜에 보답할 생각은 하지 않고 반대로 사마소를 따르려 한단 말
이냐?"(*악진은 조조의 옛 신하인데, 여기서 다시 상기시키고 있다.)

악침은 그 말에 미처 대답을 하기도 전에 제갈탄의 칼에 죽었다.

제갈탄은 한편으로 사마소의 죄목을 낱낱이 열거한 표문을 작성하
여 사람을 시켜서 낙양의 천자에게 아뢰도록 하는 한편, (*그 죄를 열거
하여 치겠다고 아뢰는데, 관구검에 비해 더욱 대단하다.) 회남과 회북에서
둔전을 경작하는 10여만 명의 백성들을 모아, 양주에서 새로 항복해온
군사 4만여 명과 함께, 군량과 마초를 쌓고 출병할 준비를 했다.

그리고 또 장사長史 오강吳綱으로 하여금, 자기 아들 제갈정諸葛靚을 데리고 동오로 들어가서 그를 볼모로 잡히고 구원을 청하게 하면서, 꼭 군사를 합쳐서 사마소를 치자고 부탁하도록 했다. (*뜻 자체가 취할 만한 것이라면 그 성패를 논할 필요는 없다.)

〖 9 〗이때 동오의 승상 손준孫峻은 병으로 죽고, 그의 사촌동생 손침孫綝이 정사를 보필하고 있었다. 손침의 자字는 자통子通으로, 그 사람됨이 강포强暴하여 대사마 등윤滕胤·장군 여거呂據·왕돈王惇 등을 죽임으로써 나라의 권력이 다 손침에게로 돌아갔다.

오주吳主 손량孫亮은, 비록 총명하기는 했으나, 어찌할 도리가 없었다. (*이 때문에 후문에서 손침이 손량을 폐하게 된다.) 이에 오강吳綱은 제갈정을 데리고 석두성(石頭城: 남경시 청량산淸凉山 위)으로 가서 안에 들어가 손침에게 절을 했다.

손침이 찾아온 까닭을 물어서 오강이 말했다: "제갈탄은 촉한 제갈무후諸葛武侯의 아우로서,(*제갈근諸葛瑾의 아우라고 말하지 않고 무후의 아우라고만 말한 것은, 손준이 제갈근의 아들을 죽였기 때문이다. 문장에 애써 꿰맨 자국(針線)이 있다.) 이전에는 위魏를 섬겼습니다.

그런데 이번에 사마소가 군왕을 능멸하고 속이고(欺君罔上) 주상을 폐하면서 권력을 제멋대로 휘두르는 것을 보고 군사를 일으켜 그를 치고자 하였으나 힘이 미치지 못하므로 일부러 항복해온 것입니다. 혹시 아뢰는 말씀의 증빙 없음을 의심하실까봐 두려워서 그 아들 제갈정諸葛靚을 볼모로 보내왔습니다. 부디 군사를 내어 도와주시기 바랍니다."

손침은 그 청을 들어주어 곧바로 대장 전역全懌과 전단全端을 주장主將으로 삼고, 우전于詮을 후군으로 삼고, 주이朱異와 당자唐咨를 선봉으로 삼고, 문흠文欽을 향도로 삼아, 군사 7만 명을 일으켜 세 부대로 나누어 나아가기로 했다.

　오강은 수춘으로 돌아가서 이를 제갈탄에게 알려주었다. 제갈탄은 크게 기뻐하면서 곧 병력을 배치하여 싸울 준비를 했다.


　〖 10 〗 한편 제갈탄이 올린 표문이 낙양에 당도하자, 사마소는 그것을 보고 크게 화를 내면서 자신이 직접 가서 그를 치려고 했다.

　가충賈充이 간했다: "주공께서는 부형의 기업基業을 이으셨으나 아직 주공의 은덕이 천하에 미치지 못하고 있는데, 지금 천자를 내버려두고 가셨다가 만약 하루아침에 변고라도 생기게 되면 그때는 후회해도 소용없습니다. 그보다는 차라리 태후와 천자께 주청하여 함께 출정을 나가신다면 걱정할 게 없을 것입니다."

　사마소는 기뻐하며 말했다: "자네 말이 내 맘에 꼭 드는군!"

　그리고는 궁으로 들어가서 태후에게 아뢰었다: "제갈탄이 모반을 하였기에 신이 문무 관료들과 의논하여 태후마마께 청하오니, 천자와 같이 어가御駕를 타시고 친정親征을 나가심으로써 선제의 유지遺志를 이어가 주시기를 바라나이다." (*손침孫綝은 제갈탄의 아들을 인질로 삼았고, 사마소는 태후와 천자를 데리고 가서 군중에 놓아둠으로써 인질로 삼고 있다.)

　태후는 무섭고 겁이 나서 그가 하자는 대로 따를 수밖에 없었다.

　다음날 사마소가 위주魏主 조모曹髦에게 출발하기를 청하자, 조모가 말했다: "대장군은 천하의 군사들을 총독하면서 군사들의 이동과 배치를 마음대로 하고 있는데, 짐이 직접 갈 필요가 어디 있는가?"

　사마소曰: "그렇지 않습니다. 옛날 무조(武祖: 조조)께서는 천하를 종횡으로 누비셨고, 문제(文帝: 조비)와 명제(明帝: 조예)께서는 천하를 다차지하여 병탄하려는 마음을 갖고 계셨으므로, 무릇 큰 적을 만날 때엔 반드시 몸소 출정을 나가셨습니다. (*그러나 모친을 모시고 나갔다는 말은 들어보지 못했다.) 폐하께서도 선군先君의 전례를 따르시어 오래된 재앙(故孼)들을 소탕掃蕩하심이 옳을 줄 아옵니다. 스스로 무엇을 두려워하시나이까?"

조모는 그의 위엄과 권세가 두려워서 그가 하자는 대로 따를 수밖에 없었다.

사마소는 마침내 칙서를 내려 낙양과 장안의 군사 26만을 모두 일으키고, 진남장군軍 왕기王基를 정正선봉으로 삼고, 안동장군 진건陳騫을 부副선봉으로 삼고, 감군監軍 석포石苞를 좌군으로 삼고, 연주자사 주태周太를 우군으로 삼아서 어가를 보호하면서 위풍당당하게 회남을 향해 쳐들어갔다.


〖 11 〗 동오의 선봉 주이朱異가 군사들을 이끌고 와서 적을 맞이하여 양군이 서로 마주보고 진을 쳤다.

위군 가운데서 왕기가 말을 타고 나가자 동오에서는 주이가 나가서 그를 맞이했다. 그러나 미처 3합도 못 싸우고 주이가 패하여 달아났다. 그러자 이번에는 당자唐咨가 말을 타고 나가서 싸웠는데, 그 역시 미처 3합도 못 싸우고 크게 패하여 달아났다.

왕기가 군사들을 휘몰아서 들이치자 동오의 군사는 크게 패하여 뒤로 50리 물러나서 영채를 세우고 이 소식을 수춘성壽春城에 알렸다.

제갈탄이 직접 휘하의 정예병들을 이끌고 문흠文欽과 그의 두 아들 문앙文鴦, 문호文虎와 같이 만나서 (*앞 회에서 문앙의 행방을 몰랐는데, 이곳에 와서는 문흠과 한 곳에 같이 있다.) 수만 명의 대병으로 사마소와 싸우러 갔다. 이야말로:

방금 오군의 사기 떨어지는 것 보았는데       方見吳兵銳氣墮

또 위장魏將과 강한 군사들 오는 것을 본다.       又看魏將勁兵來

승부가 어찌될지 모르겠거든 일단 다음 회를 읽어보기 바란다.

(1). 등애鄧艾는 촉병이 "반드시 쳐나올 5가지 이유"로써 촉병의 움직임을 헤아렸고, 강유 역시 촉병이 "반드시 이길 5가지 이유"로써 위병을 헤아리고 있는바, 피차가 마치 부절符節을 합치는 듯 일치한다. 그러나 등애가 촉병이 쳐나올 것으로 헤아려서는 과연 쳐나왔으나, 강유가 촉병이 이길 것으로 헤아려서는 과연 반드시 승리하지는 못했는바, 그 이유는 강유가 헤아리는 바를 등애가 먼저 헤아렸기 때문이다.

그러므로 자기를 알면서(知己) 적 역시 자기를 알 수 있음을 알지 못한다면(不知彼之亦足以知己), 그것은 자기를 안다고(知己) 할 수 없고, 적을 알면서(知彼) 적 역시 내가 적을 알고 있다는 것을 헤아리고 있음을 알지 못하면(不知彼之亦料我之知彼), 그것은 적을 안다고(知彼) 할 수 없다.


(2). 앞에서는 관구검丗丘儉이 사마사司馬師를 치는 일이 있었고, 뒤에서는 제갈탄諸葛誕이 사마소司馬昭를 치는 일이 있다. 두 사람 다 위魏의 충신들이다. 제갈 형제 세 사람은 각각 나뉘어 삼국三國을 섬겼는데, 사람들은 말하기를, 촉蜀은 그 용龍을 얻었고, 동오는 그 범虎을 얻었고, 위魏는 그 개(狗)를 얻었다고 한다. 그러나 이는 개(狗) 역시 되기 쉽지 않음을 모르고 하는 말이다.

고황제(高皇帝: 유방)는 공신功臣을 공로가 있는 개(功狗)에 비유했다. 괴통蒯通은 말하기를 "걸桀 임금의 개는 요堯 임금을 보고도 짖는다(桀犬吠堯: 걸견폐요)"고 하면서 자신을 개(狗)에 비유했다. 조순(趙盾: 춘추시대 때 진쯤의 대부大夫)은 말하기를 "임금님의 개(獒)는 신臣의 개(獒)보다 못합니다(君之獒不若臣之獒)"라고 하였는데, 이 역시 스스로 대부 집안의 장수를 개(狗)에 비유한 것이다. 그러나 후세의 의리 없는 무리들은 바로 개보다도 못한(狗之不如) 자들이다.

(3). 사마소가 제갈탄을 치러갈 때 가충賈充은 그에게 태후와 천자를 데리고 친정親征을 가도록 권했는데, 이는 그 전에는 있어 본 적이 없는 일이다. 조조가 남정南征과 북벌北伐을 하러 갈 때 헌제獻帝를 데리고 같이 간 적이 어디 있는가? 그가 황제를 데리고 같이 나간 일은 단지 허전許田에서 사슴을 쏠 때뿐이다. 그런데 태후를 데리고 같이 가는 일이 어찌 있었겠는가?

조조도 하지 않았던 일을 사마소가 한 것은, 자기가 나가고 없을 때 천자가 안에 있으면 조방曹芳의 혈조血詔 사건을 조모曹髦 역시 저지를지 모르므로 천자를 데리고 가야만 두려움이 없을 수 있기 때문이었다. 또 천자가 비록 밖에 나가 있더라도 태후가 안에 있으면 태후에게도 조서詔書를 내려달라고 요청할 수 있고, 그래서 성문을 닫아버릴 수 있으므로, 조상曹爽이 했던 일이 다시는 없을 것이라고 보증할 수 없었기 때문이다. 그러므로 태후까지 데리고 간 후에야 두려움이 없을 수 있었다.

무릇 난신적자亂臣賊子들이 앞의 사람이 한 일을 본받으려고 할 때에는 왕왕 앞의 사람의 마음보다 더욱 위태로움을 느끼고 또 더욱 신중해지는 법이다.

# 제112회

## 우전, 수춘을 구하려다 의리에 죽고
## 강유, 장성을 취하며 적을 크게 무찌르다

〖 1 〗한편 사마소는 제갈탄이 동오의 군사들과 합세하여 싸우러 온다는 말을 듣고 산기장사散騎長史 배수裴秀와 황문시랑黃門侍郎 종회鍾會를 불러서 적을 깨뜨릴 계책을 상의했다.

종회가 말했다: "동오의 군사들이 제갈탄을 돕는 것은 사실 이익(利)을 위한 것이오니, 이익으로 저들을 유혹한다면 반드시 이길 것입니다."(＊이利와 의義는 서로 대對가 되는 것이다. 의義를 위해서가 아닌 것은 반드시 이利를 위해서다.)

사마소는 그의 말을 좇아서 곧 석포石苞와 주태周太로 하여금 각기 일군을 이끌고 석두성石頭城으로 가서 매복해 있도록 하고, 왕기王基와 진건陳騫으로 하여금 정예병들을 거느리고 뒤에 있도록 하고, 편장偏將 성쉬成倅로 하여금 군사 수만 명을 이끌고 먼저 가서 적을 유인하도록 하고, 또 진준陳俊으로 하여금 수레와 마소와 나귀나 노새에 군사들에게 상으로 줄 물건들을 싣고 사방으로부터 진중으로 운반해 와서 모아 놓았다가 적이 오거든 그것들을 내버리고 달아나도록 했다.

이날 제갈탄은 동오의 장수 주이朱異는 왼편에, 문흠文欽은 오른편에 두고, 위魏 진중陣中의 군사들이 무질서한 것을 보고, 군사들을 크게 휘몰아 곧장 나아갔다. 그러자 성쉬는 뒤로 물러나 달아났다. 제갈탄의 군사들이 쳐들어가다가 보니 소와 말, 나귀와 노새들이 교외 들판에 가득했다.

제갈탄의 군사들은 그것을 서로 잡기 위해 다투느라 싸움에는 관심이 없어졌다. (*이는 조조가 문추를 깨뜨린 계책으로, 그가 위교渭橋에서의 곤경에서 벗어난 것은 바로 이런 계책을 써서였다.) 그때 갑자기 포 소리가 울리더니 두 방면으로부터 군사들이 쳐들어왔는데 왼편에는 석포가, 오른편에는 주태가 있었다.

제갈탄이 크게 놀라서 급히 군사를 뒤로 물리려고 할 때, 왕기와 진건이 거느린 정예병들이 들이쳐서 제갈탄의 군사들은 크게 패했다. 사마소도 군사들을 이끌고 와서 합동작전을 폈다.

제갈탄은 패한 군사들을 이끌고 달아나 수춘성으로 들어가서 성문을 닫아버리고 굳게 지켰다. 사마소는 군사들로 하여금 사면으로 성을 포위하고 힘껏 성을 공격하도록 했다.

〖 2 〗이때 동오의 군사들은 물러가 안풍(安豊: 안휘성 곽구霍丘의 남쪽)에 주둔하고 있었고 위주魏主 조모曹髦의 어가는 항성項城에 머무르고 있었다.

종회가 말했다: "지금 제갈탄은 비록 패했으나 수춘성 안에는 아직도 군량과 마초가 많습니다. 게다가 동오의 군사들이 안풍에 주둔하고 있으면서 의각지세犄角之勢를 이루고 있습니다. 지금 우리 군사들이 사

면으로 성을 에워싸고 공격하고 있는데, 저들은 사정이 느긋하면 굳게 지킬 것이고, 사정이 급하면 죽기 살기로 싸우려 할 것입니다. 그럴 때 혹시 동오의 군사들이 기세를 타고 협공해 오기라도 한다면 우리 군에게 유익할 게 없습니다.

차라리 삼면으로만 공격하고 남문의 큰길은 남겨 놓아 적들로 하여금 달아날 수 있도록 하고, 적들이 달아날 때 공격한다면 완승을 거둘 수 있습니다. 동오의 군사들은 멀리서 왔기 때문에 틀림없이 군량을 계속 이어대지 못할 것입니다. 우리가 경기병輕騎兵을 이끌고 저들의 뒤로 질러가서 기습을 한다면 싸우지 않고도 적을 깨뜨릴 수 있을 것입니다."

사마소는 종회의 등을 쓰다듬으며 말했다: "자네는 정말로 나의 장자방(張子房: 유능한 모사謀士)이야."(*조조는 순욱荀彧을 장자방으로 여겼는데, 사마소는 종회를 장자방으로 여기고 있다.)

그리고는 곧 왕기에게 수춘성 남문 쪽에 있는 군사들을 철수시키라고 명했다.


〖 3 〗 한편 동오의 군사들은 안풍에 주둔하고 있었는데, 손침孫綝이 주이朱異를 불러와서 꾸짖었다: "저런 수춘성 하나 구하지 못하면서 어떻게 중원을 병탄할 수 있단 말인가? 또다시 이기지 못하면 반드시 목을 벨 것이다!"(*오로지 죽이기만 좋아하면서 어떻게 성공할 수 있겠는가?)

주이는 이에 본채로 돌아와서 상의했다.

우전于詮이 말했다: "지금 수춘성의 남문은 포위되어 있지 않으니 제가 일군을 거느리고 남문으로 들어가서 제갈탄을 도와 성을 지키겠습니다. 장군께서 위병에게 싸움을 걸고 계실 때 제가 성 안에서 쳐나가 두 방면에서 협공을 한다면 위병을 깨뜨릴 수 있습니다."(*이 계책 역시 절묘하다. 그러나 성 안에 군사들이 늘어나면 양식은 더욱 줄어든다.)

주이는 그 말을 옳게 여겼다. 이에 전역全懌, 전단全端, 문흠文欽 등이 다 성 안으로 들어가겠다고 해서 마침내 우전과 함께 군사 1만 명을 이끌고 남문으로 해서 성 안으로 들어갔다. (*본래는 성문 하나의 포위를 풀어주어 제갈탄이 달아나기를 기다리려고 했던 것이다. 그런데 뜻밖에도 동오의 군사들이 그리로 해서 성 안으로 들어갔으니, 전혀 뜻밖이었다.)

위병魏兵들은 장수의 명령을 받지 못했으므로 감히 가벼이 대적하지 못하고 동오의 군사들이 성 안으로 들어가도록 내버려두고 사마소에게 알렸다.

사마소가 말했다: "이는 주이와 함께 안팎으로 협공하여 우리 군사들을 깨뜨리려는 것이다."

이에 왕기와 진건을 불러서 분부했다: "너희는 군사 5천 명을 이끌고 가서 주이가 오는 길을 끊되 배후에서 치도록 하라."

두 사람은 명을 받고 떠나갔다.

주이가 마침 군사들을 이끌고 오는데 갑자기 배후에서 함성이 크게 일어나면서 왼편에는 왕기, 오른편에는 진건의 군사들이 두 방면에서 쳐들어왔다. 오병은 크게 패했다.

주이가 돌아가서 손침을 보자, 손침은 크게 화를 내며 말했다: "번번이 패하는 장수를 어디에다 쓰겠느냐!"

손침은 무사들에게 호령하여 그를 끌어내서 목을 베도록 했다. 또 전단의 아들 전의全禕를 꾸짖으며 말했다: "만약 위병을 물리치지 못하면 너희 부자는 나를 보러 올 생각도 하지 마라!"

그리고는 손침은 따로 건업으로 돌아가 버렸다.

〖 4 〗 종회가 사마소에게 말했다: "이제 손침이 물러가서 성 밖에 구원병이 없으므로 성을 포위해도 될 것입니다."

사마소는 그 말을 좇아서 곧바로 군사들을 재촉하여 성을 포위 공격 하도록 했다.

전의全禕가 군사들을 이끌고 수춘성으로 들어가려고 했으나 위병魏 兵들의 세력이 커서 아무리 생각해도 나아갈 길도 물러날 길도 없는 것 같아서 마침내 사마소에게 항복하고 말았다. 사마소는 전의의 직급 을 높여서 편장군偏將軍으로 삼았다. (*하나는 죽이겠다는 협박으로 그를 쫓아내고, 하나는 상으로써 그를 항복시켰다.)

전의는 사마소의 은덕에 감동하여 부친 전단과 숙부 전역 앞으로, 손침은 어질지 못하니 차라리 위魏에 항복하라는 내용의 가서家書를 써 서 화살에 매달아 성 안으로 쏘아 보냈다. 전역은 전의가 보낸 서신을 받아보고 마침내 전단과 함께 군사 수천 명을 이끌고 성문을 열고 나 가서 항복했다.

제갈탄이 성 안에서 근심에 싸여 있는데, 모사 장반蔣班과 초이焦彝 가 건의했다: "성 안에 군량은 적고 군사는 많아서 오래 지킬 수 없을 것 같으니, 오吳와 초楚 지방의 군사들을 거느리고 나가서 위병과 한번 죽기 살기로 싸워야겠습니다."

제갈탄이 크게 화를 내며 말했다: "나는 지키려고 하는데 너희는 싸 우려고 하니, 너희가 딴마음을 품고 있는 것 아니냐? 두 번 다시 말하 면 반드시 목을 베어버릴 것이다."(*손침의 명령과 다를 게 없다.)

두 사람은 하늘을 우러러 길게 탄식하며 말했다: "제갈탄은 망할 것 이다! 우리는 속히 항복해서 죽음이나 면하도록 해야겠다!"

이날 밤 이경二更 무렵, 장반과 초이 두 사람은 성을 넘어가서 위魏 에 항복했다. 사마소는 그들을 중용했다. (*또 상으로써 그들을 부른 것이 다.) 이 일로 인해 성 안에는, 비록 감히 싸우려는 군사들도 있었지만, 감히 싸우자는 말을 하지 못했다.

〖 5 〗 제갈탄은 성 안에서, 위병들이 회수淮水의 물을 막기 위해 사면에 토성土城을 쌓는 것을 보고는, 강물이 범람하여 토성을 들이쳐서 허물어뜨릴 때 군사들을 휘몰아가서 칠 수 있기를 기대하고 있었다.

그러나 뜻밖에도 가을부터 겨울까지 장마가 지지 않아 회수는 범람하지 않았다. 성 안의 양식은 거의 다 떨어져 가고 있었다.

문흠은 작은 성(小城) 안에서 두 아들과 같이 단단히 지키고 있었는데, 군사들이 점점 굶주려 쓰러지는 것을 보고 어쩔 수 없이 제갈탄에게 가서 보고했다: "군량이 다 떨어져서 군사들이 굶주려 죽어가고 있으니, 차라리 북방 출신의 병사들을 전부 성에서 내보내서 그들이 먹는 것만큼이라도 줄이도록 하는 것이 좋겠습니다."

제갈탄은 크게 화를 내며 말했다: "자네는 나에게 북방의 병사들을 다 내보내라고 하는데, 나를 도모하려는 것 아닌가?"

그리고는 좌우 사람들에게 호령하여 그를 끌어내서 목을 베도록 했다. (*이 사람 또한 하나의 손침이다.)

문앙文鴦과 문호文虎는 부친이 피살되는 것을 보고 각기 단도를 빼어들고 그 자리에서 수십 명을 죽이고는 몸을 날려 성 위로 올라가서 성큼 뛰어내려 해자를 넘어 위병 영채로 가서 투항했다. 사마소는 문앙이 전에 단기필마로 위병들을 물리친 일에 원한을 품고 있었으므로 그를 죽이려고 했다. (*제110회의 일.)

종회가 간했다: "죄는 문흠에게 있습니다. 문흠은 이미 죽었고, 그의 두 아들은 형세가 궁해서 귀순해온 것입니다. 만약 항복해 온 장수를 죽인다면 이는 성 안에 있는 사람들의 마음을 단단히 굳혀주는 것입니다."

사마소는 그의 말을 좇아서 마침내 문앙과 문호를 막사 안으로 불러와서 좋은 말로 위무하고, 준마와 비단옷을 주고, 편장군偏將軍으로 높여주고, 관내후關內侯로 봉해 주었다. (*죽이려면 끝내 죽여 버려야 하고,

죽이지 않으려면 쓰다듬어 주고, 위로해 주고, 벼슬을 주고, 봉록을 주어야 한다. 이는 바로 조조의 수법이다.)

문앙과 문호는 사례의 절을 한 후 말에 올라 성을 돌면서 큰소리로 외쳤다: "우리 두 사람은 대장군께서 죄를 용서해주고 벼슬까지 내려 주시는 은혜를 입었다. 너희들은 왜 빨리 항복하지 않느냐?"

성 안에 있는 사람들은 이 말을 듣고 모두들 의논하여 말했다: "문앙은 사마씨의 원수인데도 오히려 중용되는데, 하물며 우리들이야!"

이리하여 모두들 투항하려고 했다. 이 소문을 듣고 제갈탄은 크게 화가 나서 밤낮으로 자신이 직접 성을 돌면서, 사람을 죽임으로써 위엄을 보이려고 생각했다. (*이 또한 하나의 손침이다. 이렇게 하고서야 어찌 패하지 않을 수 있겠는가?)


〖 6 〗 종회는 성 안의 인심이 이미 변한 것을 알고 막사 안으로 들어가서 사마소에게 아뢰었다: "이 때를 틈타 성을 쳐야 합니다."

사마소는 크게 기뻐하며 마침내 전군을 격분시켜 사면으로부터 구름처럼 몰려가서 일제히 성을 치도록 했다. 성을 지키던 장수 증선曾宣이 북문을 열어주어 위병들을 성 안으로 맞아들였다. (*결국 이렇게 될 수밖에 없었다.)

제갈탄은 위병들이 이미 성 안으로 들어온 것을 알고는 황망히 휘하의 수백 명을 이끌고 성 안의 작은 길로 해서 뛰쳐나갔는데, 조교 가에 이르러 마침 호분胡奮과 맞닥뜨렸다. 호분이 칼을 한 번 내려치자 제갈탄의 몸이 잘리면서 말 아래로 떨어졌고, 휘하의 수백 명은 모두 결박당하고 말았다.

왕기가 군사들을 이끌고 쳐들어가서 서문에 이르렀을 때 바로 동오 장수 우전于詮과 마주쳤다.

왕기가 큰 소리로 호통쳤다: "왜 빨리 항복하지 않느냐?"

우전이 크게 화를 내며 말했다: "명을 받고 나가서 곤경에 처한 남을 구해주려다가 구해주지도 못하고 다른 사람에게 항복하는 것은, 의리상 할 수 없는 일이다."

그리고는 투구를 벗어 땅에 던지고 크게 외치며 말했다: "사람이 이 세상에 태어나서 싸움터에서 죽을 수 있다면 이는 다행한 일이다."

그리고는 급히 칼을 휘둘러 죽기 살기로 30여 합을 싸웠으나 사람도 말도 다 지쳐서 마침내 혼전을 벌이는 중에 죽고 말았다. 후세 사람이 그를 칭찬해서 지은 시가 있으니:

| | |
|---|---|
| 사마씨 당년에 수춘성 포위했을 때 | 司馬當年圍壽春 |
| 무수히 많은 군사들 그에게 항복했지. | 降兵無數拜車塵 |
| 동오에도 영웅 장사들 있다고 하나 | 東吳雖有英雄士 |
| 그 누가 죽음으로 의리 지킨 우전에 미치랴. | 誰及于詮肯殺身 |

〖 7 〗사마소는 수춘성에 들어가서 제갈탄의 가솔들을 남녀노소 가리지 않고 모조리 효수枭首하고, 그 삼족三族을 멸했다.

무사들이 사로잡은 제갈탄의 수하 군사 수백 명을 결박해 가지고 왔다. 사마소가 말했다: "너희들은 항복하겠느냐?"

모두들 큰소리로 외쳤다: "제갈 공과 함께 죽기를 원할 뿐, 너한테는 결코 항복하지 않을 것이다!"

사마소는 크게 화가 나서 무사들에게 호령하여 그들을 모조리 성 밖으로 끌어내서 묶어놓은 채 일일이 물어보면서 말하도록 했다: "항복하면 살려주겠다."

그러나 항복하겠다고 말하는 사람이 하나도 없어서 그대로 죽여 나갔는데, 끝내 한 명도 항복하지 않았다. 사마소는 깊이 탄식하기를 마지않으며 그들의 시체를 전부 묻어주도록 했다. 후세 사람이 이 일을 칭찬하여 지은 시가 있으니:

충신의 뜻을 세워 구차히 살지 않았던　　　　忠臣矢志不偸生
제갈탄 휘하의 장한 병사들.　　　　　　　　諸葛公休帳下兵
〈해로행薤露行〉 노래 소리 끊일 날 없으리니　薤露歌聲應未斷
그들이 남긴 발자취 전횡의 뒤를 이으려 했네.　遺踪直欲繼田橫

(*〈薤露行(해로행)〉: 본래 악부樂府의 가사 제목이다. 조조는 이로써 당시
의 시대 상황, 즉 동한 말년 환관과 외척들이 서로 다투느라 동탁의 난亂을
초래했음을 이야기했는데, 여기서는 사마씨司馬氏의 정권 찬탈 행위가 조조
가 〈해로행薤露行〉에서 읊었던 것처럼 되풀이되고 있음을 말한 것이다.
田橫(전횡): 진秦 말에 형인 전담田儋과 같이 기병하여, 초한楚漢 전쟁 중에
자립하여 제왕齊王이 되었으나, 얼마 후 싸움에서 패하여 팽월彭越로 달아났
다. 한고조漢高祖 때 낙양洛陽으로 오라는 명을 받았으나 한漢의 신하가 되기
싫다고 도중에 자살하자, 그를 따르던 수하 장사들도 모두 따라 자살했다.—
—역자)


〖 8 〗 한편 동오의 군사들은 태반이 위魏에 항복했다. 배수裴秀가 사
마소에게 아뢰었다: "동오의 병사들은 늙은이든 젊은이든 모두 동남
의 강江, 회淮 땅에 살고 있는데, 지금 만약 저들을 살려둔다면 후에
가서 반드시 반란을 일으킬 것입니다. 차라리 저들을 구덩이에 묻어
버리는 것이 나을 것 같습니다."

종회曰: "그렇지 않습니다. 옛날의 용병用兵하는 사람은 나라를 온
전히 차지하는 것을 으뜸으로 삼고(全國爲上) 다만 그 원흉(元惡)만 죽
이는 데 그쳤습니다.(출처: 〈손자·모공편謀攻篇〉.) 만약 모조리 구덩이에
파묻는다면 이는 어질지 못한 일입니다. 차라리 다 풀어주어 강남으로
돌려보내서 중원의 나라(中國)가 관대하다는 것을 보여주는 것이 좋습
니다."

사마소曰: "그것 참 좋은 말이오."

그리고는 동오의 병사들을 전부 자신들의 본국으로 돌려보내 주었다. (*종래에 큰일을 성사시켰던 자들은 반드시 좋은 말을 채용할 줄 알았다.)

당자唐咨는 손침孫綝이 겁이 나서 감히 본국으로 돌아가지 못하고 그역시 위魏로 투항해 갔다. 사마소는 그들을 다 중용하여 삼하(三河: 하내, 하동, 하남 등 낙양시의 황하 남북 일대)의 땅에 흩어져 살도록 했다.

회남淮南을 평정한 후 막 군사를 물리려고 할 때 갑자기 보고해 오기를, 서촉의 강유가 군사를 이끌고 와서 장성(長城: 섬서성 주지현周至縣 동남)을 취하고 군량과 마초 운송을 중도에서 끊으려 한다고 했다. 사마소는 크게 놀라서 많은 관원들과 그들을 물리칠 계책을 의논했다.


〖 9 〗 때는 촉한의 연희延熙 20년(서기 257년), 연호를 고쳐서 경요景耀원년으로 바꾸었다.

강유는 한중漢中에서 서천의 장수 두 명을 뽑아서 매일 군사들을 훈련시키도록 했는데, 한 사람은 장서蔣舒, 또 한 사람은 부첨傅僉이다. 두 사람은 자못 담력도 있고 용맹하여 강유는 그 둘을 매우 아꼈다.

그때 갑자기 보고해 왔다: "회남의 제갈탄이 군사를 일으켜 사마소를 치는데, 동오의 손침이 그를 돕고 있습니다. 사마소가 낙양과 허창의 군사들을 대거 일으켜 위魏 태후太后와 위주魏主를 같이 데리고 출정 나갔다고 합니다."(*사건 전체의 반만 들었다.)

강유는 크게 기뻐하며 말했다: "내 이번에는 대사를 꼭 성공시키고 말 것이다."

그리고는 후주에게 표문을 올려, 군사를 일으켜서 위魏를 치고자 한다고 했다. 중산대부中山大夫 초주譙周가 이 소식을 듣고 탄식하며 말했다: "근래 조정(朝廷: 즉, 후주)은 주색酒色에 빠져 있고, 환관 황호黃皓만 신임하면서 나라 일은 돌보지 않고, 오직 즐겨 노는 일만 찾고 있다. 백약(伯約: 강유)은 여러 차례 정벌을 나가려고 하면서 군사들을 어루만

지고 불쌍히 여길 줄 모르니, 이 나라가 장차 위태로워지겠구나!"

이에 〈수국론(讐國論: 나라의 원수를 논함)〉 한 편을 지어서 강유에게 부쳤다. 강유가 봉투를 열고 보니 그 내용은 이러했다:

〖 10 〗 "혹자가 물었다: 옛적에 약소국으로 강대국을 이긴 경우 그 방법이 어떠했는가?

이에 대답했다: 대국大國으로서 걱정거리가 없는 경우에는 항상 태만해지기 쉽고, 소국小國으로서 근심거리가 있는 경우에는 항상 잘 다스리기를 생각한다. 태만하면 변란이 생겨나고, 잘 다스리기를 생각하면 나라가 다스려지는 것은 당연한 이치이다(多慢則生亂, 思善則生治, 理之常也). 그러므로 주周 문왕文王은 백성을 휴양시켜 인구 소국으로서 인구 대국을 취하였으며, 월왕越王 구천勾踐은 군사들을 불쌍히 여기고 위로하였기에 약국弱國으로서 강국强國을 쓰러뜨렸던 것이니, 이것이 그 방법이다.

혹자가 말했다: 예전에 초(楚: 항우)는 강하고 한(漢: 유방)은 약했을 때 홍구鴻溝를 경계로 땅을 서로 나누어 갖기로 약속했으나, (한漢의 참모) 장량張良은 백성들의 뜻이 일단 정해지고 난 후에는 변동시키기 어렵다고 생각하여, 군사들을 거느리고 항우를 추격해서 마침내 그를 거꾸러뜨렸으니, 어찌 반드시 문왕과 구천의 방식만을 따르겠는가?

이에 대답했다: 상商나라, 주周나라 때에는 왕후는 대대로 존귀했고 임금과 신하의 관계는 굳어져 있었다. 그런 때에는 비록 한漢 고조(高祖: 유방) 같은 사람이 나온다 하더라도 무슨 수로 칼을 들고 천하를 취할 수 있겠는가? 그러나 진秦이 제후諸侯 제도를 없애고 군현郡縣 제도를 도입하여 각 지방에 수령守令들을 둔 뒤로는, 백성들은 진秦의 부역에 동원되느라 지칠 대로 지쳐서 천하가 흙담 무

너지듯 하고 기와 깨지듯이(土崩瓦解) 하자, 이때 호걸들이 일시에 일어나서 서로 다투었던 것이다.

그러나 지금은 우리와 저들 모두 나라를 세운 후 자식들에게 전하기를 여러 세대가 지났으니 이미 진秦 말末에 천하가 크게 들끓던 그런 때가 아니고, 사실 여섯 나라가 함께 할거하던 전국戰國시대 말년의 형세이다. 그러므로 이런 상황에서는 주 문왕文王은 될 수 있어도 한 고조高祖가 되기는 어렵다.

무릇 일이란 때가 된 후에 움직여야 하고, 운수가 맞은 뒤에 시작해야 하는 법(時可而後動, 數合而後擧). 그러므로 상商의 탕湯 임금과 주周 무왕武王의 군사들은 단 한 번의 싸움으로 이겼는바, 이는 진실로 백성들의 수고를 무겁게 생각하고 때를 자세히 살폈기 때문이다. 만약 무력을 남용하고 싸움을 너무 자주 벌이다가 불행하게도 곤란한 일을 당하게 되면 비록 지혜로운 자라 하더라도 그를 어찌할 수 없을 것이다."

강유는 다 보고 나서 크게 화를 내며 말했다: "이는 썩어빠진 선비의 말이다."

그리고는 그것을 땅에 내던지고 마침내 서천의 군사들을 데리고 중원을 취하러 가면서 부첨傅僉에게 물었다: "공의 생각에는 어디로 나아가면 되겠는가?"

부첨日: "위魏는 군량과 마초를 전부 장성長城에 쌓아두고 있으니 지금 곧장 가서 낙곡(駱谷: 섬서성 주지현周至縣 서남)을 취하고 침령(沈嶺: 섬서성 주지현 남쪽)을 지나 곧바로 장성에 당도하여 먼저 군량과 마초를 불태우고,(*위병은 여러 차례 촉의 양도糧道를 끊었다. 지금은 반대로 촉병이 위魏의 군량을 취하려고 했던 그 방법을 쓰려고 한다. 한결같던 문법이 바뀌었다.) 그런 다음에 곧바로 진천(秦川: 섬서성과 감숙성의 진령秦嶺 이북의 위수渭水 평원지구)을 취한다면 중원은 수일 안에 얻을 수 있을 것입니다."

강유曰: "공의 소견과 내 계책이 일치하는군!"

강유는 즉시 군사들을 데리고 곧장 가서 낙곡을 취하고 침령을 지나 장성으로 갔다.


〖 11 〗 한편 장성의 진수장군鎭守將軍 사마망司馬望은 사마소의 친족 형(族兄)이다. 성 안에는 군량과 마초는 매우 많았으나 군사들은 도리어 적었다. 사마망은 촉병이 쳐들어오고 있다는 말을 듣고 급히 왕진王眞·이붕李鵬 두 장수와 같이 군사들을 이끌고 성에서 20리 나가서 영채를 세웠다.

다음날 촉병이 당도했으므로 사마망은 두 장수들을 이끌고 싸우러 나갔다. 강유가 말을 타고 나와서 사마망을 가리키며 말했다: "지금 사마소는 주상主上을 군중軍中으로 옮겨다 놓고 있는데, 이는 틀림없이 이각李傕·곽사郭汜처럼 하려는 생각이다. (*제9회 중의 일.) 내 이제 조정으로부터 명문화된 명령(明命)을 받들어 너희 죄를 물으러 왔으니, 너는 빨리 항복하라. 만약 아직도 바보처럼 어리석은 짓을 한다면 너의 집안은 전부 도륙이 나고 말 것이다."

사마망이 큰소리로 대답했다: "너희는 무례하게도 여러 차례 상국上國을 침범했다. 만약 빨리 물러가지 않으면 한 놈도 살아서 돌아가지 못하도록 할 것이다."

말이 끝나기도 전에 사마망의 등 뒤에서 왕진이 창을 꼬나들고 말을 타고 나오자, 촉의 진중에서는 부첨이 맞이하러 나갔다. 서로 싸우기를 10합이 못 되어 부첨이 일부러 허점을 보이자 왕진이 곧바로 창을 꼬나들고 찔러왔다. 부첨은 몸을 슬쩍 피하면서 말 위에서 왕진을 사로잡아 가지고 곧바로 본진으로 돌아갔다.

이붕이 그것을 보고 크게 화가 나서 칼을 휘두르며 말을 달려 왕진을 구하러 왔다. 부첨은 일부러 천천히 가면서 이붕이 가까이 오기를 기다렸다가 왕진을 힘껏 땅에다 내동댕이치고는 몰래 사릉철간(四楞鐵簡: 죽간처럼 생긴 모양의 네모난 철편)을 손에 잡았다.

이붕이 따라잡아 칼을 들고 막 내려치려고 할 때 부첨은 몸을 슬쩍 빼고 돌아보면서 이붕의 면상面上을 향해 철간鐵簡을 내려쳤는데, 눈에 맞아서 눈알이 튀어나와 그대로 말 아래로 떨어져 죽었다. (*부첨은 지모를 쓸 줄 알았을 뿐만 아니라 또한 용맹하기도 했음을 얘기하고 있다.)

왕진은 촉병들이 마구 찔러대는 창에 찔려서 죽고 말았다. 강유는 군사들을 휘몰아 거침없이 나아갔다. 사마망은 영채를 버리고 성 안으로 들어가서 문을 닫아 걸어놓고 싸우러 나오지 않았다.

강유는 명을 내렸다: "군사들은 오늘 밤 잠시 편히 쉬면서 사기(銳氣)를 북돋우도록 하라. 내일에는 반드시 성 안으로 들어가도록 하자."

다음날 해가 뜰 무렵, 촉병들은 앞을 다투어 성 아래로 대거 몰려 들어가서 화전火箭과 화포火砲를 성 안으로 쏘아 보냈다. 성 위에 있는 초가 한 채에 불이 붙자 위병들은 스스로 혼란에 빠졌다.

강유가 또 군사들로 하여금 마른 섶을 성 아래에다 가득 쌓아놓고 일제히 불을 지르도록 하자, 활활 타오르는 불꽃이 하늘 높이 치솟았다. (*박망博望과 신야新野에서의 화공과 거의 같다.) 성이 거의 함락되려는 무렵 위병들이 성 안에서 통곡하고 울부짖는 소리가 사면의 들판까지 들렸다.

〖 12 〗 한참 공격하고 있을 때 갑자기 배후에서 함성이 크게 진동했다. 강유가 말을 멈춰 세우고 돌아보니 위병들이 북을 치고 고함을 지르고 깃발을 흔들면서 위풍당당하게 오고 있었다.

강유는 곧바로 모든 군사들을 뒤로 돌아서도록 하여 후미부대를 선두부대로 삼고, 자신이 직접 문기門旗 아래에 말을 세우고 그들이 가까이 오기를 기다렸다. 그때 위의 진중陣中에서 소년장수 하나가 전신무장을 하고 창을 꼬나들고 말을 달려 나오는 것이 보였는데, 나이는 스무 살 남짓 되었고, 얼굴은 마치 분을 바른 것처럼 희었고, 입술은 연지를 칠한 듯 붉었다.

그가 언성을 높여 큰소리로 외쳤다: "등鄧 장군을 알아보겠는가?"

강유는 속으로 생각했다: "이자가 틀림없이 등애일 것이다."

그는 창을 꼬나들고 말을 달려가서 그를 맞이했다. 두 사람은 정신을 바짝 차리고 3,40합을 싸웠으나 승부가 나지 않았다. 그 소년 장군의 창법에는 빈틈이 전혀 없었다.

강유는 속으로 생각했다: "이 계책을 쓰지 않고 어떻게 이길 수 있겠는가?"

그는 곧바로 말머리를 돌려 왼편 산길로 달아났다. 그 소년장군도 말을 몰아 추격해 왔다. 강유는 창을 말안장 위에 걸어놓고 몰래 활을 잡고 화살을 메겨서 그를 겨눠 쏘았다. 그러나 소년 장군은 눈썰미가 날카로워 진즉에 그것을 보고는 시위 소리가 날 때 얼른 몸을 앞으로 숙여서 화살이 그의 머리 위로 지나가게 했다. 강유가 머리를 돌려서 돌아보니 소년 장수는 이미 바짝 뒤쫓아 와서 창을 꼬나들고 찔러왔다. 강유가 재빨리 몸을 틀어 피하자 그 창은 갈빗대 옆으로 지나갔는데, 강유는 재빨리 그것을 붙잡아 겨드랑이 사이에 꽉 끼었다. 그 소년 장군은 창을 내버리고 본진으로 달아났다.

강유는 탄식하며 말했다: "애석하다, 애석해!"

강유가 다시 말머리를 돌려서 위병의 진문陣門 앞까지 쫓아갔을 때 한 장수가 칼을 들고 나오며 말했다: "강유 이 못난 놈아! 내 아들을 쫓아오지 마라! 등애가 예 있다!"

강유는 크게 놀랐다. 알고 보니 그 소년 장군은 등애의 아들 등충鄧
忠이었던 것이다. (*이곳에서 비로소 분명하게 얘기하고 있다. 앞의 글에서
는 일부러 사람들이 예측하지 못하도록 했던 것이다. 종회의 동생은 형보다
뛰어났으나 등애의 아들은 그 아비와 실력이 같았다. 그런즉 앞에서 말한 등
애가 말을 더듬으면서 애(艾), 애(艾), 한 것은 정말로 애(艾)가 둘이었기 때문
이고, 봉(鳳)! 봉(鳳)! 한 것은 봉(鳳)이 하나만이 아니었기 때문이다.)

강유는 속으로 기이한 놈이라고 칭찬하면서 등애와 싸우려고 했으
나 말이 지쳐 있는 것이 걱정되어 짐짓 등애를 가리키며 말했다: "내
오늘은 너희 부자를 알았으니, 각자 잠시 군사를 거두고 내일 싸움을
결판내도록 하자."

등애는 싸움판이 불리한 것을 보고 역시 말을 멈추어 세우고 말했
다: "그렇다면 각자 군사를 거두기로 하자. 몰래 꼼수를 쓰는 자는 대
장부가 아니다."

이리하여 양군은 모두 물러갔다.

등애는 위수를 의지하여 영채를 세웠고, 강유는 양쪽 산에 걸쳐서
그 사이에다 영채를 세웠다.

등애는 촉병들이 자리 잡은 지리를 보고 사마망에게 이렇게 글을 써
보냈다: "우리는 절대로 촉병과 싸워서는 안 되고 다만 굳게 지켜야만
합니다. 관중關中에서 군사들이 당도할 때가 되면 촉병들은 군량과 마
초가 다 떨어질 것인즉, 그때 삼면에서 공격한다면 이기지 못할 리가
없습니다. 지금 제 큰아들 등충을 보내서 장군의 수성守城을 돕도록 하
겠습니다."

한편으로는 사마소에게 사람을 보내서 구원병을 청했다.

〖 13 〗 한편 강유는 사람을 등애의 영채로 보내서 전서(戰書: 도전장)
를 전하면서 내일 크게 싸우자고 약속하게 했다. 등애는 거짓으로 이

를 응낙했다.

다음날 오경(五更: 새벽 3시~5시)에 강유는 전군에게 밥을 지어 먹도록 하고 해 뜰 무렵에는 진을 치고 기다렸다. 그러나 등애의 영채 안에는 깃발들이 모두 눕혀져 있고 북소리도 나지 않아서 마치 사람이라곤 전혀 없는 것 같았다. 강유는 저녁이 되어서야 돌아왔다.

다음날, 그는 또 사람을 시켜서 전서戰書를 전하고 약속을 어긴 죄를 책망하도록 했다. 등애는 술과 음식을 내어 사자를 대접하고 대답했다: "몸에 감기 기운이 있어서 싸우자는 약속을 지키지 못했는데, 내일 만나서 싸우도록 합시다."

다음날, 강유는 또 군사들을 이끌고 나갔으나 등애는 여전히 나오지 않았다. —— 이렇게 하기를 대여섯 번이나 반복했다.

부첨이 강유에게 말했다: "이렇게 하는 데는 반드시 무슨 모략이 있으니, 이에 대비하셔야 합니다."

강유曰: "이는 틀림없이 관중으로부터 군사들이 당도하기를 기다려서 삼면으로부터 우리를 치려는 것이다. 나는 지금 사람에게 글을 가지고 동오의 손침孫綝에게 가서 전하고 힘을 합쳐서 저들을 치도록 할 것이다."

그때 갑자기 정탐꾼이 보고했다: "사마소가 수춘성을 쳐서 제갈탄을 죽이고 동오의 군사들은 전부 항복했습니다. 사마소는 군사를 돌려서 낙양으로 돌아갔는데, 이제 곧 군사를 이끌고 장성을 구하러 온다고 합니다."

강유는 크게 놀라서 말했다: "이번에 위魏를 치려고 한 일이 또 그림의 떡이 되고 말았구나(成畵餠矣)! —— 차라리 일단 돌아가는 것이 낫겠다." 이야말로:

네 번째도 성공 못하여 한탄했는데      已嘆四番難奏績
다섯 번째도 성공 못해 한숨짓는구나.      又嗟五度未成功

어떻게 군사를 물릴지 모르겠거든 다음 회를 읽어보기 바란다.

## 제112회 모종강 서시평序始評

(1). 제갈각諸葛恪이 신성新城으로 진격할 때에는 위魏에 노려볼 만한 틈이 없었다. 그러나 손침孫綝이 수춘성壽春城으로 진격할 때에는 위魏의 빈틈을 타고 군사를 움직였다. 관구검毌丘儉이 사마사司馬師를 칠 때에는 오히려 동오가 그 뒤를 습격할까봐 겁이 났으나, 제갈탄이 사마소를 칠 때에는 동오는 그 후원자가 되었다. 따라서 손침의 일은 제갈각의 일보다 쉬웠으며, 제갈탄의 일은 관구검보다 쉬웠다. 그러나 결국 성공하지 못한 것은 손침의 능력이 제갈각보다 못했고, 제갈탄의 능력 역시 관구검보다 못했기 때문이다.

그러나 동오에는 역적에게 항복하지 않은 장수가 있었으니, 우전于詮 한 사람이 충신이 되었고, 위魏에는 역적에게 항복하지 않은 군사들이 있었으니, 제갈탄 수하의 수백 명의 군사들이 다 의사義士가 되었다. 그래서 사람들은, 동오의 한 사람은 동오의 수많은 사람들을 부끄럽게 할 수 있었고, 제갈탄 수하의 수백 명은 제갈탄 한 사람을 더욱 귀중하게 했다고 말한다.

(2). "위엄이 있어야 그를 좋아하도록 할 수 있다(威克厥愛)"고 했다. 장수가 되기 위해서는 본래 그래야 한다. 그러나 법을 집행함에 너무 엄하고, 사람을 부림에 너무 가혹하면 또한 반드시 패하게 마련이다. 손침이 주이朱異를 죽이지 않았더라면 동오의 장수들의 마음이 떠나가지 않았을 것이고, 제갈탄이 문흠文欽을 죽이지 않았더라면 위魏의 장수들이 떠나가지 않았을 것이다. 책을 읽다가 이에 이르면, 엄혹嚴酷한 사람에게 삼가야 할 경계警戒가 될 수 있다.

(3). 초주譙周의 〈수국론讐國論〉은 성공과 실패(成敗)와 유리함과 손해 됨(利鈍)에 대해 한 말에 불과하다. 초주가 이 글을 무후武侯가 위魏를 칠 때에는 쓰지 않고 강유가 위를 칠 때에 쓴 것은, 대개 무후의 한 마디 말, 즉 "미리 알 수 있는 바가 아니다(非所逆睹)"로 그 주장을 깨뜨리기에 충분했기 때문이다.

만약 사람들이 전부 명철明哲하다면 누가 어리석은 충성(愚忠)을 다 바칠 것인가? 만약 모든 사람들이 하늘의 뜻을 안다면(知天), 사람으로서 해야 할 일(人事)을 다할 사람이 누가 있겠는가? 그러므로 후세에 사람의 신하된 자로서 나라의 은혜를 갚으려는 뜻을 지닌 자는 〈출사표出師表〉를 읽기를 원하지 〈수국론讐國論〉을 읽기를 원하지는 않는다.

# 제113회

## 정봉, 계책을 세워 손침을 참하고
## 강유, 진법으로 다투어 등애를 깨뜨리다

〖 1 〗 한편 강유는 위魏의 구원병이 이르는 것이 두려워서 우선 병장기와 수레, 그리고 모든 군수물자와 보병들을 먼저 물러가도록 한 다음, 기병들로 하여금 뒤를 막도록 했다.

첩자가 이 일을 등애에게 보고했다.

등애가 웃으면서 말했다: "강유는 대장군의 군사가 오는 것을 알고 먼저 물러간 것이다. 그 뒤를 추격해 갈 필요는 없다. 추격해 가다가는 그의 계책에 걸려들게 될 것이다."

그리고는 사람을 시켜서 정탐해 보도록 했다. 그가 돌아와서 보고하기를, 과연 낙곡駱谷의 좁은 곳에 섶나무를 쌓아놓고 추격병이 오면 불태워 죽일 준비가 되어 있더라고 했다.

여러 장수들은 모두 등애를 칭찬하여 말했다: "장군의 헤아림은 참으로 귀신같다."

그리하여 사자에게 표문을 가지고 가서 조정에 상주하도록 했다. 이에 사마소는 크게 기뻐하면서 등애에게 또 상을 내렸다.

〖 2 〗 한편 동오의 대장군 손침孫綝은 전단全端과 당자唐咨 등이 위魏에 투항한 것을 알고 크게 화가 나서 그들의 가솔들을 전부 다 죽여 버렸다. (*황권이 위魏에 항복했으나 선주가 그 가솔들을 죽이지 않은 것에 비하면 인정의 두텁고 박함이 하늘과 땅만큼 차이가 난다.)

오주吳主 손량孫亮은 이때 나이 겨우 17세였는데, 손침이 너무 지나치게 사람들을 많이 죽이는 것을 보고 속으로 몹시 못마땅해 했다.

그가 하루는 서원西苑에 나갔다가 덜 익은 매실(生梅)을 먹기 위해 환관에게 꿀을 가져오라고 했다. 잠시 후에 꿀을 가져왔는데, 보니 꿀 속에 쥐똥이 몇 개 들어 있었다. 그가 식품 보관창고 담당 아전을 불러서 꾸짖었다.

그 아전이 머리를 조아리며 말했다: "신이 아주 단단히 봉해 놓았는데 어찌 쥐똥이 들어있을 수 있사옵니까?"

손량曰: "환관이 너에게 꿀을 달라고 해서 먹은 적이 있었느냐?" (*매우 총명한 질문이다.)

아전曰: "환관이 수일 전에 꿀을 달라고 한 적이 있사오나, 신은 정말로 감히 주지 않았나이다."

손량은 환관을 가리키며 말했다: "이는 아전이 네게 꿀을 주지 않자 화가 나서 일부러 꿀 속에다 쥐똥을 넣어 그에게 죄를 덮어씌우려고 했던 것이 틀림없다."

그러나 환관은 자복自服하지 않았다. (*원래 음식을 훔쳐 먹은 자들은 딱 잡아떼기 마련이다.)

손량曰: "이 일은 알아내기 쉽다. 만약 쥐똥이 꿀 속에 들어있은 지 오래면 속까지 푹 젖었을 것이고, 만약 최근에 꿀 속에 들어갔다면 겉만 젖고 속은 말라 있을 것이다."

손량이 쥐똥을 쪼개서 살펴보도록 했더니, 과연 속은 바짝 말라 있어서 마침내 환관은 죄를 자복했다.

손량은 총명하기가 대개 이와 같았다. (*손량이 작은 일에 밝은 것을 기록한 것은 그것으로 그가 큰일도 잘 살핀다는 것을 보여주려는 것이다. 그러나 이야기할 만한 큰일이 없는 것은, 큰일들은 모두 손침에게 돌아가서 그가 처리했기 때문이다.) ── 비록 그가 이처럼 총명했어도 손침에게 꽉 잡혀 있었으므로 어떤 일도 자기 뜻대로 할 수 없었다.

손침의 아우 위원장군威遠將軍 손거孫據가 창룡문蒼龍門 안에 들어와서 숙위宿衛를 했고, 무위장군武衛將軍 손은孫恩과 편장군偏將軍 손간孫幹·장수교위長水校尉 손개孫闓가 여러 군영에 나뉘어 주둔하고 있었다.


〖 3 〗 하루는 오주吳主 손량이 답답한 마음으로 앉아 있었는데, 황문시랑 전기全紀가 그 곁에 있었다. 전기는 바로 황후의 오라버니다.

손량은 이런 일들 때문에 울면서 그에게 하소연했다: "손침이 권력을 독단하여 사람들을 함부로 죽이고 짐을 너무도 업신여기고 있소. 지금 만약 그를 도모하지 않으면 반드시 후환이 될 것이오."(*조방曹芳이 장집張緝에게 고한 것과 같다.)

전기가 말했다: "폐하께서 만약 신을 쓰실 일이 있으시다면, 신은 만 번 죽는다 하더라도 사양치 않겠나이다."

손량曰: "경은 지금 당장 금군禁軍을 일으켜서 장군 유승劉丞과 같이 각기 성문을 장악하도록 하시오. 그러면 짐이 직접 나가서 손침을 죽이겠소. (*조모曹髦가 직접 사마소를 치려고 한 것과 같다.) 그러나 이 일을 절대로 경의 모친이 알도록 해서는 안 되오. 경의 모친은 손침의 누이인지라, 만약 새어나가는 날에는 짐은 큰 낭패를 보게 되오."

전기曰: "부디 폐하께서는 신에게 조서를 써주시옵소서. 거사擧事를 할 때 가서 신이 조서를 여러 사람들에게 보여준다면, 손침의 수하 사람들도 모두 감히 함부로 움직이지 못할 것이옵니다."

손량은 그의 말을 좇아서 즉시 비밀조서를 써서 전기에게 주었다. 전기는 조서를 받아가지고 집으로 돌아가서 은밀히 자기 부친 전상全尙에게 아뢰었다.

전상은 이 일을 알고는 곧바로 자기 처에게 말했다: "사흘 내에 손침을 죽일 것이오."(*자식은 그 모친에게 직접 고하지 않았으나, 남편(즉, 부친)이 자기 처(즉, 모친)에게 고한다. 이로써 부부간의 정이 모자간의 정보다 친밀함을 알 수 있다. 개탄할 일이다.)

전상의 처(즉, 전기의 모친)가 말했다: "그를 죽이는 것은 옳은 일입니다."

입으로는 비록 그렇게 말했으나, 몰래 사람을 시켜서 글을 가지고 손침에게 가서 알려주도록 했다. (*자기 남편도 돌아보지 않고, 자기 자식도 돌아보지 않고 다만 자기 친가親家만 소중히 여긴다. 오늘날의 부인들 중에도 이런 사람들이 많다. 이 또한 개탄할 일이다.)

손침은 크게 화가 나서 그날 밤 곧바로 형제 네 사람을 불러서 정예병을 일으켜 먼저 황궁의 내원內苑을 포위하도록 하고, 다른 한편으로 전상全尙과 유승劉丞, 그리고 그들의 처자들을 모두 잡아들였다.


〔 4 〕날이 밝을 무렵, 오주吳主 손량은 궁문 밖에서 징소리와 북소리가 크게 진동하는 것을 들었다.

그때 내시가 허둥지둥 들어와서 아뢰었다: "손침이 군사들을 이끌고 와서 내원內苑을 에워쌌나이다."

손량은 크게 화가 나서 손으로 전후全后를 가리키며 꾸짖었다: "네 아비와 오라비들이 나의 대사를 그르치고 말았구나!"

그리고는 칼을 뽑아들고 밖으로 나가려고 했다. 전후와 시중드는 근신들이 모두 그의 옷자락을 잡아당기고 울면서 손량을 나가지 못하게 했다.

손침은 먼저 전상과 유승 등을 죽이고 나서 문무 관원들을 조정안에 불러 모아놓고 명을 내렸다: "주상은 술과 여색에 빠져서 병이 든 지 오래 됐으며, 사리에 어둡고 무도無道하여 더 이상 종묘사직을 받들 수 없게 되었다. 그래서 지금 당장 그를 폐해야 하겠다. 그대들 문무 관원들 중에 감히 따르지 않는 자가 있으면 모반죄로 다스릴 것이다!"

모두들 겁이 나서 대답했다: "장군의 명대로 따르겠습니다."

이때 상서尙書 환의桓懿가 크게 화를 내며 반열에서 뛰쳐나와 손으로 손침을 가리키면서 크게 꾸짖었다: "지금의 주상께서는 총명하신 임금이시다. 네 어찌 감히 이런 허튼소리를 한단 말이냐! 나는 차라리 죽을지언정 적신(賊臣: 반역하는 신하)의 명을 따르지는 않을 것이다!"

손침은 크게 화가 나서 직접 칼을 빼서 그를 죽였다. 그리고는 즉시 안으로 들어가서 손가락으로 오주 손량을 가리키며 꾸짖었다: "이 무도하고 어리석은 임금(昏君)아! 본래는 너를 베어 천하에 사과해야 마땅하지만 선제先帝의 얼굴을 봐서 너를 폐하여 회계왕會稽王으로 삼을 것이다. 내가 직접 덕 있는 자를 뽑아서 그를 임금으로 세울 것이다!"

그리고는 중서랑中書郞 이숭李崇에게 호령하여 손량이 가지고 있는 황제의 옥새와 인수(璽綬)를 빼앗도록 하고, 등정鄧程으로 하여금 그것을 거두도록 했다.

손량은 대성통곡을 하면서 떠나갔다. (*사마사가 조방曹芳을 폐한 것과 똑같은 수법이다.) 후세 사람이 이를 탄식하여 지은 시가 있으니:

난신적자가 충신 이윤伊尹인 양 속이고　　　　亂賊誣伊尹

간사한 신하가 충신 곽광霍光을 사칭하네.　　　奸臣冒霍光

가련하구나, 총명한 주상께서　　　　　　　　可憐聰明主

묘당의 높은 자리에 앉지 못하였네.                      不得蒞朝堂

〖 5 〗손침은 종정(宗正: 황실을 관리하는 황제 친속으로 구경九卿의 하나)
손해孫楷와 중서랑中書郎 동조董朝를 호림(虎林: 안휘성 귀지현貴池縣 서쪽의
무림성武林城)으로 보내서 낭야왕琅琊王 손휴孫休를 맞이해 오도록 하여
임금으로 삼았다. 손휴의 자字는 자열子烈로 손권의 여섯째 아들이다.

그가 호림虎林에 있을 때 밤에 꿈을 꿨는데, 용을 타고 하늘에 올라
갔는데 뒤를 돌아보니 용의 꼬리가 보이지 않아서 크게 놀라서 잠을
깨었다. (*용을 타는 것은 임금이 된다는 것이다. 꼬리가 없다는 것은 그 자식
이 천자가 되지 못한다는 것이다.)

그 꿈을 꾼 다음날, 손해와 동조가 찾아와서 도성으로 돌아가기를
청했다. 길을 떠나 곡아(曲阿: 강소성 단양현丹陽縣)에 이르렀을 때, 자칭
성은 간干, 이름은 휴休라고 하는 노인 하나가 머리를 조아리며 말했
다: "일이 오래 되면 반드시 변고가 생길 테니, 전하께서는 속히 가시
옵소서."

손휴孫休는 그에게 고맙다고 인사를 했다. 다시 길을 가다가 포새정
(布塞亭: 강소성 구용현句容縣)에 이르니, 손은孫恩이 어가를 가지고 맞이
하러 왔다. 손휴는 감히 가마에 오르지 못하고 여전히 작은 수레에 앉
아 도성으로 들어갔다.

모든 관원들이 길 옆으로 늘어서서 절을 하며 맞이하자 손휴는 허둥
지둥 수레에서 내려 답례를 했다. 손침이 나와서 그를 부축해 일으키
도록 하고, 대전大殿으로 들어가서 어좌御座에 올라 천자天子의 자리에
앉으라고 청했다.

손휴는 재삼 사양한 후에야 비로소 옥새를 받았다. 문관과 무장들이
조정에 나아가 축하의 의식(賀禮)을 행하고 나서, 천하에 대사면령(大赦
令)을 내리고, 연호를 고쳐서 영안永安 원년(서기 258년)으로 바꾸었다.

손침을 승상丞相·형주목荊州牧으로 봉하고, 모든 관원들에게도 각각 벼슬을 봉하고 상을 내려주었으며, 또 형의 아들 손호孫皓를 오정후烏程侯로 봉했다. (*이 일로 후문에서 천자의 자리를 이어받게 된다.) 이때 손침의 가문에서는 공후公侯가 다섯이나 나왔는데, 모두 금군禁軍을 관장하여 그 권세가 임금을 압도했다.

오주吳主 손휴는 안에서 무슨 변란이 생길까봐 두려워서 겉으로는 손침에게 은총을 베풀었으나 속으로는 사실 그것에 대비하고 있었다. 손침의 교만함과 횡포함은 갈수록 더욱 심해졌다.


〖 6 〗 이 해(서기 258년) 겨울 12월. 손침이 쇠고기와 술을 가지고 궁중으로 들어가서 주상에게 바치려고 했다. 그러나 오주 손휴는 그것을 받지 않았다. 손침은 화가 나서 그 쇠고기와 술을 가지고 좌장군 장포張布의 부중府中으로 가서 같이 마셨다.

술이 얼큰하게 오르자 손침은 장포에게 말했다: "내가 처음 회계왕(會稽王: 손량)을 폐했을 때 사람들은 다들 나더러 임금이 되라고 권했지만, 나는 지금의 주상을 어진 이로 생각해서 그를 세웠던 것이다. 그런데 이제 내가 올리는 술을 거절하는데, 이는 나를 만만하게 본다는 것이다. 내 조만간 그를 어떻게 하는지 자네에게 보여주겠다!"

장포는 그 말을 듣고 그저 "예, 예," 할 뿐이었다.

다음날, 장포는 궁으로 들어가서 이 일을 손휴에게 은밀히 아뢰었다. 손휴는 크게 겁을 먹고 밤낮으로 불안해했다.

수일 후, 손침은 중서랑 맹종孟宗에게 중영中營 소속의 정예병 1만 5천 명을 떼어주면서 무창武昌으로 나가서 주둔해 있도록 하고, 또 무기고 안의 무기들을 전부 그에게 내주었다.

이에 장군 위막魏邈과 무위사武衛士 시삭施朔 두 사람이 은밀히 손휴에게 아뢰었다: "손침이 군사들을 밖으로 내보내고 또 무기고 안의 무기들을 전부 옮겨갔사온데, 조만간 틀림없이 변란이 일어날 것입니다."(*손휴도 이때에는 더 이상 손을 놓고 가만히 있을 수가 없었다.)

손휴는 크게 놀라서 급히 장포를 불러와 계책을 의논했다.

장포가 아뢰었다: "노장 정봉丁奉은 계략이 남들보다 뛰어나므로 대사를 결단할 수 있을 것입니다. 그와 의논하시옵소서."

손휴는 이에 정봉을 불러와서 은밀히 이 일을 이야기해 주었다.

정봉이 아뢰었다: "폐하께서는 걱정하지 마옵소서. 신에게 나라를 위하여 도적을 없앨 계책이 한 가지 있사옵니다."

손휴가 그 계책이 어떤 것인지 물었다.

정봉曰: "내일은 납일(臘日: 동지 후 세 번째 술일戌日. 이날 제사를 지낸다.)입니다. 모든 신하들을 다 모은다는 핑계를 대고 손침을 연석宴席에 부르시옵소서. 나머지는 신이 별도로 조처하겠나이다."

손휴는 크게 기뻐했다. 정봉은 위막과 시삭으로 하여금 밖의 일을 맡도록 하고, 장포로 하여금 안에서 호응하도록 했다.


〖 7 〗 이날 밤 광풍이 크게 불어 모래를 날리고 돌을 굴렸으며, 큰 나무들을 뿌리째 뽑아버렸다. 날이 밝자 바람이 멈췄는데, 사자가 칙지를 받들고 와서 손침에게 궁중에 들어와서 연석에 참석하라고 했다. 손침이 막 침상에서 일어나는데, 평지에서 마치 누가 떠밀기라도 한 것처럼 넘어져서, (*전에 제갈각의 집안에서 누런 개(黃犬)가 그의 옷을 물고 상복을 입은 사람이 대문 안으로 들어왔던 괴이한 일과 흡사하다.) 그는 속으로 기분이 언짢았다. 그때 심부름을 온 사람들 10여 명이 집안으로 몰려들어 왔다.

집안사람이 그를 말리며 말했다: "밤새껏 광풍이 끊임없이 불었고, 오늘 아침에 또 아무 까닭 없이 놀라 넘어지셨습니다. 아무래도 길한 조짐은 아닌 것 같으니 연석에 나가지 마십시오."(*제갈각이 입조入朝하려고 할 때와 흡사하다.)

손침曰: "우리 형제가 함께 금군禁軍을 관장하고 있는데 누가 감히 내 몸에 접근할 수 있겠느냐? 만일 무슨 변동이 생기거든 부중府中에서 불을 피워 신호를 보내거라."

부탁을 마치고 손침은 수레에 올라 궐내로 들어갔다.

오주 손휴가 황급히 어좌御座에서 내려와 그를 맞이하여 높은 자리에 앉도록 청했다.

술이 몇 순배 돌았을 때, (*제갈각이 술을 마실 때와 흡사하다.) 여러 사람들이 놀라며 말했다: "궁밖에 불이 일어나는 것이 보입니다!" (*이때는 정봉丁奉 등이 밖에서 손침의 집안 형제들을 생포하고 있었다.)

손침이 곧바로 몸을 일으키려고 했다.

손휴가 그를 멈추면서 말했다: "승상은 안심하시고 편히 계십시오. 밖에 군사들이 많이 있는데 걱정하실 필요가 어디 있습니까?"

말이 미처 끝나기도 전에 좌장군 장포가 칼을 빼서 손에 들고 무사 30여 명을 이끌고 빠른 걸음으로 어전으로 와서 언성을 높여 말했다: "반적反賊 손침을 체포하라는 조서詔書가 여기 있다!"(*독자들로 하여금 손준孫峻이 제갈각을 죽일 때를 생각나게 한다.)

손침이 황급히 달아나려고 했으나 진즉에 무사들에게 붙잡히고 말았다.

손침이 머리를 조아리며 아뢰었다: "원컨대 교주交州로 귀양 보내시어 시골에서 농사나 지으며 살게 해주십시오!"

손휴가 꾸짖었다: "너는 왜 등윤滕胤과 여거呂據, 왕돈王惇을 귀양 보내지 않고 죽였느냐?"

그를 끌어내서 목을 베라고 명했다. 이에 장포는 손침을 끌고 내려가서 전각 동쪽에서 그의 목을 베어버렸다. (*전에 장포에게 "내가 조만간 어떻게 하는지 자네에게 보여 주겠다"고 말했는데, 뜻밖에도 이런 결과가 되고 말았다.) 손침을 따르는 자들은 다들 감히 움직이지 못했다.

장포가 조서를 낭독했다: "죄는 손침 한 사람에게만 있으므로, 나머지 사람들은 모두 그 죄를 묻지 않겠다."

여러 사람들은 이에 안심했다.

장포는 손휴에게 오봉루五鳳樓에 오르도록 청했다. 정봉과 위막, 시삭 등이 손침의 형제들을 붙잡아 오자 손휴는 그들을 모조리 저잣거리로 끌고가서 목을 베라고 명했다.

손침의 종족宗族과 도당徒黨으로 죽은 자가 수백 명이나 되었고, 그 삼족을 멸했다. 군사들에게 손준孫峻의 무덤을 파서 그 시신을 도륙하도록(戮屍) 했다. 그에게 죽임을 당한 제갈각, 등윤, 여거, 왕돈 등의 묘소를 다시 만들어 그들의 충성을 드러내도록 했다.

그리고 그들에게 연루되어 멀리 유배 갔던 사람들을 전부 사면해 주어 고향으로 돌아오도록 해주었다. 정봉 등의 벼슬을 높여 주고 후한 상을 내려주었다.


〖 8 〗 글월을 띄워 이 소식을 촉의 성도에 알려주니, 후주 유선劉禪은 사자를 보내서 축하의 답례를 했고, 동오에서는 설후薛珝를 사자로 보내서 답례했다. (*사신들의 왕래를 간략하게 서술하는데, 생필법이다.)

설후가 촉으로부터 돌아오자, 오주吳主 손휴가 물었다: "촉에서는 근일近日 어떻게들 하고 있더냐?"

설후가 아뢰었다: "근래에는 중상시中常侍 황호黃皓가 권력을 잡고 있어서 공경들은 대부분 그에게 아부하고 있었습니다. 그 조정에 들어가서 보니 바른말(直言)을 들을 수 없었고, 들을 지나면서 보니 백성들의 얼굴에는 굶주린 빛이 역력했으니, 이른바 '제비나 참새(燕雀)가 처마에 깃들고 있으면서 그 집(大廈)이 막 불타려 하는 줄을 모른다(燕雀處堂, 不知大廈之將焚)'는 말과 같았습니다." (*서촉의 사정이 동오 사자

의 입을 통해 한 번 허사虛寫되고 있다. 후문에서 강유가 회병回兵하게 되는 복선이다.)

손휴가 탄식하며 말했다: "만약 제갈무후가 살아 계셨더라면 어찌 이런 지경에 이르렀겠는가!"

이리하여 또 국서國書를 써서 사람을 시켜 성도에 들어가서, 사마소는 머지않아 위魏의 천자 자리를 찬탈할 것이며, 자기 위엄을 보이려고 반드시 동오와 촉을 침략할 것이니, 동오와 촉에서는 각자 준비하고 있어야 할 것이라고 말해주도록 했다. (*촉에서는 나라 안의 우환(內憂)을 모르고 있으므로, 나라 밖의 우환(外患)으로 움직이려고 한 것이다.)

강유는 이 소식을 듣고 흔쾌히 표문을 올려 다시 위魏를 치기 위해 출병할 일을 의논했다. (*손휴는 본래 외환外患을 말해 줌으로써 그 내우內憂를 제거하려고 했던 것인데, 강유는 오히려 내우는 내버려두고 그 외환을 없애려고 한다.)


〖 9 〗 때는 촉한 경요景耀 원년(서기 258년) 겨울이었다. 대장군 강유는 요화와 장익을 선봉으로 삼고, 왕함王含과 장빈蔣斌을 좌군左軍으로, 장서蔣舒와 부첨傅僉을 우군右軍으로 삼고, 호제胡濟를 후군으로 삼고, 강유 자신은 하후패와 함께 중군을 거느리기로 하고 촉병 20만 명을 일으켰다.

강유는 후주에게 하직인사를 하고 곧장 한중으로 가서 하후패와 먼저 어디를 쳐서 빼앗아야 할지 상의했다.

하후패가 말했다: "기산祁山은 싸우기에 좋은 곳(用武之地)이니 그곳으로 진병하도록 하시지요. 돌아가신 승상께서도 예전에 여섯 번이나 기산으로 나가셨는데, 다른 곳으로는 나갈 수 없었기 때문입니다."

강유는 그의 말을 좇아서 마침내 전군에 영을 내려 일제히 기산을 향해 출발하도록 하여 계곡 어귀에 이르러 영채를 세웠다. (*이것이 여섯 번째의 중원정벌이다.)

이때 등애는 기산의 영채 안에서 농우隴右의 군사들을 점검하고 있었다. 그때 갑자기 통신병이 와서 보고하기를, 촉병들이 지금 골짜기 어귀에다 영채 세 개를 세우고 있다고 했다.

등애는 그 소리를 듣고 곧바로 높은 데 올라가서 살펴보고는 영채로 돌아와서 막사 안으로 들어가서 크게 기뻐하며 말했다: "내가 예상했던 그대로다!"

원래 등애는 먼저 지맥地脈을 살펴보고 촉병들이 영채를 세울 만한 땅을 일부러 비워놓고, 땅속으로 기산의 본채에서 촉병의 영채까지 곧바로 갈 수 있는 땅굴을 미리 파두고 촉병이 도착하기를 기다렸다가 그 땅굴을 통해 공격하려고 했던 것이다.

이때 강유는 골짜기 어귀에 이르러 영채 셋을 나누어 세웠는데, 땅굴은 바로 왼쪽 영채의 가운데, 즉 왕함王含과 장빈蔣斌이 영채를 세운 곳 아래까지 와 있었다.

등애는 아들 등충을 불러서 사찬師纂과 같이 각각 1만 명의 군사들을 이끌고 가서 좌우에서 들이치도록 했다. 그런 다음 부장副將 정륜鄭倫을 불러서 땅굴을 판 공병(掘子軍) 5백 명을 이끌고 그날 밤 이경(二更: 오후 9시~11시)에 땅굴로 해서 곧장 촉병의 왼쪽 영채까지 가서는 막사 뒤쪽 지하에서 일거에 뛰쳐나가도록 했다. (*공성법攻城法으로 영채를 공격한다. 하늘에서 내려오는 것이 아니라 땅에서 솟아나온다.)


〖 10 〗 한편 왕함과 장빈은 영채를 미처 다 세우지 못했으므로 위병들이 영채를 습격하러 올까봐 갑옷도 벗지 않은 채 잠을 잤다.

그때 갑자기 중군中軍이 크게 소란해져서 급히 무기를 들고 말에 올랐는데, 영채 밖에서 등충이 군사들을 이끌고 쳐들어와 안팎으로 협공해 왔다. 왕함과 장빈 두 장수는 죽을힘을 다해 싸웠으나 끝내 대적해

내지 못하고 영채를 버리고 달아났다.

강유는 막사 안에 있다가 왼편의 영채 안에서 함성이 크게 일어나는 것을 듣고 밖에서 쳐들어오는 적의 군사와 안에서 호응하는 적의 군사들이 있다고 짐작하고 곧바로 급히 말에 올라 중군 막사 앞에 서서 명을 내렸다: "만일 망동妄動하는 자가 있으면 목을 벨 것이다! 만약 적병이 영채 가에 이르거든 물어보지도 말고 그냥 활과 쇠뇌로 쏴버리도록 하라!"

또 한편으로 오른쪽 영채에도 명을 전하여 역시 망동하지 못하도록 했다. 과연 위병들은 10여 차례나 촉병의 영채를 들이쳤으나 번번이 촉병들이 쏘아대는 화살과 쇠뇌 때문에 되돌아갔다. 날이 훤히 밝을 녘까지 들이쳤으나 위병은 감히 안으로 쳐들어가지 못했다.

등애는 군사를 거두어 본채로 돌아가서 탄식했다: "강유는 공명의 병법을 깊이 터득했구나. 군사들은 밤에 기습을 당하고도 놀라지 않고, 장수는 사변이 생겼는데도 혼란스러워 하지 않으니, 참말로 대장감이로다."

다음날, 왕함과 장빈이 패한 군사들을 수습해 가지고 본채 앞으로 와서 땅에 엎드려 죄를 청했다.

강유가 말했다: "이번 일은 너희들의 죄가 아니라 내가 지맥地脈을 잘 몰랐기 때문이다."

강유는 또 군사를 내어주어 두 장수로 하여금 영채를 다 세우도록 한 다음, 죽은 군사들의 시체를 지하 갱도 속에 묻고 흙으로 덮도록 했다. (*등애가 판 지하갱도를 촉병들의 무덤으로 삼았으니, 슬프도다!)

강유는 사람을 시켜서 전서(戰書: 도전장)를 전하도록 했는데, 등애에게 내일 혼자 나갈 테니 둘이서 싸우자고 했다. 등애는 흔쾌히 그에 응했다.

〖 11 〗 다음날 양군은 기산 앞에 벌려 섰다. 강유는 제갈무후의 '팔진법八陣法'에 의거하여 천天·지地·풍風·운雲·조鳥·사蛇·용龍·호虎의 모양으로 진을 쳐놓았다.

등애가 말을 타고 나와서 강유가 팔괘八卦를 이루어 놓은 것을 보고 그 역시 진을 쳤는데, 전후좌우로 문호門戶가 있는 것이 강유가 쳐놓은 진과 똑같았다. (*전에는 무후가 사마중달과 진법으로 다투었는데, 지금은 또 강유와 등애가 진법으로 다투고 있다.)

강유가 창을 들고 말을 달려 나가서 큰소리로 외쳤다: "너는 내가 펼쳐놓은 팔진八陣을 흉내 냈는데, 그렇다면 역시 이 진을 변화시킬 수도 있느냐?"

등애가 웃으며 말했다: "너는 이 진을 너만 칠 수 있다고 생각하느냐? 내 이미 진을 칠 수 있는데 어찌 진을 변화시킬 줄 모르겠느냐?"

등애는 곧바로 말을 돌려 진으로 들어가서 집법관執法官으로 하여금 깃발을 좌우로 흔들도록 하여 팔팔八八은 육십사, 64개의 문호門戶가 있는 진으로 변화시켜 놓고 다시 진 앞으로 나와서 말했다: "나의 변진법變陣法이 어떠냐?"

강유曰: "비록 틀리지는 않았다만, 네 감히 나의 팔진과 서로 포위하는 시합을 해 보겠느냐?"(*전에는 무후가 중달에게 진을 깨뜨려 보라고 했는데 지금 강유는 도리어 등애에게 진을 포위해 보라고 한다. 이 또한 무후와는 다른 것이다.)

등애曰: "감히 못할 이유가 어디 있느냐!"

양군은 각기 대오를 이루어 앞으로 나아갔다.

등애는 중군에서 군사들을 지휘했다. 양군이 서로 충돌했으나 진법은 흐트러지지 않고 그대로 움직였다. 그때 강유가 중간으로 와서 깃발을 한 번 흔들자 갑자기 팔진이 변하여 "장사권지진(長蛇卷地陣: 큰 뱀이 땅을 휘감는 형세의 진형)"으로 바뀌면서 등애를 한가운데 넣고 포위했고, 사면에서는 함성이 크게 진동했다.

등애는 그것이 무슨 진인지 몰라서 속으로 크게 놀랐다. 촉병들이 점점 가까이 조여들어 와서 등애는 여러 장수들을 이끌고 좌충우돌左衝右突해 보았으나 뚫고 나갈 수가 없었다. 다만 촉병들이 일제히 크게 외치는 소리만 들릴 뿐이었다: "등애는 빨리 항복하라!"

등애는 하늘을 우러러 장탄식을 했다: "내 한때 나의 재주를 자랑하다가 그만 강유의 계략에 걸려들고 말았구나!"

〖 12 〗그때 갑자기 서북쪽 모퉁이에서 한 떼의 군사들이 쳐들어왔는데, 등애가 보니 위병들이어서, 마침내 그 기세를 타고 쳐나갔다. ──등애를 구원해 낸 사람은 바로 사마망司馬望이었다.

그가 등애를 구해낼 무렵 기산에 있는 위병의 영채 아홉 개는 전부 촉병들에게 빼앗기고 말았다. 등애는 패한 군사들을 이끌고 위수渭水 남쪽으로 물러가서 영채를 세웠다.

등애가 사마망에게 말했다: "공은 어떻게 이 진법을 알고 나를 구해 내셨소?"

사마망曰: "나는 유년시절 형남荊南에서 유학하면서 최주평崔州平·석광원石廣元 등과 벗으로 사귀면서 이 진을 배운 적이 있소. 오늘 강유가 변화시킨 것은 곧 '장사권지진長蛇卷地陣'이라고 하는 것이오. 다른 곳을 공격해서는 저 진을 깨뜨릴 수 없소. 나는 그 머리가 서북쪽에 있는 것을 보았기에, 그래서 서북쪽에서 공격하자 그 진은 저절로 깨졌소."(*뱀은 머리가 없으면 갈 수가 없다.)

등애曰: "나는 비록 진법을 배우기는 했으나 사실 변화시키는 법은 모릅니다. 공은 기왕에 이 법을 알고 있으니, 내일 이 진법을 써서 기산의 영채를 다시 빼앗는 것이 어떻겠소?"

사마망曰: "내가 배운 것을 가지고는 강유를 속여 넘기지 못할 것

같소."

등애曰: "내일 공은 진에서 강유와 진법으로 다투시오. 그 사이에 나는 일군을 이끌고 몰래 기산의 뒤쪽을 습격하겠소. 양편에서 혼전을 벌이면 이전의 영채들을 다시 빼앗을 수 있을 것이오."(\*진법으로 싸워서 이기려 하지 않고 반대로 거짓 진법 싸움으로 이기려고 한다.)

이리하여 정륜鄭倫을 선봉으로 삼고, 등애 자신은 군사들을 이끌고 가서 기산 뒤쪽을 기습하기로 결정하고는 한편으로 사람을 시켜서 강유에게 전서戰書를 전하면서 내일 진법으로 다투자고 제의했다.

강유는 그렇게 하자고 회답해 보내고 나서 여러 장수들에게 말했다: "나는 무후께서 전수해 주시는 밀서密書를 받았는데, 그 밀서에 의하면, 이 진에는 변법이 모두 365가지나 있는데, 이는 해가 그 궤도를 한 바퀴 도는 데 걸리는 일수(周天之數), 즉 1년의 날짜 수인 365에 상응하는 것이다. 이제 그가 나에게 진법으로 다투자고 싸움을 걸어왔는데, 이런 것을 가리켜 '반문농부(班門弄斧: 노魯나라의 명장名匠 공수반公輸班의 문 앞에서 도끼를 휘두르며 자기 도끼질 솜씨를 자랑하다)'라고 한다. 그러나 그 속에는 틀림없이 속임수가 있는데, 공들은 그게 무엇인지 알겠는가?"

요화가 말했다: "이는 틀림없이 우리를 속여서 진법으로 다투도록 해놓고는 반대로 일군을 이끌고 가서 우리 뒤를 기습하려는 것입니다."

강유가 웃으며 말했다: "내 생각도 바로 그렇다."

그리고는 즉시 장익과 요화로 하여금 군사 1만 명을 이끌고 기산 뒤로 가서 매복해 있도록 했다.

〖 13 〗 다음날 강유는 아홉 영채의 군사들을 전부 거두어 기산 전면에다 펼쳐 세웠다. 사마망이 군사들을 이끌고 위수 남쪽을 떠나 곧장

기산 앞에 당도하여 말을 타고 나가 강유에게 말을 걸었다.

강유가 말했다: "네가 나에게 진법으로 싸우자고 청했으니, 네가 먼저 진을 펼쳐 보여라!"

사마망이 팔괘진八卦陣을 쳤다.

강유가 웃으며 말했다: "이는 곧 내가 어제 쳤던 팔진법이다. 너는 지금 그것을 훔쳐서 쳤는데, 기이할 게 뭐 있겠느냐!"

사마망曰: "너 역시 남의 진법을 훔쳤지 않느냐?"

강유曰: "이 진법에는 변법變法이 대체 몇 가지나 있느냐?"

사마망이 웃으며 말했다: "내 이미 진을 칠 줄 아는데 어찌 변법을 모르겠느냐? ─ 이 진에는 구구 팔십일, 즉 81개의 변법이 있다."(*강유에 비해 그의 배움은 반도 안 된다. 그러면서 곧바로 시합을 하려고 하는데, 이는 오늘날 겨우 몇 구절의 글을 읽고 난 아이들이 곧바로 과거시험을 보려고 하는 것과 같다.)

강유가 웃으면서 말했다: "시험 삼아 한 번 변화시켜 보거라!"

사마망이 진으로 들어가 몇 번 변화시키고는 다시 나와서 말했다: "너는 내가 변화시킨 진법을 알아보겠느냐?"

강유가 웃으며 말했다: "내 진법은 1년에 365일이 있는 것처럼 365가지로 변한다. 너 같은 우물 안 개구리(井底之蛙: 정저지와)가 어찌 그 현묘한 이치를 알겠느냐!"

사마망도 이러한 변법이 있다는 것은 알고 있으나 사실 전부 배운 적은 없기 때문에 마지못해 말씨름을 접고 말했다: "나는 네 말을 믿을 수 없으니, 네가 한번 변화시켜 보거라."(*오늘날도 속이 텅 빈 사람은 박학다식한 사람의 말을 믿지 못하고 왕왕 이처럼 말한다.)

강유曰: "등애더러 나오라고 해라. 그러면 내가 진을 쳐서 너희 둘에게 보여주겠다."

사마망曰: "등장군에겐 따로 좋은 계책들이 많으므로 진법으로 싸우는 것은 좋아하지 않는다."

강유는 크게 웃으며 말했다: "무슨 좋은 계책이 있단 말이냐! ―
고작해야 너로 하여금 나를 속여서 이곳에서 진이나 치도록 해놓고는
자기는 반대로 군사들을 이끌고 가서 우리의 기산 뒤쪽을 기습하려는
것에 불과한 것을!"

사마망은 크게 놀라서 막 군사들을 이끌고 나가서 한바탕 혼전混戰
을 벌이려고 하는데, 강유가 채찍을 들어 지시하자 양익兩翼의 군사들
이 먼저 나와서 들이쳤다. 패한 위병들은 갑옷을 벗어버리고 창을 내
던지며 각자 도망쳤다.


〖 14 〗 한편 등애는 선봉 정륜을 재촉하여 기산 뒤쪽을 기습하러 갔
다. 정륜이 산모퉁이를 막 돌고 있을 때, 갑자기 포 소리가 한 번 울리
더니 북소리, 나팔 소리가 요란하게 울리면서 복병들이 뛰쳐나왔다.
그 우두머리 대장은 요화였다.

정륜과 요화는 서로 말 한 마디 나누지 않고 곧바로 맞붙어 싸웠는
데, 정륜은 요화가 휘두르는 칼에 베여 말 아래로 떨어져 죽었다.

등애가 크게 놀라서 급히 말머리를 돌려 물러가려고 할 때, 장익이
일군을 이끌고 와서 양쪽에서 협공하자 위병들은 대패했다.

등애는 죽기 살기로 그 속을 빠져 나갔으나 몸에는 화살을 넉 대나
맞았다. 그대로 달아나서 위수渭水 남쪽의 영채에 이르렀을 때, 사마망
역시 도망쳐 돌아왔다. 두 사람은 군사를 물리칠 계책을 상의했다.

사마망이 말했다: "근래 촉주蜀主 유선은 환관 황호黃皓를 총애하면
서 밤낮 술과 여색에 빠져 있다고 하니, (*바로 동오의 사자 설후薛珝가
말한 그대로다.) 반간계反間計를 써서 강유를 소환하도록 한다면 이 위기
를 벗어날 수 있을 것이오."(*이런 좋은 꾀는 진법으로 싸우는 것보다 낫
다.)

등애는 여러 모사들에게 물었다: "누가 촉에 들어가서 황호와 내통해 보겠느냐?"

말이 끝나기도 전에 한 사람이 대답했다: "제가 가보겠습니다."

등애가 보니 곧 양양襄陽 사람 당균黨均이었다.

등애는 크게 기뻐하면서 즉시 당균에게 황금과 주옥珠玉, 보물들을 가지고 곧장 성도로 가서 황호와 은밀히 결탁하여 유언비어를 퍼뜨리되, 강유가 천자를 원망하고 있으므로 머지않아 위魏에 투항할 것이라는 말을 퍼뜨리도록 했다. (*구안苟安이 공명을 참소한 일과 같다.)

이리하여 성도 사람들이 전부 다 똑같은 말을 하게 되자 황호는 후주에게 아뢰어, 즉시 사람을 보내어 밤낮없이 달려가 강유를 조정으로 불러오게 하도록 했다.

〖 15 〗 한편 강유가 연일 싸움을 걸었으나 등애는 굳게 지키고 나오지 않았다. 강유는 속으로 몹시 의아해 했다. 그때 갑자기 사신이 와서 강유에게 조정으로 들어오라는 칙명을 전했다. 강유는 무슨 일인지 몰랐으나 회군하여 조정으로 돌아갈 수밖에 없었다.

등애와 사마망은 강유가 계략에 걸려든 것을 알고 위수 남쪽에 주둔하고 있던 군사들을 거두어 그들의 뒤를 들이쳤다. 이야말로:

악의樂毅는 제齊를 치다가 반간계로 실패했고　　　樂毅伐齊遭間阻

악비岳飛는 적을 치다가 참소 당해 돌아왔지.　　　岳飛破敵被讒回

승부가 어떻게 될지 모르겠거든 다음 회를 보기 바란다.

## 제 113 회 모종강 서시평序始評

(1). 하늘이 악인惡人에게 보복하는 방법에는 기이한 방법으로 보복하는 것도 있고(有報之奇者), 정상적인 방법으로 보복하는 것

도 있다(有報之正者). 조비曹丕가 신하의 신분으로 군왕을 폐했는데, 사마사司馬師 역시 신하의 신분으로 군왕을 폐하였다. 이는 똑같은 일로 보복한 것으로, 이것을 기이한 방법으로 보복한 것(報之奇者)이라고 한다. 손침孫綝은 신하의 신분으로 군왕을 폐했는데, 손휴孫休는 군왕의 신분으로 그 신하를 멸했다. 이것은 그 반대되는 일로써 보복한 것으로, 이것을 정상적인 방법으로 보복한 것(報之正者)이라고 한다.

하늘은 기이한 방법으로 보복하는 것으로는 천하 사람들을 훈계할 수 없다고 생각하지만(天以爲報之奇者不可訓), 정상적인 방법으로 보복하는 것으로는 천하 사람들을 훈계할 수 있다고 여긴다(以報之正者訓天下).

(2). 손량孫亮은 내시들의 사소한 잘못도 알았으나 유선劉禪은 내시들이 저지르는 큰 간계奸計도 알아차리지 못했다. 손휴孫休는 이웃 나라의 시비是非도 알았으나 유선은 자기 나라의 득실得失도 알지 못했다. 선주의 후인(後人: 유선)은 손권의 후인(손량과 손휴)보다 한참이나 못했다. 작가는 이 둘을 합쳐서 서술함으로써 사람들로 하여금 서로 대비해 보아 그들의 장단長短을 알 수 있도록 했다.

(3). 무후武侯는 기산祁山으로 나감으로써 이겼고, 강유 역시 기산으로 나감으로써 이겼다. 강유는 무후를 계승할 수 있었으므로, 강유가 여섯 번째 중원으로 나간 일은 무후가 일곱 번째 기산으로 나간 것이라고 말할 수도 있다. 그리고 또 그 일들도 서로 흡사한 점이 많다. 무후는 사마중달司馬仲達과 진법陣法으로 다투었는데, 강유 역시 등애鄧艾와 진법으로 다투었다. 등애의 진법 다툼은 진짜였으므로 진법 다툼으로 그를 깨뜨렸으나, 사마망司馬望의 진법

다툼은 가짜였으므로 진법 다툼으로 그를 깨뜨릴 필요가 없었다. 그래서 강유는 또 무후의 의도를 터득하고 그것을 변화시켰던 것이다. 무후는 팔문진八門陣 펼치기를 좋아했고, 강유는 장사진長蛇陣 펼치기를 좋아했다. 동오의 육손陸遜이 황승언黃承彥을 만나지 않았으면 반드시 죽었을 것이고, 등애도 사마망司馬望이 아니었으면 틀림없이 죽었을 것이다.

둘 다 똑같이 사람들을 놀라게 하고, 똑같이 비범하다. 〈삼국연의〉를 읽는 사람들을 만날 때마다 듣는 말은, 무후가 죽은 후부터는 곧바로 차마 읽을 수 없다는 것인데, 지금 시험 삼아 이 편篇을 한 번 읽어보라. 무후가 살아 있을 때와 다른 게 뭐 있는가?

(4). 사마의는 반간계反間計를 써서 무후를 물리쳤는데, 등애 역시 반간계를 써서 강유를 치니 전후가 참으로 똑같다. 그러나 사마의는 촉蜀 사람 구안苟安을 시켜서 반간계를 실행했으니, 이는 촉蜀으로써 촉蜀을 이간한 것이다. 그러나 등애는 위魏 사람 당균黨均을 써서 반간계를 실행하였으니, 이는 위魏로써 촉蜀을 이간한 것이다.

그러나 만약 촉蜀에 황호黃皓가 없었다면 위魏에서 비록 1백 명의 당균을 보내더라도 무슨 소용이 있었겠는가? 그러므로 등애의 계책 역시 여전히 촉으로써 촉을 이간시킨 것이라고 말할 수 있다.

# 제114회

조모, 수레 타고 가다가 남쪽 궐문에서 죽고
강유, 군량을 버려서 위병을 이기다

〖 1 〗 한편 강유가 군사들을 물리라는 명을 내리자, 요화가 말했
다: "병법에서, '장수가 밖에 있을 때에는 임금의 명이라도 듣지 않아
도 될 경우가 있다(將在外, 君命有所不受)'고 했습니다. (〈史記·孫子吳起
列傳〉.) 지금 비록 칙서가 내려왔으나 철군해서는 안 됩니다."

장익曰: "촉 사람들은 대장군께서 해마다 군사를 일으킨다고 다들
원망하고 있으니, 이번에 이긴 김에 군사들을 거두어 돌아가서 민심을
안정시키고, 후에 다시 좋은 방도를 찾는 게 좋겠습니다."

강유曰: "좋은 생각이다."

드디어 각 군에게 지시한 방법에 따라 물러가도록 하라고 명했다.
요화와 장익에게는 뒤에서 추격해 오는 위병들을 막도록 했다.

한편 등애는 군사를 이끌고 추격해 갔는데, 전면에 촉병의 기치가

가지런하고 군사들은 서서히 물러가고 있는 것이 보였다.

등애는 감탄하여 말했다: "강유는 무후의 병법을 깊이 터득하고 있구나!"(*등애는 강유를 칭찬할 때마다 반드시 무후를 칭찬하는데, 비록 문중에 무후라는 말이 나오지 않더라도 곳곳에 무후가 있음을 볼 수 있다.)

그리하여 감히 더 이상 추격해 가지 못하고 군사들을 거두어 기산의 영채로 돌아갔다.


〖 2 〗 한편 강유가 성도成都에 이르러, 궁으로 들어가서 후주를 뵙고 돌아오라고 부른 까닭을 물었다.

후주가 말했다: "짐은 경이 변경에 나가서 오래 있으면서 회군해 오지 않으므로 군사들을 너무 고생시키는 게 아닌지 염려되어 경에게 조정으로 돌아오라는 칙서를 내렸던 것이지 별다른 뜻은 없소."

강유曰: "신은 이미 기산에 영채를 세워 놓고 한창 공을 세우려 하던 중인데 뜻하지 않게 중도에 그만두게 되었습니다. 이는 틀림없이 등애의 반간계反間計에 걸려든 것이옵니다."

후주는 입을 꾹 다물고 말을 하지 않았다. (*아둔한 임금의 모습을 생생하게 그리고 있다.)

강유가 또 아뢰었다: "신은 맹세코 역적을 토벌하여 나라의 은혜에 보답하겠나이다. 폐하께서는 소인小人들의 말을 듣고 의심하셔서는 아니 되옵니다."

후주는 한참 있다가 말했다: "짐은 경을 의심하지 않소. 경은 일단 한중으로 돌아가 있으면서 위국에 정세 변화가 있기를 기다렸다가 다시 치러가도록 하시오."

강유는 탄식하고 조정에서 물러나 스스로 한중으로 돌아가 버렸다.


〖 3 〗 한편 당균黨均은 기산의 영채로 돌아가서 이 일을 보고했다.

등애와 사마망이 말했다: "임금과 신하가 서로 불화하니, 반드시 내부에서 변란이 일어날 것이오."

그리고는 당균에게 낙양으로 가서 사마소에게 보고하도록 했다.

사마소는 그 보고를 듣고 크게 기뻐하면서 곧바로 촉을 도모할 생각을 하면서, (*다음 116회의 일에 대한 복필이다.) 중호군中護軍 가충賈充에게 물었다: "내가 지금 촉을 치는 게 어떨까?"

가충曰: "아직 쳐서는 안 됩니다. 천자(曹髦)는 지금 주공을 의심하고 있는데, 일단 가벼이 나가시면 안에서 반드시 반란이 일어날 것입니다.

지난해에 영릉(寧陵: 하남성 영릉의 동쪽)의 우물 속에서 황룡黃龍이 두 번이나 나타났다고, (*위魏나라 초기에 연호를 고쳐서 '황초黃初'라고 했는데, 이는 스스로 흙의 덕(土德)으로 왕이 되었다고 생각했기 때문이며, 그래서 대개 색으로는 황색을 숭상한다. '황룡'은 곧 조씨가 임금이 된다는 것을 말하고, '우물 속'이란 곧 깊고 어두운 곳을 상징한다. '두 번 나타났다'는 것은 곧 조모曹髦가 피살된 후에 다시 조환曹奐도 피살된다는 것을 예언한 것이다.) 모든 신하들이 표문을 올려 경하慶賀드렸더니, 천자께서 말씀하시기를: '이는 상서로운 징조가 아니다. 용이란 임금을 상징하는데, 용이 위로는 하늘에 있지 않고, 아래로는 밭에도 있지 않고 우물 속에 있으니, 이는 깊숙이 갇혀 있을 조짐이다.' 라고 하고는 마침내 〈잠룡潛龍〉이란 시詩 한 수를 지었는데, 그 시의 뜻은 분명히 주공主公을 염두에 두고 있습니다. (*조모가 시를 쓴 일을 도리어 가충의 입을 통해 얘기하고 있다. 서사敍事의 묘품妙品이다.) 그 시는 이렇습니다:

| | |
|---|---|
| 슬프도다, 갇혀 있는 용이여, | 傷哉龍受困 |
| 깊은 못 속에서 뛰어 오르지 못하고 | 不能躍深淵 |
| 위로는 날아서 은하수에 오르지도 못하고 | 上不飛天漢 |
| 아래로는 밭에 나타날 수도 없어서 | 下不見於田 |

우물 바닥에 서리고 앉아 있으니                     蟠居於井底
미꾸라지와 두렁허리 그 앞에서 춤추고 노는구나.   鰍鱔舞其前
이빨을 감추고 손발톱을 숨기고 있으니             藏牙伏爪甲
아아, 나 역시 너와 마찬가지 신세구나."           嗟我亦同然


〖 4 〗 사마소는 그 시를 듣고 나서 크게 화를 내며 말했다: "이 사람은 조방을 본받으려고 하는구나! 일찍 손을 쓰지 않았다가는 틀림없이 그가 나를 해칠 것이다."

가충이 말했다: "제가 주공을 위해 조만간 그를 없애버리겠습니다."

때는 위魏 감로甘露 5년(서기 260년) 여름 4월이었다. 사마소가 칼을 차고 어전 위로 올라가자, 조모는 용상에서 일어나 그를 맞이했다.

많은 신하들이 전부 아뢰었다: "대장군의 공덕이 높고도 높사오니, 그를 진공晉公으로 삼으시고 구석九錫을 내려주시는 것이 합당할 것이옵니다."

조모는 머리를 숙이고 대답을 하지 않았다.

사마소가 노한 목소리로 말했다: "우리 부자 형제 세 사람은 위魏에 큰 공로가 있는데, 지금 진공으로 삼는 것이 부당하다는 것이오?"(*조조는 구석을 받으면서 그래도 거짓으로나마 사양하는 체라도 했건만, 사마소는 공공연히 구석을 달라고 협박까지 한다. 조조의 못된 짓을 본받으면서 도리어 더욱 심하게 행동한다.)

조모가 그제야 대답했다: "감히 명대로 안할 수 있겠소이까?"

사마소曰: "〈잠룡〉이란 시에서 우리를 미꾸라지와 두렁허리로 보고 있는데, 이게 도대체 무슨 예禮요?"(*천자가 문자文字로 인하여 화를 당하는 것을 여기에서 또 보게 된다.)

조모는 대답을 하지 못했다. 사마소는 비웃으면서 어전에서 내려갔다. 모든 관원들은 다 두려워서 바짝 얼었다.

조모는 후궁으로 돌아가서 시중 왕침王沈, 상서尚書 왕경王經, 산기상시散騎常侍 왕업王業 등 세 사람을 불러들여 의논했다.

조모가 흐느끼면서 말했다: "사마소가 장차 찬역簒逆할 뜻을 품고 있다는 것은 누구나 다 알고 있다! 짐은 가만히 앉아서 폐위당하는 굴욕은 당할 수가 없다. 경들은 짐을 도와서 역적을 치도록 하라!" (*쓰이지 못하는 잠룡潛龍도 될 수 없는데 너무 높이 올라가서 후회하는 항룡亢龍이 되려고 한다.)

왕경이 아뢰었다: "아니 되옵니다. 옛적에 노魯나라의 소공昭公은 계씨季氏의 전횡專橫을 참지 못하여 그를 몰아내기 위해 거사를 했다가 패한 후 달아나서 나라까지 잃어버렸습니다. 지금 나라의 모든 권력이 사마씨에게 돌아간 지 오래여서 안팎의 모든 공경公卿들은 무엇이 순順이고 무엇이 역逆인지 그 도리조차 생각해보지 않고 간사한 역적에게 아부하는 자가 한 사람만이 아니옵니다. (*마치 화흠華歆과 왕랑王朗이 조비를 도왔던 것과 같다.)

또한 폐하를 보위할 자들은 그 수도 적고 힘도 약하여 어명을 받들어 실행할 사람이 없사옵니다. 폐하께서 만약 은인자중隱忍自重하지 않으신다면 그 화는 실로 막대할 것입니다. 일단 모든 일은 서서히 도모하시고 급해 서둘러서는 아니 되옵니다."

조모曰: "(공자께서도) '이것을 차마 본다면 무엇인들 차마 못 보겠는가(是可忍也, 孰不可忍也)!'라고 했소. (출처:〈論語·八佾篇〉.) 짐의 뜻은 이미 결정되었으니 곧 죽더라도 겁낼 게 무엇인가!"

말을 마치자 즉시 태후에게 고하러 안으로 들어갔다.

왕침과 왕업은 왕경에게 말했다: "일이 이미 급하게 되었소. 우리가 스스로 멸문지화滅門之禍를 자초할 수는 없으니, 사마공의 부중府中으로 가서 자수하여 죽는 것이나 면하도록 해야겠소." (*인심은 이미 조모에게 붙지 않고 사마소에게 붙어 있다. 과연 왕경의 말과 같다.)

왕경이 크게 화를 내며 말했다: "임금이 근심하면 신하는 욕을 보고, 임금이 욕을 보면 신하는 죽는 법인데, 어찌 감히 두 마음을 품을 수 있소?"

왕침과 왕업은 왕경이 말을 듣지 않는 것을 보고 곧장 자기들만 사마소에게 알리러 갔다.


〖 5 〗 잠시 후 위주 조모는 안에서 나와서 호위 초백焦伯으로 하여금 궁중의 숙위宿衛 군사들과 하인(蒼頭)들과 관동(官僮: 관에 소속된 남자 아이 종) 등 3백여 명을 모으라고 명하여 북을 치고 고함을 지르며 나아갔다. 조모는 칼을 들고 가마에 올라 좌우에 호령하여 곧장 남쪽 궐문(南闕)으로 나갔다.

왕경은 가마 앞에 엎드려 큰 소리로 울면서 간했다: "지금 폐하께서는 수백 명을 거느리고 사마소를 치려고 하시는데, 이는 양을 몰아 범의 아가리에 들어가도록 하는 것일 뿐, (*조모는 자신을 용龍에 비하는데, 왕경은 그를 양羊에 비하고 있다.) 헛된 죽음만 있고 아무런 유익함도 없나이다. 신은 목숨이 아까워서가 아니라 참으로 이 일은 성공할 수 없는 것임을 알기 때문이옵니다."

조모曰: "나의 군사들이 이미 나가고 있으니, 경은 막지 말라!"

그리고는 운룡문雲龍門으로 갔다.

바로 그때 가충이 무장차림(戎服)에 말을 타고, 왼편에는 성쉬成倅, 오른편에는 성제成濟를 데리고, 수천 명의 철갑鐵甲 금위군(禁兵)들을 이끌고 고함을 지르면서 쳐들어왔다.

조모는 칼을 잡고 큰소리로 호통을 쳤다: "나는 천자다! (*여태껏 천자답지 못하다가 이때 와서 명분名分을 바로 세우려 하나, 어려운 일이다.) 너희들이 궁중으로 쳐들어오는 것은 임금을 시해하려는 것이냐?"

금위군들은 조모를 보더니 전부 감히 움직이지 못했다. (*여러 사람들의 가슴속에는 아직도 "천자天子"라는 두 글자가 들어 있었다.)

가충이 성제를 불러서 말했다: "사마공께서는 너를 무엇에 쓰려고 기르셨겠느냐? 바로 오늘의 일을 위해서니라!"

성제는 곧 창(戟) 자루를 꼬나들고 가충을 돌아보고 말했다: "죽일까요? 묶을까요?"(*단지 조모를 한 마리 양羊으로 취급하고 있다.)

가충이 말했다: "사마공께서는 명하셨다; 죽여야만 한다고."(*제사상에는 양을 산 채로 올려서는 안 되고 잘 익혀서 내놓아야 한다.)

성제는 창 자루를 두 손으로 꽉 비틀어 잡고 곧바로 가마 앞으로 달려갔다.

조모가 큰 소리로 호통쳤다: "네놈은 어찌 감히 이다지도 무례하냐!"

말이 끝나기도 전에 성제가 조모의 앞가슴을 향해 창을 찔렀는데 그만 가마에 부딪쳤다. 다시 한 번 찌르자, 그 창날이 등을 꿰뚫고 나가서 가마에 기댄 채 죽었다. (*이전에 천자로서 이렇게 참혹하게 살해당한 자는 없었다. 탄식할 일이다.)

이를 보고 초백焦伯이 창을 꼬나들고 와서 덤볐으나, 역시 성제의 창에 찔려서 죽었다. 나머지 무리들은 전부 도망쳐 버렸다.

왕경이 뒤쫓아 와서 가충을 보고 큰소리로 욕을 했다: "이 역적놈, 어찌 감히 임금을 시해한단 말이냐!"

가충은 크게 화가 나서 좌우 사람들에게 호령하여 그를 단단히 묶어 놓도록 하고 이 일을 사마소에게 보고했다.

사마소는 궁중으로 들어가서 조모가 이미 죽은 것을 보고 짐짓 크게 놀라는 체하더니 머리를 가마에 부딪으며 곡哭을 했다. (*이때 눈물이 어디에서 나올 수 있었는지 모르겠다. 누구를 속이려 하는가? 하늘을 속이려 하는가?)

그리고는 사람을 시켜서 각 대신들에게 알리도록 했다.

〖 6 〗 이때 태부太傅 사마부司馬孚가 궁중으로 들어와서 조모의 시신을 보고는 그 머리를 들어서 자기 무릎 위에 올려놓고 곡을 하며 말했다: "폐하께서 시해되신 것은 신의 죄이옵니다." (*춘추시대 때 진晉의 신하 조천趙穿이 그 임금(靈公)을 죽이자 〈춘추〉에서는 그 죄를 당시의 대부 조순趙盾에게 돌렸다. 사마부는 자신을 조순에 견준 것이다.)

그리고는 조모의 시신을 관에 담아 편전偏殿의 서편에다 모셔 놓았다. 사마소는 궁전에 들어가서 신하들을 모두 불러들여 회의를 하려고 했다. 모든 신하들이 다 왔는데 상서복야尚書僕射 진태陳泰만 오지 않았다. 사마소는 진태의 외숙인 상서 순의荀顗에게 그를 불러오라고 명했다.

진태가 통곡을 하며 말했다: "사람들은 나를 외숙과 비교하는데, 이제 보니 외숙은 사실 나보다 못하구나!"

그리고는 상복喪服을 입고 궁에 들어가서 영전에 곡을 하면서 절을 했다.

사마소 역시 거짓으로 곡을 하면서 진태에게 물었다: "오늘의 일을 어떻게 처리해야 되겠소?"

진태曰: "적어도 가충의 목은 베어야만 천하 사람들에게 사죄할 수 있을 것입니다." (* 이 말은 곧 가충을 목 베어 죽이는 것은 어디까지나 차선책이라는 뜻이다.)

사마소는 한참동안 망설이다가 다시 물었다: "다시 그 다음의 방법을 생각한다면?" (*이 말의 뜻은 성제成濟와 성쉬成倅 두 사람을 목 베어 죽이는 것으로는 안 되겠느냐는 뜻이다.)

진태가 말했다: "그보다 더 위로 올라갈 수는 있어도, 그 다음의 방법은 모르겠소이다." (*명백하게 사마소를 말하고 있다.)

사마소가 말했다: "성제는 대역무도大逆無道한 짓을 했다. 그의 살을 발라내고 그 삼족을 멸하도록 하라!"

성제가 큰소리로 사마소를 꾸짖었다: "이는 나의 죄가 아니다! 가충이 네 명령이라고 전하기에 했을 뿐이다!"

사마소는 먼저 그의 혀부터 자르라고 했다. 성제는 죽을 때까지 자기는 억울하다고 계속 소리를 질렀다. 그의 아우 성쉬 역시 저자로 끌려가서 참수를 당했고, 그 삼족도 모두 죽임을 당했다. (*본래 난적亂賊을 도운 자는 그 난적에 의해 죽임을 당하는 법이다. 그런데도 사람들은 무엇 때문에 난적을 도와주는 것일까?)

후세 사람이 이 일을 탄식하여 지은 시가 있으니:

| | |
|---|---|
| 사마소가 그때 가충에게 명하여 | 司馬當年命賈充 |
| 남궐南闕에서 임금 죽여 용포 붉게 물들였지. | 弑君南闕赭袍紅 |
| 그리곤 성제에게 죄를 씌워 삼족을 멸했으니 | 却將成濟誅三族 |
| 세상 사람들은 모두 귀머거리인 줄 알았는가? | 只道軍民盡耳聾 |

〖 7 〗 사마소는 또 사람을 시켜서 왕경의 가족들을 전부 잡아들여 옥에 가두도록 했다. 왕경은 마침 정위청(廷尉廳: 지금의 사법부나 대검찰청)에 있다가 갑자기 자기 모친이 묶여서 오는 것을 보았다.

왕경은 머리를 조아리며 대성통곡하고 말했다: "불효자식이 어머님께 누를 끼치고 말았구나!"

그의 모친이 큰소리로 웃으며 말했다: "죽지 않는 사람이 어디 있다더냐? 정말로 두려운 것은 죽을 자리를 얻지 못하는 것일 뿐이지. 이런 일로 목숨을 버리게 되었는데 무슨 여한이 있겠느냐!"(*서서徐庶의 모친과 나란히 그 이름을 전할 만하다. 서서의 모친은 자기 자식이 한漢에 충성하기를 바랐고, 왕경의 모친은 자기 자식이 위魏에 충성하기를 바랐는데, 그 뜻은 같은 것이다.)

다음날, 왕경의 온 집안 식구들은 전부 동쪽 저자거리로 압송되어 갔다. 왕경 모자母子는 처형되는 순간에도 입가에 웃음을 머금고 있었다. 온 성내의 사인士人과 일반 백성들로 눈물을 흘리지 않는 사람이 없었다. 후세 사람이 이에 대해 읊은 시가 있으니:

| | |
|---|---|
| 한초漢初엔 칼에 엎드려 죽은 왕릉 모친 있었고 | 漢初誇伏劍 |
| 한말漢末에 와선 왕경의 충성을 보게 되었다. | 漢末見王經 |
| 참으로 뜨거운 마음 서로 다르지 않으니 | 眞烈心無異 |
| 굳세고 강한 의지 더욱 맑도다. | 堅剛志更淸 |
| 그 절개는 태산과 화산처럼 무거웠고 | 節如泰華重 |
| 그 목숨은 기러기 깃털처럼 가벼웠도다. | 命似鴻毛輕 |
| 모자母子의 아름다운 명성 | 母子聲名在 |
| 천지와 더불어 영원히 전해지리. | 應同天地傾 |

〖 8 〗태부 사마부가 조모를 군왕의 예로 장사지내 주자고 청하자 사마소는 그것을 허락했다. 가충 등은 사마소에게 위魏로부터 선위禪位를 받아 천자의 자리에 오르라고 권했다.

사마소가 말했다: "옛적에 주周 문왕文王은 천하의 3분의 2(三分之二)를 가지고 있으면서도 은殷 왕실을 섬겼으므로, 성인(즉, 공자)께서는 그를 지극한 덕(至德)을 지니신 분으로 칭송하였다. (*조조는 주 문왕을 배우려고 했고, 사마소 역시 주 문왕을 칭송하니, 보기에는 좋다.)

위 무제(武帝: 조조)께서는 한漢으로부터 선위를 받으려 하지 않았는데, 그것은 내가 위魏로부터 선위를 받으려고 하지 않는 것과 같은 이유이다."(*조방曹芳은 늘 조조를 사마사司馬師에게 견주었는데, 지금 사마소司馬昭 역시 자신을 조조에게 견주고 있다. 임금이 그 신하를 조조에 견주는 말은 그래도 할 수 있지만, 신하가 공공연히 자신을 조조에 견주는 말은 해서는 안 되는 것이다.)

가충 등은 이 말을 듣고 곧바로 사마소가 자기 아들 사마염司馬炎을 천자로 세울 뜻을 가지고 있음을 알아차리고, (*조조가 황제로 오를 기회를 조비曹丕에게 양보하고, 사마소 또한 자기 아들 사마염에게 황제가 될 기회를 양보한 것은 그 자손이 천자의 자리를 빼앗기를 바랐기 때문이다. 즉, 그 조종祖宗에서 해온 방식을 본받으려고 한 것인데, 슬픈 일이다.) 드디어 더 이상 권하지 않았다.

이해 6월에 사마소는 상도향공常道鄕公 조황曹璜을 천자로 세우고, 연호를 경원景元 원년(서기 260년)으로 바꾸었다. 조황은 이름을 바꾸어 조환曹奐, 자字를 경명景明이라고 했다. —— 그는 무제武帝 조조의 손자이고, 연왕燕王 조우曹宇의 아들이다.

조환은 사마소를 승상丞相·진공晋公으로 봉하고, 10만의 돈과 1만 필의 비단을 내려주고, 많은 문무 관료들에게도 각각 벼슬과 상을 내렸다.


〖 9 〗 일찌감치 첩자가 이 사실을 촉에 알려왔다. 강유는 사마소가 조모를 시해하고 조환을 천자로 세웠다는 말을 듣고 기뻐하며 말했다: "내 오늘 위魏를 공격할 명분이 생겼다!"

그리하여 동오로 서신을 보내 사마소가 임금을 시해한 죄를 묻기 위해 군사를 일으키도록 했다.

그리고 한편으로 후주에게 아뢰어 비준批准을 받아 군사 15만 명을 일으키고, 수천 량의 수레를 동원했다. 모든 수레 위에는 나무 상자를 얹도록 하고, 요화와 장익을 선봉으로 삼아, 요화에게는 자오곡(子午谷: 장안에서 한중으로 통하는, 섬서성 장안현 남진령南秦嶺 산중에 있는 계곡)을 취하도록 하고, 장익에게는 낙곡(駱谷: 옛날 관중關中에서 진령秦嶺을 넘어 한중을 거쳐 파촉으로 들어가는 요도要道의 하나)을 취하도록 하고, 강유 자신은 야곡(斜谷: 섬서성 미현眉縣 서남에 위치. 고대에 사천과 섬서 간의 교통의 요충지)을 취하기로 하면서, 전부 기산 앞으로 가서 만나기로 했다. 세 방면의 군사들은 동시에 출발하여 기산을 향해 쳐들어갔다. (*이번이 일곱 번째 중원을 치러가는 것이다.)

이때 등애는 기산의 영채에서 군사들을 훈련시키고 있었는데, 촉병들이 세 방면으로 쳐들어오고 있다는 소식을 듣고 여러 장수들을 모아놓고 상의했다.

참군參軍 왕관王瓘이 말했다: "제게 한 가지 계책이 있으나 말로 할 수는 없겠기에 글로 쓴 것이 여기 있습니다. 이를 장군께 드리니 한번 읽어봐 주시기 바랍니다."

등애가 그것을 받아 펴서 읽어보고 웃으며 말했다: "이 계책이 비록 교묘하기는 하나 강유를 속여 넘기지는 못할까봐 두렵다."

왕관曰: "제가 목숨을 내어놓고 앞으로 가보겠습니다."

등애曰: "공의 뜻이 만약 굳건하기만 하다면 반드시 성공할 수 있을 것이다."

그리고는 5천 명의 군사들을 왕관에게 떼어 주었다.

왕관은 밤낮없이 야곡으로 해서 촉병들을 맞이하러 가다가 마침 촉병의 선두부대 정탐꾼과 마주쳤다.

왕관이 말했다: "우리는 위국에서 항복하러 오는 군사들이다. 대장께 보고해 달라."

정탐꾼이 강유에게 이를 보고했다. 강유는 나머지 군사들은 그 자리에 멈춰 있도록 명하고, 저들의 우두머리 장수만 나와서 만나보도록 하라고 지시했다.

왕관이 강유 앞에 오더니 땅에 엎드려 절을 하고 말했다: "저는 왕경王經의 조카 왕관王瓘입니다. 근자에 사마소가 주군을 시해하고 제 숙부의 집안 식구들을 전부 도륙하는 것을 보고 저는 통한痛恨이 뼛속 깊이 사무쳤습니다. 그런데 다행히 장군께서 그의 죄를 묻기 위해 군사를 일으키셨다고 하기에 일부러 휘하 군사 5천 명을 이끌고 항복하러 왔습니다. 부디 수하에 거두어 써주시고 간사한 무리들을 초멸하여 숙부의 원한을 갚도록 해주십시오."(*전에 채중蔡中과 채화蔡和는 조조가 채모蔡瑁를 죽였다는 명분을 내세워 동오東吳에 투항했는데, 또 같은 국면이다.)

강유는 크게 기뻐하면서,(*독자들은 시험 삼아 알아 맞춰보라. 그가 정말로 기뻐한 것인지, 아니면 짐짓 기뻐하는 체한 것인지를.) 왕관에게 말했다: "자네가 기왕에 진심으로 와서 항복하는데 내 어찌 진심으로 대하지 않을 수 있겠나? 우리 군중의 고민거리는 군량 문제밖에 없다. 지금 군량을 실은 수레 수천 량輛이 현재 동천 입구(川口)에 있는데, 자네가 가서 그것을 기산으로 운반해 오도록 하라. 나는 지금 곧 기산의 위병들의 영채를 빼앗으러 갈 것이다."(*독자들은 강유가 무슨 생각을 하고 있는지 한 번 알아 맞춰보라.)

왕관은 속으로 강유가 자기 계책에 걸려들었다고 생각하고 크게 기뻐하면서 흔쾌히 승낙했다.

강유曰: "네가 군량과 마초(糧草)를 운반하러 가는 데는 군사 5천 명을 다 쓸 필요는 없으니, 3천 명만 이끌고 가고 2천 명은 여기 남겨두어 기산을 치러 갈 길을 안내하도록 하라."

왕관은 안 된다고 하면 강유가 혹시 의심할까봐 두려워서 3천 명만 이끌고 갔다. 강유는 부첨傅僉에게 2천 명의 위병들을 이끌고 뒤따라오면서 별도의 지시를 기다리라고 했다.

〖 10 〗 그때 갑자기 하후패가 당도했다. 하후패가 말했다: "도독은 어찌하여 왕관의 말을 그대로 믿으십니까? 제가 위국에 있을 때, 비록 세세한 것까지는 알지 못하지만, 왕관이 왕경王經의 조카라는 말은 들어보지 못했습니다. 그의 말 속에는 거짓이 많으니 장군께서는 잘 살

피시기 바랍니다."

강유는 크게 웃으며 말했다: "내 이미 왕관이 거짓 항복해온 줄 알기에 그의 병력을 나누어서 그의 계책을 역이용하려고(將計就計) 한다."(*알고 보니 이러했던 것이다.)

하후패曰: "공께서는 어디 한 번 그 계책을 말씀해 주십시오."

강유曰: "사마소는 조조에 비견할 만한 간웅奸雄이다. 그런 그가 어찌 기왕에 왕경을 죽이고 그 삼족까지 멸하면서 그 친조카를 살려두어 관關 밖에서 군사를 거느리도록 하겠는가? 그래서 나는 그가 거짓말하고 있음을 알아차렸던 것인데, 중권(仲權: 하후패)의 생각은 우연히 내 생각과 일치하는군."

이리하여 강유는 야곡斜谷으로 나가지 않고 반대로 군사들을 길에다 몰래 숨겨두어 왕관의 첩자 짓을 방비하도록 했다. 열흘이 안 되어 과연 매복시켜 두었던 군사들이 왕관이 등애에게 보내는 서신을 가져가던 자를 붙잡아 왔다.

강유가 그자에게 전후 사정을 묻고 가져가던 서신을 찾아냈다. 그 서신에서는, 오는 8월 20일에 작은 길로 해서 군량을 운반하여 기산의 영채로 돌아가려고 하니, 등애는 그날 군사들을 담산墰山의 골짜기로 보내서 맞이해 달라고 약속하는 내용이었다.

강유는 서신을 가지고 가던 자를 죽여 버리고 서신의 내용을, 날짜는 8월 15일로 바꾸고, 등애에게는 직접 대군을 거느리고 와서 담산 골짜기에서 맞이해 달라는 내용으로 바꾸었다.

그리고 한편으로 한 사람을 위병으로 변장시켜 위병 영채로 가서 서신을 전하도록 하고, 다른 한편으로는 사람들에게 현재 수백 량의 수레에 실려 있는 군량미를 다 내려놓고 그 대신에 마른 섶나무와 인화물들을 실은 후 그것을 푸른 천으로 덮어씌우도록 하여 부첨으로 하여금 2천 명의 항복해 온 위병들을 이끌고 군량운반 부대의 깃발을 들고 가도록 했다. (*비로소 남겨둔 위병 2천 명의 용도를 알게 되었다.)

그런 다음에 강유는 하후패와 같이 각기 일군—軍을 이끌고 산골짜기 안으로 들어가서 매복해 있으면서, 장서蔣舒에게는 야곡으로 나가고, 요화와 장익에게는 군사들을 이끌고 진군하여 기산을 취하러 가도록 했다. (*전에 강유는 본래 자신이 야곡으로 나가려고 했었는데 지금은 장서로 바뀌었다. 변화가 교묘하다.)


〖 11 〗 한편 등애는 왕관의 서신을 받고 크게 기뻐하면서 급히 회답을 써서 서신을 가져온 사람에게 돌아가서 보고하도록 했다.

8월 15일이 되어 등애는 5만 명의 정예병들을 이끌고 곧장 담산壜山의 골짜기로 가서 사람을 시켜서 높은 데 올라가 멀리 살펴보도록 했는데, 그가 돌아와서 보고하기를, 무수히 많은 군량과 마초 운반 수레들이 끊임없이 산의 우묵히 들어간 곳에서 연달아 나오고 있다고 했다. (*이는 부첨이 왕관으로 꾸민 것이다.) 등애가 말을 세우고 그 광경을 바라보니, 과연 전부 위병들이었다. (*진짜 위병들이다.)

좌우 사람들이 말했다: "날이 이미 저물었으니 속히 왕관을 맞이하러 골짜기를 나가도록 하시지요."

등애曰: "전면의 산세가 눈앞을 가리고 있어서(掩映) 만약 복병이라도 있으면 급히 뒤로 물러나기 어렵다. 그냥 여기서 기다릴 수밖에 없다."(*등애 역시 매우 세심한 사람이다.)

한창 말하고 있을 때 갑자기 기마병 둘이 급히 달려와서 보고했다: "왕 장군이 군량과 마초를 운반하여 지경을 지나오는데 등 뒤에서 군사들이 쫓아오고 있어서 빨리 구원해 주시기를 바라고 있습니다." (*이 두 사람은 가짜 위병이다.)

등애는 크게 놀라서 급히 군사들을 재촉해서 앞으로 나아갔다.

때는 마침 초경(初更: 오후 7시~9시)이어서 달이 마치 대낮처럼 밝았다. (*이때는 바로 8월 15일. 장차 불(火)을 묘사하기 위해 먼저 달(月)을 묘사한다. 한창 바쁜 중에서도 이러한 한가로운 묘사(閑筆)가 있다.)

그때 갑자기 산 뒤에서 고함 소리가 들려왔다. 등애는 그저 왕관이 산 뒤쪽에서 촉병들과 싸우고 있는 것으로만 생각하고 곧장 말을 달려 산 뒤로 갔는데, 갑자기 나무숲 뒤에서 한 떼의 군사들이 뛰쳐나왔다.

앞장선 촉장 부첨傳僉이 말을 달려 나오며 큰소리로 외쳤다: "등애 이 필부匹夫 놈아! 너는 이미 우리 주장主將의 계략에 걸려들었는데 왜 빨리 말에서 내려 목숨을 내놓지 않느냐!"

등애는 크게 놀라서 말머리를 돌려 곧바로 달아났다. 수레 위에 모조리 불이 붙자 (*추석 대보름에 피우는 불은 정월 대보름에 피우는 불과 똑같다.) — 이 불이 바로 신호 불이었다.— 양쪽에서 촉병들이 전부 뛰쳐나와 닥치는 대로 쳐서 위병들은 지리멸렬支離滅裂이 되고 말았다. 그때 산 위와 아래에서는 온통 "등애를 붙잡는 자는 천금의 상을 주고 만호후萬戶侯에 봉할 것이다!"라고 외치는 소리만 들려왔다.

깜짝 놀란 등애는 갑옷도 투구도 다 벗어던지고 타고 있던 말도 팽개치고 보군步軍들 틈에 섞여 산을 기어올라 고개를 넘어 도망쳤다. (*조조가 수염을 잘라버리고 전포도 벗어던지고 달아날 때와 흡사했다.)

강유와 하후패는 오로지 말을 타고 있는 우두머리 장수만 바라보고 곧장 잡으러 갔는데, 등애가 보군들 속에 섞여 빠져 달아나리라고는 상상도 못했다.

강유는 승리한 군사들을 거느리고 왕관의 군량 운반 수레를 인계받으러 갔다.

〖 12 〗 한편 왕관은 등애와 은밀히 약속하고, 기일에 앞서 군량과 마초를 운반할 수레를 다 정비해 놓고 거사할 일만 기다리고 있었다.

그때 갑자기 심복이 보고했다: "일이 이미 누설되어 등 장군이 대패하셨는데, 생사가 어찌되었는지는 모릅니다."

왕관은 크게 놀라서 사람을 시켜서 정탐해 보도록 했다. 그가 돌아와서 보고하기를, 세 방면으로부터 군사들이 에워싸고 쳐들어오고 있는데, 등 뒤쪽에서도 먼지가 자욱하게 일어나고 있어서 사방 어디로도 달아날 길이 없다고 했다.

왕관은 좌우의 군사들에게 호령하여 불을 질러 군량과 마초와 수레들을 모조리 불태워 버리도록 했다. (*앞에서 불태운 것은 가짜 군량이었으나 이번에 불태운 것은 진짜 군량이다. 가짜를 태운다는 것이 그만 진짜를 태우게 되었으며(弄假成眞), 불로써 불을 잡고 있다.) 삽시간에 화광火光이 솟구쳐서 맹렬한 불길은 마치 하늘을 태우는 듯했다.

왕관이 큰소리로 외쳤다: "사정이 이미 급해졌다! 너희들은 죽기 살기로 싸워야 한다!"

그리고는 군사들을 데리고 서쪽으로 쳐나갔다. 등 뒤에서는 강유의 군사들이 세 방면에서 추격해 왔다.

강유는 왕관이 죽기 살기로 싸우면서 위국魏國으로 돌아갈 것으로만 생각했지, 그가 반대로 한중漢中으로 쳐들어가리라고는 상상도 못했다.

왕관은 자기 군사의 수가 적으므로 추격해 오는 군사들에게 따라잡힐까봐 두려워서 즉시 잔도棧道와 각처의 관關들을 모조리 불태워버렸다. (*강유가 먼저 왕관을 죽이지 않은 것은 역시 실책이다.)

강유는 한중漢中이 실함失陷될까봐 두려워서 곧바로 등애를 추격하지 않고 군사들을 이끌고 밤낮없이 작은 길로 질러서 왕관을 추격해 갔다. 왕관은 사면으로 촉병들의 공격을 받자 흑룡강(黑龍江: 섬서성 서남부의 한강漢江 상류의 지류. 즉 포수褒水)에 몸을 던져 죽고 말았다. 나머지 군사들은 전부 강유에 의해 생매장生埋葬을 당했다.

강유는 비록 등애를 이기기는 했으나 수많은 군량과 마초를 잃어버렸고, 또 잔도도 파괴되고 말았으므로, 군사들을 이끌고 한중으로 돌아갔다.

〖 13 〗 등애는 패배한 부하 군사들을 이끌고 달아나 기산의 영채로 돌아가서 죄를 청하는 표문을 올리고, 스스로 자기 벼슬을 깎아내렸다. 그러나 사마소는 등애가 여러 번 큰 공을 세운 것을 생각해서 차마 그의 벼슬을 깎지 못하고 다시 상급賞給을 후히 내려주었다.

등애는 상으로 받은 재물들을 전부 이번 싸움에서 죽거나 다친 장사들의 가정에 나누어주었다. 사마소는 촉병들이 또 쳐 나올까봐 염려되어 등애에게 군사 5만 명을 더 보태주어 수비하도록 했다.

강유는 밤낮없이 잔도를 수리해 놓고 나서는 또 출병할 일을 의논했다. 이야말로:

연달아 잔도 수리하고 연달아 출정하니　　　連修棧道兵連出
중원을 정벌하지 않고선 죽어도 안 멈추네.　　不伐中原死不休

승부가 어찌될지 모르겠거든 다음 회를 읽어보기 바란다.

## 제 114 회 모종강 서시평序始評

(1). 혹자는 말하기를, 간웅奸雄이 장차 국내에서 난을 일으키려고 할 때에는 반드시 먼저 나라 밖에서 위엄을 세운다고 하였는바, 그렇다면 사마소司馬昭의 군왕 시해는 마땅히 먼저 촉蜀을 친 후에 했어야 한다. 혹자는 말하기를, 간웅이 장차 나라 밖의 난을 평정하려면 반드시 먼저 나라 안의 우환을 제거해야 한다고 하였는바, 그렇다면 사마소의 군왕 시해는 마땅히 촉을 멸하기 전에 했어야 한다. 앞의 논리에 따른 것이 바로 손휴孫休가 우려한 바였고, 뒤의 논리에 따른 것이 바로 가충賈充이 사마소에게 권한 바였다.

그러나 군왕을 시해하는 일은 사람들이 본래 어렵게 여기는 것이다. 그래서 사마소는 자신이 직접 시해하지 않고 가충으로 하여금 시해하도록 했고, 가충은 또 자신이 직접 시해하지 않고 성제成濟로 하여금 시해하도록 했던 것인데, 그 이유는 군왕을 시해했다는 악명惡名이 참으로 두려워서 그것을 피하려고 했기 때문이다.

그러나 논자論者들이 군왕 시해의 죄를 성제에게 돌리지 않고 가충에게 돌리고, 또한 그 죄를 가충에게만 돌리지 않고 사마소에게 돌릴 줄을 누가 알았겠는가. 그러므로 비록 군왕을 시해했다는 악명惡名을 두려워하고 그것을 피하려 하더라도 피할 데가 어디 있겠는가? 〈춘추〉에서 난적亂賊을 주륙할 때 반드시 그 우두머리를 주륙하는 데에는 그 까닭이 있는 것이다.

춘추시대 때 진晉의 영공靈公이 조순趙盾의 친족 조천趙穿에 의해 시해당했는데, 이때 조순은 조천이 군왕을 시해한 것은 자기 죄가 아니라고 여겼다. 그러나 사마부司馬孚는 사마소가 군왕을 시해한 것은 자기 죄라고 생각했다. 그러므로 진태陳泰가 말한 것에 따르면, 가충보다 더 앞으로 나아가는 경우(즉, 더 높은 사람에게 그 죄를 물을 경우) 가충은 그 다음이 되고, 사마부가 말한 것에 따르면, 또 사마소보다 더 앞으로 나아가는 경우 사마소는 또 그 다음이 된다.

춘추시대 때 제齊의 사관史官인 남사南史의 서법書法에 따르면, 사마소는 제齊의 장공莊公을 시해한 최저崔杼와 같고, 진晉의 사관史官인 동호董狐의 서법에 따르면, 사마부司馬孚는 조순趙盾과 같다.
(*춘추시대 때 진晉의 영공靈公이 대부 조순趙盾을 죽이려고 하자 그는 달아났다. 그때 그의 족인族人 조천趙穿이 영공을 죽였는데, 달아나다가 국경을 넘기 전에 이 소식을 들은 조순은 다시 돌아왔으나 조천에게 죄를 묻지 않았다. 그때 사관史官인 동호董狐가 "조순이 임금을 시해했다(趙盾弑其君)"고 써서 조회 석상에서 그에게 보여주자, 조순은

자기가 죽이지 않았다고 변명했다. 그러자 동호董狐가 말하기를 "당신은 정경正卿으로서 달아났으나 아직 국경을 넘지 않았고, 돌아와서는 그 역적을 치지도 않았으니, 당신 말고 누구에게 그 죄를 물어야 하겠는가?" 라고 대답했다. (出處: 〈春秋左傳〉 宣公二年).─역자)

(2). 조조는 스스로를 주周 문왕文王에 견주었고, 사마소 역시 스스로를 주 문왕에 견주었다. 그러나 조조가 스스로를 문왕에 견주었던 것은 결국 주 문왕에 견주어졌지만, (끝내 자신은 황위에 즉위하지 않았다.─역자) 사마소는 스스로 말하기를 조조가 자신을 주 문왕에 견주었던 것을 배우려고 한다고 했으므로, 이는 곧 스스로를 조조에 견주었던 것이다. (비록 그 자신이 즉위하지는 않았어도 자신이 찬역하여 황위를 아들에게 넘겨주었던 점에서 조조와 닮았다.─역자)

조조는 주 문왕을 배우려고 하면서도 나라를 빼앗으려는 뜻을 은근히 언외言外로 드러냈지만, 사마소는 조조를 배우려고 한다고 말하면서 나라를 빼앗으려는 뜻을 이미 언중言中에 노골적으로 드러내고 있다.

비록 다 같이 나라를 빼앗은 역적이라 하더라도, 하나는 먼저, 하나는 후에 하였고, 또한 그 오르고 내려감(升降)에 다름이 있다.

(3). 채화蔡和와 채중蔡中은 실제로 채모蔡瑁의 아우들인데도 주유周瑜는 여전히 그들의 말을 믿지 않았다. 왕관王瓘은 본래 왕경王經의 종족도 아닌데 어떻게 강유가 그것이 가짜로 투항해온 것임을 헤아리지 못하겠는가? 설령 강유가 그의 말을 믿었다 하더라도, 하후패夏侯覇는 그것을 반드시 알 수 있었으므로, 등애鄧艾의 계책은 조조보다 더욱 엉성하다.

무후武侯는 정문鄭文의 투항이 속임수인 줄 알고 먼저 그를 죽여 버렸으므로 얻은 것은 있어도 잃은 것은 없었다. 그런데 강유는 왕관王瓘의 투항이 속임수인 줄 알고서도 먼저 그를 죽여 버리지 않았으니, 어떻게 얻는 것만 있고 잃는 것은 없을 수 있겠는가? 군량과 잔도棧道는, 비록 불태운 것은 왕관이지만, 강유 자신이 불태운 것과 다름이 없으니, 강유의 지혜는 결국 무후보다 못했던 것이다.

글(文)에는 나중의 일이 앞의 일보다 뛰어나므로(後事勝於前事者) 나중 일의 깊음(深)을 살펴보지 않고서는 앞의 일의 얕음(淺)을 알 수 없기 때문에 나중의 글을 읽어보지 않을 수 없는 것이 있고, 또한 나중의 일이 앞의 일보다 못하므로(後事不如前事者) 나중 일의 엉성함(疏)을 살펴보지 않고서는 앞의 일의 세밀함(密)을 볼 수 없기 때문에 나중의 글(後文)을 또한 읽어보지 않을 수 없는 것이 있다.

# 제 115 회

후주, 참소를 믿고 회군하라는 조서 내리고
강유, 둔전을 핑계대고 화禍를 피하다

〖 1 〗 한편 촉한 경요景耀 5년(서기 262년) 겨울 10월, 대장군 강유는
사람들을 보내서 밤낮으로 잔도를 수리하게 하고, 군량과 병장기들을
정비정돈하고, 또 한중의 수로水路로 배들을 조달하도록 했다.

　모든 준비가 완료되자 표문을 올려서 후주에게 아뢰었다: "신은 여
러 차례 싸우러 나가서, 비록 큰 공은 세우지 못했사오나, 이미 위인魏
人들의 간담을 서늘하게 하였나이다. 이제 군사들을 휴양시킨 지 오래
되었는데, 싸우지 않으면 게을러지고, 게을러지면 병이 납니다. (*그
말은 매우 장하여 마치 선주가 허벅지에 다시 살이 붙은 것을 한탄한 것(髀肉
復生之嘆: 비육부생지탄)과 같다.) 하물며 지금 군사들은 목숨을 바칠 각오
를 하고 있고 장수들은 출전 명령을 기다리고 있나이다. 신이 만일 이
번 싸움에서 이기지 못한다면 마땅히 죽을죄를 받겠나이다."(*이 몇 마

디 말은 또 한 편의 〈출사표〉에 해당한다.)

후주는 표문을 보고 주저하면서 결단을 내리지 못했다.

초주譙周가 반열에서 나와 아뢰었다: "신이 밤에 천문을 보았는데 서촉西蜀 분야에 있는 장수별(將星)이 어둡고 밝지 못했사옵니다. (*초주는 걸핏하면 천문을 얘기한다. 이 또한 후문의 복필이다.) 지금 대장군이 또 출병을 하려고 하는데, 이번 출병은 몹시 이롭지 못하옵니다. 폐하께서는 나가지 말라는 칙서를 내리시옵소서."

후주曰: "일단 이번에 출병해서 어떻게 하는지 보고, 과연 잘못되면 그때 가서 막아야 할 것이다."

초주가 재삼 간했으나 후주가 듣지 않자, 초주는 집으로 돌아가서 계속 탄식만 하다가 마침내 병을 핑계대고 조정에 나가지 않았다.

〖 2 〗 한편 강유는 기병하기에 앞서 요화에게 물었다: "내 이번에 출사해서는 맹세코 중원을 회복하려고 한다. 우선 먼저 어디부터 취해야 하겠느냐?"

요화曰: "해마다 출정하느라 군사와 백성들이 다 편안하지 못한데, 거기다가 위魏에는 등애鄧艾가 있습니다. 그는 지모가 뛰어나서 예사롭게 볼 자가 아닙니다. 그런데도 장군께서는 성공하기 어려운 일을 억지로 하려고 하시는데, 이번 출정에 대해서는 저로서는 감히 어떻게 하자고 주장할 수가 없습니다."(*요화는 전번에는 싸우자고 했었는데 이번에는 싸우려고 하지 않는다. 역시 장익과 같은 의견이다.)

강유는 발끈 화를 내면서 말했다: "전에 승상께서 여섯 차례나 기산祁山으로 나가신 것 역시 나라를 위해서였다. 내가 지금 여덟 번째 위를 치려는 것 또한 어찌 내 한 몸을 위해서이겠느냐? 이번에는 마땅히 먼저 조양洮陽을 취할 것이다. 만약 내 뜻을 거역하는 자가 있으면 반드시 그 목을 벨 것이다."

그리고는 요화에게 남아서 한중을 지키도록 하고, 자신은 여러 장수들과 함께 군사 30만 명을 데리고 곧장 조양을 취하러 갔다. (*이것이 여덟 번째 중원을 치러가는 것이다.)

일찌감치 서천 어귀(川口)에 사는 사람이 이 소식을 기산의 영채에 알렸다. 이때 등애는 사마망과 더불어 한창 군사 일을 이야기하고 있었는데, 이 소식을 듣고는 즉시 사람을 시켜서 정탐해 보도록 했다.

그가 돌아와서 보고하기를, 촉병들은 전부 조양洮陽으로 가는 길로 나오고 있다고 했다.

사마망이 말했다: "강유는 계략이 많습니다. 짐짓 조양을 취하려는 것처럼 하고는 실제로는 기산을 취하러 오는 것이 아닐까요?"

등애曰: "지금 강유는 실제로 조양을 취하러 나오고 있습니다."

사마망曰: "공은 그것을 어떻게 아시오?"

등애曰: "전에 강유는 여러 차례 우리가 군량을 쌓아둔 곳으로 나왔었는데, 지금 조양에는 군량이 없으므로, 강유는 틀림없이 우리가 단지 기산만 지키고 조양은 지키지 않을 것으로 생각하고는 곧장 조양을 취하려는 것입니다. 만약 그 성을 차지하게 되면, 그는 그곳에다 군량과 마초를 쌓아놓고, 강인羌人들과 손을 잡아 장구長久한 계책을 도모하려는 것입니다."(*강유가 조양을 취하려고 하는 의도를 강유 자신은 설명한 적이 없는데 도리어 등애의 입으로 그것을 설명하고 있다. 교묘하다.)

사마망曰: "그렇다면 어떻게 해야 하지요?"

등애曰: "이곳의 군사들을 전부 거두어서 두 방면으로 나누어 가서 조양을 구하도록 합시다. 조양 성에서 25리 떨어진 곳에 후화(侯和: 감숙성 임담현臨潭縣 동남)라는 작은 성이 하나 있는데, 그 성은 바로 조양의 목구멍(咽喉)에 해당하는 땅입니다. 공은 일군一軍을 이끌고 조양으로 들어가 매복해 있되 깃발들을 뉘어놓고 북소리를 내지 말고 사대문을 활짝 열어놓고 여차여차하게 하시오. 나는 일군을 이끌고 후화로 가서 매복해 있겠소. 이렇게 하면 틀림없이 대승을 거둘 것이오."(*이번에는 또 등애에게 계책이 간파되고 말았다. 상규上邽를 취할 때와 동일한 국면이다.)

계책이 정해지자 각기 계책에 따라 움직이고, 다만 편장 사찬師纂만을 남겨두어 기산의 영채를 지키도록 했다.

〖 3 〗 한편 강유는 하후패를 선두부대로 삼고 먼저 일군을 이끌고 곧장 가서 조양을 취하도록 했다. 하후패가 군사들을 데리고 앞으로 나아가서 조양성 가까이 이르러 바라보니 성 위에는 기치가 하나도 꽂혀 있지 않았고, 성문 네 개가 활짝 열려 있었다.

하후패는 속으로 의심이 들어 감히 성 안으로 들어가지 못하고 여러 장수들을 돌아보고 물었다: "혹시 속임수가 아닐까?"

여러 장수들이 말했다: "눈에 보이는 것은 분명히 빈 성으로 약간의 백성들만 있습니다. 대장군께서 군사들을 이끌고 온다는 말을 듣고 전부 성을 버리고 달아나버린 것 같습니다."

하후패는 그 말을 믿지 않고 직접 말을 달려 성 남쪽으로 가서 살펴보았더니 성 뒤로 무수히 많은 늙은이와 어린아이들이 전부 서북쪽을 향해 도망치고 있는 것이었다.

하후패는 크게 기뻐하면서 말했다: "과연 빈 성이다!"(*하후패는 지모가 많았는데, 이번에는 도리어 등애보다 한 수 아래이다.)

마침내 앞장서서 쳐들어가자 나머지 무리들도 그 뒤를 따라서 나아갔다. 막 옹성甕城 가에 이르렀을 때 갑자기 포 소리가 한 번 울리더니 성 위에서 북소리, 나팔 소리가 일제히 울리고 두루 깃발들이 바로 세워지면서 조교弔橋가 들려 올라갔다.

하후패는 크게 놀라서 말했다: "계략에 잘못 빠지고 말았구나!"

황망히 뒤로 물러나려고 할 때, 성 위에서 화살과 돌이 비 오듯이 쏟아졌다. 불쌍하게도 하후패와 그 수하의 5백 명 군사들은 모두 성 아래에서 죽고 말았다. (*마치 조인曹仁이 남군에서 주랑周郎을 쏘았을 때와 같다.) 후세 사람이 이를 탄식해서 지은 시가 있으니:

담이 큰 강유, 묘한 계책도 잘 냈는데     大膽姜維妙算長
등애가 몰래 방비하고 있을 줄 누가 알았나.     誰知鄧艾暗提防
불쌍하구나, 촉한에 투항해온 하후패여     可憐投漢夏侯覇
순식간에 성 아래에서 화살 맞고 쓰러졌네.     頃刻城邊箭下亡

사마망이 성 안에서 쳐 나와서 촉병들은 대패하여 달아났다. 뒤따라 강유가 지원군을 이끌고 당도하여 사마망을 쳐서 물리치고 성 옆에다 영채를 세웠다. 강유는 하후패가 화살에 맞아 죽었다는 말을 듣고 슬퍼하기를 마지않았다.

〖 4 〗이날 밤 이경二更, 등애는 후화성侯和城 안으로부터 은밀히 일군을 이끌고 몰래 촉병의 영채로 쳐들어갔다. 촉병들은 일대 혼란에 빠져서 강유로서도 수습할 수가 없었다. 그때 성 위에서 북소리, 나팔소리가 요란하게 울리더니 사마망이 군사들을 이끌고 쳐나와서 양편에서 협공하는 바람에 촉병들은 대패했다.

강유는 좌충우돌하며 죽기 살기로 싸워 겨우 벗어나 20여 리 물러나서 영채를 세웠다. (*강유는 전략 수립에서 또 한 차례 졌다.) 촉병들은 두 번씩이나 패하여 달아난 뒤여서 마음이 흔들렸다.

강유가 여러 장수들에게 말했다: "승패는 싸움에서 항상 있는 일이다(勝敗乃兵家之常事). 이번에 비록 군사들과 장수들을 잃었으나 크게 근심할 것은 없다. 성공과 패배는 다음번의 한판 싸움에 있으니, 너희들은 시작과 끝을 한결같이(始終如一) 하라. 만약 물러가자고 다시 말하는 자가 있으면 즉석에서 목을 벨 것이다!" (*하늘의 뜻만 되돌릴 수 없는 게 아니라 사람의 마음 역시 억지로 할 수 없는 것이다.)

이때 장익이 건의했다: "위병들이 모두 이곳에 와 있으니 기산은 틀림없이 텅 비어 있을 것입니다. 장군께서는 군사를 정돈하여 등애와 싸우면서 조양洮陽과 후화侯和를 치십시오. 저는 일군을 이끌고 가서 기산을 취하겠습니다. 기산의 아홉 개 영채를 취한 다음 곧바로 군사들을 휘몰아 장안으로 가는 것이 상책입니다."(*장익의 계책 역시 훌륭한 계책이었다. 다만 애석한 것은 등애가 그것을 간파해 버렸다는 것이다.)

강유는 그의 계책을 좇아서 즉시 장익에게 후군을 이끌고 곧장 기산을 취하러 가도록 했다. 강유 자신은 군사들을 이끌고 후화로 가서 등애에게 싸움을 걸었다. 등애가 군사들을 이끌고 맞이하러 나왔다. 양편이 마주 보고 진을 친 다음, 두 사람은 수십여 합을 싸웠으나 승부가 가려지지 않자 각기 군사를 거두어 영채로 돌아갔다.

다음날 강유는 또 군사들을 이끌고 나가서 싸움을 걸었다. 그러나 등애는 군사들을 눌러두고 싸우러 나오지 않았다. 강유는 군사들을 시켜서 욕을 하도록 했다.

등애는 가만히 생각했다: '촉병이 우리한테 크게 한판 패하고도 전혀 물러가지 않고 도리어 연일 싸움을 걸어오는데, 이는 틀림없이 군사들을 나누어 기산의 영채를 습격하러 간 것이다. 영채를 지키는 장수 사찬은 군사도 적고 지모도 잘 쓸 줄 모르니 틀림없이 패할 것이다. 내가 직접 가서 구해야겠다.' (*장익이 생각해낸 계책이 또 등애의 계산 속에 들어 있다.)

이에 아들 등충鄧忠을 불러서 분부했다: "너는 조심해서 이곳을 지키고 있도록 해라. 설령 적이 싸움을 걸어오더라도 가벼이 싸우러 나가지 말라. 나는 오늘 밤 군사들을 이끌고 기산을 구하러 갈 것이다."

이날 밤 이경二更에 강유가 영채 안에서 계책을 생각하고 있을 때 갑자기 영채 밖에서 함성이 땅을 진동하고 북소리, 나팔 소리가 들려왔는데 하늘을 뒤흔드는 듯했다. 그때 보고해 오기를, 등애가 정예병 3천 명을 이끌고 야간 싸움(夜戰)을 하러 왔다고 했다.

여러 장수들은 싸우러 나가려고 했으나, 강유가 말리면서 말했다: "경거망동해서는 안 된다."

알고 보니, 등애가 군사들을 이끌고 촉병 영채 앞까지 와서 한 차례 정탐해 보고는 그 길로 기산을 구하러 간 것이었다. (*등애는 기산을 구하러 가면서 군사들에게 하무(銜枚)를 물려서 소리도 없이 급히 달려간 것이 아니라, 도리어 북 치고 나팔 불면서 야전夜戰을 한다는 명분을 내걸고 그 길로 곧장 가버린 것이다. 참으로 생각하기 어려운 방법이다.) 등충은 따로 성으로 들어갔다.

강유는 여러 장수들을 불러놓고 말했다: "등애는 짐짓 야간 싸움(夜戰)을 하러 온 것처럼 하고는 틀림없이 기산의 영채를 구하러 갔을 것이다." (*저쪽은 이쪽의 행동을 알아맞히고, 이쪽은 저쪽의 행동을 알아맞히고 있다. 아주 보기 좋다.)

그리고는 부첨을 불러서 분부했다: "너는 이곳 영채를 지키고만 있고 가벼이 적과 맞붙어 싸우지 마라."

분부를 마치고 강유는 직접 군사 3천 명을 이끌고 장익을 도우러 갔다. (*두 사람은 진정한 맞수다.)

〖 5 〗 한편 장익이 기산에 도착해서 위병의 영채를 공격했는데, 영채를 지키고 있던 장수 사찬師纂은 군사 수가 적어서 버텨내지 못했다. 영채가 곧바로 깨뜨려지려고 할 때 갑자기 등애의 군사들이 당도해서 한바탕 들이치는 바람에 촉병들은 크게 패했다. 등애는 장익을 산 뒤로 몰아넣고 그의 퇴로退路를 끊어버렸다.

장익이 한창 위급한 처지에 있을 때 갑자기 함성이 크게 진동하고 북소리와 나팔소리가 요란하게 울리더니 위병들이 분분히 뒤로 물러나는 것이 보였다.

좌우에 있던 자들이 보고했다: "대장군 강백약(伯約: 강유)께서 도우러 오셨습니다."

장익은 그 기세를 타고 군사들을 휘몰아 힘을 합쳐 같이 싸웠다. 양편에서 협공하자 등애는 싸움에서 패하여 급히 물러나 기산의 영채로 올라가서는 나오지 않았다. 강유는 군사들에게 사면으로 포위하여 공격하도록 했다.

여기서 이야기는 두 갈래로 갈라진다.

한편 후주는 성도에서 환관 황호의 말만 믿고, 또 주색에 빠져서, 조정의 정사는 일체 돌보지 않았다. (*아두阿斗가 이처럼 변변치 못하니, 자룡이 그를 안아서 살려낸 것이 잘못이다.)

이때 대신 유염劉琰의 처 호씨胡氏는 아주 잘 생긴 미인이었는데, 궁중에 들어가서 황후를 알현하였더니, 황후가 그를 궁중에 붙들어 두어서 한 달 만에 겨우 나왔다.

유염은 자기 아내가 후주와 사통한 것으로 의심하여 자기 휘하 군사 5백 명을 불러서 앞에 늘어세운 다음 아내를 꽁꽁 묶어 끌어내서 모든 군사들에게 각각 신발짝으로 자기 아내의 얼굴을 수십 대씩 때리도록 했다. 호씨는 거의 다 죽었다가 다시 살아났다. (*얼굴과 무슨 상관이 있다는 것인가. 아내의 반반한 얼굴 때문에 음탕해진 것이라고 생각하고 화가 나서일 것이다.)

후주가 그 소문을 듣고 크게 화를 내면서 유사(有司: 담당 관리)에게 유염의 죄를 논하도록 했다. 유사들이 의논한 결과: "군사들은 아내를 매질할 수 있는 사람이 아니고, 얼굴은 형벌을 받는 곳이 아니다. (*고관의 아내, 즉 외명부外命婦는 궁 안에 들어가서 임금을 모시는 사람이 아니며, 궁중 또한 외명부가 놀러 다닐 곳은 아니다. 임금과 신하 모두가 잘못한 것이다.) 그러므로 유염을 저자에서 참수하는 것이 마땅하다"는 결론을 내렸다. 그리하여 마침내 유염은 참수를 당했다.

이 일이 있은 뒤로 고관高官의 부인들, 즉 외명부外命婦들에게는 궁중 출입이 허락되지 않았다. 그래서 한때 관료들 가운데는 후주가 황음무도하다고 생각하면서 속으로 원망하는 자들이 많았다. 이에 어진 사람들은 점차 물러나고, 소인들이 날마다 늘어갔다. (*어진 자를 가까이하고 소인을 멀리하는 것(親賢人遠小人), 이것이 전한前漢이 흥한 까닭이며, 소인을 가까이하고 어진 자를 멀리하는 것(親小人遠賢人), 이것이 후한後漢이 쇠망하게 된 까닭이다. 사람들로 하여금 무후武侯의 이 말을 생각나게 한다.)

이때 우장군右將軍 염우閻宇는 스스로 작은 공도 세운 적이 없으면서 오로지 황호에게 아부해서 마침내 높은 벼슬을 얻었던 것인데, 강유가 기산에서 군사들을 거느리고 있다는 말을 듣고 황호에게, 후주에게 이렇게 아뢰도록 설득했다: "강유는 여러 차례 싸웠으나 아무 공로가 없으니, 염우로 하여금 그를 대신하도록 하십시오."

후주는 황호의 말을 좇아서 사자를 보내어, 칙서를 가지고 가서 강유를 불러오도록 명했다. 이때 강유는 기산에서 한창 위병의 영채를 공격하고 있었는데, 어느 날 갑자기 회군해 오라는 칙명이 세 번이나 내려왔다. 강유는 칙명을 받들지 않을 수 없어서 먼저 조양에 있는 군사들부터 퇴군하도록 하고, 그 후에 장익과 같이 서서히 퇴군했다.

등애가 영채 안에 있는데, 밤새도록 북소리와 나팔소리가 요란하게 났으나 무슨 영문인지 몰랐다. 해가 뜰 무렵 보고해 오기를, 촉병들은 전부 물러가고 빈 영채만 남아 있다고 했다. (*등애가 기산을 구하러 갈 때와 똑같은 방법이다.)

그러나 등애는 혹시 무슨 계략이 있을까봐 의심하고 감히 추격하지 못했다. (*강유의 이번 철병은 강유 혼자만 예상하지 못했던 게 아니라 등애 역시 예상하지 못했던 것이다.)

〖6〗강유는 곧장 퇴군하여 한중에 도착해서 군사들을 쉬도록 하고는 자신은 사자와 함께 후주를 뵈러 성도로 들어갔다. 후주는 연달아 열흘 동안이나 조회에도 나오지 않았다. 강유는 속으로 의아해 했다.

이날 동화문東華門에 이르러 우연히 비서랑秘書郎 극정郤正을 만났다.

강유가 물었다: "천자께서는 저에게 회군해 오라고 부르셨는데, 공은 그 이유를 알고 계시오?"

극정이 웃으며 말했다: "대장군께서는 어찌하여 아직도 모르고 계십니까? 황호가 염우閻宇로 하여금 공을 세우게 해주려고 조정에 아뢰어 장군에게 돌아오라는 칙명을 내린 것입니다. 그런데 이제 와서 등애가 용병을 잘한다는 말을 듣고는 그 일을 중단시킨 것입니다."(*갑자기 일을 시작하고 갑자기 그만두는 것을 전적으로 환관 하나가 맘대로 하고 있으니, 가소롭다.)

강유가 크게 화를 내며 말했다: "내 반드시 이 환관 놈의 새끼를 죽여 버리고 말겠소!"(*이때 강유는 원소가 십상시十常侍를 죽이려고 한 일을 본받으려 했다. 이 역시 통쾌한 일이다.)

극정이 그를 말리며 말했다: "대장군께서는 무후께서 하시던 일을 계승하시어 그 소임이 크고 직책이 중하신데 어찌 일을 경솔하게 처리하려 하십니까? 만약 천자께서 용납하지 않으신다면 도리어 불미不美스럽게 되고 맙니다."

강유는 고맙다고 인사하며 말했다: "선생의 말씀이 옳소."

다음날 후주가 황호와 같이 후원에서 술자리를 벌이고 있는데 강유가 몇 사람을 데리고 곧장 들어갔다. 일찌감치 어떤 사람이 이를 황호에게 알려주었다. 황호는 급히 호산湖山 옆으로 몸을 피했다. (*황호는 이처럼 강유를 무서워했다. 원래 그는 장양張讓과 조충趙忠처럼 제거하기 어려운 자가 아니었으나, 다만 천자가 그를 없애려고 하지 않았을 뿐이다.)

강유는 정자 아래로 가서 후주에게 절을 한 다음 울면서 아뢰었

다: "신이 등애를 기산에서 포위하고 있는데 폐하께서 연달아 칙서를 세 번이나 내리시어 신을 조정으로 돌아오라고 부르셨는데, 어인 일로 그리하셨는지 폐하의 뜻을 알지 못하겠나이다."

후주는 입을 꾹 다물고 아무 말도 하지 않았다.

강유가 또 아뢰었다: "황호가 간교하게 나라 권세를 제 마음대로 휘두르는 것이 영제靈帝 때의 십상시十常侍와 같사옵니다. (*곧바로 제1회에 대응한다. 조자룡처럼 솔직하다고 말할 수 있다.) 폐하께서는 가깝게는 영제 때의 환관 장양張讓을 거울로 삼으시고 멀게는 진시황 때의 환관 조고趙高를 거울로 삼으시옵소서. 빨리 이자를 죽여 없앤다면 조정은 자연히 태평해질 것이고 중원도 비로소 회복할 수 있을 것이옵니다."

후주가 웃으며 말했다: "황호는 말 그대로 내시內侍라는 보잘것없는 신하에 불과하다. 설령 권력을 제멋대로 휘두른다고 하더라도 역시 할 수 있는 게 없을 것이다. 전에 동윤董允도 매번 이를 갈면서 황호에게 원한을 품기에 짐은 그를 심히 괴이하게 생각했었다. (*앞의 글에서 얘기하지 않았던 것을 보충하고 있다.) 경이 신경 쓸 필요가 어디 있는가?"

강유는 머리를 조아리며 다시 아뢰었다: "폐하께서 오늘 황호를 죽이지 않으시면 머지않아 화가 닥칠 것이옵니다."

후주日: "(공자도 말하기를) '그를 사랑한다면 그가 살기를 바라고, 그를 미워한다면 그가 죽기를 바란다(愛之欲其生, 惡之欲其死)'고 했다.(출처: 〈논어·안연편〉.) 경은 어찌하여 환관 하나를 용납하지 못하는가?"

후주는 근시에게 호산湖山 옆으로 가서 황호를 불러 정자 아래로 오도록 하여 강유에게 절을 하고 죄를 빌도록 했다.

황호는 강유에게 절을 하고 울면서 말했다: "저는 아침저녁으로 종종걸음으로 성상聖上을 모실 뿐, 나라 정사에는 결코 관여하지 않았습니다. 장군께서는 궁궐 바깥사람들의 말만 듣고 저를 죽이려고 하지 마십시오. 소인의 목숨은 장군에게 달렸사오니, 부디 장군께서는 저를 불쌍히 여겨 주십시오."

말을 마치고는 머리를 조아리며 눈물을 흘렸다.


〖 7 〗 강유는 화가 나서 씩씩거리며 궁을 나와서 즉시 극정郤正에게 가서 이 일을 자세히 이야기해주었다.

극정이 말했다: "장군에게 화가 닥칠 날이 멀지 않았소이다. 만약 장군이 위태해진다면 이 나라도 따라서 멸망할 것입니다." (*다만 강유를 위해서 걱정하는 것이 아니라 바로 나라를 위해서 걱정하는 것이다.)

강유曰: "선생은 나에게 나라를 보전하고 이 몸을 안전하게 할 계책(保國安身之策)을 가르쳐주시기 바랍니다."

극정曰: "농서에 답중(沓中: 감숙성 주곡현舟曲縣 서쪽, 민현岷縣 이남)이란 곳이 있는데, 그곳 땅이 매우 기름집니다. 장군께선 어찌하여 무후께서 둔전을 경영하셨던 일을 본받아, (*제102회에 나오는 일.) 천자께 아뢰고 답중으로 나아가 둔전을 경영하지 않으십니까?

둔전을 경영함으로써 얻을 수 있는 이점은, 첫째는 밀을 수확하여 군량에 보탬이 되고, (*첫째는 병력兵力의 강화이다.) 둘째는 농우隴右의 여러 군郡들을 얻을 수 있으며, (*둘째는 진취進取할 수 있다는 것이다.) 셋째는 위魏 사람들이 한중을 감히 넘보지 못할 것이며, (*셋째는 적을 막아낼 수 있다는 것이다.) 넷째는 장군께서 밖에서 병권을 장악하고 계시면 남들이 장군을 도모하지 못할 것이므로 화를 피할 수 있다는 것입니다. (*넷째는 자기 자신을 보호할 수 있다는 것이다.) 이것이 바로 국가를 보전하고 자신의 몸을 안전하게 할 수 있는 계책입니다. 장군께서는 속히 그렇게 하십시오." (*세 마디는 나라를 보전하는 길이고, 한 마디는 자신을 안전하게 하는 길이다.)

강유는 크게 기뻐하며 그에게 사례했다: "선생께서는 참으로 금옥金玉과 같은 소중한 말씀을 해주셨소."

다음날 강유는 후주에게 표문을 올려 답중에 둔전屯田을 경영하여 무후께서 하시던 일을 본받으려 한다고 아뢰었다. 후주는 그의 주청을 승낙했다.

강유는 즉시 한중으로 돌아가서 여러 장수들을 모아놓고 말했다: "나는 여러 차례 출정했으나 군량이 부족해서 공을 이룰 수가 없었다. 이제 나는 8만 명의 군사들을 데리고 답중으로 가서 둔전을 경영하여 밀농사를 지으면서 천천히 진취進取하려고 한다.

그대들은 오랫동안 싸우느라 수고가 많았으니 지금은 당분간 병장기들을 거두고 양곡을 모으면서 물러가 한중을 지키도록 하라. 위병魏兵들은 천리나 되는 먼 거리를 군량을 운반하느라 산길을 지나고 높은 고개도 넘어야 하므로 자연히 피폐해질 것이며, 그렇게 되면 반드시 물러갈 것이다. 그때 적의 빈틈을 타서 추격한다면 이기지 못할 리가 없을 것이다."(*강유의 마음과 말 속에는 오로지 위魏를 격파하는 일밖에 없다.)

그리고 호제胡濟에게는 한수성(漢壽城: 사천성 광원현廣元縣 서남)에 주둔해 있도록 하고, 왕함王含에게는 낙성(樂城: 섬서성 성고현城固縣)을 지키도록 하고, 장빈蔣斌에게는 한성(漢城: 섬서성 면현勉縣 동남)을 지키도록 하며, 장서蔣舒와 부첨傅僉에게는 함께 각처의 관關과 요충지를 지키도록 했다.

각기 나누어 보내고 나서 강유 자신은 8만 명의 군사들을 이끌고 답중으로 가서 밀을 심는 것으로 장기 계획을 삼았다.

〖 8 〗 한편 등애는, 강유가 답중에서 둔전을 경영하며 길에다 40여 개의 영채를 세워놓았는데 죽 이어져서 끊임이 없는 것이 마치 장사진

長蛇陣의 형세와 같다는 보고를 들었다. (*이어져 세워놓은 영채 역시 진법 陣法과 같다.)

등애는 즉시 첩자에게 지형을 자세히 살펴서 지도를 그려오도록 하고 표문을 작성하여 조정에 보고했다.

진공晉公 사마소司馬昭는 그것을 보고 크게 화를 내며 말했다: "강유가 여러 차례 중원을 침범해 왔는데도 그를 죽여 없애지 못했으니, 이자는 내 몸속에 든 병(心腹之患)이로구나!"

가충이 말했다: "강유는 공명이 전수해준 병법을 깊이 터득하고 있으므로 그를 급히 물리치기는 어렵습니다. 반드시 지모와 용맹을 겸비한 장수 하나를 얻어서 답중으로 가서 그를 찔러 죽이도록 한다면 군사들을 동원하는 수고를 면할 수 있을 것입니다."(*가충의 이 말은 도적놈의 계책에 지나지 않는다.)

종사중랑從事中郎 순욱荀勖이 말했다: "그렇지 않습니다. 지금 촉주蜀主 유선은 주색酒色에 빠져서 환관 황호의 말만 신용함으로써 대신들은 모두 어떻게든 화禍를 피하려는 생각만 하고 있습니다. 강유가 답중에서 둔전을 경영하고 있는 것도 바로 화를 피하려는 계책입니다. 만약 대장을 보내서 치도록 한다면 이기지 못할 리가 없는데 자객刺客을 쓸 필요가 어디 있습니까?"(*이것이 바로 정정당당한 주장이다.)

사마소는 크게 웃으며 말했다: "그 말이 제일 좋다. 나는 촉을 치려고 하는데 누구를 대장으로 삼으면 되겠는가?"

순욱曰: "등애는 당세의 훌륭한 대장감입니다. 거기다가 종회鍾會를 부장副將으로 삼을 수 있다면 대사를 성공시킬 수 있습니다."

사마소는 크게 기뻐하며 말했다: "그 말이 내 맘에 꼭 드는군."

그리하여 종회를 불러들여서 물었다: "나는 자네를 대장으로 삼아 동오를 치러 보내려고 하는데, 어떤가?"(*자객을 보내자던 것이 군사를 일으키는 것으로 훌쩍 뛰고, 동오를 친다던 것이 촉을 치는 것으로 훌쩍 뛴다. 일에 곡절이 있으면 글 역시 곡절이 있는 법이다.)

종회日: "주공의 뜻은 본래는 동오를 치려는 것이 아니고 실은 촉을 치려는 것이지요?"

사마소가 크게 웃으며 말했다: "자네는 참으로 내 마음을 아는군. 그런데 자네가 촉을 치러 간다면 무슨 계책을 쓸 텐가?"

종회日: "저는 주공께서 촉을 치고자 하실 줄 예상하고 이미 지도를 그려 두었는데, 지금 여기 있습니다."

사마소가 펼쳐서 보니 지도에는 영채를 세울 곳, 군량과 마초를 쌓아둘 곳, 어디로 해서 나아가고 어디로 해서 물러나야 할지 등을 자세히 기재해 놓았는데, 그 하나하나에 모두 법도가 있었다. (*등애는 다만 답중의 지도만 그렸는데, 종회는 또 촉 땅 전체의 지도를 그렸다. 같은 지도지만 또한 각기 달랐다.)

사마소는 그것을 보고 나서 크게 기뻐하며 말했다: "참으로 훌륭한 장수감이로다! 경과 등애가 군사를 합쳐서 촉을 취하는 것이 어떻겠나?"

종회日: "촉의 서천(蜀川)에는 길이 많아서 나아갈 수 있는 길이 하나뿐만이 아닙니다. 마땅히 등애와 군사를 나누어 각각 나아가도록 해야 합니다."(*이미 동오를 치자고 해놓고는 촉을 치는 것으로 훌쩍 뛰고, 또 군사를 합치자고 했다가는 나누는 것으로 훌쩍 뛴다. 곡절이 매우 심하다.)

사마소는 마침내 종회를 진서장군鎭西將軍으로 삼고 부절과 황월을 주어 관중의 군사들을 지휘하도록 하고, 청주·서주·연주·예주豫州·형주·양주揚州 등 각처의 군사들을 그 휘하에 두도록 했다.

그리고 다른 한편으로 사람을 등애에게 보내서, 부절을 가지고 가서 그를 정서장군征西將軍으로 삼고 관외關外 농상隴上의 모든 군사들을 지휘하도록 하고, 기일을 정하여 촉을 치도록 했다. (*새로 장군을 보내면서 이전 장군도 다시 봉하는데, 이는 하나는 새 장군, 하나는 옛 장군으로 함으로써 서로 위아래가 없는 형세로 했다.)

〖 9 〗 다음날, 사마소가 조정에서 이 일을 논의하는데, 전장군前將軍 등돈鄧敦이 말했다: "강유가 여러 차례 중원을 침범해서 우리 군사들이 매우 많이 죽고 다쳤습니다. 지금은 방어만 하려고 해도 오히려 우리 자신을 보전하기 어려운데, 어찌 산천이 위험한 땅으로 깊이 들어가서 스스로 화란禍亂을 자초하려고 하십니까?"

사마소가 화를 내며 말했다: "나는 인의仁義의 군대를 일으켜서 무도한 임금을 치려고 하는데, 네 어찌 감히 내 뜻을 거역한단 말이냐!"

큰소리로 무사에게 호령하여 그를 끌어내서 목을 베라고 했다.

잠시 후 무사가 등돈의 수급을 계단 아래에 갖다 바쳤다. 많은 사람들은 모두 낯빛이 하얘졌다. (*임금을 시해한 후에는 반드시 신하들에게 위엄을 보여야 한다. 다른 나라를 치기 전에도 역시 반드시 나라 안에 위엄을 보여야 한다. 간웅들이 위엄을 보이는 방식은 왕왕 이와 같다.)

사마소가 말했다: "나는 동오를 친 이후 6년간 쉬면서 군사들을 훈련시키고 병기를 손질해서 이미 모든 것이 완비되었다. 그래서 동오와 촉을 치려고 한 지 오래 되었다.

이제 먼저 서촉을 평정한 다음 그 흐름을 타고 수륙水陸으로 병진竝進하여 동오를 병탄하려 하는데, 이는 옛날 진晉이 괵국虢國을 멸망시킨 후에 돌아오는 길에 우국虞國을 취한 것과 같은 방식이다. (*바야흐로 촉을 치려고 하면서 또 동오를 치려는 계산까지 하고 있는데, 여기서부터 마지막 회까지는 일이 단숨에 해치워지고 있다.)

내가 헤아려보니, 서촉의 병력은 성도成都를 지키는 자들이 8~9만 명이고, 변경을 지키는 자들은 4~5만 명에 불과하며, 또 강유가 둔전을 경영하기 위해 데리고 있는 자들도 6~7만 명에 불과하다.

지금 나는 이미 등애에게 관외關外 농우隴右의 군사 10여만 명을 이끌고 가서 강유를 답중에 묶어놓아 동쪽을 돌아볼 수 없게 하라고 지시했다. 그리고 종회를 보내서 관중關中의 정예병 20~30만 명을 이끌고 곧장 낙곡駱谷으로 가서 세 방면에서 한중을 습격하도록 했다. (*이곳에서는 원래 등애로 하여금 강유를 묶어놓도록 하고, 종회로 하여금 서천으로 잠입하도록 하려고 했다. 그런데 뒤에 가서는 도리어 종회가 강유를 묶어놓고 등애가 서천으로 잠입한다. 뒷부분의 글과 서로 반대되는 것이 참으로 묘한데, 바야흐로 사정에 변화가 생겼음을 볼 수 있다.)

촉주蜀主 유선劉禪은 어리석고 사리에 어두우므로 밖에서 변방의 성이 깨뜨려지면 안에서는 백성들이 흔들릴 것이다. 촉은 반드시 망하고 말 것이다!"

모두들 그 말을 듣고 탄복했다.


〖 10 〗 한편 종회는 진서장군鎭西將軍의 인수印綬를 받고 촉을 칠 군사를 일으켰다. 종회는 기밀이 혹시 새나갈까 두려워서 반대로 동오를 친다는 이름을 내걸고 청주·연주·예주·형주·양주 등 다섯 곳에서 각기 큰 배를 만들도록 했다. 또 당자唐咨를 등주登州와 래주萊州 등 바닷가 지방으로 보내서 바다에 있는 배(海船)들을 끌어 모으도록 했다. (*종회는 짐짓 동오를 치는 체했는데, 이는 유엽劉曄이 촉을 치려고 한다는 말을 피했던 것(*제99회)과 같은 뜻이다.)

사마소가 그의 의도를 알지 못하고 마침내 종회를 불러서 물었다: "자네는 육로로 서천을 치러 가야 할 텐데, 배는 만들어서 어디다 쓰려고 하는가?"

종회가 말했다: "촉에서 만약 우리 군사들이 대거 나아가고 있다는 소식을 들으면 반드시 동오에 구원을 청할 것입니다. 그래서 먼저 우리가 동오를 치려고 한다는 소문을 퍼뜨려 놓으면 동오는 틀림없이 감히 함부로 움직이지 못할 것입니다. 1년 안에 촉이 깨어지고 나면 배

들도 이미 다 만들어져 있을 테니, 그때 동오를 친다면 어찌 일이 순조롭지 않겠습니까?"(*또다시 촉을 칠 때부터 동오를 칠 계산까지 미리 하고 있다. 여기서부터 마지막 회까지는 일들이 단숨에 해치워지고 있다.)

사마소는 크게 기뻐하며 날을 택하여 출병시켰다.

때는 위魏 경원景元 4년(서기 263년) 가을 7월 3일, 종회가 군사들을 이끌고 출발했다. 사마소는 그를 성 밖 10리까지 바래다 준 후에 돌아왔다.

서조연西曹掾 소제邵悌가 은밀히 사마소에게 말했다: "지금 주공께서는 종회를 보내시면서 그로 하여금 군사 10만 명을 거느리고 가서 촉을 치도록 하셨는데, 제 생각에는, 종회는 뜻도 크고 포부도 크므로 그로 하여금 큰 권력을 혼자서 장악하도록 해서는 안 될 것 같습니다."(*종회의 모반에 대한 복선이다.)

사마소가 웃으면서 말했다: "내 어찌 그것을 모르겠는가?"

소제曰: "주공께서 기왕에 알고 계신다면, 어찌하여 다른 사람으로 하여금 그 직책을 같이 맡도록 하지 않으십니까?"

사마소는 무수한 말로 소제의 의심을 풀어주었다. 이야말로:

바야흐로 군사 몰아 적을 치러 가는 날　　　　　　方當士馬驅馳日
일찌감치 장군의 발호하려는 마음 알고 있었네.　　早識將軍跋扈心

그가 어떤 말을 했는지 모르겠거든 다음 회를 읽어보기 바란다.

## 제115회 모종강 서시평序始評

(1). 강유는 조양洮陽으로 나가는 것을 등애가 예상하지 못할 것이라고 생각했으나, 등애는, 자신이 예상하지 못할 것이라고 강유가 생각하고 있는 줄을 알고 있었다. 강유는 기산祁山의 구원을 등애도 예상하고 있을 줄 알았으나, 등애는, 자신이 예상할 수 있을

줄을 강유가 예상하고 있는 줄 몰랐다. 그러나 후주後主가 강유를 소환한 것은, 강유만 예상하지 못했던 게 아니라 등애 역시 예상하지 못했다. 지혜로운 자의 지혜(智者之智)는 항상 지혜로운 자의 생각을 벗어나고, 어리석은 자의 어리석음(愚者之愚) 역시 지혜로운 자의 생각을 벗어난다. 책을 읽다가 여기에 이르면, 이에 대해 감개(慨然)를 느끼지 않을 수 있겠는가!

(2). 책을 읽다가 종편終篇에 이르면 다시 이 책 첫 회의 몇 행과 상응하는 점이 있음을 알게 된다. 예컨대 황룡黃龍이 우물 속에서 나타나는 징조는 독자들로 하여금 푸른 뱀이 어좌御座에 나타났을 때를 생각나게 하고, 조모曹髦가 〈황룡黃龍〉이란 시를 읊을 때는 독자들로 하여금 한漢 황제가 〈비연飛燕〉이란 시 구절을 읊었던 것을 생각나게 한다. 이는 이미 기이한 것이다. 그러나 당시의 사람은 여전히 이전의 일을 가지고 서로 비교할 줄 모른다. 강유가 황호黃皓를 없애려고 한 일은 명명백백히 십상시十常侍의 일과 비교되고, 명명백백히 영제靈帝의 일이 그 거울이 된다.

110회 이후에는 갑자기 110회 이전의 사람들을 보게 되고, 갑자기 110회 이전의 일들을 다시 보게 된다. 이와 같이 수미首尾가 서로 이어지고 합쳐지니, 이 어찌 절세絶世의 기문奇文이 아니겠는가?

(3). 무후는 출사出師하여 둔전을 경영하다가 생을 마치고, 강유도 출사하여 둔전을 경영하다가 생을 마친다. 답중畓中에서 둔전을 경영하는 것과 위수渭水 가에서 둔전을 경영한 것에는 다름이 없다. 화禍를 피하기 위해서라고 생각하면 촉蜀을 보전하는 길 역시 거기에 있었고, 촉을 보전하기 위해서라고 생각하면 위魏를 취하는 길 역시 거기에 있었다.

강유는 아홉 번 중원을 친 적이 일찍이 없었는데, 후세 사람들은 답중에서의 싸움을 강유가 아홉 번째 중원을 친 것으로 생각한다. 대저 위魏를 취하기 위한 둔전경영이라면, 비록 아홉 번 중원을 쳤다고 말하더라도 가可하다.

(4). 촉이 위魏를 치는 일은 여기에서 끝나지만, 위가 촉蜀을 치는 일은 여기서부터 시작된다. 이로부터 한漢이 역적 위魏를 멸하지 않으면 역적이 한漢을 멸하게 되는 것을 보게 되는데, 이것이 바로 무후가 "한漢과 역적은 양립할 수 없다(不兩立)"고 한 이유이다.

선주가 장차 서천西川에 들어가려고 할 때에는 먼저 공명이 그린 지도를 보았고, 또 장송張松이 그린 지도 하나를 얻었다. 사마소司馬昭가 장차 서천을 취하려고 할 때에는 먼저 등애鄧艾가 그린 답중沓中 지도 하나를 보았고, 또 종회鍾會가 그린 촉蜀 전체 지도 한 장을 보게 된다.

이처럼 전후가 서로 자연스럽게 대對가 되는 것이 마치 부절符節을 합쳐놓은 것과 같은바, 참으로 기이한 문장(奇文)에 기이한 일(奇事)들이다.

## 제 116 회

종회, 한중으로 가는 길에 군사를 나누고
무후, 정군산에서 현성顯聖하다

〖 1 〗 한편 사마소가 서조연西曹椽 소제邵悌에게 말했다: "조정의 신
하들은 모두 촉을 쳐서는 안 된다고 말하는데, 이는 그들이 마음속으
로 겁을 먹고 있기 때문이다. 만약 저들로 하여금 억지로 싸우도록 한
다면, 그것은 반드시 패하는 방법이다. (*이것이 다른 사람을 같이 보내
지 않는 이유이다.)

종회는 지금 혼자 촉을 칠 계책을 세워 놓았는데, 이는 그가 마음속
으로 겁을 먹지 않았기 때문이다. 마음으로 겁을 내지 않는다면 반드
시 촉을 깨뜨릴 수 있을 것이고, 촉이 깨뜨려지고 난 다음에는 촉 사람
들의 간담 역시 이미 다 떨어져 있을 것이다.

옛 사람은 이르기를 '싸움에서 패한 장수는 용맹에 대해 말해서는
안 되고, 망국亡國의 대부大夫는 살아남으려고 해서는 안 된다(敗軍之將

不可以言勇; 亡國之大夫不可以圖存)'고 하였다. (출처: 〈사기·회음후열전准
陰侯列傳〉). 종회가 설령 딴 뜻을 품더라도 촉인蜀人들이 어찌 그를 도울
수 있겠는가? (*뒤에 가서 강유가 종회를 돕지 않게 되는 것의 복선이다.)

그리고 위병들의 경우, 이기고 나서는 고국에 돌아올 생각을 할 것
이므로 틀림없이 반란을 일으키는 종회를 따르지는 않을 것인즉, 더욱
염려할 필요가 없다. (*뒤에 가서 위의 장수들이 종회를 따르지 않게 되는
것의 복선이다.) 이 말은 나와 자네만 알고 있으니 절대로 누설해서는
안 된다."

소제는 그의 말을 듣고 탄복했다.


〖 2 〗 한편 종회는 영채를 다 세워놓은 다음 막사 안으로 들어가서
여러 장수들을 다 모아놓고 명을 내렸다. 이때 모인 사람들은 감군監軍
위관衛瓘, 호군護軍 호열胡烈, 대장 전속田續·방회龐會·전장田章·원정爰
彭·구건丘建·하후함夏侯咸·왕매王買·황보개皇甫闓·구안句安 등 장수 80
여 명이었다.

종회가 말했다: "반드시 대장 하나가 선봉이 되어 산을 만나면 길을
내고 물을 만나면 다리를 놓도록 해야 한다. 누가 감히 이 일을 담당하
겠는가?"

한 사람이 대답했다: "제가 가겠습니다."

종회가 보니 바로 호장虎將 허저許褚의 아들 허의許儀였다. (*호치虎癡
허저의 용맹에 대해서는 이미 수십 회 앞에서 얘기했다.)

여러 사람들이 모두 말했다: "이 사람이 아니면 선봉을 설 사람이
없습니다."

종회는 허의를 불러서 말했다: "너는 높은 신분의 귀족 가문 출신
(虎體原班)의 장수로 너희 부자가 다 유명하므로 지금 모든 장수들 또
한 너를 추천하였다. 너는 선봉의 인수를 차고 5천 명의 기병과 1천

명의 보군들을 거느리고 곧장 가서 한중을 취하도록 하라. 군사를 세 방면으로 나누되 너는 가운데 방면의 군사들을 거느리고 야곡(斜谷: 섬 서성 미현眉縣 서남. 고대에 사천과 섬서 간의 교통의 요충지)으로 나가고, (*무 후武侯는 이곳으로 나간 적이 있는데, 종회는 도리어 이곳으로 들어오려고 한 다.) 좌군左軍은 낙곡(駱谷: 옛날 관중關中에서 진령秦嶺을 넘어 한중을 거쳐 파촉巴蜀으로 들어가는 요도要道의 하나)으로 나가고, (*강유는 이곳으로 나 간 적이 있는데, 종회는 도리어 이곳으로 들어오려고 한다.) 우군右軍은 자오 곡(子午谷: 장안에서 한중으로 통하는, 섬서성 장안현 남진령南秦嶺 산중에 있는 계곡)으로 나가도록 하라. (*위연은 이곳으로 나가려고 했는데, 종회는 도리 어 이곳으로 들어오려고 한다.)

이곳은 전부 산길이 기구崎嶇하고 험준한 곳이니 군사들로 하여금 길을 메우고, 다리를 고치고, 산을 뚫고, 돌을 깨서, 막히는 곳이 없도 록 해야 한다. 만약 시킨 대로 해내지 못하면 반드시 군법으로 다스릴 것이다."(*이 몇 마디 말은 극히 상투적인 말 같지만 도리어 후문의 복필이 다.)

허의는 명을 받고 군사를 거느리고 나아갔다. 종회는 뒤따라 10만여 명의 군사들을 데리고 그날 밤 길을 떠났다.


〖 3 〗 한편 등애는 농서隴西에서 촉을 치라는 칙명을 받자 한편으로 는 사마망司馬望으로 하여금 강인羌人들을 막도록 하고, 또 한편으로는 사람을 옹주자사 제갈서諸葛緖 · 천수태수 왕기王頎 · 농서태수 견홍牽弘 · 금성태수 양흔楊欣 등에게 보내서 각기 휘하 군사들을 거느리고 와서 명을 듣도록 했다.

각처의 군사들이 구름처럼 모여들 무렵, 등애는 밤에 꿈을 꿨다. 꿈 속에서 높은 산에 올라가 한중漢中을 바라보고 있는데 갑자기 발아래 에서 샘이 하나 터지더니 물이 콸콸 힘차게 솟아올랐다. 그 순간 깜짝 놀라서 깨어보니 (*한바탕 큰일을 앞두고 먼저 꿈 이야기부터 하고 있다.) 온몸에 땀이 흘렀는데, 그대로 앉아서 날이 밝기를 기다렸다가 호위병 소완邵緩을 불러서 꿈에 대해 물어보았다. 소완은 평소 〈주역周易〉에 밝았으므로, 등애는 꿈 이야기를 자세히 해주었다.

소완이 대답했다: "〈역易〉에서 이르기를: '산 위에 물이 있는 것을 건괘라고 한다(山上有水曰蹇). 건괘蹇卦는 서남西南에 유리하고 동북東北에 불리하다.'고 했습니다. 공자께서는 말씀하시기를: '건蹇은 서남에 이로우니 그리로 가면 공을 세울 수 있다. 동북에 불리하니 그 길이 막혀 있다(蹇利西南, 往有功也. 不利東北, 其道窮也).'(출처: 〈주역·건괘〉 단전彖傳)고 했습니다. (*이는 꿈 해몽이 아니라 점을 치는 경우를 말한 것이다. 이 경우 다시 점을 칠 필요는 없으니, 꿈이 곧 점이기 때문이다.) 장군께서 이번에 가시면 반드시 촉을 이기시겠지만, 다만 애석한 것은 일이 뜻대로 되지 않아 돌아오실 수가 없다는 것입니다."(*뒤에 가서 등애가 피살되는 것의 복안伏案이다.)

등애는 그 말을 듣고 안색이 어두워지면서 우울해했다. 그때 갑자기 종회가 보낸 격문이 이르렀는데, 등애에게 군사를 일으켜서 한중에서 모이자고 약속하는 것이었다.

등애는 즉시 옹주자사 제갈서諸葛緒에게 군사 1만 5천 명을 이끌고 가서 먼저 강유의 퇴로를 차단하도록 한 후, 다음으로 천수태수 왕기王頎에게 군사 1만 5천 명을 이끌고 가서 왼편에서 답중沓中을 치도록 하고, 농서태수 견홍牽弘에게 군사 1만 5천 명을 이끌고 가서 오른편에서 답중을 치도록 했다. 또 금성태수 양흔楊欣에게는 군사 1만 5천 명을 이끌고 가서 감송(甘松: 사천성 송반현松潘縣 서북)에서 강유의 뒤를 차단하도록 했다. (*종회는 세 방면으로, 등애는 네 방면으로 나아갔다. 각각 다르다.) 등애 자신은 군사 3만 명을 이끌고 왕래하면서 협력해 싸우기로 했다.

〖 4 〗한편 종회가 출병할 때 모든 관원들은 성 밖으로 나가서 그를 배웅했는데, 기치들이 해를 가리고 갑옷은 마치 응결된 서리처럼 반짝였고, 사람도 말도 강하고 튼튼하여 위풍이 당당했다. 그 모습을 보고 사람들은 모두 칭찬했으나 오직 상국참군相國參軍 유식劉寔만이 비웃으면서 아무 말도 하지 않았다. (*소제는 알고 말을 했고, 유식은 알면서도 말을 하지 않는다. 더욱 흥미 있는 사람이다.)

태위 왕상王祥은 유식이 비웃는 것을 보고 말 위에서 그의 손을 잡으며 물었다: "종회와 등애 두 사람은 이번에 가서 촉을 평정할 수 있을까요?"

유식曰: "촉을 깨뜨릴 것은 틀림없습니다. 다만 둘 다 돌아올 수 없을까봐 두렵습니다."(*나중에 둘 다 피살되는 것의 복선이다.)

왕상이 그 이유를 물어보았으나 유식은 웃기만 할 뿐 대답을 하지 않았다. (*그는 재미있는 사람이다.) 왕상은 끝내 다시 묻지 않았다.


〖 5 〗한편 위병이 출발하고 나자, 일찌감치 첩자가 답중으로 가서 강유에게 이 일을 보고했다.

강유는 즉시 후주에게 표문을 올려 아뢰었다: "칙서를 내리시어 좌左 거기장군車騎將軍 장익에게는 군사를 거느리고 가서 양안관(陽安關: 양평관陽平關. 섬서성 영강현寧強縣 서북)을 수호하도록 하시고, 우右 거기장군 요화에게는 군사를 거느리고 가서 음평교(陰平橋: 감숙성 문현文縣 동남 백수강白水江 위에 놓여 있음)를 지키도록 하시옵소서. 이 두 곳은 가장 긴요한 곳이므로, 만약 이 두 곳을 잃게 되면 한중을 보전할 수 없사옵니다. (*종회는 세 방면을, 등애는 네 방면을, 강유는 두 방면을 중시하고 있는 바, 각기 다르다.) 그리고 한편으로 사신을 동오로 보내시어 구원을 청하시옵소서. (*이는 종회의 말과 서로 합치된다.) 신은 한편으로 답중의 군사를 일으켜 적을 막겠나이다."(*이들을 다 연결하면 네 방면이 된다.)

이때 후주는 연호를 고쳐서 경요景耀 6년에서 염흥炎興 원년(서기 263년)으로 바꾸고, (*이 구절을 삽입한 것은 뒤에서 말하는 "二火初興(이화초흥: 두 개의 불이 처음 일어나는)"이란 말의 복필이다.) 매일 환관 황호黄皓와 같이 궁중에서 놀고 즐기는 데만 빠져 있었다.

그때 갑자기 강유의 표문을 받고 후주는 곧바로 황호를 불러서 물었다: "지금 위국魏國의 종회와 등애가 군사를 대거 일으켜 길을 나누어 쳐들어오고 있다는데, 이를 어찌하면 좋겠느냐?"

황호가 아뢰었다: "이는 강유가 공명을 세우려고 일부러 이런 표문을 올린 것이옵니다. 폐하께서는 마음을 느긋이 하시고 아무런 근심 걱정을 하지 마옵소서. 신이 들으니 성 안에 용한 무당이 하나 있는데, 한 귀신을 섬기며 길흉을 알 수 있다고 하옵니다. 한 번 불러서 이 일에 대해 물어보도록 하옵소서."

후주는 그의 말을 좇아 후전後殿에다 향기 나는 꽃과 종이와 촛불(香花紙燭), 그리고 온갖 제물들을 차려놓고 황호로 하여금 무당을 작은 수레에 태워 궁중으로 들어오도록 해서 용상龍床 위에 앉게 했다. (*이 무당이야말로 촉중蜀中의 큰 재이災異로서 측백나무가 밤에 곡소리를 내는 것과 같은 것으로 봐야 한다.)

후주가 향을 불사르고 빌기를 마치자, 무당이 갑자기 머리를 풀고 신발을 벗더니 맨발로 전殿 위에서 수십 번이나 길길이 뛰면서 탁자 위를 빙빙 돌았다. (*무당의 행동을 생동감 있게 그리고 있다.)

황호가 말했다: "이는 신인神人이 강림한 것이옵니다. 폐하께서는 좌우 사람들을 물리치시고 친히 비시옵소서."

후주는 시신侍臣들을 전부 물리고 다시 절을 하면서 빌었다. (*천자가 일개 무당에게 절을 하다니, 역시 조정 안의 일대一大 재이災異이다. 이는 푸른 뱀이 어좌에 올라앉았던 것과 (제1회의 일) 같은 일로 봐야 한다.)

무당이 큰소리로 외쳤다: "나는 서천의 토신土神이다. (*무당이 자칭

토신土神이라고 하는바, 이 역시 조정 안의 일대—大 재이災異로서 암탉이 수탉으로 변한 것과 (제1회의 일) 같은 일로 봐야 한다.) 폐하는 태평세월을 즐기고만 있으면 되는데 뭣 때문에 다른 일에 대해 묻는가? 수년 후에는 위魏의 강토 역시 폐하에게 돌아올 테니, 폐하는 절대 아무런 염려도 하지 말라!"

말을 마치자 정신을 잃고 땅에 쓰러졌다가 한참 후에야 깨어났다. (*무당의 행태를 생생하게 그리고 있다.) 후주는 크게 기뻐하며 그에게 큰 상을 주었다.

이로부터 후주는 무당의 말만 깊이 믿고, 마침내는 강유의 말은 듣지도 않으며 매일 궁중에서 주연이나 베풀며 환락에 빠져 지냈다. (*이 각李催이 무당의 말을 믿고 망했던 일로부터(*제13회의 일) 이미 1백여 회가 지났는데, 갑자기 그에 필적할 만한 무당이 나타난 것이다.)

강유가 여러 번 위급함을 알리는 표문을 올렸으나, 황호가 그것들을 모조리 감춰버렸다. 이 때문에 마침내 국가대사를 그르치고 말았던 것이다. (*장양張讓이 황건적의 소식을 감추었던 것과 전후로 같은 방법이다.)

〖 6 〗 한편 종회의 대군은 길게 열을 지어 천천히 한중을 향해 나아갔다. 선두부대의 선봉장 허의許儀는 수공首功을 세우기 위해 먼저 군사들을 거느리고 남정관(南鄭關: 섬서성 한중시漢中市 동쪽)에 이르러 부하 장수들에게 말했다: "이 관문만 지나면 바로 한중이다. 관 위에는 군사들이 많지 않으니, 우리가 힘을 떨쳐 관을 빼앗도록 하자."

여러 장수들은 명을 받고는 일제히 힘을 합쳐 앞으로 나아갔다.

원래 이 관을 지키고 있는 촉의 장수 노손盧遜은 진즉 위병들이 올 것을 알고 미리 관 앞의 나무로 만든 다리(木橋) 좌우로 군사들을 매복시켜 놓고 무후가 전수해 준, 화살 10발을 연달아 쏘는 쇠뇌(十矢連弩)를 설치해 놓고 기다리고 있었다. (*무후의 임종 때의 일을 다시 꺼내고 있는데, 제104회의 일에 대응한다.)

허의의 군사들이 관을 빼앗으러 쳐들어갔을 때, 딱따기 소리가 한 번 울리더니 화살과 돌들이 비 오듯 쏟아졌다. 허의가 급히 군사들을 뒤로 물렸을 때에는 이미 수십 명의 기병들이 화살을 맞아 쓰러진 후였다. 위병은 대패했다. 허의는 돌아가서 종회에게 보고했다.

종회는 직접 휘하의 무장 기병 1백여 명을 데리고 살펴보러 갔는데, 과연 활과 쇠뇌가 일제히 화살을 쏘아댔다. 종회가 말머리를 돌려서 곧바로 돌아오는데, 관 위에서 노손이 군사 5백 명을 이끌고 쳐내려왔다.

종회가 말에 박차를 가해 다리를 건너는데 다리 위의 흙이 무너지면서 말발굽이 그 속으로 빠져 하마터면 몸이 말에서 솟구쳐 올라 떨어질 뻔했다. 말이 빠져나오려고 발버둥을 쳤으나 빠져나오지 못하자, 종회는 말을 버리고 보행步行으로 뛰었다. 다리를 다 건너왔을 때 노손이 그를 따라잡아 창으로 찔러왔다. 그런데 바로 그 순간 위병들 중에 순개荀愷라는 자가 몸을 돌리며 쏜 화살이 노손을 맞히자, 노손은 말 아래로 굴러 떨어졌다.

종회는 그 기세를 타고 군사들을 휘몰아 관을 빼앗으러 갔다. 관 위의 군사들은 관 앞에 촉병들도 있어서 감히 활을 마구 쏘지 못했는데, 그 틈에 종회가 들이쳐서 촉병들을 다 흩어버리고 산 위의 관을 빼앗아 버렸다. (*종회는 거의 죽을 뻔했다가 다시 산의 관까지 빼앗았다. 이 모두 의외의 일로 사람을 놀라게 하는 글이다.) 그는 즉시 순개를 호군護軍으로 삼고 그에게 말과 안장, 갑옷 한 벌을 상으로 주었다.

종회는 허의를 막사 안으로 불러서 꾸짖었다: "너는 선봉이 되었으면 마땅히 산을 만나면 길을 뚫고 물을 만나면 다리를 놓고, 교량과 도로를 수리해서 행군하기 편하도록 하는 데 전념했어야 했다. 내가 마침 다리 위에 이르렀을 때 말발굽이 빠져서 하마터면 다리에서 떨어질 뻔했다. 만약 순개가 아니었으면 나는 이미 죽었을 것이다. (*종회가 죽지 않은 것은 실로 천행天幸이다.) 너는 이미 군령을 어겼으므로 마땅히 군법으로 다스려야겠다!"

그리고는 좌우에 호령하여 그를 끌고 나가 목을 베라고 명했다.

여러 장수들이 사정했다: "그의 부친 허저許褚는 조정의 공신功臣입니다. 도독께서는 부디 그를 용서해 주십시오."

종회가 화를 내며 말했다: "군법이 분명하지 않으면 어떻게 많은 군사들을 통솔할 수 있겠느냐?"

마침내 허의를 참수하여 많은 사람들에게 보여주도록 했다. 그것을 보고 놀라지 않는 장수가 없었다. (*뒤에 가서 여러 장수들이 종회를 따르지 않게 되는 것은 이 일 때문이다.)


〖 7 〗 이때 촉장 왕함王숨은 낙성樂城을 지키고, 장빈蔣斌은 한성漢城을 지키고 있었는데, 위병의 세력이 큰 것을 보고 감히 싸우러 나가지 못하고 성문을 닫아놓고 지키고만 있었다.

종회가 명을 내렸다: "용병은 신속함을 귀하게 여긴다. 잠시도 멈춰서는 안 된다(兵貴神速, 不可少停)."(*위병은 속히 싸우는 것이 유리하고, 촉병은 굳게 지키는 것이 유리하다.)

그리고는 선두부대 이보李輔에게는 낙성을 포위하도록 하고, 호군 순개荀愷에게는 한성을 포위하도록 한 후, 자신은 직접 대군을 이끌고 양안관陽安關을 공격하러 갔다.

양안관을 지키던 촉장 부첨傅僉이 부장副將 장서蔣舒와, 나가서 싸울 것인지 아니면 관문을 닫아놓고 굳게 지킬 것인지를 상의했다.

장서가 말했다: "위병의 수가 매우 많아서 형세 상 당해내지 못할 것 같으니 굳게 지키고 있는 것이 상책입니다."(*싸우는 것은 지키는 것보다 못하다고 한 그의 말은 옳다. 그런데 지키는 것은 항복하는 것보다 못하

다고 한 그의 행동은 또 무슨 도리에 근거한 것인가?)

부첨曰: "그렇지 않다. 위병들은 멀리서 왔으므로 틀림없이 지쳐 있을 것이다. 비록 저들의 군사 수가 많다고 하더라도 겁낼 것 없다. 우리가 만약 관을 내려가서 싸우지 않는다면 한성과 낙성 두 성은 끝장나고 만다!"

장서는 입을 꾹 다물고 아무 대답도 하지 않았다. (*좋은 뜻을 품고 있지는 않았다.)

그때 갑자기 알려오기를, 위병의 대군이 이미 관 앞에 이르렀다고 했다. 부첨과 장서 두 사람은 관 위로 올라가서 보았다.

종회가 채찍을 높이 들고 큰소리로 외쳤다: "나는 지금 10만 명의 군사들을 거느리고 이곳에 왔다. 일찌감치 나와서 항복을 한다면 각자의 품계品階에 따라서 등용해 주겠지만, 만약 고집을 부리고 항복하지 않는다면 관을 때려 부수고 옥석玉石 구분 없이 모조리 불태워버릴 것이다!"

부첨은 크게 화가 나서 장서에게 관을 지키도록 하고 자신은 군사 3천 명을 이끌고 관 아래로 쳐내려갔다. 종회가 곧바로 달아나자 위병들도 전부 물러갔다.

부첨이 그 기세를 몰아 그들을 추격해 가자 위병들이 다시 합세하여 쳐들어왔다. 부첨이 군사들을 뒤로 물려서 관으로 들어가려고 하는데, 관 위에는 이미 위魏의 기치가 세워져 있었고, "나는 이미 위魏에 항복했다"라고 외치는 장서가 보였다.

부첨은 크게 화를 내며 언성을 높여 욕을 했다: "은혜를 잊어버리고 의리를 배반한 역적 놈아! 너는 무슨 낯짝으로 천자를 뵈려느냐!"

그는 말머리를 돌려 다시 위병과 맞붙어 싸웠다. 위병들이 사면에서 몰려와서 부첨을 한가운데 넣고 포위했다. 부첨은 좌충우돌, 왔다 갔다 하면서 죽기로 싸웠으나 포위를 뚫고 나갈 수가 없었다. 거느리고 있던 촉병들도 십중팔구十中八九는 다치거나 죽었다.

부첨은 하늘을 우러러보며 탄식했다: "나는 살아있을 때 촉의 신하였으니 죽어서도 역시 촉의 귀신이 될 것이다!"(*이러한 귀신이라면, 귀신 역시 불후不朽일 수 있다.)

이에 다시 말에 박차를 가하여 닥치는 대로 들이쳤는데, 이 싸움에서 몸이 여러 군데 창에 찔려서 전포와 갑옷이 피투성이가 되었다. 타고 있던 말마저 쓰러지자 부첨은 스스로 목을 찔러 죽었다. (*이런데도 장서蔣舒는 부끄러운 나머지 죽지 않을 수 있을까?) 후세 사람이 이를 탄식하여 지은 시가 있으니:

| | |
|---|---|
| 어느 한 날 충의의 분노 표현하자 | 一日抒忠憤 |
| 천추에 걸쳐 그 충의의 이름 추앙하네. | 千秋仰義名 |
| 차라리 부첨처럼 죽을지언정 | 寧爲傅僉死 |
| 장서처럼 살지는 말지어다. | 不作蔣舒生 |

종회가 양안관을 얻고 나서 보니 관 안에는 쌓아놓은 군량과 마초와 병장기가 극히 많았다. 그는 크게 기뻐하면서 전군을 배불리 먹였다.

〖 8 〗 이날 밤 위병들은 양안성 안에서 묵었는데, 갑자기 서남쪽에서 함성이 크게 진동하는 소리가 들렸다. 종회가 황망히 막사에서 나가 살펴보았으나 전혀 아무런 동정動靜도 없었다. 위병들은 밤새도록 잠을 잘 수가 없었다.

다음날 삼경三更에 서남쪽에서 또 함성이 일어났다. 종회는 놀랍고 의아하여 날이 밝을 녘에 사람을 시켜서 탐지해 보도록 했더니, 그가 돌아와서 보고했다: "멀리 십여 리 밖까지 자세히 살펴보았으나 사람이라곤 하나도 보이지 않았습니다."

종회는 여전히 놀랍고 의아해서 자기가 직접 완전 무장시킨 기마병 수 백 명을 이끌고 서남쪽으로 순찰을 나갔다. 앞으로 나아가 한 산에 이르렀는데, 사면에서 살기殺氣가 갑자기 일어나고 음산한 구름이 산 전체를 뒤덮더니 안개가 산 정상을 둘러싸는 것이 보였다.

종회는 말을 멈춰 세우고 향도관嚮導官에게 물었다: "이 산은 무슨 산이냐?"

그가 대답했다: "이 산이 바로 정군산定軍山입니다. 예전에 하후연夏侯淵이 이곳에서 죽었습니다."(*하후연에 관한 일은 이미 수십 회 전에 나왔는데 여기서 갑자기 다시 언급하고 있다.)

종회는 그 말을 듣고는 낙담하고 기분이 언짢아 곧바로 말머리를 돌려서 돌아오는데, 산비탈을 돌 때 갑자기 광풍이 크게 일어나더니 등 뒤에서 수천 기마병들이 뛰쳐나와 바람을 따라 쳐들어왔다. 종회는 크게 놀라서 수하 군사들을 이끌고 말을 달려 달아났다. 달아나는 중에 말에서 떨어진 장수들도 무수히 많았다.

힘껏 달려서 양안관까지 와서 보니 사람도 말도 다친 자는 하나도 없었으나, 다만 체면이 손상되고 투구를 잃어버렸을 뿐이었다.

모두들 말했다: "음산한 구름 가운데서 군사들이 쳐들어오는 것을 보았을 뿐, 몸 가까이 와서는 도리어 사람을 해치지 않았습니다. 단지 한 줄기 회오리바람(一陣旋風)일 뿐이었습니다."

종회가 항장降將 장서蔣舒에게 물었다: "정군산에 사당이 있는가?"

장서曰: "사당이라고는 전혀 없고 다만 제갈무후의 무덤이 있습니다."(*제105회의 일.)

종회가 놀라며 말했다: "이는 틀림없이 무후께서 현성顯聖하신 것이다! 내 마땅히 직접 가서 제사를 지내드려야겠다."

다음날 종회는 제례祭禮를 갖추고 소와 양과 돼지를 잡아 직접 무후의 묘 앞에 가서 재배하고 제사를 지냈다.

제사를 다 지내고 나자 광풍이 뚝 그치고 음산한 구름들은 사방으로 흩어졌다. 그러더니 갑자기 맑은 바람이 솔솔 불고 가랑비가 부슬부슬 내렸다. 한참 지나고 나서 날씨가 활짝 개었다. 위병들은 크게 기뻐하면서 모두들 무후의 묘에 사례의 절을 하고 영채로 돌아왔다.

〖 9 〗 이날 밤, 종회가 막사 안에서 작은 탁자에 엎드려 잠이 들었는데, 갑자기 한 줄기 맑은 바람이 지나가면서 한 사람이 나타났다. 그는 머리에 윤건綸巾을 쓰고, 손에는 우선羽扇을 들고, 몸에는 학창鶴氅을 입고, 발에는 흰 신발(素履)을 신고, 허리에는 검은 띠(皀條)를 두르고, 얼굴은 면류관에 달린 옥(冠玉)처럼 희고, 입술은 주사朱砂를 바른 듯이 붉고, 미목眉目은 맑고 밝았으며, 키는 여덟 자나 되는데, 바람에 나부끼는 듯한 모습이 꼭 신선 같았다. (*갑자기 종회의 꿈속에 나타난 제갈공명을 그리고 있는데, 선주가 처음 초려를 찾아갔을 때의 모습과 흡사하다.)

그 사람이 막사 안으로 걸어 들어오기에 종회가 몸을 일으켜 맞이하면서 말했다: "공은 누구십니까?"

그 사람이 말했다: "오늘 아침에 나를 돌아봐 주었기에 내 한 마디해 줄 말이 있다: 비록 한漢의 운수가 이미 쇠하여 천명天命을 어기기는 어렵다고 하나, 양천兩川의 백성들이 뜻밖의 전화戰禍를 당하고 있으니 참으로 불쌍하다. 너는 촉의 지경에 들어간 후 절대로 백성들을 함부로 죽여서는 안 된다."

말을 마치자 소매를 털고 떠나갔다. (*낭랑한 몇 마디 말이 지금에 이르러서도 마치 그 소리를 직접 듣는 듯하다. 무당이 대신 말해주는 귀신의 말과는 같지 않다.) 종회가 가지 마시라며 그를 붙들려고 하다가 문득 놀라서 깨어보니 꿈이었다.

종회는 그것이 무후의 혼령임을 알고 놀랍고 기이함을 이기지 못했다. 그리하여 선두부대에 명을 내리기를; 흰 깃발을 하나 세우도록 하고, 그 위에 "保國安民(보국안민: 나라를 보전하고 백성들을 편안하게 한다)"이라는 네 글자를 쓰고, 이르는 곳마다 만약 한 사람이라도 함부로 죽이는 자가 있으면 그의 목숨으로 배상하도록 할 것이라고 했다. (*이는 살아있는 종회를 묘사한 것이 아니라 죽은 무후를 묘사한 것이다.)

이리하여 한중의 백성들은 전부 성을 나가서 절을 하며 그들을 맞이했다. 종회는 그들을 일일이 위무慰撫해 주고 추호도 백성들을 침해하지 않았다. 후세 사람이 이 일을 칭찬해서 지은 시가 있으니:

| | |
|---|---|
| 수만 명의 귀신 군사(陰兵) 정군산 둘러싸고 | 數萬陰兵繞定軍 |
| 종회로 하여금 신령께 절하도록 만드네. | 致令鍾會拜靈神 |
| 살아서는 계책 세워 유씨를 돕더니 | 生能決策扶劉氏 |
| 죽어서도 유언으로 서촉 백성들 보호하네. | 死尙遺言保蜀民 |

〖 10 〗 한편 강유는 답중沓中에서 위병魏兵들이 대거 쳐들어오고 있다는 소식을 듣고 요화, 장익, 동궐董厥에게 격문을 띄워 군사들을 데리고 가서 맞이해 싸우라고 지시하는 한편, 자신도 군사들과 장수들을 나누어 배치시켜 놓고 적병들이 이르기를 기다렸다.

그때 문득 위병들이 이르렀다고 보고해 와서 강유는 군사들을 이끌고 나가서 맞았다. 위병 진영의 우두머리 대장은 천수天水태수 왕기王頎였다.

왕기가 말을 타고 나와서 큰 소리로 외쳤다: "우리는 지금 1백만의 군사들과 1천 명의 상장上將들이 스무 방면으로 나뉘어 나아가 이미 성도成都에 당도했다. 너는 빨리 항복할 생각은 하지 않고 오히려 항거하려고 하는데, 어찌 천명天命도 모르느냐?"

강유는 크게 화를 내며 창을 꼬나들고 말을 달려 나가 곧장 왕기에게 달려들었다. 미처 3합도 못 싸우고 왕기는 크게 패하여 달아났다. 강유는 군사들을 휘몰아 그를 추격해 갔다.

20리를 추격해 갔을 때 징소리와 북소리가 일제히 울리면서 한 갈래의 군사들이 벌려 섰는데, 깃발 위에는 "隴西太守牽弘(농서태수 견홍)"이라고 크게 씌어 있었다.

강유가 웃으며 말했다: "이런 쥐새끼 같은 무리는 나의 적수가 아니다!"

그리고는 군사들을 재촉하여 또 10리나 추격해 갔는데, 그때 군사들을 거느리고 쳐들어오던 등애와 마주쳤다. 양군은 서로 뒤섞여 혼전混戰을 벌였다. 강유가 정신을 바짝 차리고 등애와 10여 합을 싸웠으나 승부가 나지 않았다. 그때 뒤에서 징소리와 북소리가 또 울렸다.

강유가 급히 물러나려고 할 때 후군에서 보고해 왔다: "금성태수 양흔楊欣이 감송甘松의 여러 영채들을 전부 불태워 버렸습니다."

강유는 크게 놀라서 급히 부장副將들에게 거짓으로 강유의 기치를 내세우고 등애와 서로 대치해 있도록 하고, 자신은 후군을 빼내서 그날 밤 감송을 구하러 가다가 마침 양흔과 마주쳤다.

양흔은 감히 싸울 엄두도 내지 못하고 산길로 달아났다. 강유는 뒤따라 그를 쫓아갔다. 산의 바위 아래에 거의 다 이르렀을 때 바위 위에서 나무와 돌이 비처럼 쏟아져서 강유는 앞으로 나아갈 수가 없었다. 그대로 돌아서서 길을 반쯤 왔을 때, 대치하고 있던 촉병들을 패퇴시킨 등애의 군사들이 대대적으로 달려와서 강유를 포위했다. 강유는 수하 기병들을 이끌고 겹겹이 쳐진 포위망을 뚫고 달아나서 대채로 들어가 굳게 지키면서 구원병이 오기를 기다렸다.

그때 문득 통신병이 와서 보고했다: "종회가 양안관을 쳐서 깨뜨렸고, 그곳을 지키고 있던 장수 장서蔣舒는 항복했고, 부첨傅僉은 전사했으며, 한중은 이미 적의 수중에 떨어져 버렸습니다. (*이 일은 앞에서 이미 실서實敍되었는데, 여기에서 또 다시 허서虛敍하고 있다.)

낙성을 지키고 있던 장수 왕함王含과 한성을 지키고 있던 장수 장빈蔣斌은 한중이 이미 적의 수중에 떨어진 것을 알고 그들 역시 성문을 열고 나가서 항복해 버렸습니다. (*두 사람의 항복은 앞에서 실서實敍되지 않았는데, 특별히 이곳에서 허서虛敍하고 있다.)

호제胡濟는 적을 대적해 내지 못하자 구원을 청하려고 도망쳐서 성도로 돌아갔습니다."(*이 일은 앞에서 실서實敍된 적이 없는데, 특별히 이곳에서 허서虛敍하고 있다.)


〖 11 〗 강유는 크게 놀라서 즉시 영채를 거두라는 명령을 내렸다.

이날 밤 군사를 이끌고 강천 어귀(疆川口: 감숙성 임담현臨潭縣 서쪽)에 당도하니 전면에 한 갈래의 군사들이 늘어서 있는데 그 우두머리는 바로 위장魏將 금성태수 양흔楊欣이었다.

강유는 크게 화를 내며 말을 달려 나가 싸웠는데, 단 한 합 싸우고 양흔은 패하여 달아났다. 강유는 활을 잡아 그를 쏘았으나, 연달아 쏜 화살 3대가 다 빗나가고 맞지 않았다. 강유는 홧김에 활을 분질러버리고는 다시 창을 꼬나들고 쫓아갔다. 그때 강유가 탄 말이 앞발을 헛디디고 고꾸라지면서 그를 땅 위에 내동댕이치고 말았다.

그러자 양흔이 말머리를 돌려서 강유를 죽이러 달려왔다. 그 순간 강유가 벌떡 몸을 일으키면서 그대로 찌른 창이 양흔이 탄 말의 대가리에 정통으로 꽂혔다. (*이 또한 막다른 골목에서 살아난 것(絕處逢生)이다.) 그때 등 뒤에서 위병들이 재빨리 달려와서 양흔을 구해 가지고 가 버렸다.

강유가 뒤따라오는 군사의 말에 올라 그 뒤를 쫓아가려고 할 때, 갑자기 뒤에서 등애의 군사들이 이르렀다고 보고했다. 강유는 머리와 꼬리가 서로 돌아볼 수 없는 처지인지라 곧바로 군사를 거두어 한중을 되찾으러 가려고 했다.

이때 정탐꾼이 보고했다: "옹주자사 제갈서諸葛緖가 이미 돌아갈 길을 끊어버렸습니다."(*제갈서의 군사들에 대한 서술 역시 허서虛敍이다.)

이리하여 강유는 험준한 산에 기대어 영채를 세웠다. 위병들은 음평
교陰平橋 앞에 주둔했다.

강유는 나아가려고 해도 길이 없고 물러나려고 해도 길이 없어서 길
게 탄식했다: "하늘이 나를 버리는구나!"

그때 부장副將 영수寧隨가 말했다: "위병들이 비록 음평교 앞을 차단
하고 있으나, 옹주는 틀림없이 군사수가 적을 테니, 장군께서 만약 공
함곡(孔函谷: 감숙성 탕창현宕昌縣 남쪽)으로 해서 곧장 옹주를 취하러 가신
다면, 제갈서는 틀림없이 음평교를 지키고 있는 군사들을 철수해서 옹
주를 구하러 갈 것입니다. 그때 장군께서는 반대로 군사들을 이끌고
검각劍閣으로 달려가서 그곳을 지키신다면 한중을 다시 찾을 수 있을
것입니다." (*검각을 취하려고 하면서 반대로 먼저 옹주를 취하려는 계책은
역시 그릇된 것이다.)

강유는 그의 말을 좇아서 즉시 군사들을 출발시켜 공함곡으로 들어
가면서 옹주를 취하러 가는 체했다.

첩자가 이 소식을 제갈서에게 알려주었다. 제갈서는 크게 놀라며 말
했다: "옹주는 바로 우리가 군사들을 모으는 곳이다. 만약 그곳을 잃
게 된다면 조정에서는 반드시 죄를 물을 것이다."

그는 급히 대병을 철수하여 남쪽 길로 해서 옹주를 구하러 가고 한
갈래 군사들만 남겨두어 다리목을 지키도록 했다.

강유는 북쪽 길로 들어가서 약 30리쯤 가다가, 이제는 위병들이 옹
주를 구하러 떠나갔을 것이라고 짐작하고는, 군사들을 되돌려서 후미
부대를 선두부대로 삼아서 곧장 음평교 앞으로 갔다. 과연 위병의 대
부대는 이미 떠나가고 다만 약간의 군사들만 남아서 다리를 지키고 있
었다.

강유는 그들을 일격에 쳐서 흩어버리고 그들의 영채와 울타리를 모
조리 불태워버렸다. 다리 앞에서 불이 일어나고 있다는 보고를 듣고

제갈서가 다시 군사들을 이끌고 돌아왔을 때에는, 강유의 군사들이 떠나간 지 이미 한나절이나 되었기 때문에 감히 뒤를 추격해 가지 못했다. (*이 또한 절처봉생(絕處逢生: 막다른 길에서 살 길을 만남)이다.)

〖 12 〗한편 강유가 군사들을 이끌고 다리 앞을 지나서 한창 가고 있을 때, 전면에서 한 부대의 군사들이 왔는데 곧 좌장군 장익과 우장군 요화였다.

강유가 온 이유를 묻자, 장익이 말했다: "황호黃皓는 무당의 말만 믿고 군사들을 보내 주려고 하지 않습니다. 제가 한중이 이미 위급하다는 소식을 듣고 직접 군사들을 일으켜 오고 있을 때, 양안관은 이미 종회의 수중에 떨어지고 말았습니다. 그런데 도중에 들리기를, 장군께서 포위되어 계시다기에 힘을 합쳐 싸우려고 일부러 왔습니다."

곧바로 강유는 군사들을 한 곳에 모아 가지고 백수관(白水關: 관 이름. 사천성 광원 북쪽. 관의 동쪽은 광원에 접하고 서쪽은 청천靑川을 마주하고, 북쪽은 면현과 이어져 있는, 매우 험준한 요해처)으로 나아갔다.

요화가 말했다: "지금 이곳은 사면이 모두 적이고 양도糧道도 통하지 않으므로, 차라리 검각으로 물러가 지키고 있으면서 다시 좋은 방도를 생각해 보는 것이 좋겠습니다."(*영수寧隨의 의견과 일치한다.)

강유가 주저하면서 결단을 내리지 못하고 있을 때 갑자기 보고해 오기를, 종회와 등애가 군사들을 10여 방면으로 나누어 쳐들어오고 있다고 했다. 강유는 장익, 요화와 군사들을 나누어 적을 맞이해 싸우려고 했다.

요화가 말했다: "백수白水는 땅은 협소한데 길은 많아서 싸울 장소가 못 됩니다. 일단 물러가서 검각을 구하는 편이 낫습니다. 만약 검각을 잃어버린다면 돌아갈 길이 끊어지고 맙니다."

강유는 그 말을 좇아서 즉시 군사들을 이끌고 검각으로 갔다. 검각

관문 앞에 거의 다 왔을 때 갑자기 북소리, 나팔소리가 일제히 울리고 함성이 크게 일어나면서 기치들이 관 위에 두루 세워지더니 한 갈래의 군사들이 관문 입구를 막고 서 있었다. 이야말로:

한중의 험준한 요충지들 이미 다 **빼앗겼는데**　　漢中險峻已無有
검각에서 풍파風波가 또 갑자기 일어나네.　　　劍閣風波又忽生

이들이 어디 군사들인지 모르겠거든 일단 다음 회를 읽어보라.

## 제 116 회 모종강 서시평序始評

(1). 본 회에서는 위魏가 촉蜀을 취하는 일을 기록하고 있으나, 그 일을 주관하는 것은 사마소司馬昭였으므로, 실은 위魏가 촉을 취할 수 있었던 것이 아니라 진晉이 촉을 취했던 것이다. 위魏의 멸망은 비록 촉이 멸망한 후의 일이지만, 조방曹芳이 이미 폐위되었고, 조모曹髦도 이미 시해됨으로써, 비록 조환曹奐의 숨통이 아직 붙어 있었으나, 이미 완전히 진晉의 나라가 되어 있었다. 이미 완전히 진의 나라가 되어 있었으므로 더 이상 위魏라고 말할 수가 없었다.

이는 마치 유비가 서주徐州에서 군사를 일으켜서 조조를 쳤으나 그것이 유비가 한漢을 친 것이 아닌 것과 같고, 비록 조조(魏)가 유비를 공격하여 유비가 당양當陽의 싸움에서 패하였으나 그것이 한漢이 유비를 친 것이 아닌 것과 같다.

이전에 위魏가 촉을 공격한 일이 두 번 있었는데, 첫 번째는 조비曹丕가 다섯 방면의 군사들을 일으켰으나 싸워보지도 않고 저절로 해산한 것이 그것이고, 두 번째는 조예曹叡가 군사를 일으켰으나 진창陳倉의 싸움에서 장맛비를 만나 돌아가고 말았던 것이 그것인데, 이로써 볼 때 하늘이 위魏로써 한漢을 멸망시키고자 하지 않았음이 분명하다.

하늘은 한漢을 다시 일으켜 세우려고도 하지 않았지만, 또한 위魏로써 한을 멸망시키려고 하지도 않았다. 그래서 촉한蜀漢을 멸망시키되 위魏를 멸망시킨 진晉이 멸망시키도록 한 것이다. 이렇게 함으로써 촉한蜀漢의 멸망에 대해 대체로 유감이 없을 수 있는 것이다.

(2). 황건적이 요사妖邪한 말로써 대중을 미혹시킨 것이 이 책의 제 1회에서의 일인데, 환관 황호가 데려온 무당이 제멋대로 신神을 의탁하여 말하는 것이 이와 비슷하다. 환관 장양張讓이 황건적의 난을 숨기고 영제靈帝를 기만하는 것이 제 1회에서의 일인데, 환관 황호가 강유의 표문을 숨기는 것 또한 이와 비슷하다. 전에는 요망한 남자가 있었는데, 후에는 요망한 여자가 있으며, 여자가 남자보다 더 심하다. 전에는 열 명의 상시(十常侍)가 있었는데 후에는 한 사람의 상시(一常侍)가 있다. 하나가 열 명과 맞먹는다.

글(文)에는 문장을 이루는 법칙(章法)이 있어서, 머리(首)는 반드시 꼬리(尾)와 대응해야 하며, 꼬리(尾)는 반드시 머리(首)와 대응해야 한다. 〈삼국연의〉를 읽다가 이 편篇에 이르면, 이곳은 곧 큰 책의 전후가 큰 관문을 닫는 곳(大關合處)임을 알 수 있다.

(3). 등애鄧艾는 서천에 들어가기 전에 먼저 한 번 꿈을 꾸고, 종회鍾會 역시 정군산定軍山에서 한 번 꿈을 꾸었다. 사람들은 다만 등애와 종회의 꿈만 꿈인 줄 알고 등애가 꿈을 복자卜者에게 말해준 것 역시 꿈인 줄은 모른다. 종회가 무후에게 제사를 지내고, 무후가 꿈에 종회에게 부탁한 것 역시 꿈이다.

두 사람의 사업만 한 날 꿈이 된 것이 아니라, 천하를 삼분하여 각기 할거하려던 것도 모두 한 날 꿈이 되었다. 선주와 손권과 조

조 모두 꿈속의 사람들이다. 서촉, 동오, 북위北魏도 모두 꿈속의
나라(境)들이다. 누가 옳고 누가 그르며, 누가 강하고 누가 약한가,
이 모두는 꿈속의 일들이다. 〈삼국연의〉를 읽는 독자들은, 꿈을 이
야기한 이 회의 글을 읽으면서, 무릇 삼국三國 이전이든 삼국 이후
든, 모든 것을 한 편의 꿈으로 여기게 될 것이다.

# 제117회

### 등애, 음평령을 몰래 넘고
### 제갈첨, 싸우다가 면죽에서 죽다

〖 1 〗한편 보국대장군輔國大將軍 동궐董厥은 위병이 10여 방면으로 쳐들어오고 있다는 소식을 듣고 군사 2만 명을 이끌고 검각劍閣을 지키고 있었다.

이날 먼지가 자욱하게 일어나는 것을 보고 위병魏兵이 아닐까 의심하면서 급히 군사들을 이끌고 관 어귀를 지켰다. 동궐이 직접 군사들 앞으로 나가서 보니 강유와 요화, 장익이었다. 동궐은 크게 기뻐하면서 그들을 맞아들여 관 위로 올라가서 인사를 한 다음 울면서 후주後主와 황호黃皓의 일을 하소연했다.

강유가 말했다: "공은 염려하지 마시오. 이 강유가 있는 한 결코 위魏가 촉을 삼키도록 내버려두지 않을 것이오. 일단 검각을 지키고 있으면서 천천히 적을 물리칠 계책을 찾아봅시다!"

동궐曰: "이 관은 비록 지켜낼 수 있다고 하더라도, 성도에는 사람이 없으니 어떻게 하지요? 만일 적들의 기습을 받는다면 대세는 허물어지고 말 것입니다."(*후주가 성 밖으로 나가서 항복하게 되는 것의 복선이다.)

강유曰: "성도는 산세와 지세가 험준하여 쉽게 취할 수 없을 테니 걱정할 필요 없습니다."

한창 이야기하고 있을 때 갑자기 보고해 오기를, 위장魏將 제갈서諸葛緒가 군사들을 거느리고 관 아래로 쳐들어왔다고 했다.

강유는 크게 화가 나서 급히 군사 5천 명을 이끌고 관 아래로 쳐내려가서 곧바로 위병의 진중으로 들어가 좌충우돌했다. 제갈서의 군사들은 크게 패하고는 달아나서 수십 리 밖으로 물러가 영채를 세웠다. 위군魏軍 중에는 죽은 자가 수없이 많았고, 촉병들은 상당히 많은 말과 병장기들을 빼앗았다. 강유는 군사들을 거두어 관으로 돌아왔다.

〖 2 〗 한편 종회는 검각에서 25리 떨어진 곳에 영채를 세우고 있었는데, 제갈서가 스스로 와서 죄를 청했다.

종회가 화를 내며 말했다: "나는 너에게 음평교陰平橋 다리목을 지키고 있으면서 강유가 돌아갈 길을 끊으라고 했는데 어찌하여 그곳을 빼앗기고 말았느냐! 이번에는 또 나의 명령도 없이 멋대로 군사들을 출병시켰다가 이렇게 패하다니!"

제갈서曰: "강유는 여러 가지 속임수를 잘 씁니다. 그가 짐짓 옹주雍州를 취할 듯이 나오기에 저는 옹주를 잃을까봐 두려워서 군사들을 이끌고 구하러 갔던 것인데, 강유는 그 틈을 타서 달아나버렸습니다. 그래서 제가 그를 쫓아 관 아래까지 갔던 것인데, 또 이렇게 패하게 될 줄은 생각지도 못했습니다."

종회는 크게 화가 나서 그의 목을 베라고 호령했다.

감군 위관衛瓘이 말했다: "제갈서는 비록 죄는 있어도 정서장군征西將軍 등애鄧艾의 휘하 사람입니다. 장군께서 그를 죽여서는 안 됩니다. 그리하면 등鄧 장군과 서로 사이가 나빠질까 두렵습니다."

종회曰: "나는 천자의 칙명(明詔)과 진공晉公의 명(鈞命)을 받들고 촉을 치러 왔다. 만약 등애에게 죄가 있다면 그 역시 마땅히 목을 벨 것이다!" (*종회와 등애가 서로 사이가 나빠지게 된 것은 이 말로부터 시작된다.)

여러 사람들이 극력 말렸다. 종회는 이에 제갈서를 함거(檻車: 죄인을 싣고 가는 수레)에 실어 낙양으로 보내서 진공晉公 사마소의 처분에 맡겨 버리고는 그가 거느리던 군사들을 모두 자기 수하로 편입시켜 버렸다. (*등애의 체면을 전혀 봐주지 않은 조치로, 등애로서는 실로 견디기 어려운 처사였다.)


〔 3 〕 어떤 사람이 이 일을 등애에게 말해 주었다. 등애는 크게 화를 내며 말했다: "나는 종회와 관직과 품계가 같을 뿐 아니라, 오랫동안 변경을 지켜서 나라에 많은 공로까지 세웠다. 그런데 그 놈이 어찌 감히 제멋대로 혼자 잘난 체한단 말이냐!" (*이때는 아직 공로 다툼이 아니라 체면 다툼과 감정싸움에 불과했다.)

그의 아들 등충이 권했다: "(공자께서는) '작은 일을 참지 못하면 큰 일을 그르친다(小不忍, 則亂大謀)'고 했습니다. (출처: 〈논어·衛靈公篇〉) 부친께서 만약 그와 서로 불목不睦하신다면 틀림없이 국가 대사를 그르치게 될 것입니다. 부디 우선은 너그러운 마음으로 그를 참아 주십시오."

등애는 아들의 말을 좇았다. 그러나 마음속으로는 끝내 노여움이 풀리지 않아서, (*등애가 노여워했던 첫 번째 이유는 종회가 제갈서를 자기에게 보내지 않고 진공에게 보낸 것이고, 두 번째는 제갈서가 거느리던 군사들을 자기에게 돌려보내주지 않은 것이고, 세 번째는 자기까지 죽이겠다고 말한 것이다. 마땅히 노여워해야 할 것이다.) 십수 기의 기병들을 이끌고 종회를 보러 갔다.

종회는 등애가 왔다는 말을 듣고는 곧바로 좌우 사람들에게 물었다: "등애가 군사들을 얼마나 데리고 왔느냐?"

좌우 사람들이 대답했다: "단지 십여 기뿐입니다."

종회는 이에 막사 안팎에 무사 수백 명을 늘어세워 놓도록 했다.

등애가 말에서 내려 만나보려고 들어왔다. 종회는 그를 막사 안으로 맞아들여 서로 인사를 했다. 등애는 부대 안의 분위기가 매우 엄숙한 것을 보고 마음속으로 불안해서 말로 찔러 보았다: "장군이 한중漢中을 얻었으니 이는 조정으로서는 크게 다행한 일이오. 이제 계책을 세워 빨리 검각劍閣을 취하는 게 좋겠소."(*제갈서 문제를 꺼내지 않는 것은 역시 그 기미를 보았기 때문이다.)

종회曰: "장군은 어떤 좋은 생각을 갖고 있소?"

등애가 재삼 자기는 능력이 없다고 핑계를 댔다. (*말을 더듬으면서 실토하지 않는 것이 말더듬이 모습이었다.)

종회가 한사코 묻자 등애가 대답했다: "내 생각에는, 일군을 이끌고 음평陰平의 작은 길로 해서 한중의 덕양정(德陽亭: 사천성 강유江油 동북, 평무현平武縣 동남에서 마각산馬閣山으로 가는 길에 있음)으로 나가서 곧장 성도를 기습 공격한다면 강유는 틀림없이 군사를 거두어서 구하러 올 것이므로, 장군이 그 틈에 검각을 친다면 완승을 거둘 수 있을 것이오."(*등애의 이 계책은 본래 요행수를 바란 위험한 것이었다.)

종회는 크게 기뻐하면서 말했다: "장군의 그 계책은 매우 절묘하니, 곧바로 군사를 이끌고 가시오. 나는 이곳에서 승전 소식만 기다리고 있겠소."

두 사람은 술을 마시고 헤어졌다.

종회는 자기 막사로 돌아오자 여러 장수들에게 말했다: "사람들은 모두 등애를 유능하다고 하나, 오늘 보니 그저 그런 인물이더군."(*비로소 방금 전에 그가 기뻐하며 대답한 것은 전부 거짓말이었음을 알 수 있다.)

여러 사람들이 그 까닭을 물었다.

종회曰: "음평의 작은 길은 전부 고산준령高山峻嶺이다. 만약 촉에서 1백여 명만 가지고 요충지를 지키고 돌아갈 길을 끊는다면 등애의 군사들은 다 굶어죽게 될 것이다. 나는 그저 정공법으로 할 것이다. 어찌 촉을 깨뜨리지 못할까봐 걱정하겠는가?"

그리고는 운제雲梯와 포가砲架를 설치하여 검각관을 공격하기로 했다.

〖 4 〗 한편 등애는 원문轅門을 나와 말에 올라서 따라온 자들을 돌아보며 말했다: "종회가 나를 대하는 게 어떠하더냐?"

따라온 자들이 말했다: "그의 말과 얼굴빛을 보니 전혀 장군의 말씀에 동의하지 않으면서 입으로만 그렇다고 하는 것 같았습니다."(*따라간 자들의 입을 통해 종회를 묘사하고 있다.)

등애는 웃으면서 말했다: "그는 내가 성도를 취할 수 없을 것으로 생각하고 있지만, 나는 기어코 그것을 취하고야 말 것이다!"

그가 본채로 돌아오자 사찬師纂과 등충 등 일부 장수들이 그를 맞이하며 물었다: "오늘 종鍾 진서장군鎭西將軍과 어떤 말씀들을 나누셨습니까?"

등애曰: "나는 진심에서 말했건만 그는 나를 그저 그런 사람으로 보더군. 그는 지금 한중을 얻고 나서 그것을 더없이 큰 공으로 생각하고 있으나, 만약 내가 답중에서 강유를 붙들어두지 않았더라면 그가 어찌 성공할 수 있었겠나? (*만약 종회가 검각에서 강유를 붙들어 두지 않는다면 등애 역시 어찌 성공할 수 있겠는가?) 내가 지금 만약 성도를 취한다면 그가 한중을 취한 것보다 더 큰 공이 될 것이다!"

등애는 그날 밤 명을 내려 영채를 전부 거두어 음평 소로小路로 출병하여 검각에서 7백 리 떨어진 곳에다 영채를 세웠다.

어떤 사람이 종회에게 보고했다: "등애가 성도를 취하러 갔습니다."

종회는 등애를 지혜롭지 못한 자라고 비웃었다. (*이 비웃음이 있음으로 해서 의외로 다음 글의 기이함을 보게 된다.)


〖 5 〗 한편 등애는 밀서密書를 작성하여 사자를 사마소에게 보내서 급보하도록 하는 한편, 여러 장수들을 막사에 모아놓고 물었다: "나는 이제 적의 빈틈을 타고 가서 성도를 취함으로써 너희들과 더불어 불후의 공명功名을 세우려 하는데, 너희들은 나를 따라가겠느냐?"

여러 장수들이 대답했다: "만 번 죽는 한이 있어도 사양하지 않고 군령을 받들겠습니다."

등애는 이에 먼저 아들 등충으로 하여금 정예병 5천 명을 이끌고 가되 모두들 갑옷도 입지 말고, 각기 도끼와 정 따위 연장을 가지고 가서 높고 위태로운 곳을 만나면 산을 뚫어 길을 내고, 끊어진 곳에는 다리를 놓아 군사들이 가기 편하도록 하라고 했다. (*결국 군사들이 아니라 장인匠人들과 흡사하다.) 그리고 등애는 군사 3만 명을 뽑아서 각각 건량(乾糧: 미숫가루 등처럼 익힌 다음에 말린 양식)과 밧줄과 노끈들을 가지고 출발했다.

약 1백여 리를 가서는 군사 3천 명을 뽑아서 그곳에다 영채를 세워 주둔해 있도록 하고, 또 1백여 리를 가서는 또 군사 3천 명을 뽑아서 영채를 세우고 주둔해 있도록 했다.

이해 10월에 음평陰平에서 출발하여 산꼭대기와 낭떠러지가 있는 험준한 산골짜기에 도달하기까지 20여 일간 7백여 리를 행군했는데, 그 동안 지나온 곳은 전부 사람이 없는 곳이었다. 위병들은 오는 도중에 여러 개의 영채를 세우고 군사들을 주둔시켜 놓았기 때문에, 이제 남은 군사들은 2천 명밖에 안 되었다.

계속 앞으로 가서 마천령(摩天嶺: 사천성과 감숙성의 경계 지역에 있는 큰 산. 주봉은 해발 3천 미터로 사천성 평무현平武縣 북쪽에 있음)이라는 높은 고개에 다다랐다. 그곳부터는 산길이 험해서 말(馬)은 갈 수가 없어서 등애는 걸어서 고개 마루로 올라갔는데, 올라가 보니 등충과 길을 뚫는 장사들이 모두 울고 있었다.

등애가 우는 까닭을 묻자, 등충이 말했다: "이 고개의 서쪽은 전부 높은 절벽에 낭떠러지여서 도저히 더 이상 길을 뚫을 수가 없습니다. 이제까지 해온 온갖 고생이 다 헛것이 되고 말았기에 울었습니다."

등애曰: "우리 군사들이 여기까지 오는데 이미 7백여 리를 걸어왔다. 여기만 지나가면 곧 강유(江油: 지금의 사천성 평무현平武縣 동남, 강유현 江油縣 북쪽)인데 어찌 다시 물러갈 수 있겠는가?"

그래서 모든 군사들을 불러놓고 말했다: "속담에 '범의 굴속에 들어가지 않고 어떻게 범의 새끼를 얻겠는가(不入虎穴, 焉得虎子)?' 라고 했다. 나와 너희들이 같이 이곳까지 왔으니, 만약 공을 이루게 되면 너희들과 부귀를 함께 누릴 것이다."(*살아서 부귀를 누리고자 한다면 모름지기 죽도록 고생을 해야만 한다.)

모두들 일제히 대답했다: "장군의 명령대로 따르겠습니다!"

등애는 먼저 병장기들을 낭떠러지 아래로 내던지도록 했다. 등애는 털 담요로 자기 몸을 감싸고는 먼저 아래로 굴러 내려갔다. 부장副將들 가운데 털 담요를 가진 자는 그것으로 몸을 감싸서 굴러 내려가고, 털 담요가 없는 자들은 각자 밧줄과 노끈으로 허리를 동여 묶고 나무에 매달려서 마치 물고기 두름처럼 연이어 절벽을 내려갔다. (*요행을 바라고 위험을 감행한 것이다.)

이렇게 해서 등애와 등충, 그리고 2천 명의 군사들과 산길을 뚫었던 장사壯士들은 모두 마천령을 넘어갔다. (*봉鳳이여, 봉鳳이여! 하늘에 닿는 날개로 마천령을 날아 넘었구나!)

그리고 나서 갑옷과 병장기들을 다시 정돈해 가지고 행군해 가는데, 문득 길가에 비석이 하나 보였고, 그 위에는 "丞相 諸葛武侯題(승상 제갈무후 제)"라는 글자가 새겨져 있었다. 그 글의 내용은 이러했다:

"두 개의 불(二火)이 처음 일어날 때 이곳을 넘는 자가 있을 것이다. 두 사람이 서로 다투지만 오래지 않아 스스로 죽을 것이다(二火初興. 有人越此. 二士爭衡. 不久自死.)." (* "두 개의 불(二火)"이란 곧 "炎염" 자이다. "이화초흥(二火初興: 두 개의 불이 처음 일어날 때)"이란 곧 촉한의 염흥炎興 원년을 말한다. "이사(二士: 두 장사)"란 곧 등사재(鄧士載: 등애)와 종사계(鍾士季: 종회)를 말한다. "불구자사(不久自死: 오래지 않아 스스로 죽는다)"란 두 장사가 공을 다투다가 둘 다 죽게 된다는 것이다. 앞을 내다보는 무후의 신령스러움이 이러한 경지에 이르렀으니, 이곳 역시 무후가 다시 현성顯聖한 곳이라고 말할 수 있다.)

등애는 그것을 보고 나서 크게 놀라 황망히 비석을 향해 두 번 절을 하고 말했다: "무후께서는 참으로 신인神人이십니다! 이 애艾가 스승으로 섬길 수 없었음이 애석하옵니다!"

후세 사람이 이에 대해 읊은 시가 있으니:

| | |
|---|---|
| 음평 준령 하늘에 맞닿아 | 陰平峻嶺與天齊 |
| 두루미도 빙빙 돌며 날아 넘기 겁내는 곳. | 玄鶴徘徊尚怯飛 |
| 털 담요로 몸을 싸서 등애 여기를 내려갔으나 | 鄧艾裹氈從此下 |
| 누가 알았으랴, 공명이 먼저 알고 있었을 줄을. | 誰知諸葛有先機 |

〖 6 〗 한편 등애가 몰래 음평 고개를 넘어 군사들을 이끌며 가고 있

을 때 또 큰 빈 영채 하나가 보였다.

좌우 사람들이 아뢰었다: "듣기로는, 무후께서 살아 계실 때 군사 2천 명을 보내서 이 요충지를 지키도록 했는데, 지금의 촉주 유선劉禪이 그것을 폐지해 버렸다고 합니다."(*이전의 일을 보충 설명하고 있는데, 이는 무후가 임종 때 한 말과 서로 일치한다.)

등애는 탄식하기를 마지않다가 여러 사람들에게 말했다: "우리에게는 오는 길은 있었으나 돌아갈 길은 없다! 저 앞의 강유성江油城 안에는 양식이 넉넉히 비축되어 있으니 너희들은 앞으로 나아가면 살 수 있지만 뒤로 물러나면 죽음밖에 없다. 그러니 모름지기 힘을 합쳐서 저 성을 쳐야만 한다!"(*죽을 자리에 놓아둔 후에야 살고, 망할 자리에 놓아둔 후에야 생존할 수 있다(置之死地而後生, 置之亡地而後存)는 말은 곧 한신韓信이 배수背水의 진을 친 뜻이다.)

모두들 대답했다: "죽기 살기로 싸우겠습니다!"

이리하여 등애는 2천여 명을 이끌고 밤낮없이 걸음을 두 배 빨리 하도록 재촉하여 강유성을 빼앗으러 갔다.

〖 7 〗 한편 강유성을 지키고 있던 장수 마막馬邈은 동천東川이 이미 적에게 함락되었다는 소식을 듣고 비록 준비를 한다고는 했으나 다만 큰길만을 방비했다. 또한 강유가 전군全軍을 거느리고 검각관을 지키고 있는 것만 믿고 끝내 현재의 군사 사정(軍情)에 대해서는 중대하게 생각하지도 않았다.

이날도 그는 군사들을 훈련시키고 집으로 돌아가서 처 이씨李氏와 함께 화로를 끼고 앉아 술을 마셨다.

그의 처가 물었다: "변방의 정세가 심히 위급하다는 소리를 여러 차례 들었는데도 장군께서는 전혀 걱정하시는 빛이 없으시니 어찌된 일입니까?"

마막日: "국가 대사는 강백약(姜伯約: 강유)이 장악하고 있는데 나하고 무슨 상관이야!"(*마막과 후주는 바로 한 짝(對)이다. 그런 임금에겐 반드시 그런 신하가 있게 마련이다(有是君, 必有是臣).)

그 처가 말했다: "비록 그렇기는 하나 장군께서 지키고 계시는 이 성도 중요하지 않은 것은 아니지요."

마막日: "천자께서는 황호黃皓의 말만 믿으시고 주색에 빠져 계시니, 내 생각에는 멀지 않아 화가 닥칠 것 같소. 만약 위병魏兵들이 쳐들어오는 날에는 항복하는 게 상책인데, 염려할 필요가 어디 있소?"(*생각이 이미 정해져 있었다.)

그의 처가 크게 화를 내며 마막의 얼굴에 침을 뱉고 말했다: "당신은 남자로서 미리 불충, 불의한 마음을 품고 있으면서 헛되이 나라의 벼슬과 녹(爵祿)을 받고 있는데, 내 무슨 면목으로 당신과 서로 마주볼 수 있겠소!"(*마막과 처 이씨는 도리어 한 짝이 아니다. 이런 사내에게 이런 처가 있을 줄은 생각도 못했다.)

마막은 창피해서 아무 말도 하지 못했다.

그때 갑자기 하인이 황망히 들어와서 보고했다: "위魏나라 장수 등애가 어디로 해서 왔는지 모르겠으나 군사 2천여 명을 이끌고 성 안으로 몰려 들어왔습니다."

마막은 크게 놀라서 황급히 나가서 항복을 하고 성의 공청(公堂) 아래에 엎드려 절을 하고 울면서 고했다: "저는 오래 전부터 항복할 생각을 하고 있었습니다. 이제 성 안의 백성들과 휘하 군사들을 전부 불러와서 장군께 항복하도록 하겠습니다."(*이러한 생각은 이미 화로를 끼고 술을 마실 때 했던 것이다.)

등애는 그의 항복을 받아주었다. 그리고는 강유江油의 군사들을 거두어 자기 부하로 편입시키고, (*여태까지는 전부 보졸步卒뿐이었는데, 여기서 비로소 말이 생겼다.) 즉시 마막을 향도관으로 삼았다. 그때 갑자기 마막의 부인이 스스로 목을 매고 죽었다고 알려 왔다. (*하후씨夏侯氏 여자들(즉, 조조 집안의 여자들)은 다만 부부夫婦간의 도리만 알았으나, 마막의 처는 군신君臣간의 의리까지 알고 있었으니, 그 절의節義는 하후씨 여자들보다 나았다.)

등애가 그 까닭을 묻자 마막은 사실대로 고했다. 등애는 그녀의 현숙賢淑함에 감동하여 후한 예로 장사지내 주도록 하고 직접 가서 제사를 지내 주었다.

이 소문을 들은 위魏나라 사람들은 다들 감탄했다. 후세 사람이 그를 칭찬해서 지은 시가 있으니:

후주 어리석어 촉한의 사직 기울어지자　　　後主昏迷漢祚顚
하늘이 등애를 보내서 서천을 취했네.　　　　天差鄧艾取西川
가련하다, 파촉巴蜀에 명장들 많았으나　　　可憐巴蜀多名將
강유江油의 이씨만큼 현숙한 자 없었네.　　　不及江油李氏賢

〖 8 〗 등애는 강유성을 취하고 나서 즉시 음평 소로小路에 주둔시켜 놓았던 군사들을 전부 강유성으로 불러 모은 다음 곧장 부성(涪城: 사천성 면양시綿陽市 동쪽)을 치러 가려고 했다.

그러자 부장部將 전속田續이 말했다: "우리 군사들이 험산준령을 넘어오느라 몹시 지쳐 있으니, 일단 며칠간 쉬면서 기력을 회복한 다음 출병하도록 해야 합니다."

등애가 크게 화를 내며 말했다: "용병은 신속히 함을 귀하게 여기는데(兵貴神速), 네가 감히 우리 군사들의 마음을 어지럽히려 하느냐!"

등애는 좌우에 호령하여 그를 끌어내서 목을 베도록 했다. 여러 장수들이 극력 말려서야 겨우 그만두었다. (*뒤에 가서 전속이 등애를 죽이게 되는 복선이다.)

등애는 직접 군사들을 휘몰아 부성으로 쳐들어갔다. 성 안의 관리와 군사들과 백성들은 그들을 하늘에서 내려온 것으로 의심하면서 전부 투항했다.

촉나라 사람이 이 소식을 급히 성도에 보고했다. 후주는 이 소식을 듣고 황급히 황호를 불러서 물었다.

황호가 아뢰었다: "이는 거짓말을 전한 것이옵니다. 신인(神人: 즉 무당)은 틀림없이 폐하를 잘못되게 하지는 않을 것이옵니다."

후주는 또 무당을 불러와서 물어보려고 했으나, 그가 어디로 가버렸는지 알 수 없었다. (*그 땅의 귀신, 즉 토신土神이 도망쳐 버렸다.)

이때 멀고 가까운 여러 곳들에서 위급함을 알리는 표문表文들이 눈송이(雪片)처럼 날아들었고, 오고 가는 사자使者들이 끊임없이 이어졌다. (*이때에도 어찌하여 황호의 은닉죄隱匿罪를 다스리지 않는가?)

후주는 조회를 열어 대책을 의논했다. 그러나 많은 관원들은 서로 얼굴만 쳐다볼 뿐 한마디도 말하는 자가 없었다.

그때 극정郤正이 반열에서 나와 아뢰었다: "사정이 급하게 되었사옵니다! 폐하께서는 무후武侯의 아들을 부르시어 적병을 물리칠 계책을 상의하시옵소서."(*선주에게는 아들이라 할 만한 아들이 없었으나 무후에게는 자식다운 자식이 있었다.)

원래 무후의 아들 제갈첨諸葛瞻은 자字를 사원思遠이라고 했는데, 그의 모친 황씨黃氏는 곧 황승언黃承彦의 여식이다. 그의 모친은 용모는 매우 못생겼으나 기이한 재주가 있어서 위로는 천문天文에 통했고 아래로는 지리地理를 잘 살폈으며, 무릇 육도삼략六韜三略과 둔갑술遁甲術에 관한 많은 병서들도 모르는 것이 없었다.

무후가 남양南陽에 있을 때 그녀가 현명하다는 말을 듣고 아내로 삼았던 것이다. 무후의 학문은 그 부인의 도움에 힘입은 바가 많았다. (*천하의 기인에게는 반드시 기이한 배필이 있다.)

무후가 돌아간 뒤에 부인도 뒤이어 세상을 떠났는데, 임종시에 아들 제갈첨에게 남긴 교훈은 오로지 충효忠孝에 힘쓰라는 것이었다. (*무후의 부인에 관한 일을 책이 끝날 즈음에 와서야 보충해서 설명하고 있는데, 서사敍事의 묘품妙品이다.)

제갈첨은 어려서부터 총명하고 민첩하여 후주의 딸에게 장가들어 부마도위駙馬都尉가 되었다. (*후주에게는 훌륭한 아들도, 훌륭한 사위도 있었다.) 후에 부친의 무향후武鄕侯 작위를 이어받았다.

경요景耀 4년(서기 261년)에 벼슬이 행군호위장군行軍護衛將軍으로 바뀌었다. 당시에는 황호가 권력을 잡고 제멋대로 정사를 전단하였으므로 병을 핑계대고 나가지 않았다. (*제갈첨의 지난날의 일들을 도리어 이곳에서 보충 설명하고 있는데, 서사敍事의 묘품妙品이다.)

〖 9 〗 당장 후주는 극정의 말을 좇아서 즉시 칙서를 연달아 세 번이나 내려서 제갈첨을 불렀다.

그가 어전 아래에 당도하자, (*세 번 칙서를 내린 것(三詔)과 세 번 초려로 찾아간 것(三顧)이 앞뒤로 서로 대비되고 있다.) 후주는 울면서 호소했다: "등애의 군사들이 이미 부성涪城에 주둔해 있다고 하니 성도도 위태하다. 경은 선군先君의 얼굴을 봐서라도 짐의 목숨을 구해 다오(救朕之命)."(* "朕"자 앞뒤로 "救命" 두 글자가 붙어 있는데, 헌제獻帝 때처럼 낭패로다.)

제갈첨 역시 울면서 아뢰었다: "신의 부자는 선제先帝의 두터우신 은혜와 폐하의 각별하신 대우를 받았사오니, 비록 간뇌도지肝腦塗地 하더라도 다 보답할 수가 없사옵니다. 원하옵건대 폐하께서는 성도의 군사들을 전부 신에게 내어 주시옵소서. 신이 거느리고 나가서 한번 죽기로 싸워보겠나이다."(*이 몇 마디 말 역시 그 부친(乃翁)의 〈전후前後 출사표〉에 상당한다.)

후주는 즉시 성도의 군사 7만 명을 제갈첨에게 내어주었다.

제갈첨은 후주에게 하직인사를 하고 물러나와 군사들을 정돈한 다음 모든 장수들을 모아놓고 물었다: "누가 감히 선봉이 되겠느냐?"

말이 미처 끝나기도 전에 한 소년 장수가 나서며 말했다: "부친께서 기왕에 대권을 잡으셨으니, 이 아들이 선봉이 되고자 합니다."

여러 사람들이 보니 바로 제갈첨의 첫째 아들 제갈상諸葛尙이었다. 제갈상은 이때 나이 열아홉 살이었는데, 병서를 널리 읽고 무예를 많이 익혔다.

제갈첨은 크게 기뻐하며 즉시 제갈상을 선봉으로 삼았다. 이날, 대군은 위병을 맞이해 싸우기 위해 성도를 떠나갔다.

〖 10 〗한편 등애는 마막馬邈이 바친 지리도본地理圖本을 한 권 얻었는데, 부성에서 성도에 이르는 360리 사이의 산천과 도로, 요충지의 험준함이 일일이 분명하게 적혀 있었다. (*또 한 사람의 장송張松으로, 사람들로 하여금 이전의 일을 회상하게 한다.)

등애는 그것을 보고 크게 놀라서 말했다: "내가 부성만 지키고 있다가, 만약 촉병들이 앞산을 점거한다면 어떻게 공을 이룰 수 있겠는가? 만약 시일을 오래 끌다가 강유의 군사가 이른다면 우리 군사들은 위험하게 된다."(*종회가 등애를 비웃었던 것은 바로 이 때문이다.)

그는 급히 사찬과 아들 등충을 불러서 분부했다: "너희들은 일군을 이끌고 밤낮없이 곧장 면죽(綿竹: 지금의 사천성 덕양현德陽縣 북의 황허진黃許鎭)으로 가서 촉병들을 막도록 해라. 나도 뒤따라 곧바로 가겠다. 절대로 태만히 해서는 안 된다. 만약 촉병들이 먼저 요충지를 점거하도록 한다면 내 결단코 너희들의 머리를 베어버리고 말 것이다!"

사찬과 등충 두 사람이 군사들을 이끌고 가서 면죽에 거의 이르렀을 때 바로 촉병을 만났다. 양군은 각기 진을 펼쳤다. 사찬과 등충 두 사람이 문기門旗 아래에서 말을 멈추고 바라보니, 촉병들은 팔진八陣을 쳐놓고 있었다.

둥, 둥, 둥! 세 번 북소리가 울리고 나서 문기가 양쪽으로 갈라지면서 수십 명의 장수들이 사륜거 한 대를 에워싸고 나왔다. 수레 위에는 한 사람이 단정하게 앉아 있었는데, 머리에는 윤건을 쓰고, 손에는 우선羽扇을 들고, 몸에는 학창(鶴氅: 소맷자락이 네모난 큰 도포)을 입고 있었다. 수레 옆에는 황색 깃발(黃旗)이 하나 세워져 있었는데, 그 위에는 "漢丞相 諸葛武侯(한승상 제갈무후)"라고 씌어 있었다.

너무나 놀란 사찬과 등충 두 사람은 온몸에 땀을 흘리면서 군사들을 돌아보고 말했다: "알고 보니 공명이 아직도 살아 있었구나! 이제 우리는 끝났다!"

급히 말머리를 돌려 돌아가려고 할 때 촉병들이 덮쳐 와서 위병들은 대패하여 달아났다. 촉병들은 그대로 20여 리나 몰아쳐 갔는데, 그때 마침 지원하러 오는 등애의 군사들과 마주쳤다. 양쪽에서는 각자 군사들을 거두었다.

등애는 막사 안으로 들어가서 사찬과 등충을 불러서 꾸짖었다: "너희 두 사람은 싸우지도 않고 물러났는데, 그 이유가 무엇이냐?"

등충이 말했다: "촉의 진중에서 제갈공명이 군사를 지휘하고 있는 것을 보았기에 급히 달아나서 돌아왔던 것입니다."

등애가 화를 내며 말했다: "설사 공명이 다시 살아났다고 하더라도 내가 어찌 그를 겁내겠느냐! (*이미 이런 상황에 이르렀으니 큰소리치지 않을 수 없다.) 너희들이 경솔하게 물러나는 바람에 이처럼 패하고 말았으니, 마땅히 군법에 따라 너희들의 목을 속히 베어야겠다."

여러 사람들이 모두 극력 말려서 등애는 비로소 노여움을 가라앉히고 사람을 시켜서 정탐해 보도록 했다.

정탐꾼이 돌아와서 보고했다: "공명의 아들 제갈첨이 촉의 대장이고, 제갈첨의 아들 제갈상이 선봉이었습니다. 그리고 수레 위에 앉아 있었던 것은 바로 나무로 조각한 공명의 유상遺像이었습니다."(*여기에 이르러 비로소 분명히 설명하고 있다. 이 또한 죽은 제갈량이 살아있는 등충을 달아나게 했다고 말할 수 있다.)

〖 11 〗 등애는 그 보고를 듣고 사찬과 등충에게 말했다: "성공과 실패의 실마리(機)는 바로 이번 한 판의 싸움에 달려 있다. 너희 두 사람이 이번에도 이기지 못한다면 반드시 목을 벨 것이다."

사찬과 등충은 또 군사 1만 명을 이끌고 싸우러 나갔다. 제갈상은 정신을 바짝 차리고 필마단창匹馬單槍으로 두 사람을 상대로 싸워서 물리쳤다.

제갈첨은 양익兩翼의 군사들을 지휘하여 치고 나가서 곧바로 위의 진중으로 쳐들어가 좌충우돌했다. 수십 차례나 들락날락하며 몰아치자 위병은 대패하여 죽은 자가 부지기수였다. 사찬과 등충도 상처를 입고 도망쳤다.

제갈첨은 군사들을 휘몰아 뒤따라 들이치면서 20여 리나 추격한 다음에야 멈추어 영채를 세우고 서로 대치했다. (*첫 번째 이겼던 것은 죽은 무후의 위세 덕이고, 두 번째 이긴 것은 제갈첨과 제갈상의 능력이다. 전에는 무후를 묘사한 것이고 이번 것은 제갈첨과 제갈상을 묘사한 것이다.)

사찬과 등충이 돌아가서 등애를 보자, 등애는 두 사람 다 상처를 입은 것을 보고 또다시 책망하기가 미안해서 여러 장수들과 상의했다: "촉에는 제갈첨이 있어서 자기 부친의 뜻을 잘 이어받아 두 번의 싸움에서 우리 군사들을 1만여 명이나 죽였다. (*또 등애의 입을 통해 제갈첨을 묘사하고 있다.) 지금 속히 깨뜨리지 않으면 뒤에 가서 반드시 화禍가 될 것이다."

감군監軍 구본됴本이 말했다: "어찌하여 서신을 한 통 써서 저들로 하여금 항복하도록 유인해 보지 않으십니까?"

등애는 그 말을 좇아 편지 한 통을 써서 사자에게 주어 촉의 영채로 들여보냈다. 군영 문을 지키는 장수가 그를 인도하여 막사 안에 이르러 그 서신을 바쳤다. 제갈첨이 그 봉한 것을 뜯어 읽어보니, 내용은 다음과 같았다:

"정서征西장군 등애는 행군호위장군行軍護衛將軍 제갈사원諸葛思遠 휘하에 글월을 올리오.

자세히 살펴보건대, 근대의 훌륭한 인재(賢才)로는 공의 부친(尊父)과 같은 분은 없었소. 옛적에 초려草廬를 나오실 때 이미 한 마디 말로 천하를 세 나라(三國)로 나누셨으며, 형주와 익주를 평정하여 마침내 패업을 이루셨으니, 이에 미칠 자는 고금에 드물 것이오. 후에 기산祁山으로 여섯 번 나오셨으나 성공하지 못한 것은 그 지력智力이 부족해서가 아니라 곧 천수天數가 그러했기 때문이오.

지금 후주는 사리 판단이 어둡고 힘이 약하며 왕기王氣도 이미 끝났으므로, 이 애艾는 천자의 명을 받들어 대병을 일으켜 촉을 쳐서 이미 그 땅들을 다 취하였소. 성도成都의 위급함은 아침과 저녁 사이(旦夕)에 놓여 있는데 공은 어찌하여 하늘의 뜻에 순응하고 사람들의 뜻에 따라 의義를 내세워 귀순해오지 않는 것이오?

만약 그리한다면 나 애艾는 마땅히 천자께 표문을 올려 공을 낭야왕瑯琊王으로 삼도록 주청하여 공으로 하여금 조종祖宗을 빛낼 수 있도록 해드리겠소. 이는 결단코 허언虛言이 아니니, 명찰明察해 주시기 바라오."

〖 12 〗 제갈첨은 다 보고나서 크게 화를 내며 그 편지를 찢어버리고 무사에게 당장 찾아온 사자의 목을 베라고 호령했다. 그리고 따라온 자들로 하여금 수급을 가지고 위병 영채로 돌아가서 등애에게 보여주도록 했다.

등애는 크게 화가 나서 곧바로 싸우러 나가려고 했다.

그때 구본이 간했다: "장군께서는 가벼이 나가셔서는 안 됩니다. 기습병을 써서 이기도록 해야만 합니다."

등애는 그의 말을 좇아서 천수태수 왕기王頎·농서태수 견홍牽弘으로 하여금 각각 군사들을 뒤에 매복시켜 놓게 하고, 자신이 직접 군사들을 이끌고 갔다.

이때 제갈첨은 마침 싸움을 걸려고 하고 있었는데 문득 등애가 직접 군사들을 이끌고 왔다고 알려왔다.

제갈첨은 크게 화가 나서 즉시 군사들을 이끌고 나가 곧장 위군 진중으로 쳐들어갔다. 등애가 패하여 달아나자 제갈첨은 그 뒤를 덮쳤다. 그때 갑자기 양편에서 복병이 뛰쳐나왔다. 그로 인해 촉병들은 크게 패하여 물러나 면죽綿竹으로 들어갔다. 등애는 면죽성을 포위하라고 명했다. 이에 위병들은 일제히 함성을 지르면서 면죽성을 철통같이 에워쌌다.

제갈첨은 성 안에서 사세가 이미 급박한 것을 보고 팽화彭和에게 서신을 가지고 포위를 뚫고 나가서 동오에 구원병을 청하도록 했다. 팽화는 동오에 이르러 오주吳主 손휴孫休를 보고 위급함을 고하는 서신을 바쳤다.

오주는 그것을 보고 나서 여러 신하들과 상의하며 말했다: "촉이 위급하다는데 과인이 어찌 구해주지 않고 가만히 앉아서 보고만 있을 수 있겠는가?"

즉시 노장 정봉丁奉을 주장主將으로 삼고, 정봉丁封과 손이孫異를 부장副將으로 삼아 군사 5만 명을 거느리고 촉을 구하러 가도록 했다.

정봉이 칙명을 받들고 출병하는데, 군사들을 세 방면으로 나누어, 부장 정봉과 손이에게는 군사 2만 명을 떼어주어 면중(沔中: 면양沔陽. 지금의 섬서성 면현勉縣 동남)으로 나아가도록 하고, 자기는 군사 3만 명을 거느리고 수춘壽春으로 나아갔다.

〖 13 〗 한편 제갈첨은 구원병이 이르지 않는 것을 보고 여러 장수들에게 말했다: "오래 지키고 있는 것은 좋은 계책이 아니다."

그리하여 아들 제갈상과 상서尚書 장준張遵에게 남아서 성을 지키도록 하고, 자기는 갑옷을 입고 말에 올라 전군을 이끌고 세 곳 성문을 활짝 열고 뛰쳐나갔다.

등애는 성에서 군사들이 나오는 것을 보고는 곧바로 군사들을 거두어 물러갔다. 제갈첨이 힘껏 그 뒤를 추격해 가는데 갑자기 포 소리가 한 번 울리면서 사방에서 군사들이 한꺼번에 몰려나와 제갈첨을 가운데 두고 포위했다.

제갈첨은 군사들을 이끌고 좌충우돌하며 수백 명을 쳐 죽였다. 이를 보고 등애가 군사들에게 활을 쏘도록 하자 촉병들은 사방으로 흩어졌지만 제갈첨은 그만 화살에 맞아 말에서 떨어지고 말았다. 그는 큰소리로 외쳤다: "내 이미 힘이 다 빠졌다. 마땅히 한 번 죽음으로써 나라에 보답할 것이다!"

그리고는 칼을 빼서 스스로 목을 찔러 죽었다.

그의 아들 제갈상은 성 위에서 부친이 싸우던 중에 죽는 것을 보고 크게 화를 내면서 즉시 갑옷을 입고 말에 올랐다.

장준이 간했다: "어린 장군께선 경솔하게 나가서는 안 됩니다."

제갈상은 탄식하면서 말했다: "우리 부자와 조손祖孫들은 모두 나라의 두터운 은혜를 입었소. 지금 부친께서 적과 싸우시다가 돌아가셨는데, 내가 살아서 뭘 하겠소!"

곧바로 말에 채찍질을 하여 뛰쳐나가 싸우다가 죽었다.

후세 사람이 제갈첨諸葛瞻과 제갈상諸葛尙 부자를 칭찬하여 지은 시가 있으니:

| 충신에게 지모가 없어서가 아니라 | 不是忠臣獨少謀 |
| 하늘에 뜻이 있어 촉한을 멸망시켰지. | 蒼天有意絶炎劉 |
| 당시 제갈 문중에 훌륭한 자손들 있어 | 當年諸葛留嘉胤 |
| 그 의리와 절개 참으로 무후를 이을 만했지. | 節義眞堪繼武侯 |

등애는 그들의 충성심을 가엾게 생각해서 부자를 합장合葬해 주었다. 그리고는 상대의 허점을 틈타서 면죽성을 공격했다. 장준과 황숭黃崇, 이구李球 세 사람은 각기 일군을 이끌고 뛰쳐나갔다. 그러나 촉병은 군사 수가 적고 위병은 군사 수가 많아서 세 사람 역시 다 전사하고 말았다. (*부첨傅僉은 장서蔣舒를 부끄럽게 할 수 있었고, 세 사람은 마막馬邈을 부끄럽게 할 수 있었다.)

등애는 이리하여 면죽성을 수중에 넣었다. 그는 군사들의 수고를 위로해 준 다음 성도를 취하러 갔다. 이야말로:

| 위기에 놓였던 날 후주의 행동 살펴보니 | 試觀後主臨危日 |
| 유장이 핍박받던 그때와 다름이 없네. | 無異劉璋受逼時 |

성도를 어떻게 지켜낼지 모르겠거든 일단 다음 회를 보기 바란다.

## 제 117 회 모종강 서시평序始評

(1). 남정南鄭 다리 가에서의 종회鍾會는 철롱산鐵籠山 속에서의 사마소司馬昭와 같다. 사마소는 거의 죽을 뻔했으나 죽지 않았고, 종회 역시 거의 죽을 뻔했으나 죽지 않았으니, 다 하늘의 뜻이다. 몰래 음평령陰平嶺을 넘어간 등애는 자오곡子午谷으로 나가려고 했던 위연魏延과 같다. 무후는 위연의 계책이 위험하다고 생각했으므로 위연은 결국 그 위험을 스스로 감행할 수 없었지만, 종회는 등애의 계책이 위험하다고 생각했으나 등애는 결국 그 위험을 스스

로 감행할 수 있었는데, 이 역시 다 하늘의 뜻이다. 하늘의 뜻이 정해져 있는 곳에서는 사람의 힘으로 억지로 할 수 없는 바가 있다 (天意所在, 有非人力之所得而强耳).

(2). 촉은 몹시 다급하게 구원을 청했으나 동오가 구원하러 온 것은 몹시 늦었다. 혹자는 이 일을 가지고 동오를 비난하지만, 이 일로 동오를 비난해서는 안 된다. 왜 그런가?

손휴孫休가 유선劉禪을 구원해줄 수 없었던 것은 장로張魯가 유장劉璋을 구원해줄 수 없었던 것과 같다. 한중漢中에서 성도成都를 구하러 가기는 가까운 거리지만, 강동江東이 면죽綿竹을 구하러 가기는 먼 거리다. 가까운 곳에서조차 구해주지 않는데 먼 곳에서 구해주기를 어찌 기대한단 말인가?

게다가 사람의 일(人事)이 이미 잘못되었고 천명天命도 이미 떠나가 버렸으므로, 설령 정봉丁奉이 속도를 두 배로 빨리 해서 가더라도 그것은 마초가 가맹관葭萌關을 치러 가는 것과 같고, 촉에 환관 황호黃皓가 있음은 농중隴中에 양송楊松이 있는 것보다 더욱 심했다.

이미 내부에 난(內亂)이 심하다면, 비록 외부의 도움(外助)이 있더라도 구해낼 수 없는 것이다. 그래서 학자들은 동오를 비난하지 않고 단지 촉만 비난하는 것이다.

(3). 제갈첨 부자父子는 대사大事가 이미 끝나버린 후에 큰 임무를 부여받아 한 번 죽음으로써 사직社稷에 보답할 수 있었다. 군자君子들은 말하기를, 무후武侯는 이때까지 죽지 않았다고 하는데, 그것은 대개 면죽綿竹에서 전사할 때 이들의 마음이 또한 가을바람 부는 오장원五丈原에 있을 때의 무후의 마음이었기 때문이다.

만약 당일 기꺼이 위魏에 항복하여 구차스럽게 살기를 도모했다면, 그것은 "鞠躬盡瘁, 死而後已(국궁진췌, 사이후이)"(몸을 굽혀 수고로움을 무릅쓰고 진심전력을 다해 일하다가 죽은 후에야 그만두려 하옵니다)라고 한 가훈家訓에 부끄럽지 않았겠는가?

　　그러므로 제갈첨과 제갈상이 사는 것은 곧 무후가 죽는 것이고, 제갈첨과 제갈상이 죽는 것이 곧 무후가 사는 것이다.

# 제118회
## 유심, 선조 사당에서 통곡한 후 죽고
## 등애와 종회, 서천에 들어가 공을 다투다

〖 1 〗 한편 성도에서 후주는 등애가 면죽綿竹을 점령했고, 제갈첨諸葛瞻 부자父子가 이미 죽었다는 소식을 듣고 크게 놀라서 급히 문무 관원들을 불러놓고 상의했다.

근신近臣이 아뢰었다: "성 밖에서는 백성들이, 어린애는 손을 잡고 늙은이는 부축하고, 큰 소리로 울부짖으며 제각기 도망치고 있습니다."

후주는 놀라고 당황하여 어찌할 바를 몰랐다.

그때 갑자기 정탐꾼이 알려오기를, 위병들이 곧 성 아래에 당도할 것이라고 했다.

여러 관원들이 의논하여 말했다: "군사와 장수가 적어서 적을 맞이해 싸우기 어려우니 차라리 빨리 성도를 버리고 남중(南中: 촉한의 남부

지구)의 칠군(七郡: 월휴, 주제, 운남, 장가, 건녕, 흥고, 영창)으로 달아나는 것이 나을 듯하오. 그곳은 지세가 험준하여 우리 스스로 지킬 수가 있으니, 만병蠻兵의 힘을 빌려서 다시 되찾게 되더라도 늦지 않소."(*남쪽 사람들은, 다만 그들이 다시 배반하지 않도록 할 수 있을 뿐이지, 어찌 환난을 당하여 서로 구해주기를 바랄 수 있겠는가?)

광록대부 초주譙周가 말했다: "안 되오. 남만南蠻 사람들은 오랫동안 우리를 배반했던 사람들인데, 지난 날 우리가 저들에게 베풀어준 것도 없으면서 지금 만약 저들을 찾아간다면 반드시 큰 화를 당하게 될 것이오."

여러 관원들이 다시 아뢰었다: "촉과 동오는 이미 동맹을 맺고 있는 바, 지금 사정이 급하오니 동오로 찾아가는 것이 좋겠사옵니다."(*선주는 반평생을 객(客)으로 살아왔다. 일찍이 여포에게 의지한 적도 있고, 원소한테 얹혀살기도 했으며, 유표에게도 의탁했다. 그러나 지금은 지금이고 그때는 그때이다(此一時, 彼一時). 사정이 전혀 다르다.)

초주가 또 간했다: "자고自古로 다른 나라에 몸을 의탁하여 천자가 된 예는 없었습니다. (*이 말은 한 나라에 천자가 둘이 있을 수는 없다는 것이다.) 신이 헤아려보건대, 위魏는 동오를 삼킬 수 있어도 동오는 위를 삼킬 수 없습니다. 만약 동오에 가서 칭신稱臣을 하신다면 이는 이미 한 번 욕을 보시는 것이옵니다. 그런데 만약 위魏가 동오를 삼켜버린다면 폐하께서는 다시 위魏에 대해서도 칭신을 하셔야 되는데, 이는 두 번 욕을 보시는 것이옵니다. (*이 말은 한 몸이 두 천자를 섬길 수 없다는 것이다.)

차라리 동오로 찾아가지 마시고 위魏에 항복하시는 것이 낫사옵니다. 그리 하신다면 위는 틀림없이 땅을 갈라 폐하를 봉해 드릴 것인즉, 그렇게 되면 위로는 스스로 종묘를 지킬 수 있고 아래로는 백성들을 안전하게 보호할 수 있사오니, 바라옵건대 폐하께서는 이를 잘 생각해

주시옵소서."(*초주는 전에는 유장劉璋에게 성을 나가서 항복하기를 권했는데, 지금은 또 후주에게 성을 나가서 항복하기를 권하고 있다. 이 자는 항복을 권하는 데 이골이 난 자이다.)

후주는 결단을 내리지 못하고 물러나서 궁 안으로 들어갔다.


〖 2 〗 다음날, 여러 사람들의 의견은 분분했다. 초주는 사태가 위급해진 것을 보고 다시 상소하여 간하였다.

후주가 초주의 말을 좇아서 막 항복하러 나가려고 했다. 그때 갑자기 병풍 뒤에서 한 사람이 돌아 나오며 언성을 높여 초주를 꾸짖었다: "구차하게 살아남으려고 안달하는 썩은 인사가 어찌 함부로 종묘사직의 대사를 논한단 말인가! 자고로 항복한 천자가 어디 있더냐!"
(*촉에는 항복한 장군도 없는데 어찌 항복한 천자가 있을 수 있겠는가!)

후주가 보니 다섯째 아들 북지왕北地王 유심劉諶이었다. (*소열황제에게는 훌륭한 아들이 없었지만 반대로 후주에게는 아들다운 아들이 있었다.)

후주는 일곱 아들을 두었는데, 첫째 아들은 유선劉璿이고, 둘째 아들은 유요劉瑤, 셋째 아들은 유종劉琮, 넷째 아들은 유찬劉瓚, 다섯째 아들은 곧 북지왕 유심이었고, 여섯째 아들은 유순劉恂, 일곱째 아들은 유거劉璩였다.

일곱 아들들 중에 오직 유심만이 어려서부터 총명하여 그 영민英敏함이 남보다 뛰어났고, 나머지 아들들은 전부 나약하고 온순했다. (*여기에서 후주의 일곱 아들에 대해 서술함으로써 앞에서 언급하지 않은 것을 보충하고 있다.)

후주가 유심에게 말했다: "지금 대신들은 모두 항복해야 한다고 하는데 너만 홀로 젊은 혈기血氣의 용감함만 믿고 성 안을 피로 가득 채우려고 하느냐?"

유심曰: "옛날 선제께서 살아계실 때에는 초주는 국정에 관여한 적도 없었습니다. 그런 그가 지금 망령되이 대사를 논의하면서 번번이 말을 함부로 하는데 이는 도리에 크게 어긋나옵니다. 신이 헤아려보건 대, 성도에는 아직도 군사들이 수만 명이나 있고, 또 강유가 거느린 군사들 전부가 검각劍閣에 있는데, 그들은 위병이 대궐을 침범하는 줄 알면 반드시 구원하러 올 것이니, 그때 안팎으로 공격한다면 큰 공을 거둘 수 있을 것입니다. 그런데 어찌 썩은 인사의 말을 들으시고 선제 의 기업을 가벼이 버리실 수 있사옵니까?"

후주가 그를 꾸짖어 말했다: "어린 것이 어찌 천시天時를 알겠느 냐!"

유심이 머리를 조아리고 울면서 말했다: "만약 사세事勢가 막다른 궁지에 몰리고 힘이 다 떨어져서 장차 재앙과 패배가 닥칠 것 같으면 부자父子와 군신君臣들이 함께 성을 등지고 싸우다가 다 같이 사직을 위해 죽어서 선제를 만나 뵈면 됩니다. 어찌 항복을 한단 말입니까?"

후주는 그의 말을 듣지 않았다.

그러자 유심은 대성통곡을 하면서 말했다: "선제께서는 참으로 어 렵게 기업基業을 창립하셨는데 지금 하루아침에 이를 버리려고 하신다 면, 신은 차라리 죽을지언정 치욕을 당하지는 않겠습니다!"

후주는 근신에게 그를 궁문 밖으로 끌어내도록 한 다음, 즉시 초주 로 하여금 항서降書를 작성하도록 하고, (*항서 쓰는 데는 제일 익숙한 사 람이다.) 황제의 근시관近侍官인 사서시중私署侍中 장소張紹와 부마도위 駙馬都尉 등량鄧良을 초주와 함께 보내면서 옥새를 가지고 낙성雒城으로 가서 항복을 청하도록 했다.

〖 3 〗 이때 등애는 매일 수백 명의 철기병鐵騎兵들로 하여금 성도로 가서 정탐하도록 했다. 이날 성 위에 항기降旗가 세워져 있는 것을 보 고 등애는 크게 기뻐했다.

얼마 안 있어 장소 등이 이르러서 등애는 사람들에게 그들을 맞아들이도록 했다.

세 사람은 계단 아래에 엎드려 절을 하고 항복문서와 옥새를 바쳤다. (*사람들로 하여금 유장劉璋이 항복문서를 바치던 때를 생각나게 해서 탄식을 하게 한다.) 등애는 항복문서를 펼쳐보고 크게 기뻐하면서 옥새를 받아놓고 장소, 초주, 등량 등을 정중하게 대접했다.

등애는 답서를 써서 세 사람에게 주어 성도로 돌아가서 사람들을 안심시키도록 했다. 세 사람은 등애에게 하직인사를 하고 곧장 성도로 돌아가서 궁에 들어가 후주에게 답서를 바치고, 등애가 자신들을 잘 대우해 주더라고 자세히 보고했다.

후주는 등애의 답서를 펼쳐보고 크게 기뻐하면서 즉시 태복太僕 장현蔣顯에게 칙서를 가지고 가서 강유에게 빨리 항복하도록 명하는 한편, 상서랑尙書郎 이호李虎에게 촉의 인구와 재정 등 국가 현황을 기록한 관련 문서(文簿)들을 가지고 가서 등애에게 바치도록 했는데, 당시 촉한의 인구 및 인계할 재정 현황은 이러했다:

총 호수(戶)는 28만 호, 인구는 남녀 합해서 94만 명, 무장한 군사들 (帶甲將士)이 10만 2천 명, (*이렇게 많은 군사들을 가지고 있으면서 왜 싸우지 않았을까?) 관리들이 4만 명이었고;

창고에 쌓아둔 양식이 40여만 석, (*이렇게 많은 군량이 있는데 왜 지키지 않았을까?) 금과 은이 3천 근斤, 아름다운 색의 수놓은 비단(錦綺)들과 염색하지 않은 비단(絲絹) 등이 각각 20만 필匹이었으며, 그 밖에 많은 물건들이 창고에 있었으나 그 수를 다 셀 수가 없었다. (*이런 것들이 있는데 왜 싸우는 군사들에게 이것들을 상으로 주지 않았을까?)

그리고 섣달 초하룻날을 택하여 임금과 신하들이 모두 나가서 항복하기로 했다.

〖 4 〗 북지왕 유심劉諶은 이를 알고 노기怒氣가 하늘까지 뻗쳐서 칼을 차고 궁으로 들어갔다.

그의 처 최崔 부인이 물었다: "대왕大王께서는 오늘 안색이 이상하십니다. 무슨 일이십니까?"

유심曰: "위병이 가까이 오자 부황父皇께서는 이미 항복문서를 바치고 내일 군신君臣들이 같이 나가서 항복한다고 하니, 사직은 이로써 완전히 멸망하였소. 나는 먼저 죽어 지하에 가서 선제先帝를 뵈려고 하오. 남에게 무릎 꿇지는 않겠소."(*후주에게 이런 아들이 있음은 곧 부모의 죄를 보상할 수 있는 훌륭한 아들, 즉 간고지자(干蠱之子)가 있음이었고, 선주에게 이런 손자가 있음은 곧 조상의 업적을 이어갈 훌륭한 손자, 즉 승무지손(繩武之孫)이 있음이었다.)

최 부인曰: "현명하시도다, 현명하시도다, 죽을 때를 얻으셨구나! 첩이 먼저 죽도록 해주시고 그 후에 대왕께서 죽으시더라도 늦지 않을 것이옵니다."(*후주는 훌륭한 아들과 훌륭한 며느리를 두었다.)

유심曰: "당신은 왜 죽으려고 하시오?"

최 부인曰: "대왕께서는 부친을 위해 죽고, 첩은 남편을 위해 죽으니 그 의義는 다 같사옵니다. 남편이 죽는다기에 처도 죽으려는 것인데 물으실 필요가 어디 있습니까?"

말을 마치자 최 부인은 기둥에 머리를 부딪치고 죽었다. (*마막馬邈 부부는 부인은 있어도 남편은 없었고, 유심 부부는 남편도 있고 부인도 있었다.)

유심은 이에 자기 손으로 세 아들들을 죽이고는 처의 머리를 베어 손에 들고 소열황제의 사당(昭烈廟) 안으로 들어가서 땅에 엎드려 울면서 고했다: "신은 조부님께서 세우신 기업基業이 남에게 떨어지는 것을 보기 부끄러워 먼저 처자식들을 죽여 근심걱정을 없앤 다음, 이 한 목숨을 끊어 조부님께 보답하려고 하옵니다. 조부님께서 만약 신령이 계신다면 이 손자의 마음을 알아주옵소서!"

한바탕 대성통곡하고 나니 눈에서는 피가 흘러내렸다. 그는 스스로 목을 찔러서 죽었다. (*늠름하고 열렬하여 마치 그 소리를 듣는 것 같고 그 사람을 보는 것 같다.) 촉나라 사람들 중에 이 소문을 듣고서 애통해 하지 않는 자가 없었다. 후세 사람이 그를 칭찬하여 지은 시가 있으니:

| | |
|---|---|
| 임금과 신하들 기꺼이 무릎 꿇을 때 | 君臣甘屈膝 |
| 한 아들 홀로 슬퍼하고 마음 아파했네. | 一子獨悲傷 |
| 서천의 일들 모두 끝나던 날 | 去矣西川事 |
| 장하구나, 북지왕이여! | 雄哉北地王 |
| 몸 바쳐 소열 선조(烈祖)께 보답하고 | 捐身酬烈祖 |
| 머리 부여잡고 하늘 향해 통곡하네. | 搔首泣穹蒼 |
| 늠름한 그 사람 마치 살아있는 듯한데 | 凜凜人如在 |
| 촉한 이미 망했다고 그 누가 말하는가. | 誰云漢已亡 |

후주는 북지왕이 스스로 목을 찔러 죽었다는 말을 듣고 사람을 시켜서 장사지내 주도록 했다. (*후주는 북지왕이 죽었다는 말을 듣고도 부끄러워할 줄 몰랐을 뿐만 아니라 가슴아파할 줄도 몰랐으니 참으로 무심한 사람이었다.)

〔 5 〕다음날 위병魏兵들이 대거 당도했다. 후주는 태자太子와 여러 왕자王子들과 60여 명의 신하들을 거느리고, 전해오는 항복 의식에 따라서, 두 손을 뒤로 결박하고 얼굴을 들어 적장을 바라보며 수레 위에 관棺을 싣고(面縛輿櫬) 북문 밖 10리까지 나가서 항복했다.

등애는 후주를 부축해 일으키고, 친히 그 결박한 것을 풀어주고, 관棺과 관을 싣고 온 수레를 불태워 버린 다음, 수레를 나란히 하여 성으로 들어갔다. 후세 사람이 이를 탄식해서 지은 시가 있으니:

| | |
|---|---|
| 수만 명의 위병이 서천으로 들어오자 | 魏兵數萬入川來 |
| 구차하게 살려고 후주 자살하지 않았네. | 後主偷生失自裁 |
| 황호가 끝까지 나라 속일 뜻 품으니 | 黃皓終存欺國意 |
| 세상 구제할 강유의 재능 헛것이 되었네. | 姜維空負濟時才 |
| 충의지사들의 마음 어찌 그리도 열렬하고 | 全忠義士心何烈 |
| 절개 지킨 왕손王孫의 뜻 참으로 애달팠던지. | 守節王孫志可哀 |
| 소열황제의 나라 경영 결코 쉽지 않았건만 | 昭烈經營良不易 |
| 하루아침에 그 공업功業 재로 변해 버렸네. | 一朝功業頓成灰 |

〖 6 〗 이리하여 성도 사람들은 모두 향기 나는 꽃(香花)을 손에 들고 위병들을 영접했다.

등애는 후주를 표기장군驃騎將軍으로 임명하고, 그 밖의 문무 관료들은 각기 현재 지위의 높고 낮음에 따라 관직을 주었다. (*등애는 뜻밖에도 제멋대로 관직과 벼슬을 주었는데, 스스로 죽음을 자초하는 길이다.)

후주에게 궁으로 돌아가자고 청하고, 방문을 내붙여 백성들을 안심시키고, 창고의 인수인계를 마쳤다. 또 태상太常 장준張峻과 익주별가益州別駕 장소張紹로 하여금 각 군군軍郡의 군사들과 백성들을 투항시키도록 했다. 또 사람을 시켜 강유에게 투항을 설득하도록 했다. 그리고 한편으로 사람을 낙양으로 보내서 승전소식을 알리도록 했다.

등애는 황호가 간사하고 음험한 자라는 말을 듣고 그의 목을 베려고 했다. 그러나 황호는 금은보화로 등애 좌우의 사람들에게 뇌물을 써서 죽음을 면할 수 있었다. (*황호가 금은보화를 좋아했던 것이 알고 보니 이런 데 쓰기 위해서였다.) 이리하여 한漢은 완전히 망하고 말았다.

후세 사람이 한漢이 망한 것을 보고 무후를 추념追念하여 지은 시가 있으니:

| | |
|---|---|
| 원숭이와 새들도 징집영장 보고 겁낼 테지만 | 猿鳥猶疑畏簡書 |

바람과 구름은 언제나 영채를 지켰다네.　　　　風雲長爲護儲胥

상장군께서 휘둘렀던 신필神筆도 보람 없이　　徒令上將揮神筆

끝내 항복한 왕(후주) 수레에 실려 갔네.　　　終見降王走傳車

그 재주 관중·악의보다 못하지 않았으나　　　管樂有才眞不忝

관우와 장비의 수명 짧으니 어이하랴.　　　　關張無命欲何如

지난 해 금성錦城의 승상 사당 지나면서　　　他年錦里經祠廟

양보음梁父吟 읊어 봐도 한은 다 안 풀리네.　　梁父吟成恨有餘

〖 7 〗한편 태복太僕 장현蔣顯이 검각으로 가서 강유를 보고 후주의 칙명을 전하면서 위魏에 항복한 일을 말했다. 강유는 크게 놀라서 할 말을 잃었다.

휘하의 모든 장수들도 그 말을 듣고 일제히 원망하며 이를 갈고 눈을 부릅뜨며, 수염과 머리카락을 곤두세우고 칼을 빼서 돌을 내리치면서 큰 소리로 외쳤다: "우리는 죽을 각오로 싸우는데 어찌하여 먼저 항복해 버린단 말인가!"

그 울부짖는 소리가 수십 리 밖에까지 들렸다. (*촉에는 이와 같은 장수들이 있고 이와 같은 군사들이 있는데도 천자는 기꺼이 항복해 버렸으니, 탄식하지 않을 수 없다.)

강유는 사람들이 진심으로 촉한을 생각하는 것을 보고 좋은 말로 위로해주며 말했다: "여러 장수들은 근심하지 말라. 내게 한 황실을 회복할 수 있는 한 가지 계책이 있다."

모두들 어떤 계책이냐고 물었다. 강유는 여러 장수들의 귀에 입을 대고 계책을 말해 주었다. (*이하의 무수한 이야기들은 전부 귓속말로 해준 것으로, 여기서 즉시 분명하게 설명해 주지 않는 것이 묘한 점이다.)

그리고는 즉시 검각관劍閣關 위에 두루 항기降旗를 세워놓도록 하고는 먼저 사람을 시켜서 종회의 영채로 들어가서, 강유가 장익·요화·

동궐 등을 이끌고 항복하러 올 것이라고 말하도록 했다.

종회는 크게 기뻐하면서 사람을 시켜서 강유를 막사 안으로 맞이해 들이도록 했다.

종회가 말했다: "백약은 어찌 이리도 늦게 오셨소?"

강유는 정색을 하고 눈물을 흘리며 말했다: "나라의 모든 군사들이 나의 지휘 하에 있습니다. 오늘 이곳에 온 것도 오히려 빨리 온 것입니다!"(*기왕에 거짓으로 항복하러 와놓고는 또 곧바로 항복하겠다는 말을 기어코 하지 않는다. 이는 거짓말을 잘하는 것이다.)

종회는 그 말을 매우 기특하게 생각하고는 자리에서 내려와 서로 절을 하고 그를 귀한 손님(上賓)으로 대우했다.

강유가 종회에게 말했다: "내가 듣기로는, 장군은 회남淮南에서의 싸움 이래 계책을 세워서 적중하지 않은 것이 하나도 없었으며, 오늘날 사마씨司馬氏의 강성함은 모두 장군의 힘이라고 했습니다. 그래서 이 강유가 기꺼이 고개를 숙인 것입니다. 등사재(鄧士載: 등애)였다면 마땅히 죽기 살기로 싸워서 결판을 내고 말지 어찌 항복하려고 했겠습니까?"(*이러한 말투는 곧 강유가 거짓말을 하고 있음을 말하는 것으로, 독자들은 이를 스스로 알아야 한다.)

종회는 마침내 화살을 꺾어 맹서를 하면서 강유와 형제의 의를 맺었다. 두 사람 사이의 정이 매우 깊어지자 종회는 강유에게 이전처럼 자신의 군사들을 그대로 거느리도록 했다. 강유는 속으로 기뻐하면서 태복 장현을 성도로 돌아가도록 했다.


〖 8 〗 한편 등애는 사찬師纂을 봉하여 익주 자사刺史로 삼고, 견홍牽弘과 왕기王頎 등으로 하여금 각각 주州와 군郡들을 거느리도록 했다.

또한 면죽綿竹에다 전공戰功을 기념하는 대臺를 쌓도록 하고, (*이미 제멋대로 봉작封爵을 시행하더니 또 대臺까지 쌓아서 전공을 과시한다. 등애는 스스로 죽음의 길을 가고 있다.) 그리고는 촉 땅의 관원들을 대대적으로 모아서 성대한 연석을 베풀었다.

등애는 술이 거나하게 취하자 손가락으로 여러 관원들을 가리키며 말했다: "당신들은 다행히 나를 만났기에 오늘 이렇게 살아 있는 것이다. 만약 다른 장수를 만났더라면 틀림없이 다 죽임을 당했을 것이다."(*교만함과 자기 과시가 심하다. 등애는 스스로 죽음의 길을 가고 있다.)

많은 관원들은 자리에서 일어나 고맙다고 절을 했다. 그때 갑자기 장현이 돌아와서, 강유가 스스로 진서장군鎭西將軍 종회鍾會에게 찾아가서 투항했다고 말했다.

등애는 이 때문에 종회를 몹시 미워하고 원망하면서 마침내 글을 써서 사람에게 주어 낙양으로 가서 진공晉公 사마소에게 바치도록 했다. 사마소가 글을 받아 보니, 그 내용은 이러했다:

"신臣이 생각해 보니, 병법에서는 먼저 성세聲勢로 적을 압도한 후 군사로써 적을 쳐부순다(先聲而後實)고 했습니다. 따라서 지금 서촉을 평정한 성세로 동오를 친다면 이는 마치 돗자리를 둘둘 말듯이(席捲) 천하를 취할 수 있는 좋은 기회일 것입니다. 그렇기는 하나, 지금은 전 병력을 동원하여 크게 싸운 뒤인지라 장수와 병사들이 지칠 대로 지쳐 있어서 곧바로 움직일 수가 없습니다.

그러므로 마땅히 농우隴右의 군사 2만 명과 촉의 군사 2만 명을 그대로 남겨두어 소금물을 졸여서 식염食鹽을 만들고 대장간을 많이 지어 병장기를 만들고(煮鹽興冶) 아울러 배를 만들어서 강을 따라 내려가 동오를 칠 계책으로 삼아야 할 것입니다. 그렇게 한 다음 사신을 보내서 이해利害 관계를 가지고 설득한다면 동오는 군사들을 이끌고 가서 치지 않더라도 평정할 수 있을 것입니다.

그러므로 지금으로서는 마땅히 유선劉禪을 후히 대우해 줌으로써 손휴孫休의 마음을 공략해야 할 것입니다. 그러지 않고 만약 곧바로 유선을 수도(京)로 올려 보내면 동오 사람들은 틀림없이 의심을 품게 될 것인바, 그것은 귀순하려는 마음을 권하는 방도가 아닐 것입니다. 그러므로 당분간 그를 서촉에 머물러 있도록 했다가 내년 겨울철을 기다려서 서울로 올려 보내도록 하겠습니다.

지금은 유선을 부풍왕扶風王으로 봉하고 재물을 하사하여 그의 좌우 사람들에게 공급하도록 하고, 그 아들들에게 공후公侯 벼슬을 줌으로써 귀순해온 자에 대한 은총을 보여준다면 동오 사람들은 위엄을 두려워하고 덕을 사모하여 소문만 듣고도 복종하게 될 것입니다."(*글에서는 비록 동오에게 항복을 권하는 것을 명분으로 내세우고 있지만, 실제 의도는 유선과 그 아들들에게 벼슬을 주자는 것이다. 이미 유선을 수도로 올려 보내지 않을 뿐만 아니라 자신이 벼슬을 주는 문제까지 의논하고 있는데, 여기에는 모든 것을 자신이 주도하여 결정하겠다는 뜻이 담겨 있다. 이것이 등애가 죽임을 당하게 되는 이유이다.)


〖 9 〗 사마소는 다 보고나서 등애가 권력을 자기 멋대로 행사하려는 마음을 가진 것으로 깊이 의심하고는 먼저 친필로 글을 써서 감군 위관衛瓘에게 주어서 보내고, 곧 뒤따라 등애에게 벼슬을 봉하는 칙서를 내렸다. 칙서의 내용은 이러했다:

"정서장군征西將軍 등애鄧艾는 무위武威를 빛내고 떨쳐 적의 지경 안으로 깊이 들어가서 황제를 참칭하던 자로 하여금 스스로 밧줄로 목을 매고 항복하도록 하였는바, 출병하여 철을 넘기지 않았고 싸워서 하루를 넘기지 않고 마치 구름이 걷히듯이 적진을 석권함으로써 파촉巴蜀을 소탕했도다. 비록 백기(白起: 전국시대 때 진秦의 명장)가 초楚나라를 깨뜨리고 한신韓信이 강한 조趙나라를 쳐서 이겼으나 그대의 공훈에는 비하지 못할 것이다.

이에 그대(艾)를 태위로 삼고, 2만 호戶의 봉읍封邑을 더해주고,

그대의 두 아들을 정후亭侯로 봉하고 식읍食邑으로 각각 1천 호戶를 내리노라.”(*조서에서는 등애에게만 벼슬을 봉하고 유선劉禪을 봉한다는 말은 꺼내지도 않고 있는데, 이는 곧 등애가 자기 마음대로 결정하도록 허용하지 않겠다는 뜻이 들어있다.)

〖 10 〗 등애가 칙서를 받고 나자, 감군 위관은 사마소의 친서를 꺼내서 등애에게 주었다. 그 친필 서신에서는 말하기를, 등애가 말한 일들은 반드시 조정에 아뢴 후에 지시를 기다려야지 마음대로 즉시 실행해서는 안 된다고 했다. (*칙서는 실사實寫 방법을 쓰고, 친필 서신은 허사虛寫 방법을 쓰고 있는데, 생필법이다.)

등애가 말했다: “ ‘장수가 밖에 있을 때에는 임금의 명령(君命)이라도 듣지 않아도 될 경우가 있다(將在外, 君命有所不受)’고 하였소.(출처: 〈사기·孫子吳起列傳〉.) 내 이미 칙서를 받들어 전적으로 내 뜻대로 정벌해 왔는데, 어찌 못하게 막는단 말이오?”

곧바로 또 글을 써서 칙서를 가지고 온 사자에게 주어 낙양으로 가도록 했다.

이때 조정에서는 모두들 말하기를, 등애는 틀림없이 반역의 뜻을 품고 있다고 해서, 사마소는 더욱 의심하며 꺼리고 있었다. 그때 갑자기 사자가 돌아와서 등애의 서신을 바쳤다. 사마소가 봉투를 뜯어서 보니, 그 내용은 이러했다:

“애艾는 명을 받들어 서촉을 쳐서 원흉을 이미 항복시켰으므로 마땅히 임시변통으로 일을 처리하여 갓 항복해온 자들을 안심시켜야 했습니다. 만약 조정의 명령을 기다리다 보면 길을 왕복하느라 시일만 끌게 됩니다. 〈춘추春秋〉의 대의大義에 따르면, 대부大夫가 국경 밖으로 나갔을 때에는 사직을 안정시키고 나라를 이롭게 할 방법이 있으면 자기 뜻대로 처리해도 된다(大夫出疆, 有可以安社稷·

利國家, 專之可也)고 하였습니다. (*실제로는 반역할 마음을 품고 있으면서 반대로 〈춘추〉의 뜻을 인용하고 있다. 역시 말솜씨가 보통이 아니다.)

지금 동오는 아직 귀순해 오지 않았고 그들의 세력은 촉과 손을 잡고 있으므로 상규常規에 얽매어 시기를 놓쳐서는 아니 됩니다. 병법에서도 이르기를: '진격할 때에는 이름나기를 구하지 않고, 물러날 때에는 죄 받기를 피하지 않는다(進不求名, 退不避罪)'고 하였습니다. 저(艾)는 비록 옛사람과 같은 절개는 없으나 스스로 나라에 손해를 끼치는 일은 끝내 하지 않아 왔습니다. 우선 이와 같이 아뢰옵고, 옳다고 생각되는 일은 시행하도록 하겠습니다."

〖 11 〗 사마소는 등애의 서신을 보고나서 크게 놀라며 황급히 가충賈充과 계책을 상의했다: "등애가 자기 공을 믿고 교만해져서 제 맘대로 일을 처리하려고 하는데, 이로써 반역하려는 증거가 드러났소. 이를 어찌하면 좋겠소?"

가충이 말했다: "주공께서는 어찌하여 종회에게 관작을 봉해주어 그로 하여금 등애를 제어하도록 하지 않으십니까?"(*등애는 지금 종회를 미워하고 있는데, 또 종회로 하여금 등애를 제어하도록 하려는 것이다. 이로써 두 사람은 서로 양립할 수 없는 형세가 된다.)

사마소는 그의 의견을 좇아서 사자로 하여금 칙서를 가지고 가서 종회를 사도司徒로 봉해 주도록 하고, 즉시 위관衛瓘에게 양 방면의 군사들을 감독하도록 했다. 그리고 친필 서신을 위관에게 주면서 종회와 함께 등애의 행동을 감시하여 그가 반란을 일으키지 못하도록 방지하라고 했다. (*이곳에선 친필 서신에 대해 역시 허사虛寫 방법을 쓰고 있다.)

종회가 칙서를 받아서 읽어보니, 그 내용은 이러했다:

"진서장군鎭西將軍 종회는, 그 향하는 곳에는 적수敵手가 없었고,

그 앞에는 강한 적들이 없었도다. 여러 성들을 빼앗아 다스리고, 흩어져 달아나는 무리들을 그물 속에 가두었도다. 그리하여 촉의 용맹한 원수(豪帥: 즉, 강유)조차 스스로 손을 뒤로 묶고 항복해 오도록 하였도다. (*종회가 강유를 거둔 것을 그의 공으로 인정해 줌으로써 종회와 강유의 사이가 더욱 친밀해지도록 한다.) 그의 계책은 들어맞지 않는 것이 없었고, 군사를 이끌고 가서 치면 공을 이루지 못하는 경우가 없었도다.

이에 회會를 사도司徒로 삼아 현후縣侯로 봉하고, 1만 호戶의 봉읍封邑을 더해주고, 두 아들을 봉하여 정후亭侯로 삼고 식읍食邑으로 각각 1천 호를 내려주노라."

〖 12 〗 종회는 작위를 받고(封爵) 나서 즉시 강유를 청해 와서 상의했다: "등애는 공로가 나보다 위인데다 또 태위太尉의 벼슬에 봉해졌소. 지금 사마공은 등애에게 반역할 뜻이 있다고 의심을 하고 있소. 그래서 위관衛瓘을 감군監軍으로 삼고 내게 칙서를 내려 그를 제어하도록 하였소. 백약은 어떤 좋은 의견이 있으시오?"

강유가 말했다: "내가 들은 바로는, 등애는 출신이 미천해서 어릴 적에는 농가에서 송아지를 길렀다고 합니다. (*이는 명백히 권문세가의 자제인 종회를 추켜세우는 말이다.) 이번에 요행히 음평陰平의 비탈길로 해서 나무를 붙잡고 낭떠러지에 매달려 내려와서 이런 큰 공을 세웠으나, 이는 좋은 계책에서 나온 것이 아니라 실은 나라의 홍복洪福에 힘입은 것이오. (*또 종회가 처음에 등애를 비웃었던 뜻과 서로 합치된다.)

만약 장군께서 나와 검각劍閣에서 대치하고 있지 않았다면, 등애가 어찌 이런 공을 이룰 수 있었겠소? (*곧바로 등애의 공은 종회의 공임을 인정한다.) 그가 지금 촉주蜀主를 부풍왕扶風王으로 봉하려는 뜻은 바로 촉 땅 사람들의 인심을 크게 얻으려는 것으로, 그가 반역을 하려는 실정은 말하지 않아도 알 수 있소. 진공이 의심하는 것은 당연합니다."

종회는 그 말을 듣고 매우 기뻤다.

강유가 또 말했다: "좌우를 물리쳐 주시오. 이 강유에게 은밀히 고해 드릴 일이 한 가지 있소이다."(*드디어 기회가 왔다.)

종회가 좌우에 있는 사람들을 전부 물리쳤다.

강유는 소매 속에서 지도 하나를 꺼내서 종회에게 주며 말했다: "옛날 무후께서 초려草廬를 나오실 때 이 지도를 선제께 바치셨습니다. (*종회도 일찍이 지도 하나를 그린 적이 있으나 이미 사마소에게 바치고 없다. 그리고 그것은 강유가 가지고 있는 지도보다 상세하지도 않았다. 제38회의 일과 대응한다.) 바치면서 말씀하시기를: '익주益州의 땅은 비옥한 들판이 천리나 뻗쳐 있어서 인구도 많고 나라도 부유해서 패업을 이룩할 만하다(沃野千里, 民殷國富, 可爲覇業)'고 하셨습니다. 선제께서는 이로 인하여 마침내 성도成都에 나라를 창건하셨던 것입니다. (*서촉을 과장해서 미화함으로써 종회의 마음을 흔들고 있다. 몹시 교묘하다.) 지금 등애가 이곳에 이르러서 어찌 미치지 않을 수 있겠습니까?"(*등애에 대해 크게 떠벌림으로써 종회를 자극하고 있다. 매우 교묘하다.)

종회는 크게 기뻐하면서 산천의 형세를 손가락으로 가리키며 물었다. (*이때 이미 종회의 마음은 흔들렸다.) 강유는 일일이 말해 주었다.

종회가 또 물었다: "등애를 없애려면 어떤 계책을 써야 되겠소?"

강유曰: "진공晉公이 그를 의심하고 기피하는 때를 틈타 급히 표문을 올려 등애가 반란을 도모하고 있는 실상을 말해 준다면 진공은 틀림없이 장군에게 그를 토벌하라고 하실 겁니다. 그러면 일거에 그를 사로잡을 수 있습니다."

종회는 그의 말에 따라 즉시 사람을 낙양으로 보내면서 표문을 올리도록 했는데, 그 표문에서 말하기를, 등애가 권력을 제 마음대로 휘두르고 방자하게 행동하면서 촉 사람들과 좋은 관계를 맺고 있는데, 그는 조만간 반드시 반란을 일으킬 것이라고 하였다. (*이곳에서 종회가 올린 표문에 대하여 또 허사법虛寫法을 쓰고 있다. 필법의 변환이다.)

이에 조정의 문무 관원들은 모두 놀랐다. 종회는 또 사람을 시켜서 등애가 위로 올리는 표문을 중도에서 빼앗아, 등애의 필체를 본떠서, 오만한 언사로 고쳐 썼는데, 실은 종회 자신의 말을 적은 것이었다. (*등애가 올린 표문과 종회가 고친 말들에 대해 모두 허사법虛寫法을 쓰고 있다. 필법의 변환이다.)


〔 13 〕 사마소는 등애가 올린 표문을 보고나서 크게 화를 내면서 즉시 사람을 종회의 군영으로 보내서 종회에게 등애를 체포하라고 지시했다. 또 가충을 파견하며 그에게 군사 3만 명을 이끌고 야곡斜谷으로 들어가도록 하고, 사마소 자신은 위주魏主 조환曹奐과 같이 어가를 몰아 친정親征을 나가기로 했다.

서조연西曹掾 소제邵悌가 간했다: "종회의 군사 수가 등애의 군사들보다 여섯 배나 많으므로 종회로 하여금 등애를 붙잡도록 하는 것으로 충분합니다. 명공明公께서 몸소 가실 필요가 어디 있습니까?"

사마소가 웃으며 말했다: "자네는 자네가 전 날 내게 한 말을 잊었는가? (*제115회 중의 일.) 자네는 일찍이 말하기를, 종회는 훗날 반드시 반란을 일으킬 것이라고 했었다. 나의 지금 이 행차는 등애 때문이 아니라 실은 종회 때문이다."(*간웅의 심사가 조조와 흡사하다.)

소제가 웃으며 말했다: "저는 명공께서 그 말을 잊으셨을까봐 염려되어 다시 한 번 물어본 것이옵니다. 지금 이왕에 그런 뜻을 갖고 계신다면 이 일을 절대로 비밀로 하셔야지 누설해서는 안 되옵니다."

사마소는 그의 말을 옳게 여기고 마침내 대군을 거느리고 출정길에 올랐다.

이때 가충 역시 종회가 반역의 뜻을 품고 있을지 모른다는 의심이 들어서 은밀히 사마소에게 아뢰었다.

사마소가 말했다: "내가 만약 그대를 보낸다면, 그대 또한 의심해야 하겠는가? 내가 장안에 도착하면 자연히 명백해질 것이오."(*사마소는 소제가 비밀을 누설해서는 안 된다고 한 말을 듣고 가충에게도 역시 그대로 말해주지 않고 있다.)

일찌감치 첩자가 이 소식을 종회에게 알리면서 사마소가 이미 장안에 도착했다고 말했다. 종회는 황급히 강유를 불러와서 등애를 붙잡을 계책을 상의했다. 이야말로:

서촉의 항장降將 강유를 거두자마자 　　　　才看西蜀收降將

장안에서는 또 대병大兵을 움직이네. 　　　　又見長安動大兵

강유가 어떤 계책을 써서 등애를 깨뜨릴지 모르겠거든 일단 다음 회를 보기 바란다.

## 제 118 회 모종강 서시평序始評

(1). 삼국에 인재人才 많음은 남자들 가운데서만 보게 되는 것이 아니라 부인들 중에서도 보게 된다. 그러나 남자는 현능(才)하다고 해서 그들이 모두 절개(節)를 지켜야 할 필요는 없으나, 부인에게는 절조(節)가 없으면 그가 현능(才)하다고 말할 수가 없다. 그러므로 남자의 현능(才)을 논할 때에는 그 능력(才)과 절개(節)를 분리해서 봐야 하고, 부인에게서 현능(才)을 논할 때에는 반드시 그 능력(才)과 절조(節)를 합쳐서 봐야 한다. 이것이 부인의 현능함이 남자의 현능함보다 더욱 찾아보기 어려운 이유이다. 매우 어려움에도 불구하고 많이 있었기 때문에, 삼국에는 기록해 둬야 할 부인들이 있다.

위魏의 현능한 부인(才婦)으로는 다섯이 있으니, 강서姜敍의 모친

(제 64회 (11)), 조앙趙昻의 처 (제64회 (12)), 신창辛敞의 누이 (제107회 (2)), 하후령夏侯令의 여식 (제107회 (7)), 왕경王經의 모친 (제110회 (11))이 이들이다. 동오의 현능한 부인(才婦)으로는 셋이 있으니, 손책孫策의 모친, 손익孫翊의 처(제38회 (10)), 손권의 누이동생이 이들이다. 한漢의 현능한 부인(才婦)으로는 다섯이 있으니, 선주先主의 부인 미씨糜氏, 북지왕北地王 유심劉諶의 부인 최씨崔氏, 무후武侯의 부인 황씨黃氏, 그리고 서서徐庶의 모친, 마막馬邈의 처妻가 그들이다.

이밖에도 임기응변에 뛰어난 사람으로 초선貂蟬이 있고, 총명하기로는 채옹蔡邕의 여식 채염蔡琰 같은 사람도 있으나 (제71회 (3)) 또한 위에서 말한 사람들보다는 아래의 사람들이다.


(2). 무후의 죽음 직후에는 양의楊儀와 위연魏延이 서로 표문을 올렸고, 성도成都가 망한 직후에는 또 종회와 등애가 서로 표문을 올리는데, 멀찍이서 서로 대對가 되고 있다. 그러나 등애의 표문에서는 종회를 헐뜯는 내용이 없었으므로 등애와 위연은 달랐다. 그리고 위연의 표문은 양의에 의해 고쳐 써진 일이 없었으므로 종회와 양의는 달랐다. 그리고 하나는 군사를 돌려올 때 일어난 일이고, 또 하나는 적을 이기고 난 직후에 일어난 일이므로, 그 형세가 이미 달랐고 그 일 역시 달라서 사람들의 이목耳目을 완전히 새롭게 한다.


(3). 종회가 장차 반란을 일으킬 것이라는 점은 사마소가 헤아리고 있었으나, 등애가 장차 반란을 일으킬 것이라는 점은 사마소가 미리 헤아리지 못했던 것이다. 그 미리 헤아리지 못했던 자에게서 뜻밖에도 반란이 발생했는데 어찌 그가 이미 헤아리고 있었던 자

에게서 발생할 반란을 마음속으로 방어하지 않을 수 있겠는가?

그러므로 종회로 하여금 등애를 제어하도록 한 것은 곧 자신이 종회의 반란을 방어하려는 것이었다. 종회를 방어하면서도 또 종회가 그것을 알까봐 두려워했으므로 이에 감추고 비밀로 하여 가충과 같은 심복에게조차 역시 그 뜻을 사실대로 고해주지 않았던 것이다.

이렇게 본다면, 간웅으로서의 사마소는 참으로 간웅 조조에 못지않았다. 종회는 촉을 치려고 하면서 동오를 칠 듯한 거짓 태세를 지어보였고, 사마소는 종회를 붙잡으려고 하면서 역시 등애를 붙잡는다는 거짓 명분을 내세웠다. 즉, 그 사람을 다스리려고 하면서 그 사람이 쓰는 방법을 쓰고 있는바, "너에게서 나온 것은 너에게로 돌아간다(出乎爾者反乎爾)"고 한 말은 (〈맹자·양혜왕 하〉) 바로 종회를 두고 한 말일 것이다.

# 제119회

## 강유, 거짓투항 계책이 실패로 돌아가고
## 사마염, 두 번째 수선受禪을 따라서 하다

〖 1 〗 한편 종회는 강유를 청하여 등애를 붙잡을 계책을 상의했다.

강유가 말했다: "먼저 감군 위관衛瓘을 시켜서 등애를 붙잡도록 하시오. 등애가 만약 위관을 죽인다면 그가 반역하려고 한 것이 사실로 드러납니다. 장군께서 그 후에 군사를 일으켜서 그를 치면 됩니다."
(*강유는 등애도 싫었지만 위관도 싫었다. 만약 등애로 하여금 위관을 죽이도록 할 수 있다면 이는 강유를 위해 먼저 미운 놈 하나를 제거하는 것이 된다.)

종회는 크게 기뻐하며 즉시 위관으로 하여금 수십 명을 이끌고 성도로 들어가서 등애 부자를 체포하도록 했다.

위관의 부하가 위관을 말리며 말했다: "이는 종鍾 사도司徒께서 등鄧 정서征西 장군으로 하여금 장군을 죽이도록 해서 그가 반역하려는 것이 사실임을 증명하려는 것입니다. 절대 가셔서는 안 됩니다."

위관曰: "내게도 달리 생각이 있다."

그리고는 먼저 격문 2, 30통을 띄워 보냈는데, 그 격문의 내용은 이러했다: "천자의 칙명을 받들어 등애를 붙잡으려는 것일 뿐, 그 밖의 사람들에 대해서는 따로 문책하지 않을 것이다. 빨리 귀순해 오는 자에게는 관작官爵과 포상을 이전처럼 해주겠지만, 감히 귀순해 오지 않는 자가 있으면 삼족을 멸할 것이다."(*교묘한 것은 먼저 그 날개를 흩어 버리는 것이다. 그 수가 많으면 사로잡을 수 없지만 적으면 사로잡을 수 있기 때문이다.)

이어서 위관은 함거檻車 두 대를 준비해 가지고 밤낮없이 성도로 갔다.


〖 2 〗 닭이 울 무렵 등애의 부하 장수들로 격문을 본 자들은 모두 위관의 말 앞으로 찾아와서 절을 하고 투항했다. 이때 등애는 부중府中에서 아직 잠자리에서 일어나지 않고 있었다.

위관은 군사 수십 명을 이끌고 갑자기 뛰어들어 가면서 큰소리로 외쳤다: "천자의 칙명을 받들어 등애 부자를 체포한다!"

등애가 크게 놀라서 침상에서 굴러 떨어졌다. 위관은 무사들에게 호령하여 그를 묶어 수레에다 싣게 했다. 등애의 아들 등충鄧忠이 나와서 무슨 일이냐고 묻다가 그 역시 붙잡혀 결박당해 수레에 실렸다. (*교묘한 것은 일이 순식간에 이루어진 것이다. 지체했으면 사로잡을 수 없었을 것이다.)

부중에 있던 장수와 관리들은 크게 놀라서 그들을 빼앗으려고 했는데, 어느 새 먼지가 자욱하게 일어나는 것이 보이면서 정탐꾼이 보고하기를, 종鍾 사도司徒가 이끄는 대군이 당도했다고 했다. (*종회가 당도한 것을 등애의 편에서 서술하고 있다. 필법의 변환이다.) 모든 사람들은 제각기 사방으로 흩어져 달아나버렸다.

종회는 강유와 같이 말에서 내려 부중으로 들어가 등애 부자가 이미 묶여 있는 것을 보았다. 종회는 채찍으로 등애의 머리를 갈기면서 욕을 했다: "송아지나 기르던 자식이 어찌 감히 이럴 수 있단 말이냐!"

강유 역시 욕을 했다: "못난 놈이 요행수를 바라고 모험을 하더니, 역시 오늘 이렇게 되고 말았구나!"

등애 역시 큰 소리로 욕을 했다. (*말더듬이 한 사람이 어떻게 말 잘하는 두 사람을 당해내겠는가.) 종회는 등애 부자를 낙양으로 실어 보냈다.


〖 3 〗 종회가 성도로 들어와서 등애의 군사들을 전부 자기 휘하에 편입시키자 그 위세가 크게 떨쳤다.

이에 강유를 보고 말했다: "내 오늘에야 비로소 평생의 소원이 이루어졌소."(*점차 마각馬脚을 드러낸다.)

강유曰: "옛적에 한신은 괴통蒯通의 말을 듣지 않았다가 미앙궁未央宮에서 화를 당했고,(*이 구절은 은연중에 그에게 모반할 것을 권하고 있는데, 이것이 주구主句이다.) 월越의 대부大夫 문종文鍾은 범려范蠡를 따라 오호五湖로 가지 않았다가 마침내 스스로 목을 찔러 죽어야 했소. (*이 구절은 보완해주는 말, 즉 배설陪說이지만 없어서는 안 된다.) 이 두 사람의 경우 그 공명功名이 어찌 혁혁하지 않았겠습니까만, 단지 이해利害 관계를 생각함이 밝지 못하고 선견지명先見之明이 없었기 때문에 그렇게 된 것이오. (*먼저 아슬아슬한 말로 그의 마음을 흔들고 있다.)

지금 장군은 이미 큰 공훈을 세워서 그 위세가 주인을 두려워 떨게 만들고 있는데, 이런 때 어찌하여 배를 띄워 종적을 감추고 아미산峨嵋山에 올라가 신선 적송자赤松子를 따라서 함께 놀려고 하지 않으시오?"(*다시 비꼬는 말투로 그를 자극하여 도발하고 있다. 그에게 모반하기를 권하면서 반대로 관직을 버리라고 권하고 있는데, 몹시 교묘하다.)

종회가 웃으면서 말했다: "공의 말씀은 틀렸소. 내 나이 아직 사십도 안 되어 바야흐로 진취進取하려고 생각하는데, 어찌 그처럼 물러나서 한가히 노는 일을 본받을 수 있단 말이오?"(*바로 이 말을 그로부터 끄집어내려고 한 것이다.)

강유曰: "만약 물러나서 한가로이 쉴 생각이 아니라면 빨리 좋은 방도를 찾아야만 합니다. 이 일은 명공明公의 지혜와 힘으로도 할 수 있는 일이니, 구태여 이 늙은 사람이 다시 말씀드릴 필요도 없을 것이오."(*분명히 그에게 모반을 하라고 지시하고 있다. 그러나 묘한 것은 은연중에 그렇게 할 뿐 직접 말하지는 않은 것이다.)

종회는 손뼉을 치고 크게 웃으며 말했다: "백약伯約께선 내 마음을 알고 계시오!"

이때부터 두 사람은 매일 대사를 의논하였다.

강유는 비밀리에 후주에게 글을 써보냈다: "바라옵건대 폐하께서는 수일 동안만 욕을 참고 계시옵소서. 이 유維가 다시 사직을 바로 세워 안정시킴으로써 어두워진 해와 달을 다시 밝게 빛나도록 하겠사옵니다. 반드시 한 황실이 끝내 멸망하도록 하지는 않을 것이옵니다."(*만약 이런 일이 있게 된다면 참으로 기분 좋은 일일 것이다. 설령 이런 일이 일어나지 않는다 하더라도 역시 읽기에 기분 좋은 글이다.)

〖 4 〗한편 종회가 한창 강유와 같이 모반을 상의하고 있을 때 갑자기 사마소가 서신을 보내 왔다고 보고해 왔다.

종회가 그 서신을 받아서 보니, 그 사연은 이러했다: "나는 사도司徒가 혹시 등애를 붙잡아 들이지 못할까봐 염려되어 직접 군사들을 이끌고 장안에 와서 주둔하고 있소. 가까운 시일 내에 서로 만나볼 것이기에 이에 먼저 알리는 바이오."

종회는 크게 놀라서 말했다: "나의 군사들이 등애보다 몇 배나 많은데, 만약 나로 하여금 등애를 사로잡도록 하려는 것뿐이라면, 나 혼자서도 그 일을 할 수 있다는 것을 진공은 알고 있다. 오늘 직접 군사들을 이끌고 온 것은 나를 의심하기 때문이다!"(*종회의 모반은 강유가 그것을 재촉했고, 사마소가 또 그것을 재촉했다.)

그는 즉시 강유와 계책을 상의했다.

강유가 말했다: "임금이 신하를 의심한다면 그 신하는 반드시 죽어야 하오. 등애의 일을 보지 못하였소?"(*한신과 문종文鍾의 비유를 인용할 필요도 없이 바로 등애의 경우를 예로 들고 있다. 비유하자면, 글을 쓰는 사람이 다른 곳에 있는 예를 들 필요도 없이 본문 안에 나오는 예를 드는 것과 같다.)

종회曰: "내 뜻은 이미 정해졌소. 일을 성공시키면 천하를 얻을 것이고, 성공시키지 못하더라도 서촉으로 물러가 역시 유비처럼 될 수 있소."(*다른 사람을 배울 필요 없이 다만 유劉 선주를 보고 배우면 된다.)

강유曰: "근자에 들으니 곽郭 태후가 최근에 돌아가셨다고 하던데, 태후께서 사마소를 쳐서 그가 임금을 시해한 죄를 밝히라고 지시하는 조서詔書를 남겼다고 거짓말을 합시다. (*사마소는 반드시 조환曹奐을 끼고 나왔을 것이며, 아마도 종회를 치라는 천자의 조서를 가지고 있을 것이다. 지금 강유는 조환이 사마소의 군중에 있는 것을 보고 곽 태후의 조서를 들고 나올 계책을 생각해 낸 것으로, 이는 바로 사마의가 조상曹爽을 치러 나갈 때의 조서와 서로 일치한다.)

그렇게 하면, 명공과 같은 재주라면, 돗자리를 둘둘 말듯이 중원中原을 평정할 수 있을 것이오."

종회曰: "백약이 선봉이 되어 주셔야겠소. 일이 이루어진 후에는 우리 함께 부귀를 누리도록 합시다."

강유曰: "미약하나마 견마지로犬馬之勞를 다하겠소. 다만 여러 장수들이 복종하지 않을까봐 두렵소."

종회曰: "내일이 정월 대보름 명절(元宵佳節)이오. 고궁故宮에다 등

불을 대거 달아 놓고 모든 장수들을 불러다가 주연을 크게 베풀어놓고 이야기해서, 만약 따르지 않는 자가 있으면 모조리 죽여 버리겠소."

강유는 속으로 몰래 기뻐했다.

〖 5 〗 다음날, 종회와 강유 두 사람은 모든 장수들을 청하여 주연을 베풀었다. 술이 여러 순배 돈 후 종회가 술잔을 잡고 대성통곡을 했다. 모든 장수들이 놀라서 그 까닭을 물었다.

종회가 말했다: "곽 태후께서 임종 시에 남기신 유조遺詔가 여기 있소. 사마소가 남쪽 궁궐에서 천자를 시해했는데, 그는 대역무도大逆無道할 뿐만 아니라 조만간 위魏나라를 찬탈하려고 하니 나로 하여금 그를 토벌하도록 명하셨소. 여러분도 각각 여기에 자필 서명을 하고 모두 함께 이 일을 성사시키도록 합시다."

모든 사람들이 다 크게 놀라면서 서로의 얼굴만 쳐다보았다. 그런 모습을 보고 종회가 칼집에서 칼을 빼면서 말했다: "명령을 어기는 자는 목을 벨 것이다!"

많은 장수들은 모두 겁을 먹고 부득이 그 말에 따랐다. 서명하기를 마치자 종회는 모든 장수들을 궁중에 가두어놓고 경비병들에게 그들을 단단히 지키도록 했다.

강유가 말했다: "내가 보기엔 여러 장수들이 복종하지 않는 것 같으니, 저들을 땅속에 파묻어 버립시다."

종회曰: "내 이미 궁궐 안에다 구덩이 하나를 파도록 하고 큰 몽둥이 수천 개를 마련해 놓도록 하였으니, 만약 순종하지 않는 자가 있으면 때려 죽여 구덩이 속에 파묻어버릴 것이오." (*만약 강유의 말을 듣고 곧바로 그들을 파묻어 버린다면 몽둥이를 준비해 놓을 필요가 어디 있는가? 기회가 왔을 때 빨리 결단하지 않으면 변고가 생길 것이다.)

〖 6 〗이때 종회의 심복 장수 구건丘建이 곁에 있었다. —— 구건은 바로 호군護軍 호열胡烈의 옛 부하였다. 이때 호열 역시 궁 안에 갇혀 있었다. —— 구건은 은밀히 종회가 한 말을 호열에게 알려주었다.

호열이 크게 놀라서 그에게 울며 사정했다: "내 아들 호연胡淵이 군사들을 거느리고 밖에 있는데, 종회가 이런 마음을 품고 있는 줄을 그가 어찌 알겠느냐? 자네가 옛날의 정의를 생각해서라도 이 소식을 몰래 그에게 전해 준다면, 내 비록 죽더라도 한이 없겠네." (*구건은 단지 호열 한 사람을 위해서 이 소식을 전하지만, 그것은 다시 호열을 통하여 호연에게 전해진다.)

구건曰: "주공께선 걱정하지 마십시오. 제가 그렇게 해보겠습니다."

그는 곧바로 밖으로 나와서 종회에게 말했다: "주공께서 여러 장수들을 안에다 연금軟禁시켜 놓으시어 저들이 먹고 마시기 불편하다고 하니, 사람 하나를 시켜서 왕래하면서 음식물을 전달해 주도록 하시지요."

종회는 평소 구건의 말을 잘 들어주었으므로 마침내 구건으로 하여금 현장에 나가서 감독하도록 하면서 분부했다: "내 자네에게 중대한 소임을 맡겼으니 말이 새어나가도록 해서는 안 된다." (*일이 실패하려고 하면 맡겨서는 안 될 사람(非人)에게 일을 맡기게 된다.)

구건曰: "주공께서는 마음 놓으십시오. 제게 따로 단단히 경비할 방법이 있습니다."

구건은 호열이 신임하는 사람을 몰래 안으로 들여보냈고, 호열은 밀서를 그 사람에게 주었다.

그 사람은 그 밀서를 가지고 화급히 호연의 영채로 가서 이 일을 자세히 말하고 밀서를 바쳤다. 호연은 크게 놀라서 즉시 여러 영채에다 그것을 두루 알렸다.

여러 장수들은 크게 화를 내며 급히 호연의 영채로 와서 상의했다: "우리가 비록 죽는 한이 있더라도 어찌 역적한테 복종할 수 있겠는가?"(*또 호연을 통해 여러 장수들에게 전달되었다.)

호연曰: "정월 십팔일에 궁중으로 급히 달려가서 여차여차하게 합시다."

감군 위관은 호연의 계책을 몹시 반기면서, (*또 여러 장수들을 통해 위관에게까지 전달되었다.) 즉시 군사들을 정돈하고, 구건으로 하여금 호열에게 이를 전하도록 했다. 호열은 또 함께 갇혀 있던 장수들에게 알려주었다.


〖 7 〗한편 종회는 강유를 청해 와서 물었다: "나는 간밤에 큰 뱀 수천 마리가 나를 무는 꿈을 꾸었는데, 이는 길조吉兆입니까, 흉조凶兆입니까?"

강유曰: "꿈에 용이나 뱀을 보는 것은 다 길하고 경사스런 징조입니다."(*소완邵緩이 등애를 위해 해주었던 해몽은 정말이었으나 (*제116회 중의 일), 강유가 종회를 위해 해준 해몽은 거짓말이다.)

종회는 기뻐하면서 그 말을 믿고 강유에게 말했다: "연장이 다 준비되었으니 모든 장수들을 끌어내서 물어보는 게 어떻겠소?"

강유曰: "그 무리들은 전부 불복하려는 마음을 갖고 있으므로 오래 두면 반드시 해가 될 테니, 차라리 빨리 죽여 버리는 게 낫습니다."

종회는 그 말을 좇아서 즉시 강유에게 무사들을 데리고 가서 위魏의 장수들을 모두 죽여 버리라고 했다.

강유가 명을 받고 막 그리 하려고 하는데 갑자기 심통(心痛)이 한 차례 와서 그만 땅에 졸도해 버렸다. (*설령 그의 담이 아무리 크다고 해도 심통(心痛)에야 어쩌겠는가. 천명天命이 이미 그러하다면 사람의 지모智謀가 무엇을 더할 수 있겠는가?)

좌우 사람들이 부축해 일으키자, 한참 지나서야 비로소 다시 깨어났다. 그때 갑자기 알려오기를, 궁문 밖에서 사람들이 외치는 소리가 마치 물 끓듯(沸騰) 한다고 했다. 종회가 막 사람에게 알아보라고 시키는데 함성이 크게 진동하며 사면팔방에서 군사들이 한없이 몰려왔다.

강유가 말했다: "이는 틀림없이 여러 장수들이 반란을 일으킨 것이니 먼저 저들부터 목을 베어야 하오."

그때 문득 군사들이 이미 궁궐 안으로 들어왔다고 알려왔다. 종회는 궁전 문을 닫도록 하고, 군사들에게 궁전 문 위로 올라가서 기왓장으로 그들을 치라고 했다. 이처럼 하여 서로 간에 수십 명을 죽였다.

궁궐 밖 사면에서 불길이 치솟더니 궁궐문 밖의 군사들이 궁궐 문을 깨뜨리고 쳐들어왔다. 종회가 직접 칼을 빼어들고 그 자리에서 여러 명을 죽였으나 그만 마구 쏘아대는 화살에 맞아 뒤로 자빠지고 말았다. 여러 장수들이 그의 머리를 베어서 높이 매달았다. (*역모를 꾸미면서 주밀하지도 신속하지도 못하면 죽는 게 마땅하다. 그러나 일이 비록 성공했다고 하더라도, 강유가 여러 장수들을 죽인 후 반드시 종회를 죽였을 것이므로, 종회는 처음부터 끝까지 한 번은 반드시 죽게 되어 있었다.)

강유는 칼을 뽑아들고 전각 위로 올라가서 좌충우돌하면서 닥치는 대로 쳤으나 불행히도 심통(心疼)이 더욱 심해졌다.

그는 하늘을 우러러 큰 소리로 외쳤다: "나의 계책이 성공하지 못한 것은 천명이다!"(*이때 강유는 설령 심통이 아니었다고 하더라도 이미 기밀이 누설되었고, 외부의 군사들도 이미 와 있었으므로, 역시 어쩔 수 없었다.) 그리고는 즉시 자기 손으로 목을 찔러 자살했다. (*아, 강유가 죽었도다! 한漢은 이에 드디어 망했도다!) 이때 그의 나이 59세였다.

궁 안에서 죽은 자가 수백 명이나 되었다.

위관이 말했다: "모든 군사들은 각기 영채로 돌아가서 왕명王命을 기다리도록 하라!"

이때 위병들은 원수를 갚으려고 서로 앞을 다투며 다 같이 강유의 배를 갈랐는데, 그 쓸개의 크기가 계란만 했다. (\*조자룡은 온 몸이 담으로 되어 있다고 했으나, 정작 얼마만큼 컸는지는 모른다.) 여러 장수들은 또 강유의 가솔들을 모조리 붙잡아서 다 죽여 버렸다.

〖 8 〗 등애의 부하로 있던 사람들은 종회와 강유가 이미 죽은 것을 보고는 즉시 함거에 실려서 낙양으로 가고 있는 등애를 빼앗으려고 밤낮없이 추격해 갔다. 일찌감치 어떤 사람이 이 일을 위관에게 알려주었다.

위관이 말했다: "등애를 붙잡은 것은 바로 나다. 지금 만약 그를 살려두었다가는 나는 묻힐 땅도 없게 될 것이다."

호군護軍 전속田續이 말했다: "전에 등애가 강유성江油城을 취했을 때 나를 죽이려고 했는데, 여러 사람들이 사정하여 겨우 죽임을 면할 수 있었습니다. (\*제117회 중의 일.) 오늘 이 원한을 갚아야만 하겠습니다."(\*구건은 옛 주인의 은혜를 갚으려고 했고, 전속은 옛 주인에게 원한을 갚으려고 했다. 서로 반대이면서 서로 대對가 되고 있다.)

위관은 크게 기뻐하며 즉시 전속에게 군사 5백 명을 주어 이끌고 쫓아가도록 했다. 전속이 면죽綿竹에 이르렀을 때 마침 함거에서 풀려나서 성도로 돌아가려고 하는 등애 부자와 만났다.

등애는 다만 자기 휘하의 병사들이 오는 것으로만 생각하고 아무런 방비도 하지 않고 있다가 어느 군사들인지 물어보려고 하는데 전속이 한 칼에 그의 목을 베어 버렸다.

아들 등충 역시 어지러이 싸우는 가운데 죽고 말았다. (\*등애가 꾸었던 꿈, 즉 꿈속에서 높은 산에 올라가서 한중漢中을 바라보고 있는데 갑자기 발 아래에서 샘이 하나 터지더니 물이 콸콸 힘차게 솟아올랐던 수산건水山蹇이란 꿈이 여기에서 증험된다.)

후세 사람이 등애를 탄식해서 지은 시가 있으니:

| | |
|---|---|
| 어릴 때부터 계책 낼 줄 알았고 | 自幼能籌畫 |
| 자라서는 지모가 많아 용병을 잘 했지. | 多謀善用兵 |
| 눈동자 모아 응시하면 지리를 알았고 | 凝眸知地理 |
| 고개 들어 하늘 우러러보면 천문을 알았지. | 仰面識天文 |
| 말이 산기슭에 이르자 길 끊어졌으나 | 馬到山根斷 |
| 군사들은 절벽 낭떠러지 길로 해서 나아갔지. | 兵來石徑分 |
| 공을 이룬 후 몸은 죽임을 당하여 | 功成身被害 |
| 혼이 한강漢江 위의 구름으로 떠도는구나. | 魂遶漢江雲 |

또 종회를 탄식해서 지은 시가 있으니:

| | |
|---|---|
| 어릴 때부터 지혜롭다는 소리 들었고 | 髫年稱蚤慧 |
| 젊은 나이에 벌써 비서랑을 지냈지. | 曾作秘書郎 |
| 신묘한 그의 계책에 사마소 귀 기울여 | 妙計傾司馬 |
| 당시에는 그를 자방子房이라 불렀었지. | 當時號子房 |
| 수춘성 공략 때 많은 계책 내어 보좌했고 | 壽春多贊畫 |
| 검각에서 무위 떨쳐 명성 높이 날렸지 | 劍閣顯鷹揚 |
| 슬프다, 도주공(陶朱公: 범려)을 배우지 않아 | 不學陶朱隱 |
| 떠도는 넋이 고향 그리며 슬퍼하는구나. | 遊魂悲故鄉 |

또 강유를 탄식해서 지은 시가 있으니:

| | |
|---|---|
| 천수군天水郡이 자랑한 영특한 인재 | 天水誇英俊 |
| 양주涼州 땅이 낳은 기이한 인물. | 涼州産異才 |
| 그의 피는 강태공에게서 물려받았고 | 系從尚父出 |
| 그의 병법은 무후로부터 배웠지. | 術奉武侯來 |
| 본래부터 담이 커서 겁이 없었고 | 大膽應無懼 |

웅대한 그의 뜻은 필승을 맹세했지.　　　　　　雄心誓不回
성도에서 그 몸이 죽던 날　　　　　　　　　　成都身死日
촉장蜀將에겐 여한餘恨이 남았도다.　　　　　　漢將有餘哀

〖 9 〗한편 강유·종회·등애가 이미 죽고 나자 장익張翼 등 역시 혼전을 벌이는 중에 죽었다. 태자 유선劉璿과 한수정후漢壽亭侯 관이關彝도 다 위병들의 손에 죽고 말았다.

서촉의 군사들과 백성들은 큰 혼란에 빠져 서로 밟고 짓밟혔는데, 죽은 자의 수가 셀 수도 없이 많았다.

그로부터 열흘 후, 가충이 먼저 이르러 방을 내붙여 백성들을 안심시키고 나서야 비로소 안정되었다.

가충은 위관으로 하여금 남아서 성도를 지키도록 하고, 후주를 낙양으로 보냈다. 단지 상서령 번건樊建, 시중 장소張紹, 광록대부 초주譙周, 비서랑 극정郤正 등 몇 사람만 그 뒤를 따라갔다. 이때 요화와 동궐董厥은 둘 다 병을 핑계대고 따라가지 않았는데, 후에 다들 나라가 망한 것을 슬퍼하다가 죽었다.

이때는 위魏 경원景元 4년(서기 264년)이었는데, 연호를 함희咸熙 원년으로 고쳤다.

이해 봄 3월, 동오 장수 정봉丁奉은 촉이 이미 망한 것을 보고는 곧바로 군사들을 거두어 동오로 돌아갔다. (*앞 회의 일을 보완 설명하고 있다.)

중서승中書丞 화핵華覈이 오주吳主 손휴孫休에게 아뢰었다: "동오와 서촉은 곧 입술과 이빨과 같은 관계에 있습니다. 입술이 없어지면 이가 시린 법이옵니다(脣亡則齒寒). 신이 생각하건대, 사마소가 동오를 치러올 날이 눈앞에 닥쳤사오니, 바라옵건대 폐하께서는 방어를 더욱 든든히 하시옵소서."(*다음 회를 위한 복선이다.)

손휴는 그의 말을 좇아서 즉시 육손陸遜의 아들 육항陸抗을 진동鎭東
대장군·영領 형주목荊州牧으로 삼아서 강구江口를 지키도록 하고, 좌장
군 손이孫異로 하여금 남서南徐의 여러 요충지들을 지키도록 했다.

또 장강 일대에 수백 개의 영채를 세워서 군사들을 주둔시켜 놓고
노장 정봉으로 하여금 그들을 총독總督하여 위병을 막도록 했다. (*촉
을 구하지 못함으로써, 춘추시대 때 진晉이 괵虢나라를 멸망시키고 난 후 다
시 우虞나라를 취하려고 하던 것과 같은 형세가 이미 이루어졌는데, 이때 와
서는 스스로를 지키려고 해도 어렵게 되었다.)

건녕建寧태수 곽익霍弋은 성도를 지켜내지 못했다는 말을 듣고 상복
(素服)을 입고 서쪽을 바라보며 사흘 동안 대성통곡을 했다.

여러 장수들이 모두 말했다: "이미 촉한의 주인이 그 지위를 잃었는
데 어찌하여 빨리 항복하지 않으십니까?"

곽익이 눈물을 흘리며 말했다: "길이 멀리 떨어져서 우리 주상의 안
위安危 여부를 알 길이 없다. 만약 위주魏主가 우리 주상을 합당한 예禮
로 대우해 주는 것을 본 후에 이 성城을 들어 바치고 항복을 하더라도
늦지 않을 것이다. 그러나 만일 우리 주상을 위협하고 욕되게 한다면,
임금이 욕을 보면 신하는 죽어야 하는 법이니(主辱臣死), 어찌 항복할
수 있겠는가?"(*비록 죽을 수 없다고 하더라도 재빨리 항복한 자들과는 하
늘과 땅보다 더 큰 차이(不啻天淵)가 난다.)

여러 장수들은 그 말을 옳게 여기고는 사람을 낙양으로 보내서 후주
의 소식을 탐지해 오도록 했다.


〔 10 〕 한편 후주가 낙양에 이르렀을 때 사마소는 이미 조정에 돌아
와 있었다.

사마소가 후주를 보고 꾸짖었다: "그대는 황음무도荒淫無道하여 어
진 신하들을 쫓아내고 정치를 잘못했으니 도리상 마땅히 주륙誅戮을

당해야만 할 것이다!"(*사마소는 본래 후주를 죽이려고 하지 않았다. 그러나 그가 취생몽사醉生夢死하는 것을 보고는 일부러 그를 크게 겁주어 정신을 차리도록 하려고 한 것이다.)

후주는 그만 낯빛이 흙색으로 변하면서 어찌할 줄 몰랐다.

문무 관원들이 모두 말했다: "촉주蜀主가 기왕에 나라의 기강을 잃어버렸으나 다행히 빨리 항복해 왔으니, 그의 죄를 용서해 주시옵소서."

사마소는 이에 유선劉禪을 안락공安樂公으로 봉하고, (* "우환 가운데는 살아남고 안락한 가운데서는 죽는다(生於憂患, 死於安樂)"고 하였다. (〈맹자·告子 下〉). 그는 처음부터 우환이라는 것을 모르는 사람이었으므로 이런 이름으로 봉한 것은 합당하다.) 살 집을 주고, 다달이 쓸 것을 주고, 비단 1만 필과 남녀 종(婢僕) 1백 명을 내려주었다.

그의 아들 유요劉瑤와 번건·초주·극정 등 여러 신하들도 모두 후작侯爵으로 봉해 주었다. 후주는 내려준 은혜에 고맙다고 인사하고 궁중에서 물러나왔다.

사마소는 황호黃皓가 나라를 좀먹고 백성들을 해쳤다는 이유로 무사들에게 그를 저자거리로 끌어내서 능지처참陵遲處斬 하라고 했다. (*유쾌, 통쾌한 일이다. 이때 후주는 왜 그를 살려달라고 애걸하지 않았을까?) 이때 곽익霍弋은 후주가 봉작을 받았다는 소식을 듣고 자기 부하 군사들을 거느리고 와서 항복했다.

〖 11 〗 다음날, 후주가 친히 사마소의 부중府中으로 찾아가서 고맙다고 인사를 하자 사마소는 연석을 베풀어 그를 대접했다.

먼저 위魏의 음악과 춤을 연석 앞에서 연주하도록 했는데, 촉나라 관원들은 모두 슬픔에 젖었지만 후주 혼자만은 기뻐하는 얼굴빛이었다. (*위魏의 음악과 춤을 보면서도 촉蜀을 생각하지 않는바, 그에게는 이미 아무런 감정도 없었다.)

사마소가 촉蜀 사람들에게 연석 앞에서 촉의 음악을 연주하도록 하자 촉의 관원들은 모두 눈물을 뚝뚝 떨어뜨렸으나 후주는 희희낙락해 하였다. (*촉의 음악과 춤을 보면서도 촉을 생각하지 않았는바, 더욱 감정이 없었던 것이다.)

술이 거나해지자 사마소가 가충에게 말했다: "사람의 무정無情함이 이런 지경에까지 이를 수 있단 말인가! 비록 제갈공명이 살아 있다고 하더라도 이런 사람을 보좌해서는 나라를 오래 보전할 수 없을 텐데, 하물며 강유 같은 사람이야 더 말할 나위가 있겠느냐?"

그리고는 후주에게 물었다: "촉 생각이 많이 나시지요?"

후주曰: "이곳에 있는 것이 즐거워서 촉 생각이 나지 않습니다(此間樂, 不思蜀)."(*이런 자이기에 안락공安樂公이라고 한 것이다.)

잠시 후 후주가 몸을 일으켜 뒷간으로 가는데, 극정이 뒤를 따라 나와서 곁채 아래에 이르러 말했다: "폐하께서는 어찌하여 촉 생각이 나지 않는다고 대답하셨습니까? 만약 그가 다시 묻거든 우시면서 이렇게 대답하십시오: '부모님의 무덤이 멀리 촉 땅에 있으므로 마음이 서쪽을 그리며 슬퍼져서 어느 하루도 촉 생각이 나지 않는 날이 없소이다.' 그러면 진공은 틀림없이 폐하를 촉으로 돌아가시도록 놓아줄 것입니다."

후주는 그가 가르쳐준 말을 단단히 외워서 자리로 돌아갔다.

술이 제법 얼큰해 오자 사마소가 또 물었다: "촉 생각이 많이 나지 않소?"

후주는 극정이 말해준 대로 대답하고는 울어보려고 했으나 눈물이 나지 않아 그만 눈을 감아버렸다. (*두 번 음악을 들으면서도 눈물이 나지 않았는데 이때 와서 어떻게 눈물이 나겠는가?)

사마소가 말했다: "어째서 극정의 말과 똑같소?"

후주가 눈을 뜨고 놀라서 그를 보며 말했다: "정말로 말씀대로입니다!"(*후주를 그림처럼 생생하게 묘사하고 있다.)

사마소와 그 좌우에 있던 자들은 모두 그를 비웃었다.

사마소는 이 일로 후주는 거짓말을 할 줄 모른다는 것을 알고 매우 기뻐하면서 그를 전혀 의심하거나 염려하지 않았다. 후세 사람이 그를 탄식해서 지은 시가 있으니:

| | |
|---|---|
| 환락 좇아 즐기며 웃는 저 환한 얼굴 | 追歡作樂笑顏開 |
| 망국의 설움이라곤 눈곱만큼도 없구나. | 不念危亡半點哀 |
| 타향에서 즐거워하며 고국을 잊으니 | 快樂異鄉忘故國 |
| 비로소 후주는 본래 멍청한 인간임을 알겠네. | 方知後主是庸才 |

〖 12 〗 한편 조정 대신들은 사마소가 촉을 거둬들이는 데 공이 있다고 해서 그를 높여서 왕으로 삼기로 하고 위주魏主 조환曹奐에게 표문을 올려 상주했다.

이때 조환은 명색은 천자였지만 실제로는 어떤 것도 자기주장대로 하지 못하고 정사는 모두 사마씨가 주관했기 때문에 감히 따르지 않을 수가 없어서, 마침내 진공晉公 사마소를 진왕晉王으로 봉하고, 그의 부친 사마의司馬懿에게는 선왕宣王이란 시호를, 그의 형 사마사에게는 경왕景王이란 시호를 내렸다. (*독자들로 하여금 조조가 위왕魏王으로 봉해진 때를 생각나게 한다.)

사마소의 처는 왕숙王肅의 여식으로서 아들 둘을 낳았는데, 장자는 사마염司馬炎으로 체구가 크고 키도 훤칠하였으며, 머리카락이 길게 자라서 서 있을 때에는 그것이 땅에까지 드리워졌고, 두 손은 무릎 아래까지 내려왔으며, 총명하고 영특했으며, 담량膽量이 남들보다 뛰어났다. (*이곳에서 사마염을 상세히 설명하는 것은 다음 글에서 그가 칭제稱帝하게 되는 것의 복선이다.)

둘째 아들 사마유司馬攸는 천성이 온화하고, 공손하며, 검박하고, 부모에게 효도하고 형제간에 우애가 있어서 사마소는 그를 매우 사랑했다. 그의 형 사마사에게 아들이 없었으므로, 사마소는 사마유로 하여금 형의 뒤를 잇게 했다. (*사마염司馬炎으로 형의 뒤를 잇도록 하지 않고 사마유司馬攸로 형의 뒤를 잇도록 한 것에는 약간의 간교함이 있다.)

사마소는 항상 말해 왔다: "천하는 곧 우리 형님의 천하다"라고. (*공공연히 천하를 사마씨의 것으로 돌리고 있다. 그의 안중에는 오래 전에 이미 조씨曹氏는 없었던 것이다. 기왕에 형제간의 정이 돈독하다면 어찌하여 군신의 의義는 알지 못했을까?) 이리하여 그 자신이 진왕晉王으로 봉해지자 형의 아들로 입적한 둘째 아들 사마유를 세자로 세우려고 했다.

산도山濤가 간했다: "장자를 폐하고 그 아래 형제를 세우는 것(廢長立幼)은 예禮에 어긋나므로 상서로운 일이 못 됩니다."(*승사지례(承嗣之禮: 선조의 벼슬이나 관직을 계승하는 의례)로 논한다면, 형 사마사를 이어가도록 하려면 사마소의 장자 사마염을 형의 양자로 입적시켜서 그가 계승하도록 하고, 사마소를 이어갈 자로는 둘째 아들인 사마유로 하는 것이 맞다.)

가충賈充과 하증何曾, 배수裴秀 역시 간했다: "큰 자제분(司馬炎)께서는 총명하시고, 신무神武하시며, 당대 사람들을 초월하는 재주를 가지고 계시면서 인망까지 높으신 데다, 타고나신 모습까지 이와 같이 훌륭하시니, 이는 남의 신하로 있을 관상(相)이 아니옵니다."(*사마유司馬攸와 사마염司馬炎은 본래 둘 다 사마소司馬昭의 아들이므로 이처럼 주저하면서 결단을 못 내리고 있는 것이다. 만약 사마유가 정말로 자기 형 사마사司馬師 소생이었다면 사마소는 또 틀림없이 사마유로 하지 않고 자기 아들 사마염으로 했을 것이다.)

태위 왕상王祥과 사공司空 순의荀顗가 간했다: "전대의 일을 보면 작은아들을 세워서 나라가 어지럽혀진 예가 많았사오니, 원컨대 전하께서는 이를 잘 생각해 주시옵소서."

사마소는 마침내 맏아들 사마염을 세자로 삼았다. (*그가 형 사마사의
뒤를 둘째 아들로 잇도록 하고 장자로써 하지 않았던 것은 여러 신하들이 틀림
없이 장자를 세자로 세워야 한다고 말할 것을 예상하고서 한 것으로, 그가 주
저했던 것 역시 가식假飾이었던 것이다.)

〖 13 〗 대신들이 아뢰었다: "금년에 하늘로부터 한 사람이 양무현
(襄武縣: 감숙성 농서隴西)에 내려왔는데, 그는 키가 두 길이 넘었고, 발자
국의 길이가 석 자 두 치나 되었고, 머리카락도 수염도 모두 하얗게
세었으며, 몸에는 누런 겉옷을 입었고, 머리는 누런 수건(黃巾)으로 싸
맸고, (*이때 또 하나의 황건 요괴가 나타났는데, 제1회의 이야기와 멀찍이
에서 서로 대응하고 있다.) 손에는 명아주 줄기로 만든 지팡이(藜頭杖)를
짚고 있었다고 합니다. 그는 자기 자신을 가리켜: '나는 백성의 왕(民
王)이다. (*"民王"이란 명칭이 매우 기이하다. 제1회의 "大賢良師대현량사"란
명칭과 서로 비슷하다.) 이제 너희들에게 알려주러 왔는데, 천하가 임금
을 바꾸면 당장 태평성대를 보게 될 것이다.' 라고 말했다고 하옵니다.
그는 이렇게 말하면서 사흘 동안 거리를 돌아다니다가 문득 어디론
지 사라지고 더 이상 보이지 않았다고 하옵니다. 이는 곧 전하에게는
상서로운 징조이옵니다. (*이는 진晉의 상서로운 징조가 아니라 위魏의 요
얼妖孽이다.)
전하께서는 열두 면류관(十二冕旒冠: 앞뒤로 주옥을 꿴 열두 개의 술이 달
린 관면)을 쓰시고, 천자의 기치를 세우시고, 출입을 하실 때 사람들의
통행을 금하시고(警蹕: 경필), 여섯 마리의 말이 끄는 황금으로 장식한
제왕의 수레(金根車)를 타시고, 왕비를 올리시어 황후로 삼으시고, 세
자를 태자로 세우시옵소서."
사마소는 마음속으로 은근히 좋아하면서 궁중으로 돌아와 음식을
먹으려고 하는데, 갑자기 풍風을 맞아 말을 하지 못했다.

다음날 병이 위중해져서 태위 왕상, 사도 하증, 사마司馬 순의와 여러 대신들이 궁중에 들어와서 병문안을 하는데, 사마소는 말을 할 수가 없어서 손으로 태자 사마염을 가리키면서 죽고 말았다. (*사마사司馬師는 임종 때 눈이 있어도 없는 것과 같은 지경이 되었는데, 사마소는 임종 때 입이 있어도 입이 없는 것처럼 되었다. 이 모두가 신하로서 임금을 능멸한 업보이다.) 때는 8월 신묘일辛卯日이다.

하증이 말했다: "천하 대사가 모두 진왕晉王에게 달려 있으니, 먼저 태자를 진왕으로 세운 다음 제사를 지내고 장사를 지내도록 해야 합니다."

이날 사마염은 진왕의 자리에 오르고, 하증을 봉하여 진晉의 승상으로 삼고, 사마망司馬望을 사도로 삼고, 석포石苞를 표기장군으로 삼고, 진건陳騫을 거기장군으로 삼고, 부친 사마소에게 문왕文王이란 시호를 바쳤다. (*사마소가 평소 자신을 문왕에 견주었으므로 그가 시킨 대로 한 것이다.)


〖 14 〗 사마소를 안장安葬하고 나서 사마염은 가충과 배수를 궁으로 불러들여 물었다: "조조는 일찍이 말하기를: '만약 천명天命이 나에게 있다면 나는 주周 문왕文王처럼 되고 싶다!' 라고 하였다는데, 과연 그런 일이 있었는가?"(*제78회 중의 일.)

가충이 말했다: "조조는 대대로 한漢의 녹祿을 먹어왔기에 사람들이 황제의 자리를 찬탈한(簒逆) 자라고 비난할 것이 두려워서 그런 말을 했사옵니다. 이는 조비曹丕에게 천자가 되라고 지시한 것이 분명하옵니다."(*이 주석(註脚) 하나를 얻음으로써 마침내 조조가 조비를 가르친 뜻으로써 사마염을 가르칠 수 있게 된 것이다. 개탄할 일이다.)

사마염曰: "과인의 부왕(父王: 사마소)께서는 조조에 비하면 어떠하셨는가?"

가충曰: "조조는 비록 그 공로가 중원 땅을 뒤덮었으나 백성들은 그의 위엄을 두려워했던 것이지 그의 덕을 사모하지는 않았사옵니다. (*조조를 깎아내림으로써 사마씨司馬氏를 칭찬하고 있다.)

아들 조비는 부친의 기업基業을 이은 후 백성들에게 강제노역을 너무 심하게 시키고 이곳저곳으로 몰고 다녀서 어느 하루 편한 때가 없었습니다. (*또 조비를 깎아내림으로써 사마 씨를 칭찬하고 있다.)

후에 우리의 선왕(宣王: 사마의)과 경왕(景王: 사마사)께서 여러 차례 큰 공을 세우시고 은덕을 베푸셔서 천하 사람들의 마음이 돌아온 지 오래입니다. (* "백성들이 그의 덕을 사모하지 않았다" 는 조조에 대한 평가와는 반대된다.) 문왕(文王: 사마소)께서는 서촉을 병탄하심으로써 그 공로가 천하를 덮었으니, 어찌 조조와 비교할 수 있겠나이까?"

사마염曰: "조비도 한漢의 대통을 이었는데, 과인은 왜 위魏의 대통을 이을 수 없겠는가?"(*사마소는 명백히 조조를 본받으려 했고, 사마염 역시 명백히 조비曹丕를 본받으려고 한다.)

가충과 배수 두 사람은 재배하고 아뢰었다: "전하께서는 마땅히 조비가 한漢을 이어받은 옛일을 본받으시어 다시 수선대受禪臺를 쌓으시고 천하에 널리 알리시어 대위大位에 오르도록 하시옵소서." (*이곳에서의 수선대와 제80회 중의 수선대는 바로 같은 견본을 보고 그린 조롱박 그림과 같다.)

사마염은 크게 기뻐했다.


〖 15 〗 다음날, 사마염은 칼을 차고 궐내로 들어갔다. 이때 위주 조환曹奐은 연일 조회도 열지 않았고, 정신은 흐리멍덩했으며, 손발도 제대로 놀리지 못했다.

사마염이 곧바로 후궁으로 들어가자 조환은 황급히 침상에서 내려와 그를 맞이했다.

사마염은 자리에 앉은 다음 물었다: "위魏의 천하는 누구의 힘으로 이뤄진 것이오?"

조환曰: "모두 진왕의 부친과 조부(父祖)께서 주신 것이지요."

사마염이 웃으며 말했다: "내가 보건대, 폐하는 문文은 도道를 논할 능력이 없고, 무武는 나라를 경영할 능력이 없소. 어찌하여 재주와 덕이 있는 사람에게 양보하여 그로 하여금 나라의 주인이 되게 하지 않으시오?"(*명명백백히 면전에 대고 경멸하는 말을 하면서 그에게 양보하라고 강요하고 있다.)

조환은 크게 놀라서 입을 꾹 다물고 말을 하지 못했다.

이때 곁에 있던 황문시랑 장절張節이 큰 소리로 외쳤다: "진왕의 말씀은 틀렸소! 옛날에 위魏 무조武祖황제(즉, 조조)께서는 동쪽과 서쪽의 도적들을 소탕하여 없애시고, 남쪽과 북쪽을 토벌하심으로써 참으로 어렵게 이 천하를 얻으셨던 것이오. 지금의 천자께서는 덕德만 있고 아무런 죄도 없으신데 무슨 이유로 다른 사람에게 양보하라고 하시는 거요?"

사마염이 크게 화가 나서 말했다: "이 사직은 본래 대한大漢의 사직이었다! 조조는 천자를 끼고 제후들을 호령하여 스스로 위왕魏王이 되어 한漢 황실을 찬탈했던 것이다. (*사마염의 입을 빌려 한조漢朝를 대신하여 분풀이를 하고 있다.)

나의 조부와 부친께서 삼세三世에 걸쳐 위魏를 보좌하여 천하를 얻은 것은 조씨의 능력이 아니라 실로 사마씨司馬氏의 힘으로, 이는 천하가 다 알고 있는 사실이다. 그런데 내가 오늘 어찌 위魏의 천하를 이어받을 수 없다는 말이냐?"(*조비는 한漢을 찬탈하려고 하면서도 다른 사람으로 하여금 말하도록 했는데, 사마염은 위魏를 찬탈하려고 하면서 결국 자기 스스로 입을 열고 있다.)

장절이 또 말했다: "이 일을 하려 함은 곧 나라를 찬탈하는 도적질

이다."

사마염이 크게 화를 내며 말했다: "나는 한漢 황실의 원수를 갚으려는 것인데 안 될 게 뭐란 말이냐!"(*이는 하늘의 뜻인데, 도리어 사마염이 입으로 직접 말하고 있다.)

사마염은 무사에게 명하여 장절을 전각 아래로 끌어내서 쇠뭉치로 때려죽이도록 했다. 조환은 눈물을 흘리면서 무릎을 꿇고 살려달라고 사정했다. (*한의 헌제獻帝조차 이처럼 체통을 잃은 짓은 하지 않았다.) 사마염은 몸을 일으키더니 전각을 내려가 나가버렸다.

〖 16 〗 조환은 가충과 배수에게 말했다: "일이 이미 급하게 되었으니 어찌해야 좋겠는가?"

가충曰: "위魏의 천수天數가 다되었습니다. 폐하께서는 하늘의 뜻을 거스르지 마시고 마땅히 한 헌제獻帝의 고사故事처럼 다시 수선대受禪臺를 쌓으시고, (*이는 그의 조상들이 남이 보고 따르도록 모범을 보인 것이므로, 조환은 마땅히 조비曹丕조만을 원망해야 한다.) 대례大禮를 갖추어 진왕에게 천자의 자리를 넘겨주시는 것이 위로는 하늘의 뜻에 부합하고 아래로는 백성들의 마음에 따르는 것이 되며, 폐하께서도 무사하실 수 있사옵니다."

조환은 그의 말에 따라 마침내 가충으로 하여금 수선대를 쌓도록 했다. 그리하여 12월 갑자일甲子日에 조환은 친히 전국새傳國璽를 받들고 수선대 위에 서서 문무백관들을 다 모았다.

후세 사람이 이를 탄식해서 지은 시가 있으니:

| | |
|---|---|
| 위魏는 한漢을 삼키고 진晉은 조씨曹氏 삼키니 | 魏吞漢室晉吞曹 |
| 천운天運은 돌고 도는 것이니 피할 길이 없다. | 天運循環不可逃 |
| 가엾게도 장절은 나라에 충성하다 죽었지만 | 張節可憐忠國死 |
| 한 손으로 높은 태산 무너짐을 어찌 막겠는가. | 一拳怎障泰山高 |

진왕 사마염을 수선대 위로 올라오라고 청하여 수선受禪의 큰 의식 (大禮)을 거행했다.

조환은 단에서 내려와 관복을 갖춰 입고 백관들이 늘어서 있는 줄 맨 앞에 가서 섰다. 사마염은 대 위에 단정히 앉아 있었다. 가충과 배수는 좌우로 벌려 서서 칼을 잡고 조환으로 하여금 재배하고 땅에 엎드려 명령을 듣도록 했다.

가충이 말했다: "한漢 건안 25년(서기 220년), 위魏가 한으로부터 선위를 받은 지 이미 45년이 지났도다. (*여기서 위魏가 한漢을 빼앗은 일을 꺼냄으로써 그날의 일을 볼 수 있는데, 이는 도적이 도적의 물건을 훔치는 것이다.) 이제 위魏의 천수天數는 영원히 끝나고 천명天命은 진晉에 있도다. 사마씨의 공덕은 더욱 높아져 하늘에 닿고 땅 끝까지 퍼져 황제의 자리에 올라 위魏의 대통을 잇게 되었도다.

이에 너를 봉하여 진류왕陳留王으로 삼으니,(*헌제獻帝 초기의 명호名號인 진류왕을 그대로 쓰고 있는바, 그의 운명과 조금의 차이도 없다.) 금용성 (金墉城: 하남성 낙양시 동서북 쪽의 작은 성)으로 나가서 그곳에서 살도록 하라. 지금 당장 길을 떠나고 천자의 부르심이 없이는 서울에 들어오는 것을 허락하지 않노라."(*화흠華歆이 헌제獻帝를 야단쳤던 말과 전후로 똑같다.)

조환은 울면서 하직인사를 하고 떠나갔다.

태부太傅 사마부司馬孚가 조환 앞에서 울면서 절을 하고 말했다: "신의 몸은 위魏의 신하인즉, 끝내 위를 저버리지 않겠나이다."(*조씨가 한漢을 찬탈할 때에는 조씨 종족 중에서 이런 사람이 없었다.)

사마염은 사마부가 이렇게 하는 것을 보고 그를 안평왕安平王으로 봉했다. 그러나 사마부는 봉작을 받지 않고 물러가 버렸다.

이날 문무백관들은 수선대 아래에서 두 번 절을 하고 큰 소리로 "황제폐하 만만세萬萬歲!"를 외쳤다.

사마염은 위魏의 대통을 이어받아 국호國號를 대진大晉이라 하고, 연호를 태시泰始 원년으로 바꾸고, 천하에 대사령大赦令을 내렸다. 이리하여 위魏는 마침내 망하고 말았다.

후세 사람이 이를 탄식해서 지은 시가 있으니:

| | |
|---|---|
| 진국晉國의 규모 위왕魏王과 같았고 | 晉國規模如魏王 |
| 진류(曹奐)의 발자취 헌제獻帝와 비슷하다. | 陳留踪迹似山陽 |
| 수선대 앞에서의 일 다시 행하면서 | 重行受禪臺前事 |
| 당시의 일 회상하고 가슴 아팠을 것이다. | 回首當年止自傷 |

〖 17 〗 진의 황제 사마염司馬炎은 (*촉한은 "炎興(염흥: 즉, 炎이 일어나다)"을 연호로 삼았는데, 이는 사마염의 이름 "炎"과 일치한다. 이 역시 하나의 예언이었던 셈이다.) 사마의司馬懿에게 선제宣帝라는 시호를 올리고, 백부伯父인 사마사司馬師는 경제景帝라 하고, 부친 사마소司馬昭는 문제文帝라 하고, 조상 일곱 분을 모시는 사당(七廟)을 세워 그들을 빛내었다.

그 일곱 사당(七廟)이란 곧 한漢의 정서장군征西將軍 사마균司馬鈞, 사마균의 아들 예장豫章 태수 사마량司馬亮, 사마량의 아들 영천潁川 태수 사마준司馬雋, 사마준의 아들 경조윤京兆尹 사마방司馬防, 사마방의 아들 선제宣帝 사마의司馬懿, 사마의의 아들인 경제景帝 사마사司馬師와 문제文帝 사마소司馬昭, —— 이렇게 일곱 분의 사당을 말한다. (*조비는 자기 증조부인 조등曹騰과 조부 조숭曹嵩에게 시호를 올리면서 제帝라고 부르지 않았다. 이로 본다면, 사마씨의 조상들 중에 조씨의 조상들보다 더 높은 자들이 있었던 것이다.)

사마염은 대사大事가 이미 정해지고 난 후 매일 조회를 열고 동오를 칠 계책을 의논했다. 이야말로:

| | |
|---|---|
| 촉한의 성곽은 이미 주인 바뀌었고 | 漢家城郭已非舊 |

동오의 강산도 다시 주인 바뀌려 하네.　　　　　　吳國江山將復更

어떻게 동오를 치려는지 모르겠거든 일단 다음 회를 읽어보라.

## 제119회 모종강 서시평序始評

(1). 혹자는 유선劉禪의 말, 즉 "이곳에 있는 것이 즐거워서 촉생각이 나지 않습니다(此間樂, 不思蜀)"란 말을 높이 평가하여, 그것은 유선이 자신을 보전하기 위해 한 말이라고 한다. 만약 그가 밤낮으로 눈물을 흘리면서 분해하고 촉으로 돌아갈 생각만 한다면 사마소 같은 간웅이 어찌 그를 용납하겠는가? 그러므로 눈을 감고 있든 뜨고 있든 간에 유선은 푸른 매실을 안주로 덥힌 술을 마시면서(青梅煮酒) 천둥소리에 젓가락을 떨어뜨렸던(聞雷失筯) 유현덕처럼 해야만 했다는 것이다.

비록 그렇기는 해도, 만약 유선이 과연 이처럼 할 수 있었다면 황호黃皓 같은 자를 쓰기에 이르지 않았을 것이고, 강유를 의심하기에 이르지 않았을 것이며, 역시 성도를 바치고 등애에게 항복하기에 이르지 않았을 것이다. 그러므로 위와 같은 말을 하는 자들은 왜 그렇게 말하는지 나로서는 알 수가 없다.

(2). 위魏가 망한 것은 진晉이 위魏를 망하게 한 것이 아니라 위魏 스스로 망하게 한 것이다. 어째서인가?

사마염司馬炎이 위주魏主를 핍박하면서 한 번은 말하기를 "나는 조비曹丕에 비하면 어떠한가"라고 했고, 두 번째는 "나의 부친 사마소는 조조에 비하면 어떠한가"라고 했는데, 이는 황위皇位를 찬탈한 것을 말한 것으로, 결국 위魏가 그에게 가르쳐준 것이다. 위魏가 그에게 가르쳐준 것이므로 위魏가 위魏를 망하게 했다고 말할 수 있는 것이다.

또한 위魏가 망한 것은 위魏 스스로 망한 것이고, 그리고 역시 한漢이 그를 망하게 한 것이다. 어째서인가?

사마염은 선위禪位를 받으면서 한 번은 말하기를 "나는 한漢을 위해 복수한 것이다"고 했고, 두 번째는 말하기를 "나는 한漢의 고사故事에 따른다"고 하였는데, 그것은 수선受禪을 말한 것으로, 한漢이 그에게 가르쳐준 것이다. 한漢이 그에게 가르쳐준 것이므로, 한漢이 위魏를 망하게 했다고 말할 수 있는 것이다.

하늘의 이치(天理)는 환히 밝아서 추호도 어긋남이 없으니, 어찌 더욱 두려워하지 않을 수 있겠는가?

(3). 조씨曹氏는 두 번째 세대(再世)에 가서 유씨劉氏의 한漢 황제 자리를 찬탈했고, 사마씨司馬氏는 세 세대(三世)를 거치고 나서 위魏를 빼앗았으므로 위魏가 망한 것은 촉한이 망한 것보다 늦었던 것처럼 보이고, 촉한은 위魏가 아직 망하지 않았을 때 망했으므로 촉한이 망한 것은 위魏가 망한 것보다 빨랐던 것처럼 보인다. 그러나 그렇지가 않다.

조방曹芳이 황제의 자리에 앉았을 때 위魏는 이미 망했으며, 조방이 폐위되었을 때 위魏는 두 번째로 망했고, 조모曹髦가 시해되었을 때 위魏는 세 번째로 망했다. 어찌하여 조환曹奐이 쫓겨날 때까지 기다린 후에야 위魏가 망했다고 하는가? 그런즉 촉한이 망해서 끝나는 것은 그 뒤의 일이고 위魏가 망해서 끝나는 것은 그 앞의 일이다.

(4). 동탁은 수선대受禪臺 이야기를 말로만 들었고, 조비는 수선대 일을 직접 겪었다. 위魏는 이전에 말로만 들었던 것을 실제로

겪은 것이다. 진眹은 앞에서 실제로 겪어본 것을 다시 실제로 경험한 것이다.

한漢이 장차 망하려고 하자 황건적黃巾賊이란 요얼妖孼들이 나타났고, 위魏가 장차 망하려고 하자 황건을 두른 이상한 사람이 나타났다. 한漢은 나중에 나올 황건 하나가 먼저 들고 일어나서 흩어져 수많은 사람이 되었고, 위魏는 앞의 수많은 황건들이 나중에 한 사람의 황건으로 합쳐진 것이다.

수선대受禪臺는 세 번 나오는데, 두 번은 실제로 있었던 것이고 한 번은 말로만 있었던 것이다(兩實一虛). 황건은 두 번 나오는데, 한 번은 그 수가 많았고 한 번은 그 수가 적었다(一多一寡).

이곳 또한 본서(大書)에서 앞과 뒤(前後)가 합쳐지는 점이다.

# 제 120 회

## 양호, 두예를 천거하며 새로운 계책을 올려
## 손호를 항복시키고 삼국을 통일하다

〖 1 〗 한편 오주吳主 손휴孫休는 사마염이 이미 위魏를 빼앗았다는 소
식을 들었다. 그는 사마염이 틀림없이 오吳를 치러 올 줄 알고 근심걱
정을 하다가 그만 병이 나서 침상에 드러누워 일어나지 못했다.

이에 승상 복양흥濮陽興을 궁중으로 불러들여서, 태자 손만孫휘으로
하여금 그에게 절을 하도록 했다. 오주吳主는 복양흥의 팔을 붙잡고 손
으로 태자를 가리키면서 죽었다.

복양흥은 밖으로 나와서 여러 신하들과 상의하여 태자 손만을 임금
으로 세우려고 했다.

그때 좌전군左典軍 만욱萬彧이 말했다: "태자 손만은 어려서 혼자 나
라 정사政事를 결단할 수 없습니다. 차라리 오정후烏程侯 손호孫皓를 세
우는 것이 나을 것입니다."(*왜 손침孫綝에 의해 폐위된 이전의 오주 손량

孫亮을 찾아서 다시 임금으로 세우지 않았을까?)

좌장군 장포張布 역시 말했다: "손호는 재주와 식견이 있어서 현명하게 결단할 수 있으므로 제왕이 될 수 있습니다."

승상 복양흥은 결단을 내릴 수 없어서 후궁으로 들어가서 주朱 태후에게 아뢰었다:

태후가 말했다: "나 같은 과부가 어찌 사직社稷의 일을 알겠소? 경등이 잘 참작해서 세우도록 하시오."

복양흥은 마침내 손호를 맞아들여 임금으로 세웠다. (이때 그의 나이 23살이었다.─역자)


〖 2 〗 손호孫皓의 자는 원종元宗으로, 대제大帝 손권孫權의 둘째 아들로서 태자가 되었다가 폐위된 손화孫和의 아들이다.

이해 7월에 황제의 자리에 올라 연호를 원흥元興 원년(서기 264년)으로 바꾸고, 태자 손만을 예장왕豫章王으로 봉하고, 자기 부친 손화에게 문황제文皇帝라는 시호를 올리고, 모친 하씨何氏를 높여서 태후太后라고 하고, (*영입되어서 대통大統을 잇는 경우, 곧바로 자기 부친을 〈帝〉라고 불러서는 안 된다.) 정봉丁奉의 벼슬을 높여서 좌우대사마左右大司馬로 삼았다. 다음해에 연호를 다시 감로甘露 원년(서기 265년)으로 바꾸었다.

손호는 날이 갈수록 포악해지면서 술과 여색에 푹 빠졌으며, 중상시中常侍 잠혼岑昏을 총애했다. (*또 하나의 내시 중상시로, 촉의 황호黃皓와 바로 한 쌍이다.)

복양흥과 장포가 간하자 손호는 화를 내면서 두 사람의 목을 베고 그들의 삼족까지 멸해 버렸다. (*첫 번째로 한 일이 곧 자신을 임금으로 세워준 두 사람의 고명대신을 죽인 것이니, 그가 망하게 될 것임을 알 수 있다.) 이때부터 조정의 신하들은 입을 꾹 다물고 감히 다시 간하지 못했다.

다음해에 또 연호를 보정寶鼎 원년으로 바꾸고 육개陸凱와 만욱萬彧을 좌우 승상으로 삼았다. 이때에 손호는 무창武昌에 머물고 있었는데, 양주揚州의 백성들이 모든 물자들을 공급하기 위해 장강을 거슬러 올라가야 했으므로 고생이 심했다. 또한 그의 호화사치가 한도 끝도 없어서 나라(公)와 백성들(私)이 다 궁핍해졌다.

좌승상 육개가 상소문을 올려 간했는데, 그 내용은 이러했다:

〖 3 〗 "지금 재앙이나 재난이 없음에도 백성들이 죽어가고, 벌이고 있는 사업이 없는데도 나라의 재정이 텅 비어 있는바, 신은 이를 가슴 아파하나이다.

예전에 한漢 황실이 쇠미해지자 조씨曹氏, 유씨劉氏, 손씨孫氏 삼가三家가 정립鼎立하였다가, 지금은 조씨와 유씨가 실도失道하는 바람에 둘 다 진晉의 소유가 되었는바, 이는 바로 눈앞에서 볼 수 있는 명백한 증험입니다.

어리석은 신은 단지 폐하를 위해 나라를 애석하게 여길 따름이옵니다. 무창武昌은 지세가 험하고 땅이 척박하여 제왕의 도읍지로는 부적합하옵니다.

또한 항간의 아이들이 부르는 노래(童謠)에서도 이르기를: '차라리 건업建業의 물을 마실지언정, 무창武昌의 고기는 먹지 않으리. 차라리 건업으로 돌아가서 죽을지언정, 무창에 남아있지는 않으리(寧飮建業水, 不食武昌魚; 寧還建業死, 不止武昌居)!' 라고 하였는데, 이로써 민심民心과 천의天意가 어떤 것인지 충분히 알 수 있나이다.

지금 나라 안 창고에는 1년간 먹을 양식도 쌓여있지 않아 그 밑바닥이 점점 드러나고 있으며, 관리들은 가렴주구苛斂誅求를 일삼고 백성들을 불쌍히 여기는 자는 하나도 없사옵니다. 대제(大帝: 손권)

때에는 후궁에 궁녀가 백 명도 되지 않았으나 경제(景帝: 손휴) 이래로는 그 숫자가 1천 명도 넘고 있는데, 이들이 나라의 재물을 소모함이 매우 심하옵니다.

또한 폐하의 좌우에 있는 자들은 모두 그 자리에 있어서는 안 될 자들인데, 그들은 무리를 지어 서로 끼고 돌면서 충신들은 해치고 현자들은 물러나 숨어 지내도록(害忠隱賢) 하고 있는바, 이들은 모두 조정을 좀먹고 백성들을 병들게 하는(蠹政病民) 자들이옵니다.

바라옵건대 폐하께서는 수많은 종류의 부역들(百役)을 줄이시고, 가렴주구를 일삼는 자들을 파하시고, 궁녀들을 추려서 궁 밖으로 내보내시고, 모든 관원들을 올바르게 가려 뽑으시옵소서. 그리하신다면 하늘도 즐거워하고 백성들도 진심으로 따라서(天悅民附) 나라는 안정될 것이옵니다."


〖4〗 상소문을 보자 손호는 불쾌해 했다. 그러나 그는 또다시 토목공사를 대대적으로 벌여 소명궁昭明宮을 지으면서, 문무 관원들에게는 산에 가서 나무를 베어오도록 했다. (*또한 조예曹叡의 방식을 따르고 있다.) 또 술사術士 상광尙廣을 궁중으로 불러들여 시초점蓍草占을 치게 하여 천하를 취할 일에 대해 물었다.

상광이 점을 쳐보고 나서 대답했다: "폐하께서 뽑으신 점괘는 아주 길하옵니다. 경자庚子년에 푸른 덮개(靑蓋)가 있는 수레를 타고 낙양으로 들어가시게 될 운세이옵니다."(*이는 뒤에 가서 진晉에 항복할 조짐이다. 촉주 유선劉禪은 무당을 믿는 잘못을 범했는데, 그 무당의 말은 들어맞지 않았다. 손호도 술사를 믿는 잘못을 범했는데, 그 술사의 말은 그대로 들어맞았다.)

손호는 크게 기뻐하면서 중서승中書丞 화핵華覈에게 말했다: "선제(先帝: 손휴)께서는 경의 말을 받아들여 장수들을 나누어 장강 연안 일대에 수백 개의 영채를 세우고 그곳에 군사들을 주둔시켜 놓고 노장 정봉丁奉으로 하여금 그들을 총지휘하도록 하렸소.

짐은 이제 한漢의 땅을 겸병하여 촉주蜀主를 위해 복수하려고 하는데, 먼저 어느 땅부터 취해야 하겠소?"(*토목공사 벌이기를 좋아하면서 또 전쟁을 좋아하는바, 그가 망할 것임을 알 수 있다.)

화핵이 간했다: "지금 촉이 성도를 지켜내지 못하여 사직이 무너졌으므로, 사마염은 틀림없이 우리 오吳를 삼키고자 할 것이옵니다. 폐하께서는 마땅히 덕을 닦으시어 오吳의 백성들을 편안하게 해주셔야 합니다. 이것이 상책이옵니다. 만약 무리하게 군사를 움직이신다면, 이는 바로 삼베옷을 입고 불을 끄려는 것과 같아서 반드시 스스로를 불사르게 될 것이옵니다(猶披麻救火, 必致自焚). 폐하께서는 부디 이를 살펴 주옵소서."(*전에는 동오 하나가 위魏 하나를 쳤으나 오히려 이기지 못했는데, 지금은 진晉이 위와 촉을 겸병했으니, 이는 위魏가 둘이 된 것과 같다. 동오 하나가 두 개의 위를 쳐서 어찌 이길 수 있겠는가? 화핵의 말이 가장 신중하다.)

손호는 크게 화를 내며 말했다: "짐이 이때를 틈타 오랜 숙원인 천하통일의 대업을 회복하려고 하는데 네가 어찌 이런 불리한 말을 하느냐! 만약 오래된 신하(舊臣)란 점을 봐주지 않았다면, 네놈의 목을 베어 높이 매달아 사람들에게 구경시킬 것이다!"

그리고는 무사들을 호령하여 그를 궁전 문 밖으로 끌어내도록 했다.

화핵은 조정에서 나와 탄식하며 말했다: "애석하구나, 금수강산이 머지않아 남의 손에 들어가고 말겠구나!"

마침내 은거하면서 밖으로 나오지 않았다.

이에 손호는 진동鎭東장군 육항陸抗에게 군사들을 통솔하여 강구에 주둔해 있으면서 양양襄陽을 도모하라고 명했다.

〖 5 〗 일찌감치 이 소식이 낙양으로 전해져서 근신近臣이 진주晉主 사마염에게 아뢰었다. 진주는 육항이 양양을 침략하려 한다는 말을 듣고 여러 관원들과 상의했다.

가충賈充이 반열에서 나와 아뢰었다: "신이 듣기로, 동오의 손호는 덕정은 베풀지 않고 오로지 무도한 짓만 하고 있다고 하옵니다. 폐하께서는 도독 양호羊祜에게 칙서를 내리시어, 군사들을 거느리고 저들을 막도록 하시되, 오吳 나라 안에 변란이 생기기를 기다렸다가 기회를 틈타 치도록 하신다면 동오는 손바닥 뒤집듯이 쉽게 얻을 수 있을 것이옵니다."(*동오를 평정하는 데 두예를 파견하지 않고 먼저 양호부터 파견하는 것은, 촉을 평정하는 데 종회를 보내지 않고 먼저 등애부터 보낸 것과 같다.)


사마염은 크게 기뻐하면서 즉시 조서를 내리고, 사자를 양양으로 보내서 양호에게 칙지를 전하도록 했다. 양호는 조서를 받들어 군사들을 점검하고 적을 맞이할 준비를 했다.

이때부터 양호는 양양을 지키고 있으면서 군사들과 백성들의 깊은 신임을 얻었다. 동오 사람들 중에서 항복해 있다가 고향으로 돌아가고 싶어 하는 자들은 전부 그 청을 들어주었다.

그는 국경을 수비하는(戍邏) 군사들을 줄이고, 그들을 써서 8백여 경(頃: 1경은 약 2만여 평)의 밭을 개간했다. (*이것은 공명이 위수渭水 가에서 둔전을 경영한 것이나 강유가 답중沓中에서 둔전을 경영한 것과 전후로 서로 비슷하다.)

그가 처음 부임했을 때에는 군에는 1백 일 먹을 군량도 없었는데, 말년에 이르러서는 군중에 10년 먹을 군량을 비축해 놓고 있었다.

양호는 군중에 있을 때 항상 가벼운 갖옷에 넓은 띠를 띠고 있었으며, 갑옷을 입지 않았고, 막사 앞을 지키는 군사들도 10여 명에 불과했다. (*너무 소박하지도 너무 화려하지도 않으면서 학자로서의 풍모가 있어서 공명의 우선羽扇과 윤건綸巾에 비해서도 큰 손색이 없다.)

하루는 부하 장수가 막사 안으로 들어오더니 양호에게 건의했다: "정탐꾼이 와서 보고하기를, 동오의 군사들은 모두 기강이 풀어지고 게으른데, 저들이 방비하고 있지 않을 때를 틈타서 기습한다면 반드시 대승을 거둘 수 있을 것입니다."

양호는 웃으며 말했다: "너희들은 육항陸抗을 대수롭지 않게 보느냐? 그 사람은 지모가 뛰어난 장수이다. 얼마 전에 오주吳主가 그에게 서릉(西陵: 호북성 의창시宜昌市)을 치라고 명하자 그는 쳐들어가서 보천步闡과 그 수하의 장병 수십 명의 목을 베어 죽였는데, 나는 보천을 구하려고 했으나 구할 수가 없었다. (*양호의 입으로 앞에서 언급하지 않았던 일을 보충하고 있다.)

이 사람이 대장으로 있는 한, 우리는 그저 지키고만 있어야 한다. 그러다가 저들 나라 안에 무슨 변란이 생기기를 기다려서 공격해야 할 것이다. 만약 시세를 잘 살피지 않고 가벼이 나아갔다가는 실패하게 될 것이다."(*등애와 강유가 고전한 이후, 이처럼 싸우지 않으려고 하는 글을 읽게 되다니, 뜻밖이다.)

여러 장수들은 그의 말에 승복하고 그저 스스로 국경을 굳게 지키고만 있었다.

〖 6 〗 하루는 양호가 여러 장수들을 이끌고 사냥을 나갔는데, 그때 마침 역시 사냥을 나온 육항과 마주쳤다.

양호는 명을 내렸다: "아군我軍은 경계선을 넘어가서는 안 된다."

여러 장수들은 그의 명령을 듣고 진晉나라 땅에서만 사냥을 하고 동오의 지경을 침범하지 않았다.

육항은 이를 바라보고 탄식하며 말했다: "양羊 장군의 군사들에게는 기율이 있으니 침범할 수 없겠다!"

날이 저물어 각자 물러갔다. (*조조는 손권에게 글을 써서 보내면서 장군과 함께 동오 땅에서 사냥을 하고 싶다고 말했다. 이는 사냥하는 것을 싸우는 것으로 생각했던 것이다. 지금 이 두 사람이 사냥하는 모습을 보면 어찌 그리도 침착하고 서두르지 않는가? 두 사람은 서로 시기하는 마음이 없었는가?)

양호는 군중으로 돌아와서, 잡아온 새와 짐승들을 세밀히 조사하여 동오 군사가 먼저 쏘아서 죽인 것은 전부 골라서 돌려보내 주라고 했다. 동오 군사들은 모두 기뻐하면서 육항에게 가서 보고했다.

육항은 그것을 가져온 사람을 불러들여서 물었다: "너희 대장께서는 술을 드시느냐?"

그 사람이 대답했다: "좋은 술이 생겼을 때에만 마십니다."

육항이 웃으며 말했다: "내게 술 한 말이 있는데 저장해 둔 지 오래된 것이다. 지금 네게 줄 테니 가지고 가서 도독께 올리되, 이 술은 육모陸某가 손수 빚어서 자신이 마시던 것으로, 어제 사냥을 같이 했던 정을 표현하기 위해 특별히 한 국자(勺) 드리는 것이라고 여쭈어라."
(*주유가 현덕에게 술을 마시도록 한 것은 악의惡意였으나, 육항이 양호에게 술을 보낸 것은 아름다운 정(美情)에서다.)

사자는 그렇게 하겠다고 대답한 다음 술을 가지고 돌아갔다. 좌우에 있던 자들이 육항에게 물었다: "장군께서 그에게 술을 보내주신 것은 무슨 뜻입니까?"

육항曰: "그가 이미 내게 덕德을 베풀어 주었는데, 내 어찌 갚지 않을 수 있겠느냐?"

여러 사람들은 모두 크게 놀랐다.

〖 7 〗 한편 심부름을 왔던 군사가 돌아가서 양호를 보고 육항이 묻던

말과 술을 보내준 일을 일일이 보고했다.

양호가 웃으며 말했다: "그 역시 내가 술을 먹을 줄 안다는 사실을 알고 있었구나!"

그리고는 술항아리를 열도록 해서 마시려고 했다.

부장部將 진원陳元이 말했다: "그 속에 혹시 무슨 간사한 계교가 있을지 모르니 도독께서는 잠시 기다렸다가 잡수십시오."

양호가 웃으면서 말했다: "육항은 남에게 독 같은 것을 먹일 그런 사람이 아니다. 의심하고 염려할 필요 없다."

마침내 항아리를 기울여 술을 마셨다. (*관공이 노숙이 보내준 술을 마신 것은 대담했기 때문이고, 양호가 육항이 보내준 술을 마신 것은 아량雅量이 있었기 때문이다.) 이후로는 사람을 시켜서 서로 안부를 물었고, 늘 서로 왕래하며 지내게 되었다.

하루는 육항이 사람을 보내서 양호의 안부를 물었다.

양호도 물었다: "육 장군도 안녕하시냐?"

그 사람이 말했다: "저희 대장께서는 병환으로 누워계시는데, 여러 날 째 나오지 못하고 계십니다."

양호曰: "내 짐작하건대 그의 병도 나와 같은 병일 것이다. 내 이미 만들어 숙성시켜 놓은 약이 여기 있으니 보내드려서 복용하도록 해야겠다."(*공명은 주랑周郞의 병을 알고 약도 아닌 것을 약이라고 주었으나, 양호는 육항의 병을 알고 진짜 약을 약이라고 주고 있다. 한쪽은 지모와 기교를 다투었던 것이고, 하나는 마음을 열고 성심성의를 보여준 것이다.)

문안 차 왔던 사람이 약을 가지고 돌아가서 육항을 보았다.

여러 장수들이 말했다: "양호는 우리의 적입니다. 이 약은 틀림없이 좋은 약이 아닐 것입니다."

육항曰: "양숙자(羊叔子: 양호)가 어찌 독을 섞은 약으로 사람을 죽일 사람이겠느냐! (*조조는 화타華佗를 믿지 않았는바 이는 간웅의 기지機智였고, 육항은 양호를 의심하지 않았으니 이는 훌륭한 장수의 고상한 마음인 것이다.) 너희들은 의심하지 말라."

그리고는 그 약을 먹었다. 다음날 그의 병이 나아서 모든 장수들이 다들 축하인사를 했다.

육항曰: "저편에서는 우리를 오직 덕으로써 대하는데 우리는 오로지 강포하게만 나간다면, 이는 저편이 싸움을 하지 않고서도 우리가 항복하도록 하는 것이다. 지금은 각기 자기 지경을 지키고 있어야 할 뿐, 사소한 이익을 얻으려고 해서는 안 된다."(*이 사람이야말로 바로 양숙자의 호적수이다.)

장수들은 그의 명을 따랐다.


〖 8 〗 그때 갑자기 오주吳主가 보낸 사자가 당도했다고 알려 와서 육항은 그를 맞아들여 무슨 일인지 물었다.

사자가 말했다: "천자께서 장군께 유지諭旨를 전하시기를, 급히 진병進兵해서 진晉의 군사들이 먼저 쳐들어오지 못하게 하라고 하셨습니다."

육항이 말했다: "그대는 먼저 돌아가시오. 내 곧 상소문을 써서 주상께 아뢰도록 하겠소."

사자가 하직인사를 하고 돌아가자, 육항은 즉시 상소문을 써서 사람을 건업으로 보냈다. (*이때 오주는 이미 건업建業으로 돌아온 뒤였다.)

근신近臣이 상소문을 바치자 손호가 그 상소문을 펴보았다. 그 상소문에서 육항은 진晉을 쳐서는 안 되는 이유를 자세히 말하고, 또 오주에게 덕을 쌓고 형벌을 신중히 하여 나라 안을 안정시킬 생각을 해야지 군사를 함부로 움직이려 해서는 안 된다고 권고했다.

오주는 다 보고 나서 크게 화를 내며 말했다: "짐이 들으니 육항은 변경에서 적과 서로 통하고 있다고 하던데, 이제 보니 과연 그 말이 사실이구나!"

곧 사자를 보내서 그의 병권을 빼앗아버리고, 벼슬을 낮추어 사마司
馬로 삼은 다음, 좌장군 손기孫冀로 하여금 육항이 거느리던 군사들을
대신 거느리도록 했다. (*촉주는 염우閻宇로 하여금 강유를 대신하도록 하
려고 생각했으나 생각만으로 그쳤다. 그러나 오주吳主는 결국 손기로 하여금
육항을 대신하도록 했다.) 많은 신하들은 다들 감히 간하지 못했다.

오주 손호는 연호를 건형建衡으로 바꾼(서기 269년) 후부터 봉황鳳凰
원년(서기 272년)에 이르기까지, 무슨 일이든 제멋대로 행하여 군사들을
전부 동원하여 국경을 지키도록 하니, 장수들로부터 병졸들에 이르기
까지 상하上下로 원망하지 않는 자가 없었다.

승상 만욱萬彧, 장군 유평留平, 대사농 누현樓玄 세 사람은 손호의 무
도함을 보고 바른말로 극력 간하다가 모두 죽임을 당하고 말았다.

전후로 10여 년에 걸쳐 손호가 죽인 충신들의 수만도 40여 명이나
되었다. (*양호가, 손호의 포악함은 유선劉禪보다 더 심하다고 말한 것은 바
로 이 때문이다.) 손호는 출입할 때 항상 철기병 5만 명을 데리고 다녔
다. 모든 신하들은 두려워 떨면서 아무도 감히 어떻게 하지 못했다.

〖 9 〗 한편 양호는 육항이 병권을 빼앗겼고, 손호는 실덕失德하여 인
심을 잃었다는 소식을 듣고는 동오를 칠 기회가 왔다고 판단하여, 동
오를 치자고 청하는 표문을 지어 사람을 낙양으로 보내서 바치도록 했
다. (*육항은 진晉을 치려는 것을 말렸으나 양호는 동오를 치자고 청한다. 그
말은 서로 다른 것 같으나 둘 다 그 실질 내용은 같다.)

표문의 내용은 대략 다음과 같다:

"대저 운수(期運)란 비록 하늘이 정해주는 것이지만, 그 공업功業
은 반드시 사람으로 인해 이루어지는 것입니다. (*이는 "謀事在
人, 成事在天(모사재인, 성사재천: 일을 꾀하는 것은 사람에게 달려 있지

만 그것을 이루느냐의 여부는 하늘에 달려 있다)"이란 두 마디 말을 반대로 말한 것이다. (출처: 〈구명기원九命奇寃〉 제 29회.) 공명은 천시天時는 인간의 힘으로 억지로 할 수 없다고 말했지만, 양호는 인사人事를 태만히 해서는 안 된다고 말하고 있다.)

지금 동오의 장강長江과 회수淮水는 그 험하기가 서촉의 검각劍閣만 못한데도 손호의 포악함은 유선보다 더 심하며, 동오 백성들의 고단(困苦)함은 파촉巴蜀의 백성들보다 심한데, 반대로 대진大晉의 병력은 지난날보다 더욱 강성하옵니다.

이때에 천하를 통일하지 않고 다시 군사들을 눌러두어 서로 지키고만 있도록 한다면, 이는 천하 사람들로 하여금 정벌(征)과 수비(戍)로 지치게 만드는 것입니다. 이러한 상태는 성쇠盛衰를 거치면서 장기간 지속될 수가 없습니다. (*무력을 함부로 행사하기를 좋아해서가 아니라 바로 전쟁을 멈추도록(止武) 하려는 것이며, 군사들을 동원하기 좋아해서가 아니라 바로 군사들을 쉬도록(息兵) 하기 위해서다. 아마 동오만 평정되고 나면 정벌과 수비는 멈춰질 수 있을 것이다.)

사마염은 표문을 읽고 나서 크게 기뻐하며 곧바로 군사를 일으키라고 명했다. 그러나 가충과 순욱, 풍담馮紞 세 사람이 안 된다고 극력 말려서 사마염은 그만 중지하고 말았다.

양호는 위에서 자기가 주청한 바를 윤허하지 않는다는 말을 듣고 탄식하며 말했다: "천하에는 뜻대로 되지 않는 일이 열 가지 중 늘 여덟아홉은 된다(天下不如意者, 十常八九). 지금 하늘이 주는 것을 취하지 않겠다니, 어찌 크게 애석한 일이 아니겠느냐(今天與不取, 豈不大可惜哉)!"(*역시 지극히 옳은 말(至言)이다.)

〖 10 〗 함녕咸寧 4년(서기 278년)에 이르러, 양호는 조정에 들어가서

사직하고 고향으로 돌아가서 병 조리를 할 수 있게 해달라고 주청했다.

사마염이 물었다: "경에게 나라를 안정시킬 계책이 있거든 나에게 가르쳐주시오."

양호曰: "손호의 포악함이 이미 너무 심해서 지금 같으면 싸우지 않고도 이길 수 있습니다. 그러나 만약 손호가 불행히도 죽고 다시 어진 임금이 들어선다면 폐하께서는 동오를 얻으실 수 없을 것입니다."(*육항이 떠나가지 않았으므로 동오를 얻을 수 없었고, 손호가 죽은 후에도 역시 동오를 얻을 수 없게 된다.)

사마염이 크게 깨닫고 말했다: "경이 지금 곧바로 군사들을 데리고 가서 동오를 치는 것이 어떻겠소?"

양호曰: "신은 이미 늙었고 병도 많아서 이 대임을 감당할 수 없습니다. 폐하께서는 달리 지모와 용기를 겸비한 장수를 뽑으셔야 될 것입니다."

마침내 사마염에게 하직인사를 하고 돌아갔다.

이해 11월, 양호의 병이 위독해지자 사마염은 어가를 타고 친히 그의 집으로 문병을 갔다.

사마염이 침상 앞에 이르자 양호가 눈물을 흘리며 말했다: "신은 만 번 죽어도 폐하의 은혜에 다 보답할 수가 없사옵니다."

사마염 역시 울면서 말했다: "짐은 경이 건의한 동오 정벌 계책을 쓰지 못했던 것을 후회하고 있소. 지금은 누가 경의 뜻을 이어갈 수 있겠소?"

양호는 눈물을 머금고 말했다: "신은 곧 죽을 터이니 감히 저의 성심誠心을 다하지 않을 수 없사옵니다. 우장군右將軍 두예杜預가 그 일을 감당할 수 있을 것입니다. 만약 동오를 치고자 하신다면 마땅히 그를 쓰셔야만 합니다."(*종회와 등애는 서로 질투하였으나, 양호와 두예는 전후로 서로 천거하고 있다. 앞의 회에서와는 서로 반대되면서 서로 대응하고 있다.)

사마염曰: "선하고 어진 사람을 천거하는 것(擧善薦賢)은 아름다운 일이오. 그런데 경은 어찌하여 사람을 조정에 천거하고는 그 천거 상소문 초고를 불살라 버려 남들이 알지 못하게 하였소?"

(*종회는 다른 나라를 치려고 하면서 그것을 비밀로 하려고 했고, 양호는 사람을 천거하면서 그것을 비밀로 하려고 했다. 다른 나라를 치면서 그것을 비밀로 하려는 것은 상대가 나를 대비할까봐 염려해서이고, 사람을 천거하면서 비밀로 하려는 것은 그가 나에게 감사하는 마음을 가질까봐 염려해서이다. 상대가 나의 공격에 대비할까봐 염려하는 것은 기이할 게 없지만, 상대가 나에게 감사하는 마음을 가질까봐 염려하는 것은 기이한 일이다.)

양호曰: "관작은 조정에서 공적으로 제수하는 것인데 그에 대한 사은謝恩을 사사로이 개인에게 하는 것(拜官公朝, 謝恩私門), 신은 그런 인사는 받지 못하옵니다."(*이렇게 한다면 조정에 붕당朋黨이 생기는 폐단을 막을 수 있으니, 만세에 걸쳐 신하된 자들이 본받아야 할 법이다.)

말을 마치자 숨을 거두었다.

사마염은 대성통곡을 하고 궁으로 돌아와서 칙지를 내려 양호에게 태부·거평후鉅平侯 벼슬을 추증하였다.

남주(南州: 위국魏國에 속한 형주荊州) 백성들은 양호가 죽었다는 말을 듣자 철시撤市를 하고 곡哭을 했다. 강남의 변경 수비 장병들도 모두 곡을 하며 울었다.

양양襄陽 사람들은 양호가 살아 있을 때 늘 현산峴山에 놀러 갔던 일을 생각하여 그곳에다 사당을 짓고 비를 세워 사철마다 제사를 지냈다. 오가는 사람들로 그 비문을 보고 눈물을 흘리지 않는 자가 없었기 때문에 그 비석을 "타루비(墮淚碑)"라고 불렀다. (*촉사람들이 공명을 생각하는 것과 남쪽 사람들이 양호를 생각하는 것이 서로 흡사했다.)

후세 사람(胡曾)이 이를 탄식해서 지은 시가 있으니:

이른 아침 언덕에 올라 진晉의 신하 생각하니     曉日登臨感晉臣
옛 비석 초라한데 현산에 봄빛 완연하다.     古碑零落峴山春
소나무 사이에서 이슬방울 뚝뚝 떨어지니     松間殘露頻頻滴
당시 사람들이 떨어뜨린 눈물인가 하노라.     疑是當年墮淚人

〖 11 〗 진주晉主 사마염은 양호의 말에 따라 두예杜預를 진남鎭南 대장군으로 삼아 형주荊州의 일을 총지휘감독 하도록 했다. 두예의 사람됨은 노련하고 사리에 통달했으며, 학문을 한없이 좋아했다.

그가 가장 즐겨 읽었던 책은 좌구명左丘明의 〈춘추좌전春秋左傳〉으로, 앉으나 누우나 항상 손에 들고 있었으며, 출입할 때에는 언제나 사람을 시켜서 〈좌전左傳〉을 가지고 말 앞에 서도록 했으므로 당시 사람들은 그를 가리켜 "좌전 중독자(左傳癖)"라고 했다. (*관공은 〈춘추〉를 애독했고 두예는 〈좌전〉을 애독했다. 두 사람은 마치 정본과 부본처럼 서로 대對가 되고 있다.)

그는 진주의 명을 받들고 양양에서 백성들을 위무하고 군사를 길러서 동오를 칠 준비를 했다.

이때 동오에서는 정봉과 육항이 다 죽었고, 오주 손호는 매번 많은 신하들과 술자리를 벌여 놓고 모두들 술에 만취하도록 마시게 하고, 또 황문랑 열 명을 규탄관糾彈官으로 삼아서 술자리가 파한 뒤에 각기 신하들의 과실過失을 아뢰도록 했다. 그리하여 잘못을 범한 자라고 지적받으면 혹은 그 낮가죽을 벗겨 버리거나 혹은 그 눈알을 뽑아버리기도 했다. (*이처럼 기묘한 행동을 하는 자가 어찌 상가패국(喪家敗國: 집안을 망치고 나라를 패망시킴)을 하지 않을 리가 있겠는가?) 이로 말미암아 동오 사람들은 크게 두려워했다.

진晉의 익주자사 왕준王濬이 상소문을 올려 동오를 치자고 청했다. 그 상소문의 내용은 이러했다:

"손호는 주색에 빠져 방탕하고 흉악한 짓을 일삼으며 인륜을 거스르고(荒淫凶逆) 있사오니 속히 정벌해야 합니다. 만약 어느 날 손호가 죽어서 다시 어진 임금이 서게 되면 동오는 강적强敵이 될 것입니다. (*급히 정벌해야 할 첫 번째 이유이다.) 신이 배를 만든 지 이미 7년이 지나서 배가 날마다 썩어가고 있습니다. (*급히 정벌해야 할 두 번째 이유이다.) 그리고 신의 나이 이미 일흔인지라 언제 죽을지 모르옵니다. (*급히 정벌해야 할 세 번째 이유이다.) 만약 이 세 가지 가운데 어느 한 가지만이라도 어그러진다면 동오를 도모하기 어렵게 됩니다. 폐하께서는 부디 이 기회를 놓치지 마시옵소서."
(*공명의 〈후後 출사표〉에는 여섯 가지 이해할 수 없는 것이 나오는데 (*제97회), 동오를 치자는 왕준의 표문에는 세 가지 놓쳐서는 안 되는 것이 나온다. 공명의 뜻은 인사人事를 다하려는 것(盡人事)에 있고, 왕준의 뜻은 천시天時를 따르자는 것(順天時)에 있다.)

〖 12 〗 진주晉主는 상소문을 보고 나서 곧바로 여러 신하들과 의논했다: "왕공의 주장은 양羊 도독과 일치한다. 짐의 뜻은 결정되었다."

시중侍中 왕혼王渾이 아뢰었다: "신이 듣기로는, 손호가 북으로 올라오려고 군사 대오를 이미 전부 정비하여 그 성세聲勢가 한창 대단하다고 하오니, 지금은 맞붙어 싸우기 어렵습니다. 다시 1년을 늦추어 저들이 피로해지기를 기다려야만 비로소 성공할 수 있을 것입니다."

진주는 그가 아뢰는 말을 좇아 조서를 내려 군사들을 움직이지 못하게 하고는 물러나 후궁으로 들어가서 비서승秘書丞 장화張華와 바둑을 두면서 소일했다. 그때 근신近臣이 변경에서 표문이 이르렀다고 아뢰었다. 진주가 펼쳐서 보니 두예가 올린 표문이었다.

그 표문의 내용은 대략 이러했다:

"지난날 양호는 조정의 신하들과 널리 상의하지 않고 은밀히 폐하께만 계책을 여쭈었기 때문에 조정의 신하들로부터 다른 의견들이 많이 나오게 되었던 것이옵니다.

무릇 일이란 마땅히 이롭고 해로움을 서로 비교해 보아야 하는 법입니다(凡事當以利害相校). 이번에 동오를 치는 것의 이로움을 헤아려 보면 열 가지 중에 여덟아홉(十中八九)이 되옵고, 그 해로움은 다만 공을 이루지 못할까 하는 한 가지에 지나지 않사옵니다.

지난 가을 이래로 적을 치려는 형세를 상당히 많이 드러내 보였는데, 만약 지금 중지한다면 손호는 겁을 먹고 도읍을 무창武昌으로 옮기고 강남의 여러 성들을 완전히 수축修築해서 백성들을 그곳으로 옮겨놓을 텐데, 그리하면 더 이상 성을 칠 수도 없게 되고 들판에는 빼앗을 군량도 없어질 것이므로, 내년에 가서 치려는 계획 역시 성공할 수 없을 것이옵니다."


〖 13 〗 진주晉主가 표문을 다 읽고 나자마자 장화가 갑자기 자리에서 벌떡 일어나더니 바둑판을 밀쳐버린 후 두 손을 모아잡고 아뢰었다: "폐하께서는 현명하고 영무하시어(聖武) 나라는 부유하고 군사들은 강하지만(國富兵强), 오주吳主는 음란하고 잔학하여 백성들은 근심걱정에 차 있고 나라는 피폐해 있나이다(民憂國敝). 만약 지금 저들을 친다면 수고도 하지 않고 평정할 수 있사옵니다.

부디 폐하께서는 아무런 의심도 하지 마옵소서!"(*바둑판 위에서는 착수하지 않고 도리어 상소문에서 착수를 훈수하고 있다. 종이 위(紙上)와 바둑판 위는 서로 다를 게 없다. 만약 이번 기회를 놓친다면 곧 한 수를 잘못 두는 것이 되어 바둑판 전체가 잘못되고 말 것이다.)

진주가 말했다: "경의 말은 이해관계를 간파한 것이니, 짐이 다시 무엇을 의심하겠는가!"(*양호의 바둑은 전적으로 두예가 그 판을 매듭지었고, 두예의 바둑은 또 장화의 훈수 덕을 입었으며, 손호의 바둑은 이리하여

판이 마감되었다.)

그는 즉시 나가서 어전으로 올라가 진남鎭南대장군 두예를 대도독으로 삼고, 군사 10만 명을 이끌고 강릉으로 나아가도록 하고, 진동鎭東대장군 낭야왕琅邪王 사마주(司馬伷: 사마의의 아들)로 하여금 도중(涂中: 건업 동북에 있는 도수涂水. 안휘성 전초全椒와 육합六合 사이에 있음)으로, 정동征東대장군 왕혼王渾으로 하여금 횡강(橫江: 횡강포. 안휘성 화현和縣 동남)으로, 건위장군建威將軍 왕융王戎으로 하여금 무창武昌으로, 평남장군平南將軍 호분胡奮으로 하여금 하구(夏口: 호북성 무한시武漢市 한구漢口)로 나아가도록 하되 각각 군사 5만 명씩 이끌고 나아가서 다들 두예의 지휘를 받도록 했다.

그리고 용양장군龍驤將軍 왕준王濬과 광무장군廣武將軍 당빈唐彬으로 하여금 배를 타고 장강長江을 따라서 동으로 내려가도록 했다. 이로써 수륙군 20여만 명에 전선戰船도 수천 척이나 되었다.

그리고 또 관남장군冠南將軍 양제楊濟로 하여금 양양襄陽으로 나가서 군사들을 주둔시켜 놓고 각 방면의 군사들을 지휘 통솔하도록 했다. (*마치 촉을 평정할 때 위관衛瓘으로 하여금 군사들을 감독하게 한 것과 같다.)

〖 14 〗 일찌감치 이 소식이 동오에 알려졌다. 오주吳主 손호는 크게 놀라서 급히 승상 장제張悌, 사도 하식何植, 사공司空 등순滕脩을 불러서 적병을 물리칠 계책을 상의했다.

장제가 아뢰었다: "거기장군 오연伍延을 도독으로 삼아 군사들을 강릉으로 진병시켜 두예를 맞이해 싸우도록 하시고, 표기장군 손흠孫歆에게는 군사들을 진병시켜 하구夏口 등지의 적병들을 막도록 하옵소서. 신은 감히 원수(軍帥)가 되어 좌장군 심영沈瑩과 우장군 제갈정諸葛靚을 거느리고 군사 10만 명을 이끌고 우저牛渚로 나가서 여러 방면의

군사들을 지원하도록 하겠나이다."

손호는 그의 말을 좇아서 즉시 장제로 하여금 군사들을 이끌고 떠나가도록 했다. 손호가 물러나 후궁으로 들어갔는데, 불안하여 얼굴에 근심의 빛을 띠었다. 행신(幸臣: 총애하는 신하) 중상시中常侍 잠혼岑昏이 그 까닭을 물었다.

손호曰: "진晉의 군사들이 대거 쳐들어오므로 내 이미 군사들을 여러 방면으로 내보내서 막도록 해놓기는 했다. 그러나 진장晉將 왕준王濬이 군사 수만 명을 거느리고 전선을 일제히 갖추어 강물을 따라 내려오는 그 기세가 몹시 날카로우니, 이를 어찌해야 하겠느냐. 짐은 그래서 걱정하는 것이다."

잠혼曰: "신에게, 왕준의 배들을 모조리 산산조각 부숴버릴 한 가지 계책이 있사옵니다."

손호가 크게 기뻐하면서 즉시 그 계책을 물었다.

잠혼이 아뢰었다: "강남에는 쇠가 많사오니 쇠사슬(連環索)을 1백여 줄 만들되 그 길이는 각각 수백 장丈이 되도록 하시고, 쇠고리 하나의 무게는 각각 20~30근이 되도록 해서 강을 따라 긴요한 곳에다 가로질러 놓도록 하십시오. 그리고 다시 길이가 한 장丈 넘는 쇠 송곳(鐵錐) 수만 개를 만들어 물속에다 꽂아놓도록 하십시오.

만약 진晉의 전선들이 바람을 타고 오다가 송곳을 만나면 깨져버리고 말 것이니, 어찌 강을 건너올 수 있겠습니까?"(*잠혼의 계책이 비록 하책下策이기는 해도 그래도 촉의 황호黃皓가 무당을 청해 와서 물어보라고 했던 것보다는 낫다. 동오는 전에 여러 번 적을 막을 때 화공(火)을 썼지만, 이번에는 적을 막는 데 도리어 쇠(金)를 쓰고 있다.)

손호는 크게 기뻐하면서, 대장장이들을 강변에 배치하여 밤낮없이 쇠사슬과 쇠 송곳을 만들어 적당한 곳에다 설치해 놓도록 하라고 명했다.

〖 15 〗 한편 진의 도독 두예杜預는 군사들을 이끌고 강릉으로 나가서 아장牙將 주지周旨에게, 수군 8백 명을 이끌고 작은 배를 타고 몰래 장강을 건너가서, (*등애는 사람들로 하여금 몰래 산 고개를 넘어가도록 했고, 두예는 사람들로 하여금 몰래 장강을 건너가도록 한다. 전후가 서로 매우 닮았다.) 밤에 낙향(樂鄕: 호북성 강릉 서쪽, 송자현松滋縣 동북의 장강 남안)을 습격하여 산림 속에다 기치를 많이 세워놓고, 낮에는 포를 쏘고 북을 치고, 밤에는 각처에 불을 피워 올리도록 했다.

주지는 명을 받은 후 군사들을 이끌고 강을 건너가서 파산(巴山: 일명 마산麻山. 호북성 의도현宜都縣 동쪽, 송자현 서남) 속에 매복했다.

다음날, 두예는 대군을 거느리고 수륙水陸으로 나란히 나아갔다.

그때 앞에 가던 정탐꾼이 알려왔다: "오주吳主가, 오연伍延에게는 육로로, 육경陸景에게는 수로로 나아가도록 하고, 손흠을 선봉으로 삼아서, 세 방면에서 우리를 맞이하러 오고 있습니다."

두예는 군사들을 이끌고 앞으로 나아갔다. 손흠의 배들이 일찌감치 와서 양군이 만나 막 싸우기 시작했는데 두예가 곧바로 군사들을 뒤로 물렸다. 손흠은 군사들을 이끌고 강기슭으로 올라와서 길게 늘어서서 그 뒤를 쫓아갔는데, 20리를 못 갔을 때 포 소리가 한 번 울리더니 사방에서 진의 군사들이 대거 쳐들어왔다. 동오의 군사들이 급히 되돌아가려고 하는데 두예가 기세를 타고 덮쳐오는 바람에 동오의 군사들은 셀 수도 없이 많이 죽었다.

손흠이 급히 성 가로 달려가자, 주지周旨의 8백 명 군사들도 그 가운데 섞여서 성 안으로 들어가서, 성 위로 올라가 불을 붙였다.

손흠이 크게 놀라서 말했다: "북에서 온 군사들이 강을 날아서 건넜단 말인가?"(*파산巴山에 매복해 있던 두예의 군사들은 음평령陰平嶺을 넘어간 등애의 군사들과 흡사하다.)

손흠이 급히 물러나려고 할 때 주지가 큰 소리로 호통을 치며 그를 베어 말 아래로 떨어뜨렸다. 이때 육경이 배 위에서 바라보니, 장강 남쪽 기슭 위에서 불이 일어나고, 파산巴山 위에서는 큰 깃발이 바람에 펄럭이고 있었는데, 그 깃발 위에는 "晉鎭南大將軍 杜預(진진남대장 군 두예)"라고 씌어 있는 것이 보였다. (*두예가 강을 건넌 것을 육경의 눈으로 서술하고 있는데, 그 위세를 두 배나 강하게 느끼게 한다.)

육경이 크게 놀라서 강기슭으로 올라가서 도망치려고 했으나 진장晉 將 장상張尙이 어느 틈엔가 말을 몰고 와서 한 칼에 그를 베어 버렸다.

오연은 각 군이 전부 패한 것을 보고 성을 버리고 달아났으나, 진의 복병에게 붙잡혀서 결박을 당한 채 두예 앞으로 끌려왔다.

두예가 말했다: "살려 둬봐야 쓸모없다!"

무사에게 호령하여 그를 베어 버리도록 했다. ― 이리하여 마침내 강릉江陵을 손에 넣었다.

이에 원수沅水와 상수(湘水: 호남성 서부와 동부의 일대로 동정호洞庭湖 부 근) 일대로부터 광주(廣州: 광동성 광주 남쪽) 여러 군郡에 이르는 지역의 수령들은 전부 소문을 듣고 인수印綬를 가지고 와서 항복했다.

두예는 사람을 시켜서 부절符節을 가지고 가서 백성들을 안심시키고 위무하도록 하면서, 추호도 백성들을 침범하지 못하도록 했다. 그리고 는 곧바로 군사들을 진격시켜 무창武昌을 공격하자, 무창 역시 항복했 다.

〖 16 〗 두예군의 위세가 크게 떨치자, 그는 마침내 장수들을 대거 모아놓고 건업을 취할 계책을 같이 상의했다. (*등애가 성도를 취할 때와 같다.)

호분胡奮이 말했다: "일백 년이나 된 도적인데 모조리 다 항복시킬 수는 없습니다. 바야흐로 지금은 봄물이 불어 넘쳐서 오래 머물러 있 기가 어렵습니다. 내년 봄을 기다렸다가 다시 대거 쳐들어오는 것이 좋겠습니다."

두예日: "예전에 악의는 제수濟水 서쪽 지역에서 한 번 싸움으로써 강한 제齊를 모두 병탄했다. 지금 우리 군사들의 위세가 크게 떨쳐서 마치 대쪽을 쪼개는 듯한 형세(破竹之勢)이다. 여러 마디(數節) 뒤의 부분들도 모두 칼날만 닿으면 곧바로 쪼개지는 상황이므로 다시 손을 댈 곳이 없다." (*사세事勢도 파죽지세지만 글 역시 파죽지세다.)

즉시 격문을 돌려 여러 장수들과 만나서 일제히 진격하여 건업을 치기로 약속했다.

이때 용양장군龍驤將軍 왕준王濬이 수군들을 거느리고 물을 따라 내려가는데, 앞에 가던 정탐선으로부터 보고해 왔다: "동오에서 쇠사슬을 만들어 강변으로 가로질러 놓았고, 또 쇠 송곳(鐵錐)을 물속에 꽂아 놓아 방비하고 있습니다."

왕준은 크게 웃으면서 곧바로 큰 뗏목 수십 개를 만들고, 풀을 묶어서 인형을 만들어 그 위에 갑옷을 입히고 막대기를 잡고 있도록 하여 뗏목 주위에 세우도록 한 다음, 흐르는 물을 따라 아래로 띄워 보냈다. (*강에서 풀로 묶은 인형은 공명이 화살을 빌리려고 만들었던 것인데, 뜻밖에도 이날은 반대로 북군들이 사용하고 있다.)

동오의 군사들은 그것을 보고는 살아있는 사람으로 여기고, 보기만 해도 먼저 달아나 버렸다. 물속에 박아놓았던 쇠 송곳들은 뗏목에 꽂혀서 모조리 뽑혀 버렸다.

왕준은 또 뗏목 위에다 큰 홰(炬)를 만들어 싣도록 했는데, 길이는 10여 장丈, 둘레는 10여 아름(圍) 되도록 크게 만들고 그 위에다 삼씨 기름(麻油)을 부어 쇠사슬을 만나면 홰에 불을 붙여 태우도록 했다. 잠시 후에 쇠사슬이 녹아내려 전부 끊어져 버렸다. (*동오에서는 쇠를 써서 물을 이기려고 했는데(用金克水), 왕준은 도리어 불을 써서 쇠를 이기려고 (用火克金) 한다.)

이처럼 수륙 양방면으로 큰 강을 따라 내려갔는데, 이르는 곳마다 이기지 못할 때가 없었다.

〖 17 〗 한편 동오의 승상 장제張悌는 좌장군 심영沈瑩과 우장군 제갈정諸葛靚으로 하여금 가서 진병晉兵들을 맞이해 싸우도록 했다.

심영이 제갈정에게 말했다: "상류에 있는 군사들이 막아내지 못해서, 제 생각에는, 진나라 군사들은 틀림없이 이리로 올 것입니다. 마땅히 있는 힘을 다해 적을 막아내야 할 것입니다. 다행히 이긴다면 이곳 강남땅은 안전할 것이지만, 만약 지금 강을 건너가서 싸우다가 불행히도 패하게 되는 날에는 대사는 끝장나고 말 것입니다!"

제갈정曰: "공의 말이 맞습니다."

말이 미처 끝나기도 전에, 진병들이 강물을 따라 내려오는데 그 세력을 당해낼 길이 없다고 보고해 왔다. 두 사람은 크게 놀라서 황망히 장제에게 가서 상의했다.

제갈정이 장제에게 말했다: "동오가 위험한데 어찌하여 달아나서 숨으려 하지 않으십니까?"(*비로소 방금 전에 그가 심영에게 대답한 말은 마지못해 억지로 한 말임을 알 수 있다.)

장제가 눈물을 흘리며 말했다: "우리 동오가 망하게 되리라는 것은 어리석은 사람이든 똑똑한 사람이든 누구나 다 알고 있는 사실이오. 그러나 지금 만약 임금과 신하들이 전부 항복하고 국난國難에 죽는 사람이 단 하나도 없다면, 그 역시 욕된 일이 아니겠소?"(*이곳에서 만약 국난을 당해 죽는 사람이 하나도 나오지 않는다면 오국吳國의 체면만 말이 아닐 뿐 아니라 이 책의 결말로서도 모양새가 좋지 않다.)

제갈정 역시 눈물을 흘리며 떠나갔다.

장제는 심영과 함께 군사를 지휘하여 적을 맞이해 싸웠다. 진병들이 일제히 그들을 에워쌌다. 주지周旨가 앞장서서 동오의 영채로 쳐들어갔다.

장제는 혼자서 힘을 다해 적들과 백병전을 벌이는 중에 죽었다. 심영은 주지의 칼에 맞아 죽었다. 동오 군사들은 패하여 사방으로 흩어져 달아났다.

후세 사람이 시를 지어 장제를 칭찬하였으니:

| | |
|---|---|
| 파산巴山 위에 두예의 장수깃발 세워지니 | 杜預巴山見大旗 |
| 강동의 장제 충성 다해 죽을 때로다. | 江東張悌死忠時 |
| 동오의 왕기王氣 강남땅에서 소진되자 | 已拚王氣南中盡 |
| 차마 염치 버려가며 구차히 살 수 없었네. | 不忍偷生負所知 |

〖 18 〗 한편 진晉의 군사들은 우저牛渚를 함락시킨 후 동오 땅 경내로 깊숙이 쳐들어갔다.

왕준이 사람을 보내서 승전보를 올리자 진주 사마염은 그 소식을 듣고 크게 기뻐했다.

가충이 아뢰었다: "우리 군사들이 밖에서 오랫동안 고생을 하고 있는데, 그곳 기후와 풍토가 몸에 맞지 않아 틀림없이 병이 났을 것이옵니다. 군사들을 돌아오라고 부르시고, 후에 가서 다시 도모하도록 하옵소서."

장화張華가 말했다: "지금 우리 대군이 이미 적의 소굴로 들어가서 동오 사람들의 간담이 다 떨어졌을 것이므로 앞으로 한 달 이내에 손호는 반드시 사로잡힐 것입니다. 만약 가벼이 돌아오라고 부르신다면 이제까지 세운 공로가 모두 허사가 되고 말 테니, 이는 참으로 애석한 일이 될 것입니다."(*바둑판은 완결 짓지 않아도 되지만 전쟁판은 완결 짓지 않으면 안 된다.)

진주晉主가 미처 대답을 하기 전에 가충이 장화를 꾸짖으며 말했다: "너는 천시天時와 지리地利도 살피지 않고 망령되이 공적만 바라면서 군사들을 피로하고 지치도록 내버려 두려고 하는데, 네 목을 베더라도 천하 사람들에게 사죄하기에는 부족할 것이다."(*가충은 다른 장점이라고는 전혀 없고 다만 사마염이 임금을 시해하는 일을 도와주었던 것뿐이다.)

사마염曰: "이는 곧 짐의 뜻이다. 장화의 말은 짐과 같은 뜻인데 언쟁할 필요가 어디 있는가!"

그때 문득 두예가 보낸 표문이 당도했다고 알려왔다. 진주가 표문을 보니 역시 급히 군사를 진격시켜야 한다는 뜻이었다.

진주 사마염은 마침내 다시 의심하지 않고 정벌을 계속하라는 명을 내렸다. 왕준 등은 진주의 명을 받들고 수륙으로 병진하니, 그 형세가 마치 바람과 우레 소리가 고동鼓動하는 듯했다. 동오 사람들은 깃발만 바라보고도 항복해 왔다.


〖 19 〗 오주吳主 손호는 이 소식을 듣고 대경실색했다. 여러 신하들이 아뢰었다: "북北의 군사들은 나날이 가까이 오고 있는데 강남의 군사와 백성들은 싸워보지도 않고 항복하고 있으니, 장차 이 일을 어찌해야 하겠나이까?"

손호가 물었다: "무슨 이유로 싸우지 않는가?"

여러 신하들이 대답했다: "오늘의 화는 모두 잠혼岑昏의 죄이오니, 청컨대 폐하께서는 그의 목을 베시옵소서. 신들은 성을 나가서 죽기 살기로 싸워보겠나이다."

손호曰: "그까짓 환관 하나가 어떻게 나라를 잘못되게 할 수 있단 말이냐(量一中貴, 何能誤國)?"

여러 신하들이 큰 소리로 외쳤다: "폐하께서는 어찌하여 촉의 황호를 보지 않으십니까!"(*강유는 황호를 동한 말의 환관 장양張讓에 견주었는데, 동오 사람들은 또 잠혼을 황호에 견주고 있다. 세 사람은 바로 똑같은 자들이다.)

그들은 마침내 오주吳主의 명령도 기다리지 않고 일제히 궁중으로 몰려 들어가서 잠혼을 쳐 죽이고 갈가리 찢어 그 살을 씹어 먹었다.

도준陶濬이 아뢰었다: "신이 거느리는 전선들은 모두 작은 것들뿐이옵니다. 원컨대 군사 2만 명을 얻어서 큰 배를 타고 나가 싸우도록 해주신다면 제 스스로 적을 깨뜨릴 수 있사옵니다."

손호는 그 말을 좇아서 곧바로 어림군을 도준에게 내주면서 강을 거슬러 올라가서 적을 맞아 싸우도록 하고, 전장군前將軍 장상張象에게 수군을 거느리고 강을 내려가서 적을 맞아 싸우라고 명했다.

두 사람이 군사들을 거느리고 막 떠나가려고 할 때 뜻밖에도 서북풍이 크게 불어와서 동오 군사들의 기치는 전부 바로 서 있지 못하고 배 안에 쓰러졌다. 군사들은 배를 타려고 하지 않고 사방으로 흩어져 달아나 버리고, 단지 장상과 그 수하의 수십 명 군사들만 적이 당도하기를 기다렸다.


〖 20 〗 한편 진晉의 장수 왕준王濬이 돛을 달고 강을 내려가는데, 삼산(三山: 강소성 남경시 서남 장강 동안에 있는, 세 봉우리가 남북으로 이어져 있는 산)을 지나자 수군들이 말했다: "풍파가 너무 심해서 배가 나아갈 수 없습니다. 잠시 바람이 좀 잠잠해지기를 기다렸다가 가도록 하십시오."

왕준이 크게 화를 내며 칼을 뽑아 들고 호통을 쳤다: "내 이제 곧 석두성(石頭城: 옛 성 이름. 남경시 청량산淸凉山 위에 있음)을 취하려 하는데 어찌하여 멈추자고 한단 말이냐!"

그리고는 북을 치며 힘차게 앞으로 나아갔다. (*만약 험준함을 피하려고 했다면 촉을 취할 수 없었다. 만약 풍파를 두려워한다면 어찌 동오를 취할 수 있겠는가?)

이때 동오 장수 장상이 따르는 군사들을 이끌고 와서 항복을 청했다.

왕준이 말했다: "만약 정말로 항복하려고 한다면 곧 선두에 서서 공을 세우도록 하라."

장상은 자기 배로 돌아가서 곧장 석두성 아래로 갔다. 그가 성문을 열라고 소리치자 성문이 열려서 진晉의 군사들을 안으로 맞아들였다. 손호는 진의 군사들이 이미 성 안으로 들어왔다는 말을 듣고 스스로 목을 찔러 죽으려고 했다.

중서령 호충胡沖과 광록훈光祿勳 설영薛瑩이 아뢰었다: "폐하께서는 어찌하여 안락공 유선을 본받으려고 하지 않으십니까?"

손호는 그 말을 좇아서 수레에 관을 싣고 자기 몸을 결박한 다음 문무백관들을 데리고 왕준의 군사들 앞으로 가서 항복했다(서기 280년). (*신하들의 낯가죽을 벗기고 눈알을 뽑던 그 위세는 다 어디로 가버렸는가?)

왕준은 그 결박을 풀어주고, 싣고 온 관을 불사른 후, 일국의 왕을 대하는 예로 그를 예우했다.

당唐나라 때 사람이 이를 탄식하는 시를 지었으니:

| | |
|---|---|
| 왕준의 전선樓船들 익주에서 내려오자 | 西晉樓船下益州 |
| 금릉의 왕기王氣는 암담하게 걷혀졌네. | 金陵王氣黯然收 |
| 천 길 쇠사슬은 강바닥에 가라앉고 | 千尋鐵鎖沈江底 |
| 백기 하나가 석두성 위에 세워졌네. | 一片降旗出石頭 |
| 지난날 몇 번이나 나라 세워지고 망했으나 | 人世幾回傷往事 |
| 산세는 여전하여 강물 위에 그 모습 드리운다. | 山形依舊枕寒流 |
| 천하가 한 집안으로 통일된 오늘날 | 今逢四海爲家日 |
| 옛 보루엔 갈대숲이 추풍에 흔들려 운다. | 故壘蕭蕭蘆荻秋 |

이리하여 동오의 4개 주州 43개 군郡, 313개 현縣, 호구 52만 3천호, 관리 3만 2천 명, 군사 23만 명, 남녀노소 2백30만 명, 미곡 2백80만 곡斛, 크고 작은 배 5천여 척, 후궁 5천여 명이 모두 대진大晉에 귀속되었다.

〖 21 〗 대사가 이미 정해지자 왕준은 방문을 내다붙여 백성들을 안심시키고, 재물창고(府庫)와 곡식창고(倉廩)들을 전부 봉해 놓았다. 다음날, 도준陶濬의 군사들은 싸우지도 않고 스스로 무너졌다.

낭야왕 사마주司馬伷와 왕융王戎이 거느리는 대군이 전부 도착하여 왕준이 큰 공을 세운 것을 보고는 다들 진심으로 기뻐했다.

다음날, 두예 역시 당도해서 전군을 크게 먹이고 곡식 창고를 열어 동오 백성들을 구휼해 주었다. 이에 동오 백성들은 안도했다.

다만 건평建平태수 오언吾彦만이 성 안에서 버티고 항복하지 않았다. 그러나 동오가 망했다는 소식을 듣고는 그 역시 항복했다. (*촉의 곽익霍弋과 같다.)

왕준은 표문을 올려 승전을 보고했다. 조정에서는 동오가 이미 평정되었다는 말을 듣고 임금과 신하들이 모두 축하의 술잔을 들었다.

진주 사마염은 술잔을 잡고 눈물을 흘리며 말했다: "이는 양羊 태부(즉, 양호)의 공이다. 그러나 그가 이를 친히 보지 못하는 것이 애석하구나!"

표기장군 손수孫秀는 조정에서 물러나오자 남쪽을 향해 곡을 하며 말했다: "옛날 토역장군(討逆將軍: 손책)께서 젊었을 때 일개 교위校尉로서 나라를 세웠는데, 지금 손호가 강남 전부를 들어서 내다버리고 말았구나! 유유한 창천(悠悠蒼天)이시여! 이 사람은 도대체 어떤 인간인가!"

〖 22 〗 한편 왕준이 군사들을 돌려 돌아오면서 오주吳主 손호를 낙양으로 보내서 진주晉主를 뵙도록 했다. 손호가 어전 위로 올라가서 머리를 숙이고 진 황제를 뵈었다. (*이것이 바로 점괘에서 말한, 푸른 덮개가 있는 수레를 타고 낙양으로 들어가게 된다는 것이다.)

진 황제는 그에게 자리에 앉도록 하고 말했다: "짐이 이 자리를 마련해 놓고 경을 기다린 지 오래 되었소!"

손호가 대답했다: "신臣도 남방에서 역시 이런 자리를 마련해 놓고 폐하를 기다렸습니다."(*손호의 대답은 유선보다 민첩했다. 그러나 다만 남방 사람들의 경박한 입놀림에 불과했다.)

진 황제는 크게 웃었다.

가충이 손호에게 물었다: "듣기로는, 군君은 남방에 있을 때 매번 사람의 눈알을 뽑고 낯가죽을 벗기고 했다던데, 그것은 도대체 무슨 형벌이오?"

손호曰: "남의 신하된 자로 자기 임금을 시해한 자와, 간사하고 불충한 자들에게 그런 형벌을 가하였소."

가충은 입을 다물고 심히 부끄러워했다.

천자는 손호를 귀명후歸命侯로 봉하고, 그 자손들을 중랑中郎으로 봉하고, 그를 따라 항복해온 재상들을 모두 열후列侯로 봉했다.

승상 장제張悌는 전사했으므로 그 자손을 열후로 봉해 주었다. 그리고 왕준을 보국輔國 대장군으로 봉했다. 그 밖의 장수들에게도 각각 벼슬을 봉해주고 상을 내려주었다.

이로부터 삼국이 모두 진제晉帝 사마염司馬炎에게로 돌아가서 통일국가의 바탕이 되었다. (*큰 책 한 권이 이 한 마디 말로 전부 매듭지어지고 있다.)

이것이 이른바 "천하대세란 합쳐진 지 오래되면 반드시 갈라지고, 갈라진 지 오래되면 반드시 합쳐지는 법(天下大勢, 合久必分, 分久必

合)"이라는 것이다.

후에 후한後漢 황제 유선劉禪은 진晉 태시泰始 7년(서기 271년)에 세상을 떠나고, 위주 조환曹奐은 태안太安 원년(서기 302년)에 돌아갔으며, 오주 손호孫皓는 태강太康 4년(서기 283년)에 죽었는데, 다들 천수를 다했다. (*사마염으로 결말을 짓지 않고 여전히 삼국의 주인들로 결말을 짓고 있는데, 그래야 비로소 〈삼국〉의 결말이 되기 때문이다.)

후세 사람이 고풍시古風詩 한 수首를 지어서 이 일들을 노래하였으니:

| | |
|---|---|
| 한 고조 칼을 들고 함양으로 들어갈 때 | 高祖提劍入咸陽 |
| 이글거리는 붉은 태양 부상扶桑 위로 솟았다. | 炎炎紅日升扶桑 |
| 광무제 일어나 대통을 다시 잇자 | 光武龍興成大統 |
| 삼족오 하늘 가운데로 높이 날아올랐다. | 金烏飛上天中央 |
| 애달프다, 헌제獻帝가 제위에 오른 후엔 | 哀哉獻帝紹海宇 |
| 서쪽의 함지咸池 가에 붉은 태양 떨어졌다. | 紅輪西墜咸池傍 |
| | |
| 하진이 무모하여 환관들이 난을 일으키자 | 何進無謀中貴亂 |
| 양주의 동탁이 조정을 차지했지. | 涼州董卓居朝堂 |
| 왕윤이 연환계로 역당들을 주살했으나 | 王允定計誅逆黨 |
| 이각과 곽사가 또 난을 일으켰지. | 李催郭汜興刀槍 |
| 그러자 사방의 도적들 개미떼처럼 모여들고 | 四方盜賊如蟻聚 |
| 천하의 간웅들 들고 일어나 발호하였다. | 六合奸雄皆鷹揚 |
| | |
| 손견과 손책은 강동에서 일어나고 | 孫堅孫策起江左 |
| 원소와 원술은 하량河梁에서 일어났지. | 袁紹袁術興河梁 |
| 유언 부자는 파촉巴蜀에 터를 잡았고 | 劉焉父子據巴蜀 |
| 유표는 군사들을 형양荊襄에다 주둔시켰지. | 劉表軍旅屯荊襄 |

장료와 장로는 남정南鄭을 차지했고
마등과 한수는 서량西涼을 지켰었지.
도겸, 장수, 공손찬 등도
각기 한 지방씩 차지하고 무위를 뽐냈었다.

張遼張魯霸南鄭
馬騰韓遂守西涼
陶謙張繡公孫瓚
各逞雄才占一方

조조는 상부相府에서 권력을 독단하고
문무에 뛰어난 영재들을 수하에 모았었지.
천자를 위협하여 끼고서 제후들을 호령하며
용맹한 군사들 거느리고 중원을 제압했다.

曹操專權居相府
牢籠英俊用文武
威挾天子令諸侯
總領貔貅鎭中土

누상촌의 유현덕은 본래 황실 종친으로
관우, 장비와 의형제 맺고 천자를 도우려 했지.
그러나 동분서주 해봐도 터전 없음이 한이었고
수하에 장수와 군사 적어 객지로 떠돌았다.

樓桑玄德本皇孫
義結關張願扶主
東西奔走恨無家
將寡兵微作羈旅

남양에 삼고초려 정성 얼마나 깊었기에
와룡은 그를 한번 보고 천하삼분 계책 드렸지.
먼저 형주 취한 다음 서천西川 취하여
촉 땅에서 패업 이루고 왕조 건설하려고 했지.
그러나, 아, 슬프다. 3년 만에 세상 떠나면서
백제성에서 후사 부탁하니 참으로 가슴 아프다.

南陽三顧情何深
臥龍一見分寰宇
先取荊州後取川
霸業圖王在天府
嗚呼三載逝升遐
白帝托孤堪痛楚

공명은 여섯 번 기산으로 나가서
무너지려는 하늘 한 손으로 받치고자 했지.
그러나 어이하랴, 천운이 여기서 끝나면서
장성長星이 한밤중에 오장원에 떨어지는 것을.

孔明六出祁山前
願以隻手將天補
何期歷數到此終
長星半夜落山塢

| | |
|---|---|
| 강유는 자기 힘센 것 하나 믿고 | 姜維獨憑氣力高 |
| 중원 치러 아홉 번 나갔으나 헛수고였지. | 九伐中原空劬勞 |
| 종회와 등애가 군사 나누어 나아가자 | 鍾會鄧艾分兵進 |
| 한漢의 강산은 전부 조씨 손에 들어갔다. | 漢室江山盡屬曹 |
| | |
| 조비, 조예, 조방, 조모, 그리고 조환에 이르러 | 丕叡芳髦縫及奐 |
| 천하는 다시 사마씨에게 넘어갔지. | 司馬又將天下交 |
| 수선대 앞에서는 구름과 안개 일어났으나 | 受禪臺前雲霧起 |
| 석두성石頭城 아래서는 파도조차 일지 않았지. | 石頭城下無波濤 |
| 진류왕, 귀명후, 안락공 등 망국의 왕들은 | 陳留歸命與安樂 |
| 후에 왕후공작들이 싹터 나온 뿌리가 되었다. | 王侯公爵從根苗 |
| | |
| 어지러운 세상사 다할 날이 없고 | 紛紛世事無窮盡 |
| 천수天數는 아득하여 도망갈 수도 없지. | 天數茫茫不可逃 |
| 삼분三分 정립鼎立도 이미 한바탕 꿈이거늘 | 鼎足三分已成夢 |
| 후세 사람 옛일 생각하며 공연히 푸념한다. | 後人憑弔空牢騷 |

(\*이 한 편의 고풍시古風詩는 이 책 전체의 사적事迹을 그 안에서 개괄한 것으로, 마지막 두 마디 말을 각각 "夢(몽: 꿈)"과 "空(공: 공연히)"자로 매듭짓고 있는데, 바로 처음에 나왔던 말(詞語) 속의 뜻과 서로 일치시키고 있다. 이처럼 큰 책을 사詞로 시작하여 시詩로 끝내고 있는바, 참으로 절묘한 필법이다.)

## 제 120 회 모종강 서시평序始評

(1). 본 회回는 세 나라로 갈라진 것(三分)의 종결을 기록한 것이지 세 나라가 하나로 통일된 그 시작을 기록한 것이 아니다. 이 책

은 삼국三國을 위해 쓰여진 것이므로 그 중점은 삼국에 있고 진晉에 있지 않다. 삼국이 스스로 합쳐져서 진晉 무제武帝로 귀결되는 것은, 마치 삼국이 나누어지게 된 근본 원인이 한漢 환제桓帝와 영제靈帝에 있는 것과 같다.

범과 이리 같은 진秦이 여섯 나라를 병탄한 것으로써 진시황을 은殷의 탕왕湯王이나 주周 무왕武王에 견줄 수 없고, 위魏 황제의 자리를 찬탈한 진晉이 삼국을 합병한 것으로써 진晉 무제(武帝: 사마염)를 한 고조高祖나 광무제光武帝에 견줄 수는 없다.

진晉의 유의劉毅는 사마염司馬炎에게 말하기를: "폐하는 한漢의 환제와 영제에 견줄 수 있습니다"라고 하였다. 그러므로 〈삼국연의〉는 환제와 영제로부터 시작하여 환제와 영제로 끝났다고 말할 수도 있다.


(2). 전 회에서는 진晉이 위魏를 찬탈한 것과 위魏가 한漢을 찬탈한 것을 서로 대비하여 한 편篇의 이야기를 이루었고, 본 회에서는 사마염이 동오를 취한 것을 사마소司馬昭가 촉蜀을 취한 것과 서로 대비하여 한 편의 이야기를 이루었다. 그러나 전 회에서는 서로 유사하지 않은 가운데 뜻밖에도 특별히 서로 유사한 것이 있어서 인과응보因果應報가 결국 같음을 보게 되었고, 본 회에서는 극히 서로 유사한 가운데 뜻밖에도 특별히 상반되는 것이 있어서 일의 변화(事變)가 같지 않음을 보게 된다.

예컨대 등애鄧艾가 강유姜維를 대적할 때에는 있는 힘을 다해 공격하였으나, 양호羊祜가 육항陸抗과 왕래할 때에는 먹는 것까지 보내주면서 서로 사이좋게 지낸 점이 크게 다르다. 종회鍾會가 등애를 미워하기는 피차 서로 용납될 수 없을 정도였지만, 두예杜預가 양호의 직위를 계승한 것은 전후로 한 마음이었던 점이 크게 다르다.

촉蜀을 치자는 결의는 하루아침에 이루어졌지만, 동오를 치자는 결의는 지지부진 오래 끌었던 점이 크게 다르다. 촉 정벌에 나섰던 두 장수(등애와 종회)는 결국 돌아오지 못했지만, 동오 정벌에 나섰던 모든 군사들은 다 돌아왔던 점이 크게 다르다. "이곳에서도 즐거워서 촉 생각이 나지 않나이다(此間樂, 不思蜀)"라고 하면서 나약하게 스스로 칭신稱臣을 했던 유선劉禪과, "이런 자리를 마련해 놓고 폐하를 기다렸나이다(設此座以待陛下)"라고 하면서 강하게 나가면서도 머리를 굽혔던 손호孫皓 또한 크게 다르다.

심지어 촉蜀을 취하는 일의 어려움은 그 어려움이 사후事後에 있었는바, 등애는 그곳에서 자기가 전권專權을 휘두르려 하였고, 종회는 그곳에서 반란을 일으키려 하였고, 강유는 그곳에서 다른 일을 꾸미고 있었다. 그리고 소제邵悌가 (사마소가 등애를 붙잡도록 종회를 보내놓고 나서 또 자신이 직접 가려는 것을 ― 역자) 걱정을 하였으나, 사마소 역시 그 점을 헤아리고 있었다.( 제118회 (13)).

동오를 취하는 것의 어려움은 그 어려움이 사전事前에 먼저 있었는바, 양호가 동호를 치자고 청했고, 두예도 그것을 권했고, 왕준王濬과 장화張華도 그것을 찬성했으나, 풍담馮紞이 그것을 말렸고, 순욱荀勖과 가충賈充이 그것을 말렸으며, 왕혼王渾과 호분胡奮 역시 그것을 천천히 하고자 했다. 유사한 점을 비교해 보면 전혀 같지 않고(無分寸雷同) 추호도 같은 의미의 합장(絲毫合掌: 즉, 대구對句)이 없다. 대부분의 책들은 그 종편終篇에 이르면 매번 그것이 너무 쉽게 끝나 버릴까봐 염려하게 마련인데, 이처럼 백척간두百尺竿頭에 서 있듯이 조마조마하고 갈수록 더욱 기이해지는 것이 있던가?

(3). 〈삼국〉이란 책은 양편 군사들이 한 곳에 모이거나 양편 장

수들이 서로 대치하고 있을 때, 그 용자勇者를 묘사할 때는 "갑옷을 입고 창이나 칼을 잡고 죽기 살기로 싸운다(披堅執銳, 以決死生)"고 하고, 그 지자智者를 묘사함에는 "머리를 다 짜내서 서로의 교졸巧拙을 따져본다(殫慮竭思, 以衡巧拙)"고 한다. 그리하여 창과 칼(荊棘)이 거의 숲을 이루었고 눈바람(風雪)이 눈(目)을 어지럽혔다.

그런데 갑자기 본 회에 와서는 가벼운 갖옷(輕裘)을 입고 띠를 느슨히 한 채(緩帶) 뜻밖에 문사文士의 풍류風流를 가진 양호羊祜를 만나보게 되고, 또 좋은 친구 사이에 선물을 주고 답례를 하는 것(良朋贈答)과 전혀 다를 바 없이 적장에게 술을 보내주고 또 적장이 보내주는 약을 받아먹는(饋酒受藥) 육항陸抗을 만나보게 되는데, 이로써 우리의 기운과 정신은 안정되고 한가로워지며(氣定神閑), 눈과 귀는 갑자기 부드러워지고(耳目頓易), 험한 길이 곧바로 탄탄대로로 바뀌고(險道爲康莊), 싸움의 기운이 녹아서 해와 달처럼 밝고 따스해지는(兵氣銷爲日月) 것을 느끼게 된다. 참으로 꿈에서도 생각해보지 못한 글이다(夢想不到之文).

(4). 혹자는 말하기를, 대부大夫의 교류는 국경을 넘어서는 안 된다고 하는데, 양호羊祜와 육항陸抗 두 사람이 변경에서 서로 사이좋게 지낸 것은 마치 춘추시대 때 송宋나라의 화원華元과 초楚나라의 자반子反이 신하의 신분으로 자기들끼리 전쟁을 그만하자고 강화講和를 맺었던 것과 같으니, 이는 임금의 명령(君命)을 어긴 것이 아닌가?

나는 말한다: 그렇지 않다. 한 사람은 덕을 베푸는데 한 사람은 포악하다면, 사람들은 전부 포악한 자를 버리고 덕이 있는 자에게 돌아갈(舍暴而歸德) 것이며, 그리고 포악한 자는 장차 덕을 베푸는 자의 통제를 받게 될(施暴者將爲施德者之所制) 것이다. 상대가 덕으

로써 내 사람들을 품는 것은 곧 싸우지 않고서 나를 복종시키려는 것이다. 나 역시 덕으로써 상대의 사람들을 품는 것 또한 싸우지 않고 상대를 복종시키려는 것이다. 밖으로는 서로 화기애애한 것처럼 보여도 그 뜻은 실은 서로 대적하는 것에 있다. 그런데 어찌 그것을 비난하겠는가?

(＊송宋 화원華元: 춘추시대 때 송宋의 대부로, 송이 초楚나라 군사에 장기간 포위되어 있을 때 밤에 초의 자반子反을 찾아가서 개인적으로 강화를 맺고 전쟁을 끝냈다.

초楚 자반子反: 초楚의 신하 공자측公子側. 초楚나라와 송宋나라가 싸울 때, 초나라 군사들이 송나라 군사들을 포위하고 있는데 송宋에서는 둔전을 경영하면서 장기간 대치할 태세를 보였다. 그때 송宋의 대부 화원華元이 밤에 초楚의 대부 자반子反을 찾아가서 협박하여, 결국 두 사람은 강화를 맺고 군사를 철수했다.(〈춘추좌전〉 선공宣公 15년) ──역자.)


(5). 삼국이 일어난 것은 한 왕조(漢祚)가 쇠미해진 데서 시작되었고, 한 왕조가 쇠미해진 것은 환관(閹豎)들이 군주를 속이고 난신亂臣들이 나라의 권력을 훔친 것에 기인한다.

이 장편의 〈삼국연의〉는 그 시작을 장양張讓과 조충趙忠 등 십상시十常侍에서 시작하고, 그 끝은 환관 황호黃皓와 잠혼岑昏으로 끝내고 있는데, 이것은 내시들에게 경계(戒)가 될 수 있다.

또 첫 회 말은 장비가 동탁을 죽이려는 것으로 매듭지었고, 마지막 회 말은 손호孫皓가 가충賈充을 비난하는 것으로 매듭짓고 있는데, 이것은 난신亂臣들에게 경계가 될 수 있다.


(6). 삼국은 한漢을 위주로 하므로, 한이 망했을 때 이야기를 끝낼 수도 있다. 그러나 한을 찬탈한 것은 위魏이다. 한漢은 망했으나

한의 원수 나라는 아직 망하지 않았으므로 그래서는 독자들의 마음을 통쾌하게 할 수 없다. 한漢은 위魏를 원수로 생각하므로, 위魏가 망했을 때 또 이야기를 끝낼 수도 있다. 그러나 한漢을 도울 수 있었던 것은 동오였다. 한漢은 망했으나 한의 동맹국은 아직 망하지 않았으므로 그래서는 여전히 독자들의 뜻을 만족시킬 수가 없다. 그래서 반드시 동오가 망한 것으로 끝내야 한다. 보복과 보복의 반복(報報之反)이란 본래 끝이란 게 없는 법이다.

유선과 손호가 먼저 사마소와 고개를 숙였지만, 후에 가서 (진晉의) 회제懷帝와 민제愍帝 역시 붙잡히는 신세가 되고, 사마사와 사마소가 자기 주인을 핍박하였듯이 후에 가서 (진晉의) 안제安帝와 공제恭帝 역시 자기 신하에게 핍박을 당하게 된다. 서진西晉은 중원을 가지고 건업建業을 병탄했으나, 동진東晉은 또 건업으로 인하여 중원을 포기하게 된다.

진주晉主는 사마씨司馬氏가 유씨劉氏를 병탄했던 것이고, 송주宋主는 또 유씨劉氏가 사마씨의 나라를 빼앗은 것이다.

양진(兩晉: 서진西晉과 동진東晉)의 역사는 따로 있으므로 〈삼국〉의 끝에 다시 덧붙일 수는 없다.

〈三國演義〉 大尾.